ÁF198504

Das Buch

»Die Tränen laufen mir jetzt in Sturzbächen die Wangen herunter, und irgendwie ist das ja auch gut so. Muss ja alles raus. Diese tiefe Traurigkeit, die Enttäuschung über das verlorene Glück. Und wenn schon, dann am besten mit Adele. Im Rückspiegel sehe ich, wie die Sonne langsam über dem Berliner Fernsehturm untergeht und den ganzen Himmel in einen riesigen Teppich aus Feuer verwandelt. Würde ich noch so viel malen wie früher, würde ich das vielleicht als Gemälde festhalten – aber möglicherweise würde ein solches Bild wohl zu schnell richtig kitschig wirken. Mir kommt es nämlich ein bisschen so vor, als ob der Himmel sich jetzt auch noch über mich lustig machen würde. Der perfekte Romantik-Kitsch dort hinten und hier, im Schatten, ich, die Belogene und Betrogene. Die, die das Glück einfangen wollte wie das letzte Einhorn.«

Die Autorin

Katharina Jensen, geboren 1984, verbrachte ihre Kindheit und Jugend an der Ostseeküste in Stralsund und auf der Insel Rügen, bevor sie zum Psychologiestudium und arbeiten nach Berlin zog. An die Ostsee, vor allem auf die Insel Rügen, zieht es sie nach wie vor mehrmals im Jahr: Denn was gibt es schöneres, als dort das leichte Wiegen der Dünen im Wind zu beobachten und den Sand zwischen den Zehen zu spüren?

KATHARINA JENSEN

AN DER
OSTSEE
SAGT MAN NICHT
Amore

ROMAN

WILHELM HEYNE VERLAG
MÜNCHEN

Verlagsgruppe Random House FSC® N001967

2. Auflage
Originalausgabe 05/2017
Copyright © 2017 by Katharina Jensen
Copyright © 2017 der deutschsprachigen Ausgabe
by Wilhelm Heyne Verlag, München,
in der Verlagsgruppe Random House GmbH,
Neumarkter Str. 28, 81637 München
Umschlaggestaltung: Eisele Grafik Design, München
unter Verwendung von Gettyimages/Tina Terras & Michael Walter
Satz: Uhl + Massopust, Aalen
Druck und Bindung: GGP Media GmbH, Pößneck
Printed in Germany

ISBN 978-3-453-41834-9
www.heyne.de

*Für alle, die daran glauben, dass es Einhörner geben könnte –
also zumindest theoretisch. Und für all die Liebenden,
die sich immer wieder das scheinbar Unmögliche trauen…*

1.

Anne und das letzte Einhorn

Eigentlich wollen wir doch alle das Gleiche: glücklich sein.

Ganze Kilometer voller Ladenregale auf dieser Welt sind mit Glücks-Grußkarten gefüllt. Und das zu recht! Denn anders als Grüße zu besonderen Anlässen oder womöglich gar Beileidskarten kann man einander doch bei jeder Gelegenheit Glück wünschen. Glück kann jeder gebrauchen, ja, es ist eines dieser Dinge, von denen man einfach nicht genug bekommen kann. Schließlich enthält Glück alle Zutaten für ein großartiges Leben: Liebe, Gesundheit, Erfolg und Geld. Es ist so etwas wie der Universalwunsch, der Kleister, der alles zusammenhält. Glück ist uns sogar so wichtig, dass wir es zum Anfassen haben wollen· Nicht umsonst verschenken wir rosarote Schweinchen, vierblättrige Kleeblätter, verrostete Hufeisen, befummeln emsig Schornsteinfeger und freuen uns halbtot, wenn mal ein kleiner Marienkäfer auf unseren Armen landet. Und wenn uns schon keine anhaltende Glückssträhne vergönnt ist, so hoffen wir wenigstens auf den berühmten Glücksmoment. Das nötige Quäntchen Glück. Hauptsache ein bisschen Glück. Glückauf. Glück gehabt.

Ich hatte mir immer eingebildet, dass ich in dieser Sache anders als alle anderen wäre. Aber das bin ich gar nicht. Schließlich jage ich dem Glück ganz genauso hinterher, als wäre es das letzte Einhorn.

Ich will es einfangen, in einen hübschen Käfig stecken und in mein Wohnzimmer stellen. Und ich dachte sogar, das wäre mir bereits gelungen. Doch seit heute weiß ich, dass dieser goldene Käfig, den ich für das Glück aufgebaut habe, über einen geheimen Hinterausgang verfügt hat. Denn heute ist mein Glück entwischt, als ich kurz zufrieden und nichts Böses ahnend in eine andere Richtung geschaut habe. Oder genau genommen: Als ich einen Blick auf ein paar Papiere geworfen habe, die mir wohl besser hätten verborgen bleiben sollen.

So ist das mit dem Glück, es ist eine flüchtige Erscheinung. Wie ein warmes Streiflicht der Sonne, vor das der Wind plötzlich Wolken schiebt. Die Wahrheit ist doch die: Das Glück ist ein verdammter Zauberwürfel. Ich dachte für einen kurzen Moment, ich hätte alle sechs Seiten auf die richtige Farbe gedreht. Aber dann, im nächsten Augenblick: Farbchaos auf allen Seiten. Und jetzt stehe ich hier, mitten auf der Prenzlauer Allee, und habe noch nicht einmal mehr Glück im Unglück. Keine Grußkarte der Welt kann mir jetzt noch helfen. Kein Schornsteinfeger, Kleeblatt, Hufeisen oder Marienkäfer. Und das einzige Schwein weit und breit sitzt in einem Opel Astra, direkt an der Ampel neben mir, und popelt, als ob es kein Morgen gäbe.

Hinter mir hupt und tönt es in allen Klangfarben der Tonleiter. Die anderen Autofahrer werden langsam richtig sauer. Wäre heute nicht heute, sondern ein anderer, möglicherweise sogar schöner, womöglich gar glücklicher Tag, könnte ich sie auch verstehen – immerhin habe ich meinen roten Flitzer jetzt schon das dritte Mal in Folge abgewürgt und halte dadurch alle auf.

»Ihr könnt mich alle mal!«, brülle ich bockig. Schließlich ist heute heute. Und heute ist ganz bestimmt kein schöner Tag. Ein schwarzer Audi fährt an mir vorbei, und der Fahrer zeigt mir einen Vogel. Er hat ja recht! Ich fühle mich miserabel und sinke tiefer in meinen Sitz hinein. Aus Versehen schaue ich dann auch noch in den Rückspiegel. Dorthin, wo mein Elend leider sogar für mich sichtbar ist: Ich sehe aus wie der Joker aus dem letzten Batman-Film. Nur schlimmer. Viel schlimmer! Als wenn der Joker zusätzlich zu seiner Fratze noch ein wenig Schminke extra hätte auftragen wollen – und dann in den Regen gekommen wäre. So sehe ich aus!

Mein kunstvoll von der Kosmetikerin aufgetragenes Make-up ist nämlich inzwischen zu grotesken Formen verlaufen. Das Ganze erinnert an einen Rorschachtest, wie ihn Seelenklempner in ihrer Praxis machen, nur eben mitten in meinem Gesicht. Sieht aus wie ein zertrampeltes Blumenbeet, würde der Patient sagen, und der Therapeut würde zustimmend nicken und den Eindruck notieren. Aber wie soll man auch aussehen, wenn sich eine blühende Wiese gerade in ein Trümmerfeld verwandelt hat?

Mein Fuß in diesem teuren weißen Pumps drückt eilig aufs Gaspedal, und der kleine Mini braust los, als wäre er ein Ferrari auf dem Nürburgring. Schau, Anne, denke ich sentimental, wenigstens dein kleiner roter Flitzer bleibt dir. Das Auto war die erste große Anschaffung in meinem Leben, ich hatte es mir selbst zum dreißigsten Geburtstag geschenkt. Damals war ich mit einem gewissen Sven Kunze zusammen, dem Pressesprecher eines der Luxuslabels, für die ich arbeite. Er wollte mir den Mini (und dann auch noch in Rot!) allerdings mit aller Vehemenz ausreden. Das wäre kein Auto, in dem man mich ernst nehmen würde, hatte er gesagt. Als ob ich damit sowieso schon Probleme hätte! Ich habe den roten Mini trotzdem gekauft, und während Sven kurz danach Geschichte wurde, erfüllt mich mein Auto sogar heute noch mit Freude und Stolz. Wenn ich dagegen an Sven denke und an die Art, wie er mich immer kleinhalten wollte, beschleicht mich das Gefühl, dass ich noch nie ein besonders gutes Händchen für Männer hatte. Und dass der rote Mini das tollste Geschenk war, das ich je bekommen habe. Vor allem, weil ich es mir selbst gemacht habe und weil ich bei meiner Entscheidung damals hartnäckig geblieben bin.

Bis vor zwei Stunden hätte ich die Frage nach dem tollsten Geschenk, das ich je bekommen habe, allerdings so beantwortet: der Verlobungsring von Fabio. Natürlich. Bei Kerzenschein und Schnulzenmusik hatte er ihn mir in unserem sauteuren Lieblingsitaliener (der, bei dem auch Brangelina Stammgäste waren, wenn sie in Berlin gedreht haben – tja, aber Brangelina ist ja jetzt wohl genauso Geschichte wie Annefabio) an unserem ersten Jahrestag feierlich angesteckt. Dabei sah er mich wie ein kleines, wuscheliges Hundebaby an, und ich dachte, ich verliere gleich meinen Verstand vor lauter Glück. Oder dachte zumindest, dass ich quasi Angelina Jolie sei oder sonst eine dieser Promi-Frauen, die in ihren perfekten Leben geradezu gesegnet scheinen mit unerträglichem Glück. Aber da wusste ich ja auch noch nichts von diesem verdammten Hinterausgang, auf den das Glück wahrscheinlich schon in genau diesem Moment ein Auge geworfen hatte, um bei der erstbesten Gelegenheit den Hape Kerkeling zu machen, à la »Ich bin dann mal weg!«. Von diesem vermeintlichen Highlight in meinem Leben bleibt jetzt nur noch ein bitterer Nachgeschmack übrig.

Selbst den Verlobungsring habe ich mir vorhin vom Finger gezerrt und auf die edle Auslegware der Adlon Hochzeitssuite geschmissen. Und mit ihm landeten der frisch angepasste Ehering und mein gesamtes Leben auf eben diesem Boden. Ganz verrückt geworden bin ich natürlich nicht: Den Verlobungsring habe ich gleich danach wieder aufgehoben und in meine Tasche gesteckt. Er war einfach viel zu schön, um wie Hausstaub auf dem Boden zu liegen – ich meine, einen Zwei-Karat-Tiffany Soleste im Princess-Schliff wirft man nicht einfach so weg. Außer dem Schmuckstück, das ich allerdings früher oder später doch Fabio zurückgeben werde (schon allein, weil mir mein Stolz nichts anderes erlaubt) und meinem Auto bleibt mir jetzt nicht mehr viel. Die Wohnung, in der wir leben, ähm, lebten, gehört zu großen Teilen (also eigentlich allen) Fabio. Fabio Bartolini, der reiche Start-up-Unternehmer: Er hatte das Penthouse mit dem Geld gekauft, das er damals für sein erfolgreichstes Investitionsprojekt, eine Flirting-App, bekommen hatte: »Zwinker, zwinker! So einfach geht Liebe« – dafür hat er mehr Geld kassiert, als ich in der PR-Agentur in zehn Jahren verdienen würde. Ach was rede ich da, mehr als ich in fünfzig Jahren bekäme! Und da muss ich richtig schuften, auch wenn alle immer denken, dass es eigentlich an Freizeitgestaltung grenzen würde, für Luxuskunden zu arbeiten. Aber ich bekomme ja nicht automatisch was ab von den Gucci-Taschen und Rolex-Uhren. Stattdessen muss ich die blöden Fragen von Horror-Klientinnen wie Frau Schreck und Co. ertragen (Frau Schreck hieß nicht nur so – nomen est omen, mehr muss ich hier nicht sagen), von Leuten, die ständig etwas wollen, und das am besten schon gestern, und für die keine Präsentation und keine Pressemeldung gut genug ist.

Auf jeden Fall: In Fabios Wohnung, von der ich bis gestern das Gefühl hatte, dass sie auch meine wäre, liegen immer noch all meine Sachen. Meine Kleidung, meine Wertgegenstände, eben alles. Ich werde diese Wohnung wahrscheinlich nie wiedersehen – zumindest kann ich mir nicht vorstellen, jemals wieder diese vier Wände zu betreten. Schon gar nicht mit Fabio drin. Mist, jetzt steigen mir schon wieder die Tränen in die Augen. Ich liebe diese Wohnung! Und ich war es doch, die unser Nest am Zionskirchplatz so liebevoll eingerichtet hatte, in dem festen Glauben, dass wir dort für immer leben würden. Irgendwie habe ich schon mein ganzes Leben nach einem echten Projekt gesucht, und damals dachte ich, diese Wohnung einzurichten sei der erste Teil dieses großen Projekts »Fabio und Anne«, das mich erfüllen würde. Wochenlang war ich über Antikmärkte gejagt und hatte die Designerläden auf der Kollwitzstraße durchforstet, bis alles so aussah, wie es aussehen sollte. Fabio hatte mir da ganz freie Hand gelassen, er selbst hat nämlich keinen sehr ausgeprägten Geschmack. Jedenfalls nicht für Interior Design. Der wollte doch tatsächlich einen Sofatisch in Form eines Fußballs kaufen! Bei seiner Kleidung hingegen ist er ganz Italiener: die besten Schuhe, die besten Anzüge, alles handgemacht, alles nur vom Besten. Alles außer seinem Charakter: Der ist wahrlich nicht vom Besten. Der ist vielmehr das Mieseste, was mir je begegnet ist! Wie ein schweineteurer Anzug, bei dem man erst nach dem Kauf entdeckt, dass am Hintern ein riesiger Riss klafft. Und der natürlich ohne Umtauschrecht ist.

Als Fabio damals die fertig eingerichtete Wohnung sah, war er überglücklich: »Das ist das schönste Zuhause, das ich je hatte.« Genau das waren seine Worte. In dem leichten italienischen Singsang, der alle seine Sätze in ein erotisches Feuerwerk verwandelte.

Pah! Wer weiß, wo der Kerl schon gelebt hat und wer ihm alles seine Buden eingerichtet hat. Wer weiß überhaupt irgendetwas über ihn? Ich jedenfalls offensichtlich nicht!

Neben mir klingelt wieder einmal das Handy. Fabio ruft schon seit einer Stunde im Zehn-Minuten-Takt an. Das Telefon, das neben mir auf der teuren weißen Handtasche thront, brummt wie eine gefährliche Hornisse – ich will es auf keinen Fall auch nur anfassen. Am besten stelle ich es jetzt einfach aus. Das hätte ich gleich machen sollen, aber um ehrlich zu sein, wollte ich sichergehen, dass er wirklich anruft. Dass er immerhin das Mindestmaß an Bemühen zeigt. Inzwischen erinnert mich das Summen allerdings einfach nur alle zehn Minuten an mein Elend. Als wenn mein Spiegelbild das nicht schon zur Genüge tun würde!

Die Ampel vor mir schaltet auf Rot, und ich bremse den Mini genauso abrupt ab wie an den Kreuzungen zuvor. Ich bin schon lange kein Auto mehr gefahren, weil Fabio ja lieber Taxi fährt. Und die fehlende Fahrpraxis der letzten Zeit macht sich jetzt deutlich bemerkbar. Gerade stottere ich durch die Straßen wie Boris Becker durch Interviews – vor seinem Sprachtraining. Und quäle mich nun schon mehr als vierzig Minuten lang, den Motor regelmäßig abwürgend, durch den Norden Berlins. Wenn ich es nicht bin, die das Auto vom Fahren abhält, stellen sich mir rote Ampeln in den Weg. Langsam frage ich mich, wie schwer es eigentlich sein kann, dieser verdammten Stadt zu entkommen. Die heiß ersehnte Autobahn ist immer noch nicht in Sichtweite, stattdessen bremse ich mich von einer Straßenecke zur nächsten. Jede Ampel der reinste Vorhof zur Hölle: Auf der rechten Spur neben mir, auf der linken Spur neben mir, an der Tramstation und auf den Überwegen vor mir – überall neugierig glotzende Gesichter. Menschen, die sich freuen, dass sie heute beim Abendessen endlich mal was Ungewöhnliches zu erzählen haben. Nicht dieselbe Leier vom ungerechten Chef oder der zickigen Kollegin, sondern ein wirkliches Ereignis in ihrem Langweiler-Leben: »Heute habe ich was gesehen«, würden sie prahlen, »das glaubst du nicht! Eine Braut, ganz in Weiß mit Tüll und allem Drum und Dran! In einem roten Mini, mitten auf der Prenzlauer Allee! Ich glaube, die war auf der Flucht. Wie in einem Film ...« Dabei würden sie strahlen wie Kinder an Weihnachten.

Der Gedanke an Kinder versetzt mir einen Stich, der so plötzlich und so intensiv kommt, dass ich mich kurz zusammenkrümmen muss. Wie oft habe ich mir ausgemalt, wie die Kinder von Fabio und mir aussehen würden. Sein dunkles Haar, meine blauen Augen. Seine Nase für Geschäfte, meine Kreativität. In Wahrheit wären das wahrscheinlich die größten Lügner der Menschheitsgeschichte geworden. Oder besonders naive Dummchen. So wie ich eben. Naiv und blöd, bereit, alles zu glauben, für diesen Traum vom kleinen Glück. Dabei weiß doch jeder, dass es das Glück, genauso wie die Einhörner, gar nicht gibt!

Die Beifahrerin des Golfs neben mir (schon wieder eine rote Ampel!) lässt sogar ihr Fenster herunter und ruft strahlend »Herzlichen Glückwunsch!« zu mir herüber. Ich wünschte, ihre nett gemeinten Worte würden einfach an meiner geschlossenen Scheibe abprallen. Aber sie dringen wie eine giftige Substanz durch alle Ritzen und treffen statt der Fensterscheibe mein Herz. Versetzen ihm einen kräftigen Stoß und verflüchtigen sich dann so schnell, wie sie gekommen sind. Wobei kleine, bittere Splitter bleiben.

Herzlichen Glückwunsch! Zum schlimmsten Tag meines Lebens. Vielen Dank…

Ich hätte im Moment einiges für unauffälligere Kleidung gegeben – gerade dieser Tüllunterrock, der sich wie wild um mich bauscht, ist leider alles andere als leicht zu übersehen –, aber so viel Voraussicht war im Moment höchster Not einfach nicht drin gewesen. Als ich die Wahrheit über Fabio entdeckt habe, war ich viel zu geschockt, um mir über mein Outfit Gedanken machen zu können. Und das soll was heißen! Stattdessen wurde mir erst heiß und kalt, und dann hatte ich das Gefühl, jemand hätte mir einen kräftigen Schlag in die Magengrube verpasst. Und dann noch einen! Fabio hatte derweil nichts ahnend im Bad fröhlich »O sole mio« geträllert. Ich dagegen hatte das Gefühl, keine Sekunde länger in einem Hotelzimmer mit diesem Mann verbringen zu können, und so schoss ich kurz darauf aus dem Adlon wie ein Indianerpfeil. Und ich wollte nicht einmal hören, was er zu seiner Erklärung vorbringen würde. »Anne, du hast das einzig Richtige getan!«, sage ich jetzt laut zu mir selbst, um mir zu bestätigen, dass ich nicht völlig übergeschnappt bin. Es sollte möglichst entschlossen und überzeugt klingen, aber ich piepse leider eher wie eine erkältete Maus. Vom Adlon aus war ich vorhin dann mit dem Taxi nach Hause gefahren und hatte mich dort kurz entschlossen in meinen roten Mini-Flitzer gesetzt. Klar hätte ich noch einmal in die Wohnung gehen und wenigstens ein paar Sachen packen können. Das wäre eine kluge Entscheidung gewesen … aber offensichtlich sind kluge Entscheidungen eben nicht mein Ding. Und außerdem: Keine Ahnung, ob Ihnen schon mal etwas passiert ist, das Ihre ganze Welt zum Einsturz gebracht hat – so wie mir heute. In solchen Momenten denkt man nicht rational. Man denkt eigentlich gar nicht. Vor allem plant man auch nichts mehr. In solchen Momenten ist nur noch Katastrophenalarm angesagt, und überall heulen rote Sirenen. Und man selber heult wie ein Schlosshund, mit den Sirenen im Chor.

Die Hochzeit, unsere Hochzeit, haben Fabio und ich übrigens heimlich geplant. Nach unserer Verlobung wollten wir so schnell wie möglich heiraten – wir konnten es ja gar nicht abwarten, endlich Mann und Frau zu sein. Rückblickend kommt mir das alles wie ein einziger Vollrausch vor. Bis auf unsere Trauzeugen – sein

Kumpel Max und meine beste Freundin Moni – wusste niemand von unserem Vorhaben, nicht einmal meine Mutter, und die weiß sonst immer alles. Es sollte ganz und gar romantisch werden. Die intime Hochzeit, das Candle-Light-Dinner am Abend und dann der Überraschungsanruf bei meinen Eltern. Meine Mutter hätte gejuchzt und mein Vater zufrieden gebrummt. Und morgen wären wir dann gemeinsam in die Flitterwochen geflogen. Karibik. Weißer Sand und Kokosnusspalmen. Ein Traum mit Sahnehäubchen. Doch dazu wird es ja nun leider nicht kommen. Stattdessen steht jetzt Albtraum auf dem Tagesplan. Weil ich blödes Huhn mir die Hochzeitsdokumente über unsere Eheschließung noch einmal genau anschauen wollte. Zu genau! Jetzt wundert es mich auch gar nicht mehr, dass Fabio sich um alles Formelle kümmern wollte! Und statt Romantik pur und Flitterwochen in der Karibik bin ich nun auf dem Weg nach … ja, wohin denn eigentlich? Mein Blick fällt auf die Tankanzeige. Mit dem Tank komme ich jedenfalls nicht mal bis Eberswalde. Also setze ich den Blinker rechts und fahre an eine der Tankstellen, die sich hier, kurz vor der Autobahn, in einer solchen Menge aufreihen, als beginne danach das menschenleere Outback. Die anderen Kunden glotzen natürlich wie Mondkälber, als ich in meinem Outfit aus dem Auto steige. Ich tue so, als würde ich deren Blicke gar nicht bemerken und zerre die Tankpistole aus der Zapfsäule, bevor ich sie ungeduldig in die kleine Tanköffnung meines Autos stopfe. Dann falle ich hinter dem Auto so verkrümmt in mich zusammen, dass ich aussehen muss wie der Glöckner von Notre Dame. Ich will hier endlich weg. Ich *muss* hier weg! Raus aus dieser Stadt, in der mich jeder Pflasterstein an Fabio erinnert. Dahinten zum Beispiel, in dem McDonald's, haben wir einmal zwei Milchshakes geholt, bevor wir zu meinen Eltern gefahren sind. Oh Gott, ich kann die Tränen einfach nicht stoppen.

»Ist alles okay mit Ihnen?«, fragt plötzlich eine besorgte Stimme von hinten. Sie gehört zu einer älteren Dame, die mich ansieht, als wäre ich ein angeschossenes Reh im Wald. Ihre Stirn runzelt sich so sehr, dass sie aussieht wie die eines Mopswelpen.

»Danke. Es geht schon«, antworte ich, nein, schluchze ich vielmehr zurück. In dem Moment ertönt endlich das ersehnte Klicken, der Tank ist voll. »Ich muss jetzt … ähm … zahlen«, erkläre ich der Mops-Dame mit den vielen Stirnrunzeln und drehe mich schnell von ihr weg. Jetzt muss ich nur noch den Spießrutenlauf in den Shop und zurück überleben. Aber wie sagt meine Mutter immer? »Eine Glawe kann nichts und niemand in die Knie zwingen.« Also einmal tief ein- und ausatmen. Und los. Tatsächlich würdigt mich der Mann an der Tankstellenkasse beim Zahlen nicht mal eines Blickes – ob er öfter Bräute auf der Flucht hier vorbeifahren sieht?

Als ich wieder im Auto sitze, weiß ich endlich, wohin ich fahren werde. Zu meinen Eltern. Wohin denn sonst? Meine Mama wird mich schon wieder aufpäppeln, schließlich ist meine Mutter eine Frau wie ein Baum. Also nicht figürlich, sondern im übertragenen Sinne. Stark. Robust. Unerschütterlich. Stress, welcher Art auch immer, prallt an ihr ab wie Hitze an Teflon. Sie weiß immer einen Ausweg, egal wie ausweglos der Mist scheint, in dem man sich befindet. Allerdings, so ausweglos wie dieser Mist hier war noch keiner zuvor. Nicht mal der Mist, als ich fast durchs Abi gerasselt wäre – und das war schon ziemlich großer Mist. Wenn ich auch bis heute glaube, dass meine miesen Mathe-Noten nicht meine Schuld waren, sondern die dieses schlechten Lehrers. Kein Wunder, was konnte man denn von einem Mathelehrer, der »Ohnewitz« heißt, anderes erwarten.

Ich drücke also aufs Gaspedal, und der Mini fährt wenigstens jetzt gleich auf Befehl meines Fußes mit quietschenden Reifen los. Kurze Zeit später rase ich endlich die Autobahnausfahrt Richtung Norden entlang. Der Zeiger auf dem Tacho bewegt sich zügig und gleichmäßig nach rechts, bis er kurz vor Zweihundert haltmacht – ich muss zufrieden seufzen. Denn ehrlich gesagt habe ich ein Problem damit, mittlere Geschwindigkeiten zu fahren – ich kann nur ganz langsam oder rasend schnell. Der Mittelweg ist nichts für mich. Auch in Teilen meines Lebens, die außerhalb meines Minis stattfinden, neige ich zu solch extremen und exzessiven Entscheidungen. Meine Mutter sagt immer, dass ich eine Dramaqueen sei. Aber ich erwidere dann, dass ich Emotionen einfach nur intensiv erlebe. Was soll daran schlimm sein? Und dass ich eben von Natur aus sensibel und nah am Wasser gebaut bin, dafür kann ich ja nichts. Das ist wahrscheinlich genetisch bedingt oder so. Auch wenn ich mich, bei der Ruhe und Ausgeglichenheit, die meine Eltern immer ausstrahlen, schon oft gefragt habe, ob ich wohl adoptiert bin.

Meine Hand gleitet über das Autoradio, und ich drücke auf den großen Play-Knopf, so groß, dass selbst ein Blinder ihn finden würde (abgesehen davon, dass ein Blinder vielleicht lieber nicht Auto fahren sollte). Die kraftvolle Stimme von Adele erfüllt sofort den kleinen Wagen. Da ich so lange nicht mehr im Mini unterwegs war, habe ich auch Adele ewig nicht mehr gehört. Ehrlich gesagt, bis eben wusste ich nicht einmal, dass die CD hier im Player liegt – ich bin nämlich etwas unordentlich. Kreativ chaotisch, wie ich es gerne nenne. Schlampig, wie meine Mutter es gerne nennt.

Die ersten Klänge von »Turning Tables« ertönen. Ausgerechnet! Ich habe völlig vergessen, wie verdammt traurig jedes einzelne Lied dieses Albums ist – »Suizid-Soundtrack« nennt meine beste Freundin Moni diese Art von Musik. Aber sie hört ja auch am liebsten Indie-Rock und ist sowieso viel härter im Nehmen als ich. Moni wäre vorhin sicher nicht weggelaufen, sondern hätte Fabio mit ihrem Wissen einfach konfrontiert und ihn dann ordentlich zusammengestaucht. Sie hätte Antworten eingefordert und sofort eine großzügige Abfindung herausgehandelt. Aber ich… ach, woher denn. Ich flüchte hier im Mini auf der Autobahn und schluchze laut mit Adele im Chor.

»Close enough to start a war
All that I have is on the floor«, singt Adele.
»Ja genau!«, rufe ich dazwischen. Sie hat ja so recht.
»So, I won't let you close enough to hurt me
No, I won't rescue you to just desert me.«
»Nein!«, weine ich, nein, kreische ich vielmehr. Nie mehr!
»I can't give you the heart you think you gave me
It's time to say goodbye to turning tables.«
»Belogen und betrogen…«, presse ich hervor.
»I braved a hundred storms to leave you
As hard as you try, no, I will never be knocked down.«
Adele klingt sehr entschlossen.
»Never!«, schluchze ich dagegen kläglich im Chor.

Die Tränen laufen mir jetzt in Sturzbächen die Wangen herunter, und irgendwie ist das ja auch gut so. Muss ja alles raus. Diese tiefe Traurigkeit, die Enttäuschung über das verlorene Glück. Und wenn schon, dann am besten mit Adele. Im Rückspiegel sehe ich, wie die Sonne langsam über dem Berliner Fernsehturm untergeht und den ganzen Himmel in einen riesigen Teppich aus Feuer verwandelt. Würde ich noch so viel malen wie früher, würde ich das vielleicht als Gemälde festhalten – aber möglicherweise würde ein solches

Bild wohl zu schnell richtig kitschig wirken. Mir kommt es nämlich ein bisschen so vor, als ob der Himmel sich jetzt auch noch über mich lustig machen würde. Der perfekte Romantik-Kitsch dort hinten und hier, im Schatten, ich, die Belogene und Betrogene. Die, die das Glück einfangen wollte wie das letzte Einhorn.

Da fällt mir ein, ich habe mich Ihnen noch gar nicht vorgestellt. Mein Name ist Anne Glawe. Wobei, eigentlich seit heute Bartolini. Nein, natürlich bleibe ich bei Glawe oder… Ach, was weiß ich denn! Sicher ist: Ich bin vierunddreißig Jahre alt, frisch verheiratet, frisch getrennt und nun im viertausend-Euro-teuren Hochzeitskleid auf der Flucht – falls Sie sich das nicht inzwischen sowieso schon gedacht haben. Und im Moment schaffe ich es partout nicht, diesen blöden, sich immer wieder aufbäumenden Tüllrock unter den Lenker zu zwingen.

- -

Liebeskummer-Status:

Von Wolke 7 mit dem Express in die Hölle.

- -

2.

Anne und die Nacht am Strand

Als ich kurze Zeit später (inzwischen im Dunkeln) die Straße zum Haus meiner Eltern entlangfahre, bekomme ich es plötzlich mit der Angst zu tun. Was soll ich meiner Mutter sagen? Was meinem Vater? Dass ich heimlich, ohne ihnen im Vorfeld auch nur ein Wort zu sagen, den falschen Mann geheiratet habe? Dass er sich schon jetzt, als die Unterschrift unter der Trauungsurkunde noch frisch geglänzt hat, als riesiger Schwindler entpuppt hat? Oder soll ich das ganze Drama vielleicht kompakt zusammenfassen und einfach nur sagen, dass ich mein Leben so richtig versaut habe? Dass ich mich von einem gut aussehenden Italiener in einen Zustand habe quatschen lassen, der mich anscheinend nicht nur denkunfähig gemacht, sondern sogar dazu geführt hat, dass ich nun ohne Wohnung, ohne meine Habseligkeiten und dafür verheiratet mit einem Blender und Lügner dastehe. Meine Eltern würden an ihrer Erziehung zweifeln und glauben, dass ich jetzt völlig durchgedreht sei. Meine Mutter würde wahrscheinlich die Hände gen Himmel strecken und sich fragen, warum ihre jüngste Tochter immer so ein Drama veranstalten muss, und mein Vater würde mich grummelnd fragen: »Mensch, wie konntest du nur so naiv sein?« Dann würde meine Mutter ihm beipflichten und mit erhobenem Zeigefinger erklären: »Ich hatte bei dem Fabio nie ein gutes Gefühl. Der ist ein Schnacker, das habe ich von Anfang an zu deinem Vater gesagt, nicht wahr, Klaus?« Und Klaus würde nicken, und dann würde Sabine (meine Mutter) ihn über meinen Kopf hinweg fragen, wie es nun weitergehen soll mit mir. Aber bevor mein Vater zu einer Antwort käme, würde meine Mutter schon weiterreden: »Du kommst einfach wieder nach Hause, mein Kind« – das würde sie einfach so beschließen. Und es würde wie eine Drohung klingen.

Verstehen Sie mich nicht falsch, ich liebe meine Eltern. Wirklich. Aber mit vierunddreißig Jahren, als verheiratete, gleich wieder getrennte Frau noch einmal bei den eigenen Eltern einzuziehen klingt wie der Plot zu einem Horrorfilm.

Mit jedem Meter, den ich näher komme an das Haus, in dem ich aufgewachsen bin, wird mir mulmiger zumute. In meinem Bauch zwickt und grummelt es. Das Gefühl erinnert mich an die berühmten Schmetterlinge im Bauch, nur weniger schön und romantisch. Motten im Bauch vielleicht. Oder Käfer. Fiese Käfer mit langen schwarzen, haarigen Beinen. In jedem Fall keine niedlichen Glücks-Marienkäfer.

Ich fahre an die Auffahrt heran und sehe, dass davor, unter einer der hohen Kastanien, schon ein silberner Mercedes geparkt hat. Oh Gott, fährt es mir durch den Kopf, bitte nicht! Das ertrage ich jetzt nicht auch noch! Eine A-Klasse, das spießigste aller Autos – das habe ich bei meiner PR-Arbeit für einen großen Autohersteller gelernt – steht vor der Garage und guckt meinen roten Mini verächtlich an. Ich trete so panisch auf die Bremse, als sei mir ein Einhorn vor das Auto gelaufen, und stoppe mitten auf der Straße. Nein, das kann doch wohl jetzt nicht wahr sein! Die Besitzerin dieser A-Klasse nämlich steht ihrem Wagen, was die Spießigkeit betrifft, in nichts nach. Sie ist der Inbegriff des Moralapostels und sitzt auf einem ach so hohen Ross, dass man meint, ihre kurzen aschblonden Haare müssten ständig den Himmel berühren. Gemeint ist meine Schwester Sonja. Sie ist vier Jahre älter als ich – tut aber gerne so, als hätte sie mir ein ganzes Leben an Weisheit voraus. In unserer Kindheit waren wir noch ein Herz und eine Seele, aber je älter wir wurden, desto größere Abgründe taten sich vor uns auf. Sonja, Lehrerin für Deutsch und Geschichte, hat unsere Heimat nie verlassen und mit siebenundzwanzig den Bankangestellten Christian Ahrens geheiratet. Der ist ein solch langweiliger Ja-Sager, dass Moni und ich ihn nur »Gähn« nennen. Er hat Sonja, unseren groben Schätzungen zufolge, seit der Hochzeitsnacht genau zweimal nackt gesehen: einmal für Lukas, acht, und einmal für Emilia, fünf.

Bei diesen beiden Monstern kann man sich kaum entscheiden, wer verzogener ist. Ich erinnere da nur an das vorletzte Weihnachten: Tatsächlich hatten die beiden Gören am Heiligabend nichts Besseres zu tun, als ihre Geschenke zu zählen und dann in Tränen auszubrechen, weil angeblich die Nachbarskinder viel mehr von ihren Großeltern bekommen hätten. Während meine Mutter ihre Wut darüber an der Gans ausließ und diese maximal brutal auseinandersäbelte, schaute mein Papa so traurig drein, dass ich die undankbare Brut am liebsten an Ort und Stelle vermöbelt hätte. Währenddessen hatten Sonja und Göttergatte Gähn nichts Besseres zu tun, als mit stolzgeschwellter Brust zu loben, wie gut ihre Kinder doch schon rechnen könnten. Und natürlich prompt am ersten Tag, an dem die Geschäfte wieder offen hatten, die lieben kleinen Monster in den nächsten Spielzeugladen zu fahren, um endlich für noch mehr Geschenke zu sorgen.

Und trotzdem tut Sonja so, als hätte sie die perfekten Kinder, den perfekten Mann, ja, eben das perfekte Leben. Mich hingegen vergleicht sie gerne mit dem armen, dicken Kind, das im Sportunterricht als Letztes in das Volleyballteam gewählt wird: Noch immer kein Ehemann. Noch immer keine Kinder. Noch immer eine Karriere ohne jede Sicherheit. Und dann auch noch das »oberflächliche« Leben in der Großstadt! Es ist wirklich völlig egal, zu welcher Tages- oder Nachtzeit ich mit Sonja spreche, sie hat immer einen bissigen Kommentar auf ihren schmalen Lippen. Kann es sich nie verkneifen, zu werten und abzuwerten.

Was ist denn mit deinen Haaren passiert? Soll das so?

Ach Anne, stimmt ja, ich vergesse immer, dass du keine Kinder hast. Du, das kannst du dir nicht vorstellen, so etwas merkt man erst, wenn man jahrelang mit demselben Mann zusammen ist.

Wie, du hast dieses Jahr schon wieder keine Gehaltserhöhung bekommen? Und das bei den vielen Überstunden! Na ja, zu Hause wartet ja eh niemand auf dich.

Anne, Anne, so langsam wird es aber mal Zeit, dein Leben auf die Reihe zu bekommen.

Ich starre auf den Heckaufkleber des Mercedes (»Lukas und Emilia fahren mit« – als ob das irgendjemand wissen will) –, und mein Blick wandert weiter zum Haus meiner Eltern. Terrakotta, im mediterranen Stil, so hatte meine Mutter das Haus vor einigen Jahren streichen lassen. Drinnen sieht es jetzt aus wie in der Toskana – was irgendwie nicht so richtig passt. Denn die Toskana könnte hier im rauen Norden nicht weiter weg sein.

Ich sehe, dass im pseudotoskanischen Wohnzimmer Licht brennt und frage mich, was Sonja um diese Zeit bei meinen Eltern sucht. Warum ist die nicht in ihrem perfekten Spießer-Haus, mit ihrem perfekten Luschi-Mann und den perfekten Rotzgören? Verwirrt schaue ich auf die Uhr. Um diese Zeit gucken meine Eltern normalerweise immer »Das große Fest der Volksmusik«. Meine

Vorstellung von »Suizid-Musik«. Aber mein Vater hat vor einer Weile auf fast rührende Altherren-Art seine Leidenschaft für Volksmusik entdeckt und lässt sich darin auch von niemandem beirren. Meine Mutter macht das Gedudel, ja, allein der Anblick von Florian Silberheini natürlich wahnsinnig, sie ist immerhin gute zwölf Jahre jünger als mein Vater und hört am liebsten Andreas Bourani oder alten DDR-Rock. Manchmal außerdem Peter Maffay und besonders gerne Herbert Grönemeyer.

Meine Eltern – sie waren für mich immer das Ideal der großen Liebe. Denn als die beiden sich verliebt haben, hatte keiner so recht daran geglaubt, dass ihre Beziehung lange halten würde. Meine Mutter war damals gerade achtzehn und mein Vater schon dreißig – aber sie hatten sich rettungslos verknallt. Das Ganze auch noch bei der Arbeit, als Mama als Sekretärin in Papas Rohr-Firma anheuerte. Und zusätzlich zu ihrem Altersunterschied waren sie damals schon so gegensätzlich, wie man es sich nur vorstellen konnte. Mama stets quirlig, voller Ideen und mit tausend Plänen, Papa ganz ruhig und immer mit vollem Einsatz bei seiner Arbeit (seiner zweiten großen Liebe, was sogar Mama akzeptieren musste). Aber trotzdem: All ihre Unterschiede schienen sie noch stärker zusammenzuschweißen, und als dann zwei Jahre nach ihrer ersten Begegnung erst meine Schwester und vier Jahre später ich kam, war ihr Glück perfekt. Bis heute – und ich wollte ihnen immer ein bisschen nacheifern, wollte auch dieses ganz große Glück finden. Was ja nun bei Fabio so rein gar nicht geklappt hat.

Und der unterschiedliche Musikgeschmack meiner Eltern scheint bis heute ihr einziges größeres Problem zu sein – meine Mutter weiß allerdings auch, dass mein Vater sowieso spätestens um neun Uhr abends grunzend vor dem Musikantenstadl einpennt und sie dann ungestört den Sender wechseln kann. Ich stelle mir vor, wie sie dort oben, nur wenige Meter entfernt, durchs Programm zappt, bis sie irgendwo einen Krimi findet. Ihr bevorzugtes Unterhaltungsprogramm für einen Samstagabend, das hat sie mir definitiv vererbt. Obwohl... wenn Sonja da ist, machen sie vielleicht etwas ganz anderes.

Ich seufze laut auf und erschrecke mich kurz selbst über diese Unterbrechung der Stille. Wie sehr ich mich nach einer festen Umarmung meiner Mutter sehne – und gleichzeitig schaffe ich es einfach nicht, aus dem Mini zu steigen. Denn daheim müsste ich erzählen, was passiert ist. Und wenn ich einmal erzähle, was passiert ist, dann wäre es Wirklichkeit. Dann kann ich nie wieder so tun, als wäre nichts passiert. Ich weiß auch nicht, woher dieses Bedürfnis kommt, meinen Eltern zu beweisen, dass ich alles im Griff habe. Dass ich erwachsen bin. Kompetent. Sollte zu Hause nicht der Ort sein, an dem man sich guten Gewissens wie ein Kind verhält? Wenn auch eins von vierunddreißig Jahren.

Wie gelähmt sitze ich im Mini vor meinem Elternhaus. Unfähig, in den heimeligen Schoß meiner Eltern zurückzukriechen. Wenn nur wenigstens Sonja nicht da wäre! Mit der Enttäuschung meiner Eltern würde ich schon irgendwie klarkommen, aber nicht mit Sonja Klugscheißer. Ich kann es mir bildhaft vorstellen: Ihr Entsetzen über eine weitere »völlig unverständliche« Entscheidung ihrer kleinen, unfähigen Schwester. Ihr süffisantes Grinsen, ihre tollen Ratschläge und ihre wertenden Blicke. Die ganze Sonja-Show eben.

Nein, ich beschließe, dass das keine Option ist, und lasse kurzerhand den Motor wieder an. Aber wohin dann? Auf einmal bereue ich es zutiefst, dass ich überhaupt Richtung Norden gefahren bin. Jetzt stecke ich hier fest. Dann doch lieber die Toskana! Ich fluche kurz und heftig und beschließe spontan, dass mir nichts anderes übrig bleibt, als noch etwas weiterzufahren. Genauer gesagt, gute fünfundvierzig Minuten weiter. Zwar bin ich dort jahrelang nicht mehr gewesen, aber den Weg würde ich schon noch finden. Als Jugendliche hatte ich nämlich einige Sommer in einem kleinen, etwas angeranzten Ferienlager auf Rügen verbracht. Dort, in den Zickerschen Bergen, habe ich unter anderem zum ersten Mal geknutscht. Und dort geschah es auch, dass mir zum ersten Mal das Herz brach. Wofür jeweils unterschiedliche Männer verantwortlich waren …

Auf einmal kommt es mir wahnsinnig symbolisch vor, jetzt an diesen Ort zu fahren. Vielleicht schließt sich so ein Kreis? Der Kreis des gebrochenen Herzens? Und danach kann ich ein neues Leben voller Liebe anfangen, die nicht wehtut. Eben das große Glück finden. Diese Gedanken stimmen mich ungefähr eine Sekunde lang fast optimistisch – aber dann verfliegt der Optimismus so schnell, wie er gekommen ist, und ich kann mir plötzlich nicht mehr vorstellen, dass ich jemals jemanden wieder so lieben werde wie Fabio. Das Einhorn ist ein für alle Mal abgehauen.

Für alle, die noch nie da waren, muss man erklären, dass die Zickerschen Berge natürlich keine wirklichen Berge sind, zumindest keine, wie sie zum Beispiel die Bayern haben. Mit Fabios geliebtem Kitzbühel, oder wie er es nennt, »Kitz«, haben die Zickerschen Berge nichts gemein – schließlich befinden sie sich an der Ostsee. Zum Skifahren taugen sie nicht, und professionellen Bergsteigern entlocken die Hügel auf der Insel Rügen höchstens ein müdes Lächeln. Ihr höchster Berg, der Baken, bringt aber Flachlandindianer oder eben einfach wahnsinnig untrainierte Menschen (wie mich) durchaus ins Schwitzen. Nicht, dass ich so oft in meinem Leben versucht hätte, den Baken zu erklimmen. Wobei wir auch nach meiner Ferienlager-Zeit hin und wieder Familienausflüge nach Zicker gemacht haben. Aber jetzt war ich schon seit vielen Jahren nicht mehr dort.

Ich lenke den Mini durch meine Heimatstadt, vorbei an der Altstadtmauer und dem Knieperteich, und bin in Gedanken schon in den Zickerschen Bergen. Wie sie, eingeschlossen von Ostsee und Bodden, dort ruhen, und wie alles um sie herum immer gleich bleibt. Inklusive der Bewohner. Die Rüganer, das weiß hier jeder, sind ein eigenes Völkchen. Veränderungsscheu und ohne Kokolores. Vor allem aber sind sie außergewöhnlich maulfaul und stellen keine überflüssigen oder blöden Fragen. Und das ist ja wohl genau das, was ich im Moment brauche.

Ich überquere schließlich den Sund und fahre dann über die prächtige Rügenbrücke, von der man tagsüber einen wundervollen Blick auf Stralsund und seine Silhouette mit den drei Kirchtürmen und den hohen Hafenspeichern hat. Im Dunklen erkennt man jedoch nur die aufflackernden Lichter der entgegenkommenden Wagen. Ich bin trotzdem froh, dass es endlich richtig dunkel ist, so sieht mich wenigstens niemand in meinem Brautkleid. Und das bedeutet: keine blöden Blicke mehr. Oder wenn doch, dann sehe ich sie zumindest nicht. Als ich am anderen Ende der Brücke, auf der Insel, ankomme, fühle ich mich plötzlich wie befreit: Niemand weiß, wo ich stecke. Und so schnell werde ich es auch niemandem verraten – ich muss jetzt einfach mal in Ruhe über alles nachdenken. Moni denkt sowieso, dass ich schon halb in den Flitterwochen bin, und wird sich keine Gedanken machen, wenn sie eine Zeit lang nichts von mir hört. In der Agentur habe ich den dreiwöchigen Urlaub bereits vor Monaten eingereicht, und meinen Eltern schreibe ich später einfach eine kurze SMS: Bei mir ist alles gut, hoffe bei euch auch. Kuss, Anne.

Die Wahrheit ist, ich habe ewig keine Zeit mehr nur mit mir verbracht. Da war immer irgendetwas. Oder irgendwer. Und vor allem Fabio. Ich habe einen so großen Freundeskreis, dass man eigentlich nie allein sein muss. Wir feiern, leiden und lachen zusammen. Obwohl ich zugeben muss, dass ich die meisten dieser Freunde, von denen ein Großteil zur Kategorie »Dauersingles« gehört, in letzter Zeit sträflich vernachlässigt habe. Fabio ist einer dieser Männer, die ungern allein sind. Und ich bin leider eine dieser Frauen, die es ihrem Freund viel zu gerne recht machen. Deswegen hatte ich in den letzten Monaten eher selten Zeit für die früher obligatorischen Mädelsausflüge. Sogar meine beste Freundin Moni blieb da viel zu oft auf der Strecke. Bei meiner Trauung, bei der sie ja immerhin die Trauzeugin war, hatte sie seltsam traurig geschaut – ob sie gedacht hatte, dass sie jetzt noch weniger Zeit mit mir verbringen würde? Und die Freunde von Fabio – mit denen wollte ich ehrlich gesagt auch nie viel Zeit verbringen, was ich aber viel zu oft dann, natürlich Fabio zuliebe, doch tun musste.

Auch sonst habe ich nur noch wenig von dem gemacht, was mich interessiert. Früher habe ich gerne gemalt, aber seitdem ich Fabio kennengelernt habe, blieb mir dafür schlichtweg keine Zeit mehr. Wir haben einfach jede freie Minute miteinander verbracht.

Um ehrlich zu sein, ich weiß gar nicht mehr, wie das ist, allein zu sein. Muss ich dann mit mir selbst sprechen, um meine Stimme nicht zu verlieren? In meinem Job, da quatsche ich nämlich, gezwungenermaßen, den ganzen Tag. Von frühmorgens bis spätabends. Ja, Frau Schreck. Nein, Frau Schreck. Aber sicher doch, Frau Schreck. Machen Sie sich keine Sorgen, Frau Schreck, Sie können sich auf mich verlassen, Frau Schreck. Ich kümmere mich darum, Frau Schreck. Alles schön und gut – aber wer kümmert sich eigentlich um mich? Frau Schreck bestimmt nicht! Also ist das jetzt angesagt: Ich nehme mir einfach mal Zeit und kümmere mich um einen Menschen, den ich viel zu lange vernachlässigt habe: um mich selbst. Und so ein ruhiges Nest wie Zicker ist da genau der richtige Ort dafür.

Als ich schließlich die größeren Orte wie Binz und Sellin passiert habe und mit dem Auto in Zicker einfahre, liegt das kleine Dorf hinter den Hügeln nicht nur ruhig, sondern regelrecht ausgestorben da. Am Ortseingang steht eine zu dieser Zeit verwaiste Bushaltestelle mit einem leicht grünlich schimmernden Reetdach. Der dort hängende Fahrplan scheint nur wenige Touren anzuzeigen, als ich beim Vorüberfahren einen Blick darauf erhasche. Was heißt hier eigentlich fahren: Langsam holpere ich mit dem Mini über das Kopfsteinpflaster, das für eine Zeit, in der noch Kutschen darüberfuhren, sicher geeigneter war. In kaum einem der Wohnhäuser brennt noch Licht, und an den niedrigen Holzzäunen stehen Schilder mit den Worten »Zimmer frei«, als hätte sie dort jemand vergessen. Von den vielen Touristen, die jeden Sommer wie ein Hochwasser die Insel fluten, landen nur die wenigsten in diesem versteckten Örtchen am äußersten, untersten Zipfel Rügens. Wobei es angesichts der vielen dunklen Häuser offensichtlich ist, dass jetzt, im Frühling und damit in der Vorsaison, noch weniger dort los ist als im Sommer. Zicker ist bis heute so unbekannt, dass es noch nicht einmal ein Geheimtipp ist.

Ich lenke den Wagen an einer Wiese vorbei, von der man bis auf die Steilküste von Göhren schauen kann. Davor steht eine Gruppe hoher Birken, aufgereiht wie zum Fahnenappell. Inzwischen fahre ich langsamer als Schrittgeschwindigkeit und mache schließlich an der kleinen Strandstelle hinter der Dorfkirche halt. Der Motor geht zufrieden brummend aus, und dann umgibt mich eine Stille, die ich aus Berlin gar nicht kenne. Ich steige aus und atme den Geruch von Wasser und Algen tief ein. Die Ostsee liegt ruhig da, ganz so, als stelle sie sich tot. Über ihr scheint der Mond, so voll, als hätte ihn gerade jemand aufgepumpt. Natürlich ist gerade Vollmond, das passt. Bei Vollmond werden angeblich mehr Babys geboren, aber auch Verbrechen soll es häufiger geben, wenn der Trabant sich so richtig aufplustert. Ein Thema, an das ich gerade, so ganz allein unterwegs, lieber nicht denken will.

Um mich von solchen Ideen abzulenken, drehe ich mich einmal um meine eigene Achse und betrachte die Kirche hinter mir. Klein, fast niedlich, mit einem kurzen Turm aus Holz, einem korpulenten Rumpf und verschlungenen Wegen drumherum. Der Mond beleuchtet die schlichten Holzkreuze. Mir fällt ein, was mein Vater immer gesagt hat, wenn wir hier waren: »Auf diesen Friedhof kommste nur, wenn du schon drei Generationen vor dir dort liegen hast.« Ich wende mich ab und lasse meinen Blick weiter umherschweifen. Gegenüber der Kirche liegt ein Dreiseithof, mit einem rechteckigen Klinkerhaus in der Mitte und den flacheren Scheunen und Ställen auf den Seiten daneben. Über die lange Auffahrt zum Hof trottet eine Katze durch den Mondschein, die sich noch nicht ganz sicher zu sein scheint, ob sie heute wirklich auf Mausjagd gehen soll. Die Luft ist mild, nur ein leichter Ostwind weht durch die Dünen. Der Frühling scheint in dieser Gegend keine Schwierigkeit zu haben, richtig in Fahrt zu kommen. Danke, globale Erderwärmung.

Ich schaue in den Himmel, der, richtig kitschig, voller Sterne hängt. So viele Sterne habe ich in Berlin noch nie gesehen. Abgesehen von dem Sternenzelt scheint auch die Nacht hier viel intensiver als in der Stadt, in der ich nun schon mehr als ein Jahrzehnt meines Lebens verbracht habe. Berlin ist zwar nicht New York, aber so richtig dunkel wird es auch in der Hauptstadt Deutschlands selten.

Der Sternenhimmel erinnert mich an die Ferienlager früher, in denen wir so oft unter freiem Himmel geschlafen haben. Ich muss so etwa zwölf gewesen sein, als ich hier zum ersten Mal ein paar Wochen im Ferienlager verbracht habe, und dann jedes Jahr, bis ich sechzehn war. Meine Schwester ebenso, wobei die sogar mit achtzehn noch mal mitkam und dort als Betreuerin einen Ferienjob hatte. Ihr Talent, alle herumzukommandieren, fand darin wirklich seinen perfekten Nährboden. Vor allem mir wurde dort dann natürlich gesagt, was ich bitteschön zu tun hätte – und trotzdem, die Zeit in den Ferienlagern und vor allem in diesem wunderbaren Ort gehörte für mich immer zu den schönsten meines Lebens. Selbst wenn es auch in diesen Ferienlagern einige Ereignisse gab, an die ich bis heute lieber nicht denke – was vor allem mit meiner damaligen Erzfeindin, der Prinzessin von Zicker, zu tun hatte. Genau an dem Ort, an dem ich eigentlich alles vergessen wollte, kommen jetzt auf einmal noch mehr unangenehme Erinnerungen hervor. Mit aller Kraft schiebe ich diese Erinnerungen dann aber weg. Jetzt bitte nicht!

Plötzlich überkommt mich eine Müdigkeit, die ich so schon lange nicht mehr gespürt habe. Kurz überlege ich, ob ich irgendwo klingeln soll, um ein Zimmer anzumieten, aber es scheint mir keine gute Idee, die Zicker'sche Ruhe zu stören. Schließlich will ich niemanden aus dem Schlaf reißen, das würde mir sicherlich keinen freundlichen Empfang bescheren. Ich drehe mich einmal um die eigene Achse und erinnere mich dann, dass irgendwo im Auto noch meine Yogamatte und eine alte Picknickdecke herumfliegen müssten. Also drücke ich auf den Knopf für den Kofferraum, der mit einem Beep aufgeht und dann vor mir liegt wie ein schwarzes Loch. Ich leuchte mit meinem Telefon hinein und werde von fröhlichem Chaos empfangen. Fabio hat sich regelmäßig über meine Unordnung beschwert, aber siehe da, jetzt macht sie sich endlich mal bezahlt. Es gibt praktisch nichts, was ich nicht dabeihabe. Unter Pfandgut und ein paar Edekatüten (in die ich jetzt mal lieber nicht gucke, man soll sein Glück ja nicht herausfordern) ziehe ich die besagte Decke hervor. Dort, wo eigentlich der Verbandskasten liegen sollte, steckt eine zerknüllte Fleecejacke, die mal vor Jahren ein Mann in meinem Kofferraum vergessen hat. Lars hieß der ... der war auch keine gute Wahl. Aber immerhin: So muss ich jetzt wenigstens nicht frieren. Das spricht für meine Theorie, dass alles im Leben einen tieferen Sinn hat, selbst Typen, von denen man sich später fragt, ob man damals blind, taub oder beides war.

Die pinke Yogamatte finde ich kurze Zeit später unter dem Beifahrersitz. Schnell ziehe ich mir die Jacke an und meine Pumps aus. Dann laufe ich barfuß Richtung Meer – ich schlafe jetzt wirklich einfach am Strand, so wie früher im Ferienlager. Und wenn ich aufwache, sieht die Welt schon ganz anders aus – zumindest hat das meine Oma immer gesagt. Na gut, die meinte natürlich auch, bis zur Hochzeit ist alles vergessen – und wie das ausgegangen ist, brauche ich Ihnen ja nicht zu erzählen ... Hundemüde lege ich mich jetzt auf meine pinke Matte, kuschle mich in die Picknickdecke und blicke auf den unfassbaren Sternenhimmel über mir. Und während ich noch dem sanften Brausen des Meeres lausche, spüre ich schon, wie ich langsam eindämmere – und nach und nach in einen traumlosen Schlaf versinke.

Am nächsten Morgen werde ich allerdings denkbar unangenehm geweckt. Und damit meine ich nicht die Tatsache, dass sich mein

Rücken anfühlt, als hätte Hulk Hogan darauf Irish Dance geprobt. Eine Art quietschendes, schleifendes Geräusch vermischt sich mit der Erschütterung des Bodens, auf dem ich liege. Ich schrecke hoch und stelle fest, dass die Sonne noch nicht einmal ganz aufgegangen ist. Im ersten Moment begreife ich gar nicht, wo ich bin, und schaue mich orientierungslos um. Etwa zehn Meter entfernt leuchtet eine orangefarbene PVC-Jacke wie eine Boje. Der Inhalt der Jacke, eine kräftige Gestalt, zieht geräuschvoll ein kleines Fischerboot auf Rollen ins Wasser.

»Manno«, murmle ich vor mich hin, »ich schlafe hier. Kann der nicht mal etwas leiser sein?« Der Typ schleift allerdings ungerührt sein Boot ins Meer, und ich lasse mich zurück auf meine Matte fallen. Wenn ich eins hasse, dann vor Sonnenaufgang geweckt zu werden. Überhaupt, zu frühes Aufstehen liegt mir nicht. Früh: ja. Zu früh: auf keinen Fall.

Mürrisch drehe ich mich in die andere Richtung und versuche, mich so geschickt wie möglich zurück in die Decke einzurollen. Dieser Frühlingsmorgen ist eigentlich wirklich angenehm, aber dafür, dass ich heute Abend in der Karibik einen Cocktail am sonnigen Strand schlürfen wollte, ist es dann doch verdammt eisig. Apropos. Bei dem Gedanken an meine geplanten Flitterwochen fällt mir mit einem Schlag das ganze Elend wieder ein. Die Hochzeit. Die Stunde der Wahrheit. Die Flucht. Und dass mein Leben in Berlin, so wie ich es kannte, in tausend Scherben zersprungen ist. Ich kneife die Augen kurz zu und mache sie dann wieder auf. Vorsichtig, als würde ich auf spitzen Nägeln liegen, drehe ich mich und schaue unter die Decke. Jap, das da an meinem Körper ist eindeutig ein Hochzeitskleid. Und damit ist dieser verdammte Albtraum also die Wirklichkeit. Ich stöhne laut auf und vergrabe mein Gesicht so tief wie möglich in der Decke. Unter mir knirscht der Sand.

Vielleicht hast du vorschnell reagiert, flüstert plötzlich eine innere Stimme der Vernunft, die sich bisher fein zurückgehalten hat. Vielleicht ist das Ganze ein großes Missverständnis? Vielleicht kann Fabio ja alles erklären? Vielleicht gibt es eine ganz einfache Erklärung für all das? Vielleicht, vielleicht. Nein! Ich balle die Fäuste. Halt doch die Klappe, du Vernunftstimme du! Jetzt brauche ich deine Ratschläge auch nicht mehr. Das, was ich entdeckt habe, hätte Fabio nicht schönreden können. Wenn er mich auch sonst immer hatte bequatschen können – »Aberrrr Amorrreeee, isch genne diese Tina kaum, wirklich…« – dieses Mal nicht. Nein, nein, da gibt es nichts zu erklären. Aus dieser Nummer kommt dieser italienische Windbeutel nicht heraus! Damit ist jetzt Schluss!

Ein frischer Wind zieht plötzlich über mich hinüber, und ich kuschle mich noch tiefer in die Decke. Auf einmal bereue ich es zutiefst, dass ich mich in keinen Flieger in die Sonne gesetzt habe, oder wenigstens nach New York oder in irgendeine andere Großstadt gejettet bin, in der man zumindest ein wenig Zerstreuung findet. Jetzt liege ich hier am Arsch der Welt und friere mir selbigen ab. Mutterseelenallein mit meinen Gedanken, die auch schon mal positiver waren. »Oh Gott, bitte mach, dass dieser Albtraum aufhört«, flehe ich leise gen Himmel. Dann weine ich mich noch einmal in den Schlaf.

Zwei Stunden unruhigen Herumwälzens und schlechter Träume später knurrt mein Magen wie ein ganzes Rudel hungriger Löwen. Ich beschließe, dass ich jetzt endlich wieder etwas essen muss, immerhin habe ich seit zwei Tagen nichts Richtiges zwischen die Zähne bekommen. Erst die Aufregung vor der Hochzeit, dann die Aufregung während der Hochzeit. Und dann die unerwartete Aufregung danach. Normalerweise bin ich ein guter Esser (was sich leider auch an meinen Hüften abzeichnet), aber bei den Strapazen der vergangenen Tage konnte ich nicht einmal an so etwas denken wie essen. Wahrscheinlich habe ich bereits einige Kilos abgenommen – wenigstens dieser Gedanke erfüllt mich mit etwas Freude. Die Kirchenglocke hinter mir beginnt zu läuten, und ich zähle müde mit. Eins, zwei, drei, vier, fünf, sechs, sieben, acht. Dann ist wieder Stille. Ich bin kein großer Fan von Kirchenglocken, und das Gebimmel der Zionskirche hat mich vor allem am Sonntagmorgen so einige Male in den Wahnsinn getrieben. Aber hier passt es ja irgendwie hin. Warum ich das so empfinde, weiß ich auch nicht genau. Vielleicht, weil die Menschen hier nicht viel mehr haben, als die raue See und den Glauben an Gott.

Schwerfällig hieve ich mich aus dem Sand wie eine alte Omi, die jemand gegen ihren Willen in einen tiefer gelegten Sportwagen verfrachtet hat und die jetzt einen Kran braucht, um wieder hochzukommen, und schleppe mich zurück zum Auto. Ich bin eben keine achtzehn mehr, denke ich und streiche mir mit der Hand über den steifen Rücken. Der Blick in den Rückspiegel entlarvt jedoch das wahre Drama. Was sich dort zeigt, ist wahrlich keines meiner besseren Morgengesichter: Ich sehe aus wie ein gestrandetes Wrack. Überall in meinem Gesicht haben sich verschmierte Mascara und getrocknete Make-up-Reste zu einer fiesen, klebrigen Masse vermischt. Meine gestern noch so kunstvoll hochgesteckten Haare sehen aus, als hätte ich zu lange in einen Ventilator geguckt. Moment mal, hat mir da etwa eine Möwe auf den Kopf geschissen? Ich taste mit der flachen Hand meine Haare ab. Tatsache: leicht feucht. Weiß und grünlich. Widerlich! Vorsichtig tupfe ich den Schiss so gut ich kann mit einem Taschentuch ab. Das Ergebnis ist immer noch deprimierend – so kann ich nirgendwo hinfahren. Nicht einmal in den kleinen Dorf-Supermarkt, den ich auf dem Weg hierher in Lobbe gesehen habe. Wenn ich so, mit dem Make-up-Muster im Gesicht, dem Möwen-Schiss im Haar und noch dazu im Braut-kleid, in einem Zicker Supermarkt auftauche, lassen die mich doch gleich in die nächste Psychiatrie einweisen.

Ich werfe also die Yogamatte ins kontrollierte Chaos des Minis und gehe ans Wasser zurück. Zum ersten Mal nehme ich die traumhafte Landschaft, die mich umgibt, bei Tageslicht richtig wahr. Am Übergang zwischen Schilf und Strand bleibe ich stehen, und der Blick auf das, was vor mir liegt, versöhnt mich mit dem bisher nicht besonders erfreulichen Morgen. Auf der rechten Seite vor dem Meer und da, wo die Insel zu Ende ist, zwinkern mir saf-tige grüne Hügel zu, manche schimmern gelb im schwachen Mor-genlicht. Unter meinen nackten Füßen – ja, ich bin immer noch barfuß, und da ich auch nichts anderes dabeihabe als weiße Pumps wird das wohl erst mal so bleiben – knirscht der feine Sand. Vor mir die Ostsee, dieses ungemütliche Meer, das mir selbst im Sommer zu kalt ist, um hineinzugehen und das manche Menschen nur ab-wertend als Brackwasser bezeichnen. Heute ist sie so klar und blau, mit kleinen, feinen Wellen und hübschen weißen Schaumkrön-chen, als hätte sie sich extra für meinen Besuch schön gemacht. Ein paar Meter von mir thront ein riesiger Findling, den das Was-ser sanft umspült. Hinter mir die Dünen, in denen sich die Gräser im leichten Wind hin und her wiegen wie tanzende Liebespaare.

Auf einmal halte ich in Gedanken mit dem Pinsel fest, was ich hier sehe. Für den Sandstrand würde ich ein wenig gelbe Farbe in das Weiß hineinmischen. Und das Blau der Ostsee könnte so ein richtig sattes Yves-Klein-Blau sein. Es kitzelt mich förmlich in den Fingern, schließlich habe ich viel zu lange schon nichts mehr gemalt. Als mein Magen allerdings wieder grummelt wie ein heftiges Sommergewitter, breche ich diesen Tagtraum mittendrin ab und erinnere mich daran, dass ich eigentlich etwas zu essen besorgen wollte. Ich laufe ein paar Schritte weiter Richtung Wasser und versuche, mich geschickt so vorzubeugen, dass nicht mein ganzes Kleid nass wird. Die Ostsee ist eiskalt, und als ich mir das Wasser ins Gesicht spritze, habe ich das Gefühl, dass mir sämtliche Nerven absterben. Gleichzeitig spüre ich, wie sich die Haut in meinem Gesicht straffzuziehen scheint. Klasse, da spart man sich wenigstens die Botox-Behandlung. Ich zerre mir mit beiden Händen die hunderttausend Spängchen und Klämmerchen, die mir mein Friseur – »Du! Siehst! Beautiful! Aus! Schätzchen!« – gestern in die Kopfhaut gerammt hat, aus meinem dunkelblonden Vogelnest. Meine schulterlangen Haare öffnen sich, dank der zehn Liter Haarspray, allerdings nur zögerlich. Dann tupfe ich mir etwas Wasser auf die Stelle, von der die Möwe dachte, sie sei ihr neues Klo, und versuche, die Mähne mit den Fingern durchzukämmen.

Aber meine Frisur steht weiterhin wie ein Brett, dabei habe ich eigentlich ganz feines, glattes Haar. Viele Haare, aber immer so glatt, als wären sie frisch gebügelt. Mir fällt ein, dass irgendwo im Mini sicherlich noch ein Haargummi herumfliegt, und kurze Zeit später finde ich es zwischen einem vor ein paar Monaten verlorenen Personalausweis (von dem ich noch der Dame im Ordnungsamt Stein und Bein geschworen habe, dass er mir geklaut worden sein muss), Kugelschreiberminen und verklebten Eisbonbons. Ich atme erleichtert auf, denn ohne Zopfgummi kann ich nicht leben – ich trage meine Haare eigentlich nie offen. Am liebsten binde ich sie mir schon beim Aufstehen aus dem Gesicht. Fabio fand, ich sollte die Haare häufiger offen tragen, weil ich so weiblicher aussehen würde. Dabei zeigen doch meine Kurven schon klipp und klar, an welcher Geschlechtsbox ich mein Häkchen setzen kann.

Und überhaupt! Fabio kann mich mal. Ja genau, DER KANN MICH MAL!

Ich schaue noch einmal über meine Schulter aufs Meer und setze mich dann in den Mini. Nun fühle ich mich einigermaßen bereit, in den Supermarkt zu fahren. Den Tüllrock, der unter meinem Kleid sein eigenes Leben zu führen scheint, mich aber heute Nacht immerhin gut gewärmt hat, ziehe ich noch schnell runter, und eins, zwei, drei fliegt er auf die Rückbank. Voller Elan stecke ich den Schlüssel in das Zündschloss, und … es passiert nichts. Gar nichts. Der Mini gibt nicht einmal einen Laut von sich. Er ist einfach über Nacht verstummt. So, als wäre es seine einzige Aufgabe gewesen, mich hierherzubringen, um dann in einen tiefen Schlaf zu fallen. Frustriert versuche ich es wieder und wieder, aber ich kann den Schlüssel nicht einmal im Zünder drehen. »Jetzt lass du mich nicht auch noch im Stich«, knurre ich vorwurfsvoll.

Ratlos springe ich aus dem Wagen und laufe eine Runde um das Auto. Hätte ich doch bloß die ADAC-Mitgliedschaft verlängert. Aber nein! Anne Glawe dachte ja, das ginge jetzt ewig so weiter mit den Taxifahrten und dem persönlichen Chauffeur. Ich will laut aufschreien, aber bin viel zu erschöpft für solch dramatische Gesten. Was zum Teufel soll ich jetzt machen? Verzweifelt schaue ich mich um, hier in Zicker hat in Laufweite ganz sicher noch nichts geöffnet. Ach, was sag ich, wenn es hier überhaupt einen Kiosk gibt, hat der bestimmt noch saisonbedingt bis zum Sommer geschlossen.

Während ich mich noch frage, warum ich in Gottes Namen bloß hierhergekommen bin, erklingt vom Strand her dasselbe schleifende Geräusch, das mich schon beim ersten Aufwachen begleitet hatte. Der Fischer kehrt wohl von seiner Bootsfahrt zurück. Nicht, dass mir dieser seltsame Pötter vorhin besonders sympathisch war, aber in einer solchen Notlage kann man sich seine Helfer ja nicht aussuchen. Oder wie man hier bei uns im Norden sagt: In der Not frisst der Teufel Fliegen.

»Hallo, entschuldigen Sie, können Sie mir helfen?«, rufe ich dem Grobian am Strand viel freundlicher zu, als er es verdient hätte. Aber ich hasse Unfreundlichkeit. Oder besser gesagt, ich liebe Harmonie. Der Mann, der mit dem Rücken zu mir steht, zieht sich ungerührt seine glänzende, wirklich absurd hässliche PVC-Jacke aus, unter der eine blaue Latzhose zum Vorschein kommt. Gerade, als ich den Unbekannten bitten will, die Jacke doch wieder anzuziehen, weil alles, wirklich alles, besser ist als eine Latzhose an einem Männerkörper, entdecke ich ein paar nicht unbeeindruckende Muskeln unter seinen weißen T-Shirt-Ärmeln, die mich kurz verstummen lassen. Der Fischer dreht sich jedoch weder um noch lässt er sonst irgendwie seine Hilfsbereitschaft erkennen.

Ich reiße meinen Blick mit großer Mühe von diesen wirklich erstaunlich ansehnlichen Armen weg. »Hallo? Entschuldigung«, rufe ich noch mal »Ich brauche Ihre Hilfe! HALLO?!«

Endlich scheint der Fischer mich nicht länger ignorieren zu können und dreht sich langsam um. Als ich sein markantes Gesicht sehe, klappt mir die Kinnlade runter. »Du?«, entfährt es mir überrascht. »Das glaube ich jetzt nicht.«

· ·

Liebeskummer-Status:

So langsam werde ich wütend!

· ·

3.

Anne und die Kliesows

Dieser Fischer alias Fritz Kliesow Junior ist nämlich nicht irgendein Fischer oder Mann. Fritz Kliesow Junior ist das erste männliche Wesen, mit dem ich jemals geknutscht habe. Eine der zwei Jungen-Bekanntschaften aus dem Ferienlager, die ich nie vergessen werde, und das nicht nur, weil Fritz küsste wie eine Waschmaschine im Schleudergang. Schon vor nunmehr fast zwanzig Jahren war Fischers Fritz, wie ihn die anderen Kinder nannten, ein recht, nun ja, sagen wir mal, ungewöhnlicher Kerl gewesen. Sehr verschlossen und mit einem Gesicht so ernst wie das eines Politikers, bevor er seinen Rücktritt verkündet, weswegen die meisten Mädchen (und sogar ein paar der Jungs) ein bisschen Angst vor ihm hatten. Er war auch gar nicht wirklich im Ferienlager zu Besuch, sondern wohnte nur nebenan und kam manchmal zu einigen Veranstaltungen des Feriencamps dazu.

Eigentlich hatte ich es damals auf den braun gelockten Mädchenschwarm Heiko Wolf aus Bernau abgesehen (der Grund für meinen späteren Liebeskummer), aber bevor ich mich vor Heiko blamieren konnte, wollte ich meine Kussfähigkeiten etwas trainieren. Das hatte ich mir damals so eingebildet: Übung macht den Meister. Oder zumindest die Kuss-Meisterin. Und mit Fritz, der wie gesagt nicht unbedingt als Prince Charming erschien, hatte ich mich immer ganz gut verstanden – zumindest hatte ich keine

Angst vor ihm, und er hatte mir einmal aus einer peinlichen Situation, an die ich heute gar nicht mehr denken will, geholfen.

Also hatte ich mir Fritz, der bei einem unserer Lagerfeuer-Abende dabei war, einfach gekrallt und ihm in der romantischen Stimmung am Feuer schöne Augen gemacht, um ihn so zum Küssen zu bringen. Ha, das war ein schönes Training! Sagen wir mal so, nach dieser Begegnung mit Fritz wollte ich erst einmal monatelang niemanden mehr küssen. Aus Angst, dass alle Männer mir beim Knutschen gleich noch eine kostenlose Zahnreinigung verpassen würden.

Nach dem Kuss mit Fritz habe ich ihn erst mal nur schockiert angestarrt (kennen Sie das, wenn sich ein paar Sekunden wie eine Ewigkeit anfühlen? So ein Moment war das!), dann bin ich wie von der Tarantel gestochen aufgesprungen und in mein Zelt gerannt. Fritz ist nach diesem Abend immer wieder im Zeltlager aufgetaucht und hat nach mir gefragt, aber ich habe mich immer versteckt oder verleugnen lassen (immerhin war das kurz vor dem Ende des Ferienlagers). Was mir auch irgendwie leidtat, besonders weil seine Eltern immer reizend zu uns Jugendlichen im Feriencamp waren und uns ständig was Gutes taten – aber ich hatte viel zu viel Panik, dass Fritz unser Kuss-Training noch einmal aufnehmen wollen würde. Nach diesem Ferienlager hatte ich zwar noch zwei Sommer oder so im Feriencamp in Zicker verbracht, aber Fritz war ich seltsamerweise nie wieder begegnet. Und danach war ich hier nur noch auf Familienausflügen gewesen, auf denen ich ihm auch nie über den Weg gelaufen bin. Weshalb mir nur der Teenager Fritz in Erinnerung geblieben war, der allerdings jetzt wirklich erwachsen geworden ist. Sehr erwachsen. Und überaus gut gebaut, wenn ich das mal so sagen darf.

Der Fritz aus dem Hier und Jetzt guckt mich ausdruckslos aus seinen braunen Augen (die ehrlich gesagt ganz schön wären, wenn sie nicht in diesem muffligen Gesicht feststecken würden) an. Erinnert er sich etwa nicht? »Fritz. Ich bin's, Anne. Anne Glawe!«

»Ja, dat seh ik«, entgegnet er trocken. Ich verkneife mir ein Grinsen. Fritz spricht immer noch das gleiche lang gezogene Rüganer-Deutsch, das hin und wieder ins Plattdütsch abgleitet. Damit hat er mich damals schon immer ein wenig zum Lachen gebracht.

Ungerührt von unserem Wiedersehen dreht er sich weg und zieht einen Holzklapptisch hinter dem Boot, das er mit einem Seil an einer Art Fahnenmast aus Holz befestigt hat, hervor. Er schlurft an mir vorbei, stellt den Tisch am Wasser auf und beginnt, seine recht spärlichen Fänge zu sortieren. Was er nicht braucht, landet in hohem Bogen zurück in der Ostsee. Ich beobachte ihn verdutzt. Habe ich mich plötzlich in Luft aufgelöst, oder was ist hier bitte los? Schließlich, nachdem eindeutig klar ist, dass Fritz mir nichts mehr zu sagen hat, baue ich mich vor dem klapprigen Tisch auf. Meine Geduld ist jetzt aber wirklich am Ende, und für einen Moment vergesse ich sogar, wie wenig ich offene Konfrontationen mag. Stattdessen stemme ich meine Arme in die Hüften wie ein trotziges Kind. Allerdings mache ich so, immer noch ohne Schuhe und sicher deutlich übermüdet, bestimmt nicht den allerüberzeugendsten Eindruck.

»Fritz, so begrüßt man aber keine alte Freundin!«, sage ich vorwurfsvoll. »Aber ich ignoriere das mal. Ich brauche deine Hilfe, ich kann meinen Autoschlüssel irgendwie nicht mehr im Schloss drehen. Und ich brauche dringend was zu essen.«

»Ach wat. Dieses Tussi-Auto gehört dir?«

»Was heißt hier Tussi-Auto? Jetzt hör aber mal auf, du Stinkstiesel. Du warst ja nie besonders outgoing, aber du bist ja inzwischen noch viel mürrischer, als ich dich in Erinnerung hatte.«

»Outgoing? Wat'n dat für'n Schnack? Hast du Deutsch verlernt oder wat?«

»Das musst du gerade sagen, du sprichst ja noch nicht einmal Hochdeutsch!«

»Ich habe kein Problem damit, Hochdeutsch zu sprechen«, stellt Fritz plötzlich einwandfrei und ohne jeden Dialekt fest. »Ik will dat nur nich!«

Er schneidet ungerührt weiter an seinen Fängen herum. Dabei zieht er etwas aus dem toten Fisch, das wie Leber oder Galle aussieht – auf jeden Fall schimmert es grünlich. Dieses grüne Zeug landet in einem schwarzen Eimer, den er neben sich aufgestellt hat. Wofür auch immer er das noch verwenden will. Mir wird auf der Stelle übel, vor allem, als der Geruch zu mir hinüberzieht, also wende ich mich kurz Richtung Meer und atme tief ein.

»Boah, du bist so ein…«, sage ich dann, nach dem richtigen Wort suchend. Der unerträgliche Gestank der Fischleichen vernebelt mir die Sinne, und mir will partout keine originelle Beleidigung einfallen. So ist das ja eigentlich immer, später hat man sie dann auf einmal alle parat, die schlagfertigen Gemeinheiten, aber im Moment herrscht einfach nur gähnende Leere in meinem ohnehin schon unterentwickelten sprachlichen Zentrum für Beschimpfungen. »Blödkopp!«, rufe ich schließlich aus vollem Herzen heraus. Wenn schon keine erinnerungswürdige Kränkung, dann wenigstens laut. Aber eine kurze, besonders starke Windböe verschluckt die Hälfte, und als der Rest von »Blödkopp« bei Fritz Kliesow Junior ankommt, hat das Wort längst alle Wucht verloren. Selbst wenn ich will, kann ich nicht wirklich gemein sein.

»Wat willst du denn überhaupt hier?«, nuschelt Fritz schließlich mürrisch, nachdem wir uns eine Weile angeschwiegen haben.

Ich schaue aufs Wasser. Wat will ich denn überhaupt hier? Gute Frage. Ein paar Möwen fliegen schreiend über unsere Köpfe, und in der Ferne erkenne ich die Umrisse einer kleinen Insel. Meine Geografie-Kenntnisse tendieren gegen null, und so kann ich das Stück Land nicht einmal benennen. Aber die Insel kommt mir so verloren vor, wie sie da so völlig isoliert im Meer liegt. Ich verstehe sie gut, denn ich fühle mich gerade genauso wie eine einsame, verlassene Insel.

Bei dem Gedanken daran, *wie* einsam und verlassen ich bin, steigen mir schon wieder Tränen in die Augen. Jetzt bloß nicht heulen, Anne, denke ich. Nicht vor Fischers Fritz. In dem Moment legt sich eine warme, große Hand auf meine zuckende Schulter. Ich drehe mich erschrocken um, und es stellt sich heraus, dass die Pranke zu Herrn Kliesow Senior gehört – das ist natürlich der Vater von Fritz. Fritz Kliesow Senior guckt mich freundlich aus seinen kleinen grauen Knopfaugen an, und jetzt kann ich die Tränen doch nicht mehr zurückhalten.

»Nu, nu, lütsch Deern, wat'n los?« Die tiefe Stimme von Herrn Kliesow klingt so beruhigend und vertrauenserweckend, dass ich mich kurzerhand in seine haarigen Arme werfe. Wie ein Kind schluchze und schniefe ich in sein altes Fischerhemd, von dem ich glaube, dass er es schon damals getragen haben muss. Wie beruhigend es war, dass Rüganer immer dort bleiben, wo sie sind. Wahrscheinlich sitzt auch die zickige Dorfschönheit Steffi hier noch irgendwo auf ihrem Thron aus Algen.

Bei dem Gedanken an Steffi muss ich noch mehr heulen. Steffi, die mir damals »meinen« Heiko weggeschnappt hatte. Die wunderschöne Blondine mit der Traumfigur – und das, obwohl sie (wie sie nicht müde wurde zu betonen) essen konnte wie ein Scheunendrescher. Und die das ganze restliche Ferienlager damals damit verbracht hat, Hand-in-Hand und ach-so-glücklich mit Heiko vor mir herumzustolzieren. Wahrscheinlich ist sie inzwischen glücklich mit Heiko verheiratet, hat den besten Job der Welt und ihre drei – mindestens! – Bilderbuchkinder laufen hier irgendwo über die Wiesen, als befänden sie sich in einem Butter-Werbespot. Steffi hat schließlich schon immer genau das bekommen, was ich wollte und nicht kriegen konnte. Tatsächlich hatte mir eine alte Freundin aus dem Ferienlager wirklich mal erzählt, dass Heiko sogar für Steffi hierhergezogen sei.

Manche Leute bekommen eben einfach alles, und andere – bei diesem Gedanken muss ich noch heftiger heulen. Ich grabe mein Gesicht noch etwas tiefer in das muffige Fischerhemd, und Herr Kliesow klopft mir beruhigend mit seiner großen, vom Salzwasser geschundenen Hand auf den Rücken.

»Warum trägt die Deern denn 'n Hochtietkleed?«, brummt er nach einer Weile, und ich bin mir nicht sicher, ob er mit mir oder Fritz Junior spricht.

Vorsichtshalber antworte ich nicht. Über die Begegnung mit Fritz hatte ich fast ganz vergessen, dass ich ja immer noch als waschechte Braut unterwegs war. Als eine abgehalfterte Braut zwar, aber nichtsdestotrotz als Braut. Das wirft natürlich Fragen auf, zumindest bei normalen Menschen. Bei Fritz Junior anscheinend nicht… er hatte das immerhin mit keinem Wort erwähnt.

»Nu kummst erst mal mit«, sagt Herr Kliesow schließlich, als ihm niemand auf seine Frage antwortet. »Christa wird dich schon oppäppeln.«

Zwanzig Minuten später sitze ich, frisch geduscht und zumindest äußerlich ein neuer Mensch, am reichhaltig gedeckten Frühstückstisch von Christa und Fritz Kliesow Senior. Frau Kliesow ist in echte Begeisterungsstürme ausgebrochen, als sie mich gesehen hat – sie hat mich tatsächlich gleich erkannt und an sich gedrückt. Und sie hat mir einen ihrer Trainingsanzüge geliehen, der deprimierenderweise – denn Frau Kliesow ist nun mal das, was man politisch korrekt als vollschlank bezeichnen würde – wie angegossen passt. Wobei man zu meiner Verteidigung sagen muss: Die Hose (in der aufregenden Farbkombi Neongelb-Lila-Grün) hat natürlich einen Gummizug, und das passt schließlich jedem. Dazu trage ich ein großes, graues Levis-T-Shirt, das ich kunstvoll in den Gummibund hineingestopft habe.

Beim Blick in den Spiegel musste ich feststellen, dass ich ein bisschen wie eine Karikatur der Fashionistas vom Hackeschen Markt in Berlin aussah. Fehlt nur noch das passende Stirnband, und ich wäre eine Art wandelndes 8oer-Jahre Revival. Aber wie formuliert es meine beste Freundin Moni immer so schön: Den 8oer-Jahre-Style darf nur tragen, wer sich an die 8oer nicht wirklich erinnern kann. Und ich schwöre feierlich, dass meine kindlichen Erinnerungen erst mit der deutschen Wiedervereinigung einsetzen (beweisen Sie mir mal das Gegenteil!).

»Frau Kliesow, danke, dass ich bei Ihnen duschen durfte. Und danke auch für die Kleidung«, sage ich ungeachtet dessen, wie bekloppt ich aussehe, während Frau Kliesow mir ein großes Glas Orangensaft reicht.

»Ist schon gut. Du konntest ja nicht weiter mit diesem Hochzeitskleid herumlaufen. Dat war kein Fummel für hier, mit all den Perlen und der Spitze«, antwortet Frau Kliesow pragmatisch.

Ich stimme nickend zu und danke ihr in Gedanken tausendmal dafür, dass sie nicht ein einziges Mal gefragt hat, warum ich hier eigentlich im Hochzeitskleid aufgeschlagen habe.

»Mensch Kinners, dat letzte Mal habe ich dich gesehen, da ward ihr …«, Christa Kliesow überlegt und macht dabei ein Gesicht wie ein mümmelnder Hase, »wie alt? Vierzehn, nee, sechzehn?«

Ich nicke grinsend.

»Da wart ihr ja noch halbe Kinder … Und jetzt schau dich an«, sie nickt mir anerkennend zu, und ich spüre wie sich meine Stimmung ein wenig hebt. »Du bist noch hübscher geworden als früher! Was bringt dich denn auf die Insel?«

»Nu, lass sie doch erst mal essen, Christa«, mischt sich Kliesow Senior ein.

»Ja natürlich«, ruft Frau Kliesow lachend, und ihre großen Brüste wippen auf und ab wie Segelboote bei Sturm. »Hier«, sagt sie und reicht mir ein Glas Marmelade, »hab ich selbst gemacht, die Erdbeeren sind aus unserem Garten.«

Gerade als ich auf dem ersten Bissen Brötchen mit Butter und der wirklich köstlichen Erdbeermarmelade herumkaue, betritt plötzlich Fritz die Küche, aus deren kleinen Fenstern man bis auf den Bodden gucken kann. Er würdigt mich keines Blickes und lässt sich schwerfällig auf den Holzstuhl plumpsen. »Mudder, ham wir noch Mett?«

Frau Kliesow fährt sich für einen Moment nachdenklich durch ihre halblangen, mittlerweile mehr grauen als blonden (aber immer noch genauso dauergewellten) Haare und nickt dann mit geschürzten Lippen. Als sie aber aufstehen will, hält Fritz sie davon ab: »Is' schon gut. Hol ich mir selbst. Du bleib mal sitzen. Hast echt schon genug gerackert.«

Ich schaue Fritz, der nun zum Kühlschrank schlurft, überrascht hinterher. Der kann ja richtig nett sein. Na ja, also auf seine Art.

Als Fritz sich wieder hinsetzt und beginnt, den mitgebrachten Mettigel mit den Zwiebeln gleichmäßig auf seinem Brötchen zu verteilen, beobachte ich ihn verstohlen. Er sieht dem Fritz, den ich mit vierzehn kenngelernt habe, immer noch sehr ähnlich. Aber sein kantiges Gesicht ist noch ernster geworden, und um seine Augen haben sich kleine Fältchen gebildet. Wahrscheinlich trägt er selbst bei der grellsten Sonne keine Sonnenbrille auf See. Aber insgesamt muss ich sagen, dass er mir mit sechsunddreißig Jahren deutlich besser gefällt als mit sechzehn. Er sieht sogar ziemlich gut aus, mit seinen verwuschelten blonden Haaren, den starken, leicht gebräunten Armen und den schön geschwungenen Lippen. Na ja, so gut wie man eben aussehen kann, wenn das Gesicht nonstop zur Faust geballt ist.

»Sagen Sie, haben Sie eigentlich noch die Ferienwohnung, die Sie früher immer vermietet haben?«, frage ich dann, um mal wieder gedanklich auf ein anderes Thema zu kommen. Und weitergehen muss es ja auch mit mir.

»Na kloor«, ruft Herr Kliesow, der sich in diesem Moment eine solche Menge an Heringssalat auf sein Brötchen packt, dass es für zehn Brötchen ausreichen würde.

»Und was kostet die?«, frage ich zögerlich. Keine Ahnung, ob ich wirklich längerfristig hier in Zicker bleiben will, aber noch eine Nacht am Strand macht mein Rücken garantiert nicht mit. Außerdem sind wir hier auf Rügen und nicht in der Karibik. Und das bedeutet, dass es vor allem im Frühjahr jederzeit plötzlich stürmen oder wie aus Kübeln gießen kann. Außerdem wäre es vielleicht keine schlechte Idee, mich erst einmal den Freeses anzuschließen. So ganz allein, das ist ja auch nichts.

»Anne?«, höre ich in dem Moment Frau Kliesow fragen.

»Oh sorry, wie bitte?«

»Weiß denn der Bräutigam, wo du bist?«, wiederholt Frau Kliesow ihre Frage.

Ich schüttele entsetzt den Kopf und starre augenblicklich auf den Fußboden. Das Gespräch steuert jetzt aber plötzlich in eine wirklich unangenehme Richtung.

»Mädchen, da musst du aber Bescheid sagen.«

»Hm«, nicke ich, und als ich wieder hochschaue, trifft mein Blick den von Fritz Junior, er schaut mich irgendwie komisch an, nachdenklich. Oder vielleicht auch missbilligend – ich war noch nie gut darin, die Gesichter anderer Menschen zu deuten. »Erst mal muss ich mein Auto wieder in Schuss bringen«, sage ich schließlich, weil mir sonst nichts einfällt.

»Oh, gehört der kleine rote Flitzer mit dem weißen Dach dir?«, fragt die Hausherrin mit leuchtenden Augen. »Den hab ich schon gesehen. So ein Mini, der würde mir auch gefallen, ne Vati.« Sie stößt Herrn Kliesow sanft mit ihrem Ellenbogen an.

»Tja, im Moment kann ich aber nicht mal den Zünder im Schloss drehen«, kommentiere ich trocken, während ich mir noch etwas O-Saft eingieße.

»Fritz«, fordert Frau Kliesow ihren Sohn in einem Ton auf, der keinen Widerspruch erlaubt. »Das guckst du dir nach dem Frühstück mal an.« Dann sagt sie, verschmitzt grinsend an mich gerichtet: »Der Fritz hat nämlich Zauberhände: kein Auto oder Boot, was der nicht zum Laufen bringt. Er kann dir bestimmt helfen.« Nun, das möchte ich ernsthaft bezweifeln.

»Klei mi am Mors!«, ruft Fritz, als der Mini auch beim vierten Versuch nicht so will wie er. »Was? Ich verstehe kein Plattdütsch!« Ich will ihn ein bisschen ärgern, diesen grimmigen Fritz, und ein bisschen stimmt es ja auch. Schließlich verstehe ich wirklich kaum Plattdeutsch, meine Eltern kommen schließlich ursprünglich aus Berlin. Mit falschen Fällen und Artikeln (»den seine Frau«) und Wortverkürzungen (»glob ik nich«) habe ich zwar keine Probleme, mit Plattdütsch hingegen schon. Und das, obwohl ich eigentlich an der Ostsee geboren und aufgewachsen bin. Ein echter Fischkopp sozusagen. Andererseits esse ich ja auch keinen Fisch. In diesen Gefilden hier bin ich damit ungefähr so passend wie Reiner Calmund in einer Selbsthilfegruppe für Magermodels.

»Ich glaube, du brauchst einen neuen Zünder«, erbarmt sich Fritz schließlich, mir auf Hochdeutsch zu erklären, was mit dem Flitzer nicht stimmt.

»Und wo bekomme ich den?«

»In Bergen würde ich sagen.«

»Und wie komme ich ohne Auto nach Bergen?«

»Dat is nich mein Problem.«

»Na sehr witzig. Ich denke, du hilfst mir?« Ich schaue Fritz vorwurfsvoll an. Aber dieser Stiesel ist immun gegen alles, was man so an Gefühlen zum Ausdruck bringen kann. Statt einer Antwort zuckt er nur mit seinen breiten Schultern. Dann geht er, ohne ein Wort zu sagen, Richtung Haus zurück. Ich könnte schon wieder heulen. Stattdessen hefte ich mich an seine Fersen, denn wahrscheinlich ist er der Einzige, der mir hier in diesem Kaff helfen kann. »Fritz, bist du heute mit dem falschen Fuß aufgestanden, oder warum bist du so schlecht drauf?«, frage ich und versuche, möglichst einfühlsam zu klingen.

»Spielst du jetzt hier die Psycho-Tante, oder wat soll dat?«, patzt er zurück.

»Ich hatte in meinem Studium tatsächlich ein paar Psychologie-Seminare«, sage ich mehr zu mir als zu ihm. »Und immerhin… immerhin kennen wir uns doch schon lange, und… wir haben schließlich einen besonderen Moment unserer Jugend miteinander geteilt!«

Fritz bleibt abrupt stehen. Seine dichten Augenbrauen ziehen sich zu einer Unwetterfront zusammen. »Ach ja? Wüsste nicht, was für ein Moment das gewesen sein soll.«

Na, jetzt lügt er aber. Das kann doch nicht sein, dass er unseren Kuss vergessen hat? So wie er damals in meinem Mund rumgestolpert ist, war das doch auch für ihn eindeutig der erste Kuss. Ich versuche, ihn durchdringend anzusehen, aber die Sonne blendet mich, und es kommt wahrscheinlich nur ein seltsam verzerrtes Blinzeln dabei raus. Fritz guckt ernst zurück, aber er blinzelt nicht. Er starrt geradezu.

Spielen wir jetzt Indianerblick? Das haben mein Vater und ich früher immer gemacht. Man muss einander anstarren, und wer als Erstes blinzelt, hat verloren. Ich war damals ganz gut darin, aber da musste ich auch nicht gegen die Sonne gucken. Fritz starrt weiter. Ich starre ebenfalls – na ja, vielleicht blinzele ich ein klein wenig. Für Außenstehende muss das jetzt etwas absurd aussehen. Wie wir beide hier stehen und uns anstieren, ohne die Miene zu verziehen. Seine braunen Augen bewegen sich nur ab und zu ein wenig nach links und rechts. Er hat erstaunlich lange Wimpern, die wie ein dicht gewobener Teppich an seinen Lidern liegen. Ich muss plötzlich lächeln, und sogar Fritz' Gesichtszüge werden auf einmal weicher. Doch bevor er auch noch aus Versehen lächelt, dreht Fritz sich auf einmal um und läuft, ohne ein weiteres Wort zu verlieren, ins Haus zurück. Und ich bleibe am Strand stehen, blicke aufs Meer und wundere mich über diesen Mann.

Etwa eine Stunde später ziehe ich in die Ferienwohnung der Familie Kliesow. Frau Kliesow hatte es sich vorhin nicht nehmen lassen, noch einmal kräftig durchzuputzen, und ich habe nun, zumindest erst einmal, ein Dach über dem Kopf. Die Wohnung befindet sich in einem schmucklosen Flachbau auf dem Hof der Freeses, hinter dem deutlich schöneren Reetdachhaus mit den Sprossenfenstern und der blau-weißen Holztür, untergebracht. Es handelt sich dabei um eine sehr kleine Wohnung: Bad, Küche und Wohnecke mit Bett. Frau Kliesow hat mich so nett aufgenommen und mir auch gleich die Betten mit einer heimelig geblümten Biberbettwäsche bezogen, dass ich mich gar nicht recht traue, etwas zu diesem

Einrichtungsstil zu sagen. Der ist nämlich… nun ja, so gar nicht mein Stil.

Aber beschreiben kann ich ihn ja mal. Völlig ohne Wertung sozusagen. Also: Man betritt die Einliegerwohnung, und rechts neben dem Eingang steht ein braunes, kugeliges Ledersofa. Zweisitzer, Farbe ausgeblichen, leicht zerschrammt. Links vom Eingang befinden sich eine Wand und ein kleines Fenster, dahinter folgt eine kurze schmucklose Küchenzeile. Die Küche besteht im Großen und Ganzen aus zwei Hängeschränken (das gleiche helle Holz wie in der Küche der Freeses), einer marmorfarbigen Arbeitsplatte und einem weißen Wasserkocher sowie einem schwarzen Toaster. Neben der Küchenzeile liegt der Eingang zum kleinen Bad (Duschkabine, helle Fliesen mit Muschel-Applikationen). Hinter dem braunen Sofa steht ein weißes Futonbett mit einer futuristischen Bogenkonstruktion aus Metall, daneben ein kleiner Nachtschrank im Landhausstil. Gegenüber davon befindet sich eine dunkelbraune Schrankwand, die sich höchstwahrscheinlich noch aus DDR-Zeiten rübergerettet hat. Ach so, und vor dem braunen Sofa steht noch ein niedriger Glastisch. Die Tischplatte ist bräunlich eingefärbt, und darauf thront eine Möwe aus Holz. Das ganze Zimmer ist mit grauer Auslegeware gepflastert, und vor dem Fenster am Eingang (es gibt noch ein weiteres auf der anderen Seite neben dem Bett) hängt ein Band mit drei weißen Herzen.

Insgesamt ist diese Wohnung also das komplette Gegenteil von Fabios Luxus-Penthouse. Unseren, ähm, seinen Zweihundertvierzig-Quadratmeter-Palast (allein sein Wohnzimmer ist achtzig Quadratmeter groß) mit den hohen Decken hatte ich nämlich eher kühl-skandinavisch eingerichtet. Viele (so stand es zumindest in den Interior Design-Blogs, die ich damals durchforstete) funktionale Bauhaus-Stücke in simplen, gedeckten Farben, eine Küche aus kühlem Stahl, mit Estrichboden, und an den ansonsten kahlen Wänden hing abstrakte Kunst. Sie wissen schon, Kleckse, Rechtecke und Kreise auf einer weißen Leinwand für mehrere Tausend Euro. Früher fand ich das lächerlich, dass Menschen sich für so viel Geld Malereien kaufen, die auch gut und gerne aus einem Kindergarten stammen könnten. Aber was soll ich Ihnen sagen – mit dem Reichtum vermehren sich auch die Spleens. Und in Einrichtungsmagazinen sieht man ja praktisch kaum noch etwas anderes.

Ich persönlich mag ja lieber Bilder, auf denen man auch etwas erkennen kann – immerhin male ich selbst in dem Stil. Oder besser gesagt, malte, denn ich bin dieser Passion ja schon ewig nicht mehr nachgegangen. Aber zu diesem modernen Einrichtungsstil, der jetzt überall so angesagt war, schienen meine oder die Bilder, die mir eigentlich gefielen, nicht zu passen. Zumindest hatte Fabio immer nur grinsend den Kopf geschüttelt, wenn ich doch mal vorgeschlagen hatte, eines meiner früheren Gemälde an die Wand zu hängen. Überhaupt, der puristische Stil erlaubte ja nichts außer gerader Linien und gedeckten Farben. Bloß kein Kitsch. Bloß nicht zu gemütlich.

Lediglich ein dunkelgrünes Louis-Philippe-Sofa (Nussbaum massiv, Rückenlehne mit Schnitzbekrönung, Spätbiedermeier um 1860) im Eingangsbereich brach mit dem puristischen Stil, von dem ich glaubte, dass er zu uns und den modernen Räumen passen würde. Bei dem Gedanken an das Sofa entfährt mir ein tiefer Schluchzer, und Tränen laufen über meine Wangen. Manchmal, wenn ich abends nach einem Kundendinner nach Hause kam, hat Fabio schon an der Eingangstür auf mich gewartet. Dann zog er mich aufs Sofa, und wir haben geknutscht wie zwei Teenager. Ich kann nicht glauben, dass das jetzt alles vorbei sein soll. Wir werden nie wieder eng umschlungen auf diesem Sofa sitzen. Und ich werde ihm nie wieder so nah sein, dass sein Hermes-Parfüm mich umschließt wie eine Wolke aus Glück. Warum eigentlich nicht? Ist es wirklich so schlimm, was er getan hat? Was ich gesehen habe? Können wir das nicht irgendwie klären? Aufarbeiten? Eine Paar-Therapie machen? Für einen kurzen Moment glaube ich, dass das eine gute Idee sein könnte. Doch dann erfasst mich wieder diese Welle der Enttäuschung, die mir jedes Mal mit voller Wucht den Boden unter den Füßen wegzuziehen scheint. Wie konnte er mich so belügen? Die Frage hämmert in meinem Kopf wie Tine Wittler beim Einsatz in vier Wänden. Wie konnte er all das vor mir geheim halten? Er hatte ein ganzes Leben, von dem ich nichts gewusst habe. Und das, obwohl ich doch alles in meinem Leben mit ihm geteilt habe. Nicht ein Geheimnis hatte ich vor ihm. Nicht eins!

Ich lasse mich auf das Bett fallen und heule wie ein Schlosshund. Hemmungslos schluchzend frage ich mich immer wieder, wie Fabio mir das antun konnte. Warum? Diese Frage läuft in Endlosschleife in meinem Kopf. Wie eine Platte, die einen Sprung hat. Wir haben uns doch geliebt! Ich liebe ihn ja immer noch, auch wenn er mir so sehr wehgetan hat. So eine Liebe verschwindet ja nicht von heute auf morgen, egal wie verletzt oder wütend man ist.

Dann zerre ich mein Handy aus der kleinen Handtasche, die ich auch am Tag meiner Hochzeit getragen habe. Eine weiße Prada Clutch, in die ich mich sofort verliebt habe, als ich sie das erste Mal auf der Fifth Avenue in New York sah. Fabio fand sie erst zu teuer, aber am Ende hat er sie mir doch gekauft und mir mit viel Getue überreicht. Ich blicke auf meinen Handybildschirm, und die vielen Benachrichtigungen flimmern vor meinen Augen. Allein heute hat Fabio schon siebenmal angerufen. Außerdem habe ich von ihm, Moni und meiner Mutter Nachrichten bekommen.

Fabio-Schatz: »Amore, ich muss mit dir sprechen! Ich kann dir alles erklären, bitte ruf mich an. Du musst mir noch eine Chance geben! Ti amo!« Ich merke, wie mir schon wieder Tränen in die Augen steigen und schlucke schwer.

Moni: »Hallo Süße, hoffe, du flitterst schön, und Fabio trägt dich weiterhin auf Händen. Vermiss dich hier, deine Moni.« Schlucke. Schluchze.

Mama: »Hallo meine Kleine, schön, dass bei dir alles okay ist. Papa und ich schicken dir viele Küsse und Grüße.« Weinkrampf. Nichts ist okay. Gar nichts.

Unter Tränen tippe ich eine Antwort ins Telefon, die ich dann sowohl an Moni als auch an meine Mama schicke:

»Alles super hier. Kuss.« Kurz. Nur ja nicht mehr als nötig schreiben.

Dann starre ich auf Fabios Nachricht und seine entgangenen Anrufe. Fabio-Schatz. 8:23 Verpasst, Fabio-Schatz. 9:04 Verpasst, Fabio-Schatz. 9:45 Verpasst, Fabio-Schatz. 9:46 Verpasst, Fabio-Schatz. 10:00 Verpasst, Fabio-Schatz. 11:17 Verpasst, Fabio-Schatz. 12:34 Verpasst.

So viele verpasste Chancen. Ich stelle das Handy auf »Flugmodus«.

• •
Liebeskummer-Status:
Ein einziger Heulkrampf
• •

4.

Anne und die Prinzessin von Zicker

Tränenreiche Stunden später quäle ich mich aus dem Bett, weil meine Blase zu platzen droht. Ich schleppe mich ins Bad, und meine zugeschwollenen Augen und mein aufgequollenes Gesicht machen deutlich, dass ich nicht zu den Frauen gehöre, die schön sind, wenn sie weinen. Nein, ich sehe inzwischen eher aus wie eine dieser Nackenrollen, die sich Menschen in Flugzeugen um den Hals legen, um dann mit offenem Mund zu schlafen.

Draußen dämmert es mittlerweile, und ich begreife entsetzt, dass ich wohl den ganzen Tag heulend in diesem Zimmer verbracht habe. Was ist bloß los mit mir? So bin ich doch eigentlich gar nicht. Ich merke, dass ich ein wenig Hunger habe, aber ich kann mich nicht aufraffen, meine Höhle zu verlassen. Einen Moment lang starre ich aus dem Fenster, hinter dem sich die Zickerschen Berge bedrohlich wie auf mich zukommende Wände auftürmen. Da raus? Als verquollene Nackenrolle? Nein, vielen Dank! Also ziehe ich mir erst die geborgten Klamotten aus und schließlich die Biber-Blümchen über den Kopf, um ein wenig Schlaf zu finden.

Als ich nach einem unruhigen Traum langsam wieder wach werde, zeigt die kitschige, weiß glänzende Pferdeuhr auf der Schrankwand gegenüber (wie konnte ich die in meiner Beschreibung vorhin vergessen?), dass es inzwischen fünf vor halb zehn Uhr ist. Abends. Ich bin auf einmal hellwach. Kein Wunder, nachdem ich mehr oder weniger den ganzen Tag geheult und geschlafen habe. Man müsste ein Wort für diesen Zustand erfinden. Heulschlaf. Geheulafen. Oder so was.

Während ich mich im Bett aufrichte, fällt mir ein, was ich geträumt habe: Wir waren in der Karibik in unseren Flitterwochen, Fabio und ich, genau so wie wir es geplant hatten. Alles war genau so, wie wir es uns ausgemalt hatten: Palmen, weißer Traumstrand, funkelndes Meer, Palmen und natürlich strahlender Sonnenschein. Der reinste Bacardi-Werbespot. Gerade, als ich es mir im Meer auf der Luftmatratze bequem gemacht hatte und mich mit einem Mojito in der Hand den weißen Sandstrand entlangtreiben ließ, sah ich, wie Fabio an Land eine Liege zurechtschob. Und dann noch eine. Und noch eine. Und während ich auf meiner Luftmatratze an meinem Cocktail nuckle, frage ich mich, was er da nur tut.

Da taucht neben ihm, wie aus dem Nichts, eine große, blonde Frau auf. Typ skandinavisches Model, definitiv jünger, vor allem aber deutlich schlanker als ich. Mit einem Körper, der aussah wie eine ungekochte Spaghetti, und mit einem kurzen, frechen Zopf und einer Stupsnase, wie nur Schwedinnen oder Hamburger Mädels sie haben. An der Hand hielt sie eine kleine bildhübsche Kopie ihrer selbst. Fabio umarmte die Schwedin liebevoll und küsste das kleine Mädchen auf die Spitze der winzigen, unerträglich süßen Stupsnase. Die Schwedin schwang ihre zwei Meter langen Beine auf die Liege und schäkerte währenddessen weiter mit meinem Fabio, der, wie immer wenn er gut drauf war, viel gestikulierte beim Reden. Die Kleine flitzte um sie herum, und ihr glockenhelles Lachen tönte über den ganzen viel zu weißen Sandstrand. Es war, als wäre ich, das Walross auf der Luftmatratze, plötzlich unsichtbar geworden. Als hätte es mich nie gegeben. Ich starrte Fabio ungläubig aus der Ferne an, aber er schien mich völlig vergessen zu haben. Und er sah so glücklich aus! Sein Lachen reichte von einem Ohr zum anderen und entblößte seine strahlend weißen Zähne, während seine braunen Locken fröhlich auf und ab hüpften.

Unterdessen trieb meine Luftmatratze langsam immer weiter raus aufs Meer, und die Köpfe der glücklichen Fabio-Familie, zu der ich anscheinend nie gehört hatte, wurden so klein wie Erbsen. Und ich konnte nichts anderes tun, als wie versteinert diesem Bilderbuch-Idyll zuzusehen. Ehe ich michs versah, befand ich mich auf einmal auf offener See. Plötzlich zog dann auch noch ein Sturm auf, der von Minute zu Minute stärker und gefährlicher wurde. Das Meer brauste in hohen Wellen, es donnerte und blitzte. Der Himmel war tiefschwarz, und meine kleine Luftmatratze wurde fast in der Mitte durchgerissen. Die Gischt peitschte mir ins Gesicht, und ich kämpfte minutenlang gegen die immer gewaltiger werdenden Wellen an. In dem Moment, in dem ich schließlich in hohem Bogen ins Wasser geworfen wurde, wachte ich schweißgebadet auf.

Hier sitze ich nun und bekomme das Bild der hübschen Schwedin mit dem Spaghetti-Körper nicht mehr aus dem Kopf. Was für ein Albtraum! Und das Schlimmste ist, dass es mich viel zu sehr an gewisse Fotos erinnert hat, die mir vor ein paar Tagen in die Hände gefallen sind. Ich schüttele mich leicht und beschließe, dass ich unbedingt an die frische Luft muss. Raus aus diesem kleinen Zimmer und weg vom Anblick meines Hochzeitskleides, das zusammengeknüllt auf dem Boden liegt. Und hin zu etwas Essbarem, denn offenbar sorgt der Heulschlaf für Hunger.

Also greife ich nach der Trainingshose, dem T-Shirt und der

Fleecejacke, und dann fällt die Tür hinter mir schon mit einem satten, dumpfen Geräusch ins Schloss. Als Erstes laufe ich zum Meer. Anders als das wild gewordene Meer aus meinem Traum liegt die Ostsee ruhig in der Bucht von Zicker da. Sie plätschert in leisen, gleichmäßigen Bewegungen an den Strand, und genau diese Ruhe hilft mir, den Traum von vorhin abzuschütteln. Ein paar Meter vom Ufer entfernt schwimmt ein schlafender Schwan, der seinen langen Hals und den kleinen Kopf in das hintere Gefieder gesteckt hat und langsam mit leicht auf- und abhüpfenden Bewegungen über das Wasser gleitet.

Mir fällt ein Lied ein, das meine Mutter früher immer in der Küche mitgesungen hat, von einer ihrer geliebten DDR-Rock-Bands. Dabei ging es um einen singenden Schwan, um einen singenden Schwanenkönig, um ganz genau zu sein. Und die anderen Tiere hören ihm schweigend zu, weil sie wissen, dass dieser Schwanenkönig nur dann auf diese Weise singt, wenn er vor Liebe stirbt.

Mir steigen die Tränen in die Augen bei dem Gedanken an dieses traurige Lied. Ich lasse mich in den Sand fallen, springe aber gleich wieder hoch, weil er ziemlich feucht ist. Unschlüssig wandere ich am Strand herum, als ich plötzlich aus der Entfernung dumpfe Musik höre. Irgendwo in Zicker scheint also doch noch was los zu sein. Vielleicht bekomme ich da auch was zu essen, denke ich optimistisch und wische mir die Tränen weg.

Wenn man fast fünfzehn Jahre in Berlin gelebt hat, geht man leider davon aus, dass man alles zu jeder Tages- und Nachtzeit bekommt. Ob Schokolade, Tampons oder Kondome. Ich habe immer irgendwo gewohnt, wo es einen Späti in der Nähe gab. So nennen Berliner die Kioske, die mehr oder weniger rund um die Uhr geöffnet haben und die mit ihrer Warenvielfalt die Antworten auf alle Fragen, Bedürfnisse und vor allem auf den nächtlichen Heißhunger liefern. Und die einen glatt vergessen lassen, dass man nun mal in manch einem kleinen Dorf an der Ostsee nicht mit einem solchen Service verwöhnt wird.

Ich gehe jetzt langsam die schmale Dorfstraße entlang und passiere die Kirche. Die Ecke hier, im Schatten des Kirchturms, auf dessen Spitze ein gruseliges, stählernes Kreuz prangt, hat etwas sehr Unheimliches an sich. Ehrlich gesagt habe ich immer ein wenig Angst im Dunkeln. Davor, dass irgendwo jemand aus dem Busch springt und mich überwältigen oder, schlimmer noch, ermorden will (gestern, nach meiner Ankunft, war ich wohl so durch den Wind, dass ich nicht einmal an diese Angst denken konnte – aber nach so einem Tag sind wohl sogar die eigenen Ängste erschöpft). Vielleicht kommt das von all den Krimis, die ich schon als Kind mit meiner Mutter geguckt habe und die ich auch heute noch leidenschaftlich gerne schaue und lese. Wobei, zumindest beim Tatort, die Hälfte des Filmes ohne Ton läuft, weil ich nur so die Spannung ertrage. Noch etwas, das Fabio wahnsinnig gemacht hat. Er war natürlich auch der Grund, warum ich in den letzten Jahren so viele Italien-Krimis gelesen habe.

Bei dem Gedanken an Italien spüre ich wieder dieses Stechen in der Brust. Und dieses flaue Magengrummeln. Bella Italia. Das gute Essen. Die Musik. Amore. Das ist jetzt also auch vorbei. Alles ist vorbei. Ich habe das Gefühl, dass ich mich übergeben muss, und mache an einem großen Findling, der an der Straßenecke liegt, eine kurze Pause. Ich vermisse Italien schon jetzt. Und eins ist ja wohl klar: Dorthin werde ich nie wieder hinfahren können!

Fabio kommt nämlich ursprünglich aus Rom, aus dieser Stadt, in die ich mich sofort verliebt habe. Und das nicht nur, weil mein Leibgericht Spaghetti alla Carbonara ist, das natürlich dort, wo es herkommt, am besten schmeckt. Rom ist für mich die schönste Stadt der Welt! Dieses Dolce Vita, von dem alle immer reden, gibt es dort nämlich wirklich. In Rom gibt es keine Umwege und kein echtes Verlaufen, weil man immer etwas Schönes entdeckt, einen Palazzo oder einen kleinen Brunnen, den man sonst verpasst hätte, wenn man sich nicht erst verirrt hätte.

Wobei, Fabio würde das wohl anders sehen, und mir fällt ein, wie ich mich bei meinem ersten Rom-Besuch mit Fabio am Trevi-Brunnen verabredet hatte. Er war damals für ein paar Geschäftstermine schon einige Tage vor mir nach Italien gereist, und obwohl er mir anbot, mich vom Flughafen abzuholen, beschloss ich, allein zu seiner Wohnung zu fahren. In einem Anflug von völliger Verkitschung schlug ich also vor, dass wir uns erst abends am Trevi-Brunnen treffen sollten. So würde ich mich ihm nicht mit dem typisch zerknautschten Flugzeuggesicht präsentieren müssen, und außerdem trafen sich Liebespaare in Hollywoodfilmen auch immer an irgendwelchen Wahrzeichen. Empire State Building, Eiffelturm, so etwas halt. Da ich zum ersten Mal in Rom war, kannte ich den Trevi-Brunnen nämlich ebenfalls nur aus genau solchen Filmen. Die Vorstellung, wie Fabio glücklich lächelnd auf mich zulaufen würde und wir zwei uns wie ein echtes Traumpaar verliebt um den Hals fallen würden, ließ mich dabei völlig vergessen, wie absurd schlecht mein Orientierungssinn ist. Andererseits, wie schwer konnte es sein, die Hauptattraktion der Stadt zu finden?

Unglaublich schwer!

Die ganze Geschichte ging so: Fabio hat eine kleine Wohnung am Piazza Navona, und dahin ließ ich mich nach der Ankunft vom Taxifahrer bringen. Der versicherte mir, dass der Weg von dort zum Trevi-Brunnen nicht weit und schon gar nicht kompliziert sei.

»Fontana di Trevi«, strahlte er. »Nessun problema!« Dann verstand ich nur noch »geradeaus«, »Pantheon« und »pronto«.

Als ich mich bereits um kurz nach sieben aufmachte, um – natürlich umwerfend aussehend und ganz bestimmt nicht verschwitzt – Punkt acht am Fontana di Trevi anzukommen und meinen Liebsten in die Arme zu schließen, war ich noch guter Dinge. Ich dachte sogar daran, in regelmäßigen Abständen mein Haar zurückzuwerfen, damit es locker und flockig um mein Gesicht herumtanzen konnte, sobald ich auf Fabio zuspazieren würde. Ja, ich fühlte mich gut, mein weißes Calvin Klein-Kleid umschmeichelte mich wie eine zweite Haut und die Männer schauten mir nach. Sogar ein paar Frauen nickten anerkennend in meine Richtung – wenn das nicht immer das größte Kompliment ist! Ich lief lächelnd die kleinen Gässchen entlang und erfreute mich an der Schönheit, die hier im wahrsten Sinne des Wortes auf der Straße lag. Die Palazzi, die kleinen Brunnen, die an jeder zweiten Straßenecke vor sich hin plätscherten, die verspielten Säulen und die herrlichen Plätze. Dazwischen die hektisch brausenden Vespas, auf denen glückliche, gut aussehende Menschen saßen. Ach, und natürlich all die wunderbaren Brücken mit ihren Engelsstatuen … Moment mal. Als ich eine halbe Stunde später am Tiber stand, wurde mir klar, dass ich anscheinend in die falsche Richtung gelaufen war.

Vor meinem Aufbruch hatte ich noch einen flüchtigen Blick auf die Karte geworfen, die auf meinem Handy angezeigt wurde, und so wusste ich immerhin, dass sich der Tiber in einer völlig anderen Richtung als der Trevi-Brunnen befand. Aber jetzt hatte ich weder Internet noch Karte – denn mein Handy hatte ich im Liebesrausch direkt mal zu Hause auf der Couch liegen lassen.

Tja, was soll ich noch sagen? Das Ende vom Lied war, dass es irgendwann plötzlich auch noch zu regnen anfing – was eine super

Sache ist, wenn man ein weißes Kleid und fleischfarbene Spanx-Unterwäsche trägt – und ich mit meinen viel zu hohen Absätzen auf dem nassen Kopfsteinpflaster ausrutschte. Mit vierzig Minuten Verspätung kam ich schließlich humpelnd, dreckig und völlig aufgeweicht am Trevi-Brunnen an. Wo ein sehr ärgerlicher Fabio – denn das alles wäre nicht passiert, hätte ich mich einfach vom Flughafen abholen lassen – mich schließlich schimpfend empfing.

Rückblickend fällt mir auf, dass Fabio es nie besonders mochte, wenn ich nicht das tat, was er wollte. Und das nicht nur, wenn es nicht gut lief, wie in diesem Fall. Ich habe mir das immer damit erklärt, dass er es eben aus seinem Arbeitsleben gewohnt sei, alle Entscheidungen zu treffen – und hatte viel zu oft nach seinen Vorstellungen gelebt.

Schnell schiebe ich diesen Gedanken beiseite und widme mich wieder meinen schönen Rom-Erinnerungen. Denn trotz all dieser Verzweiflung und Nässe war der Spaziergang durch die ewige Stadt rückblickend doch wunderschön gewesen. Es gibt kaum Städte, die einen auch noch bei so einem Wetter begeistern können. Genauso wie ich Fabio verfallen war, war ich es von da an auch seiner Heimatstadt. Abgesehen davon liegt mir die Art der Römer sehr, vielleicht sogar deswegen, weil mir ihr Mix aus übermäßiger Entspanntheit und alltäglicher Ungeduld so vertraut vorkommt. Ich rege mich auch schnell auf, wenn es sich an der Supermarktkasse staut, finde aber gleichzeitig, dass man Wochenendausflüge möglichst spontan angehen sollte und zu viel Planung das Leben unnatürlich beschleunigt. Fabio ist da das komplette Gegenteil, obwohl er aus dieser Stadt kommt. Eigentlich gar nicht typisch italienisch (noch so ein Punkt, in dem er sich als völlige Mogelpackung erweist). Bei ihm müssen Sachen zack zack laufen. Und Überraschungen mag er auch nicht. Wahrscheinlich ärgert ihn an meiner ganzen Flucht am meisten, dass ich damit seine Pläne durchkreuzt habe. Gut so! Das geschieht ihm recht!

Ich trotte weiter über die schlecht ausgeleuchteten Zickerschen Wege, die mir aber immerhin in meinen Gummistiefeln, einer weiteren Leihgabe von Frau Kliesow, nichts anhaben können, und träume mich noch ein wenig nach Rom zurück. Die ewige Stadt ist im Frühjahr sicherlich ebenfalls wunderschön. Und bestimmt wärmer als Zicker. Obwohl ich mir ehrlich gesagt nicht vorstellen könnte, jetzt dort zu sein. Ohne Fabio – wie soll das denn gehen? Nein, ich schüttle unmerklich den Kopf, wahrscheinlich werde ich nie wieder nach Rom fahren können.

Eigentlich schade, ich habe das Gefühl, meine Zeit dort damals nicht richtig genutzt zu haben. Nicht ein Bild habe ich von der Schönheit der ewigen Stadt gemalt. Überhaupt habe ich in den letzten Jahren viel zu selten einen Pinsel in die Hand genommen. Dabei hatte das Malen früher fast eine meditative Wirkung auf mich. Es half mir dabei, alles um mich herum zu vergessen. Das ewige Gedankenkarussell anzuhalten und einfach nur im Moment zu sein. Mich voll und ganz auf eine Farbe, einen Pinselstrich, die richtige Form und Komposition zu konzentrieren, hat mich immer mit einer Zufriedenheit erfüllt, die ich aus meiner tagtäglichen Arbeit nicht kannte. Fabio hat mir zwar immer gesagt, dass er meine Bilder schön findet, aber wenn ich mich dann mal einen Sonntagnachmittag hinsetzen und malen wollte, fiel ihm immer etwas anderes ein, das er mit mir unternehmen wollte.

Dabei habe ich früher ständig gemalt. Vor allem als Teenager und während meiner Studienzeit. Angefangen hatte ich im Kunstunterricht bei Frau Lemke mit Kopien der berühmten Van Gogh-Sonnenblumen. Später begann ich mit eigenen Motiven zu experimentieren. Landschaften, Stillleben, Tiere. Als Studentin dann portraitierte ich mehr und mehr interessante Menschen, deren Gesichter Geschichten erzählten und die ich auf dem Alexanderplatz oder in der Berliner U-Bahn beobachtet hatte, um eben diese Geschichten einzufangen.

Ich bleibe an der Straßenecke stehen und versuche zu lauschen, wohin ich der Musik folgen muss. Mein Blick wandert über die kleine Dorfstraße. Ausgerechnet Zicker. Schon komisch, dass ich hier gelandet bin. Dabei war ich schon seit Jahren nicht mehr hier. Wie seltsam es doch ist, dass man die eigene Heimat meist nicht genug zu schätzen weiß. Umso bedeutsamer erscheint es mir, gerade jetzt hierher zurückgekehrt zu sein. Ich glaube nämlich, das es so ist: Alles in Leben hat einen Sinn. Jeder Ort, jeder Mensch, jeder Gewinn und jede Niederlage. Egal, wie schlimm eine Erfahrung zu sein scheint, sie bringt einen weiter. Und wenn das so ist, dann ist es gut und richtig, dass ich hier in Zicker bin, oder? Dieser Gedanke lässt mich zum ersten Mal seit langem wieder lächeln.

Ich laufe ein paar Schritte weiter und komme an einem runden, kleinen Reetdachhaus vorbei, das unbewohnt scheint. Vor dem etwas ungepflegten Haus, von dem blaue Farbe abblättert, liegt ein wilder Garten, der das Ganze geradezu märchenhaft erscheinen lässt. Auf ein kleines Holzschild am Eingang hat jemand das Wort »Kahnweibhaus« gepinselt, und ich frage mich, was das wohl zu bedeuten hat. Zumal sich sonst niemand um das verwitterte Häuschen zu kümmern scheint. Ich spähe über den niedrigen Gartenzaun und blicke auf einen fantastisch blühenden roten Rhododendron (die Farbe leuchtet sogar in der Dunkelheit!), dahinter sehe ich ein paar Tulpen im Mondschein. Der Geruch von Salzwasser und Kiefern liegt in der Luft, und ich atme ihn tief ein.

Und mit einem Schlag kehren auf einmal die negativen Gedanken wieder. Klar ist es schön hier, aber trotzdem fühle ich mich fehl am Platz. Natürlich, es ist sicherlich gut und gesund, einmal völlig zu entschleunigen. Aber ich hatte vor kurzem doch noch so einen genauen Plan von meiner Zukunft im Kopf. Jetzt, als von dem auf einmal nichts mehr übrig ist, fällt es mir nicht leicht, einfach weiterzumachen. Als würde ich gerade eine Pressemitteilung an mich selbst schreiben, versuche ich mir jetzt einzureden, dass ich in dieser Herausforderung eine Chance sehen muss, aber das ist leichter gesagt als getan.

Ich werfe noch einen Blick zurück auf das wunderschöne Haus, das immer noch wie verzaubert in der Nacht steht, und tappe weiter durch die Dunkelheit, bis ich endlich auf die Quelle der Musik stoße: Die Musik kommt aus dem Haifisch. Den hatte ich ganz vergessen! Diese Dorfgaststätte hatte es schon gegeben, als ich hier im Ferienlager war. Sie ist seit Generationen in Familienhand und das beste Restaurant in ganz Zicker (was wohl auch daran liegt, dass es ansonsten, meines Wissens nach, keine anderen Gaststätten im Dorf gibt).

Ich stemme die schwere Holztür des Haifisches auf und stelle fest, dass der Laden fast leer ist. Von außen hatte es, dank der Musik, nach einem großen Fest geklungen. Aber hier drinnen sitzen tatsächlich nur ein paar verlassene Gestalten, während der Wirt zur Musik wippend die Gläser spült. Eigentlich schade, denke ich, mit etwas Arbeit und Aufmerksamkeit könnte man einiges aus dem Restaurant machen, das – wenn mich mein Orientierungssinn nicht ganz täuscht – eingebettet zwischen Bodden und den Zickerschen Bergen liegt. Die Inneneinrichtung besteht hauptsächlich aus Kompassen und allerlei Seemanns-Deko, was irgendwie etwas rührend Altmodisches hat.

»Goden Abend«, rufe ich in die traurige Runde hinein und

versuche mich zum ersten Mal an Plattdütsch. Natürlich klingt es nicht so, wie es klingen sollte, und die echten Rüganer gucken mich jetzt an, als hätte ich sie mit fuchtelnden Armbewegungen und einem übertrieben emotionalen »Buona sera« begrüßt. Ich überlege einen Moment lang, wo ich mich hinsetzen soll, und entscheide mich dann für die Bar. Der Wirt sieht allerdings keine Notwendigkeit dazu, die viel zu laute Musik (ein Schantychor begleitet von einem übermotivierten Akkordeonspieler) leiser zu stellen, und so muss ich mich schreiend über die Theke aus Holz lehnen: »Ich hätte gerne was zu essen. Kann die Küche noch was machen?«

Der blasse Typ hinter der Bar sieht mich seufzend und schulterzuckend an und schweigt sich aus. Schließlich, als ich schon denke, dass er mir gar nicht mehr antworten wird, sagt er: »Die Küche is' zu. Kartoffelsalat mit Würstchen hätt' ich noch. Aber die Würstchen sind kalt. Und der Kartoffelsalat auch.«

Na, das klingt doch vielversprechend, vor allem, wenn es so leidenschaftlich angepriesen wird. Ich nicke bereitwillig und bestelle noch eine Cola dazu. Keine Cola light, sondern eine richtige Cola. Man gönnt sich ja sonst nichts!

Gerade als eine blasse Wurst, die aussieht, als hätte sie schon den Ersten Weltkrieg erlebt, vor mir landet, höre ich hinter mir eine weibliche Stimme. »Anne? Anne Glawe, bist du das?«

Ich muss mich nicht einmal umdrehen, um zu wissen, dass die unansehnliche Wurst vor mir im Moment mein kleinstes Problem ist: Steffi hat mich gefunden. Natürlich, denke ich und haue mir innerlich mit der Hand an die Stirn, ihren Eltern gehört ja der Haifisch. Wie konnte ich das nur vergessen?

Wissen Sie, Steffi war so eine Art Todfeindin für mich im Ferienlager, aber ich denke, das hatten Sie sich aus meinen Erzählungen schon zusammengereimt. Hübsch, schlank, erfolgreich bei den Jungs – oder zumindest bei DEM Jungen, also Heiko. Dagegen kam ich mir immer nur blass, dick und – zumindest in den Augen der Jungs – unsichtbar vor. Eigentlich war ich auch nicht gerade unbeliebt, vor allem im Ferienlager, was viele meiner schönen Erinnerungen daran ausmacht. Nur eben Steffi, die war immer das Schreckgespenst, das einem alles vermiesen konnte.

Schon damals hatte ich viel gemalt, und alle hatten sich immer darum gerissen, ein Bild von mir zu bekommen. Aber nicht einmal das hatte mir Steffi lassen können. Ich weiß noch, wie sie sich oft über meine Bilder gebeugt hat und mit ihrer lauten Stimme gekreischt hat: »Hihihi! Das soll wohl ein Boot auf dem Meer sein?! Ach so, eine Sonnenblume, hihihi! Da muss man ja ganz genau hinsehen!« Und Heiko stand manchmal dümmlich grinsend daneben und sorgte dafür, dass ich mich dann noch schlechter gefühlt habe. Kein Wunder, dass Steffi und ihre bösen Kommentare bis heute in meinem Kopf herumspuken.

Steffis Stimme klingt immer noch so schrill und übertrieben wie früher. Langsam drehe ich mich um, und tatsächlich steht sie schon neben mir. Sie lacht mich an, und in diesem Moment wünsche ich mir nichts sehnlicher, als dass ich mein Leben um ein paar Wochen zurückdrehen könnte. Ich wünsche mir gerade so sehr, dass Fabio hier bei mir säße. Der erfolgreiche, gut aussehende Italiener, der nie um eine charmante Antwort verlegen war. Da würde die gute Steffi aber gucken, was sich die graue Maus Anne aus dem Ferienlager für einen tollen Typen geangelt hat! In diesem Wunschszenario würde ich auch nicht den Trainingsanzug und die Gummistiefel von Frau Kliesow tragen, sondern eins meiner sorgfältig zusammengestellten Outfits, die ich sonst immer trage. Aber natürlich hat die graue Maus aus dem Ferienlager am Ende doch das bekommen, was sie verdient hat. Sie sitzt hier ganz allein, und ihr Leben ist so blass, bemitleidenswert und deprimierend wie die Bockwurst auf ihrem Teller. Deren einzige Gesellschaft der ebenso fade Kartoffelsalat ist.

Reiß dich zusammen, Glawe, denke ich mir und presse schließlich ein halbherziges »Steffi, wie schön dich zu sehen« hervor. Das ermutigt die Prinzessin von Zicker, sich auf den Barhocker neben mich zu schwingen und sofort mit dem Plappern anzufangen. »Wir haben uns ja ewig nicht gesehen. Hihihihi! Aber ich hab dich sofort wiedererkannt, du hast dich kaum verändert seit damals.« Breites Grinsen.

Das meint sie eindeutig als Beleidigung, ich war schließlich wirklich kein attraktiver Teenager. Steffi hat mir das damals auch oft genug zu verstehen gegeben. Ständig ein »Anne, das Top wäre echt hübsch, wenn es nicht so schrecklich über deinem Bauch spannen würde, hihihi!« hier oder »Anne, da ist was in deinem Haar – ach so, das soll deine Frisur sein, hihihi!« da – in ihrer Gegenwart fühlte ich mich immer wie das hässliche Entlein ohne jede Aussicht auf den schönen Schwan. Nicht umsonst musste ich ja mit Fischers Fritz knutschen üben, während sich Steffi in der Zwischenzeit meinen feschen Heiko unter die lackierten Nägel gerissen hat (Nagellack war übrigens etwas, das mir meine Mutter selbst als Teenie nie erlaubt hat). Ich überprüfe, ob Steffi sich verändert hat. Zu meiner Freude stelle ich fest, dass sie etwas aufgegangen ist. Sie hat immer noch die gleichen strahlend blauen Augen und roten Lippen, die auch ohne Lippenstift so perfekt aussehen, als hätte sie einen aufgetragen, aber ihre Arme sind durchaus schwabbelig zu nennen, und ihr Gesicht ist deutlich dicker als früher. Siehe da, auch an der Prinzessin von Zicker geht also das Alter nicht spurlos vorüber! Zufrieden grinse ich in mich hinein.

»Anne?«, fragt sie mich in diesem Moment.

»Ähm, was? Entschuldige, ich war gerade mit den Gedanken woanders.« Nämlich dabei, dass du aufgegangen bist wie ein Hefekloß! Kannst wohl doch nicht alles essen, denke ich gehässig.

»Was dich hierher verschlagen hat, wollte ich wissen. Ich hab dich hier seit Jahren nicht mehr gesehen! Vor allem in der Vorsaison bekommen wir überhaupt nur wenig Besuch!« Sie lächelt mich dabei so freundlich an, dass ich mich prompt schlecht fühle für meine fiesen Gedanken. Nur weil es mir schlecht geht, muss ich andere Leute ja nicht runtermachen. Aber sie ist halt wirklich aufgegangen. Das wird man ja wohl noch denken dürfen.

»Ich mache ein bisschen Urlaub. Eine kleine Berlin-Pause, mal rauskommen und so…«, antworte ich schließlich und erkenne meine eigene Stimme selbst kaum wieder. Sie strotzt geradezu vor Selbstbewusstsein.

»Oh, du wohnst in Berlin?«, sie schaut mich bewundernd an, »Wie cool! Ich war mal vor zwei Jahren da. Mit ein paar Freundinnen von mir. Boah, waren wir shoppen! In diesem Einkaufszentrum am Alex. Da gibt's ja alles!«

Unwillkürlich rolle ich mit den Augen. Ich weiß schon, warum ich nie ins Alexa gehe. Weil da nur solche Landeier wie Steffi durch die Gegend wandern.

»Ach ja, cool«, sage ich so lässig wie möglich und nehme einen Schluck von meiner Cola. Jetzt wünschte ich doch, ich hätte eine Light bestellt.

»Was machst du denn in Berlin?«, fragt Steffi weiter.

»Ich arbeite in einer PR-Agentur. Für Luxuskunden wie Gucci, Rolex und so.« Okay, jetzt gebe ich offiziell an. Aber, ach, es tut gut, sich mal kurz nicht wie der letzte Loser zu fühlen.

Steffis Augen werden so groß, sie sieht aus wie ein Koboldmaki, und irgendwie tut sie mir leid. Im gleichen Moment lacht mich meine innere Stimme hämisch aus. »Dir tut jemand leid?«, scheint sie zu sagen. »Immerhin wurde Steffi nicht von ihrem frisch angetrauten Ehemann belogen und betrogen und aus ihrem Leben vertrieben.«

Ich versuche, die innere Stimme zu übertönen, und ehe ich michs versehe, erzähle ich Steffi von meinem wundervollen italienischen Ehemann, mit dem gemeinsam ich in einem traumhaften Penthouse mitten in Berlin lebe. Immer weiter schmücke ich das Bilderbuchglück aus, als ginge es darum, einen Preis als bestes Ehepaar zu gewinnen. »Ja, wir sind so glücklich, und er ist einfach ... ach, er ist witzig, natürlich gut aussehend, immerhin ist er Italiener«, kicher kicher, »sehr intelligent und erfolgreich. Und du solltest mal seine Pasta Carbonara probieren ...« Ich höre mich selbst reden und kann nicht fassen, was ich für einen Unsinn quatsche. Leider kann ich mich selbst aber nicht stoppen. Steffis Augen werden immer größer, und sie schaut mich an, als wäre ich irgendein Mega-Superstar, der unfassbarerweise hier, ausgerechnet im Haifisch, an der Bar hockt. Mindestens ein Star wie Rihanna. Wahrscheinlich fällt ihr deswegen auch gar nicht auf, wie absurd mein augenblickliches Outfit eigentlich ist ... Oder vielleicht denkt sie sogar, das sei der letzte Schrei in Berlin?

»Und wo ist er, dieser Traummann?«, fragt sie neugierig, als ich meine Prahlerei kurz unterbreche, um mir noch etwas Kartoffelsalat einzuverleiben – ich habe auf einmal einen Bärenhunger. Offenbar machen solche Geschichten hungrig.

»Ach«, winke ich ab. »Ihm sind ein paar wichtige Geschäftstermine in den USA dazwischengekommen. Aber er kommt wahrscheinlich in ein paar Tagen nach.« Es grenzt an ein Wunder, dass sich die Balken des Fachwerkhauses, in dem sich der Haifisch befindet, nicht biegen bei all meinen Lügen.

»Wow. Er ist in Amerika? Da möchte ich auch mal hin!«

»Ja, wirklich ein tolles Land. Wobei ich New York am liebsten mag, da habe ich auch mein Hochzeitskleid gekauft. Da kann man erst shoppen, dagegen ist das Alexa ein Dorfkiosk« – nicht einmal diesen billigen Seitenhieb auf Steffis geliebtes Einkaufszentrum am Alex kann ich mir verkneifen.

»Oh wow, das kann ich mir vorstellen …«, stimmt Steffi zu, der das Lächeln im Gesicht festgetackert zu sein scheint.

»Ja, aber genug von mir«, sage ich betont großzügig, »Wie geht es dir denn? Wohnst du immer noch hier in Zicker?« Mir fällt in diesem Moment auf, dass sie keinen Ehering trägt. Ach, gab es doch kein Happy End mit Heiko?

Die arme Steffi guckt mich etwas hilflos an. Was soll sie auch erzählen, nachdem ich ein Leben wie aus einem Hollywood-Film präsentiert habe? Ich weiche ihrem Blick aus und gucke auf den Rest meiner blassen Wurst, die mich vorwurfsvoll daran erinnert, in welcher Misere ich mich in Wirklichkeit befinde, und in dem Moment denke ich, dass Liebeskummer einen Menschen wirklich nicht netter macht.

• •
Liebeskummer-Status:

Selbst wenn es anderen auch nicht besonders gut
geht, geht's mir immer noch schlechter.
• •

5.

Anne und ein Bündel Hoffnung

Am nächsten Morgen kitzelt mich die herrliche Aprilsonne wach. Sie macht es sich mit ihren dicken, warmen Strahlen auf meinem Gesicht bequem. Selbst wenn ab und zu ein paar dünne Wölkchen an ihr vorüberziehen, blinzelt sie trotzdem fröhlich in den Raum, als wolle sie ihre Anwesenheit weiter klarstellen. Ich fühle mich gut, genieße die Sonne, mein weiches Bett – bis mir plötzlich einfällt, wo ich bin. Als Nächstes erinnere ich mich daran, warum ich bin, wo ich bin. Und, daran, was Fabio mir angetan hat. Dass alles in Schutt und Asche liegt. Egal, was für ein farbenfrohes Bild ich gestern im Haifisch von meinem Leben gemalt habe – in Wahrheit liegt alles weiterhin in Trümmern. Und die Erinnerungen an meine Angeberei gestern helfen auch nicht dabei, dass ich mich besser fühle. Steffi hatte sich übrigens dann ganz schnell verabschiedet, ohne mir etwas von sich zu erzählen – sie musste plötzlich dringend weg. Ich hatte mich dann ebenfalls schnell auf den Weg zurück gemacht und mich wieder im Bett verkrochen.

Mein Bauch fühlt sich plötzlich an, als hätte ich etwas ganz arg Schlechtes gegessen. Etwas so Schlechtes, dagegen wäre sogar Majo, die wochenlang in der Sonne gestanden hat, gesunde Vollwertkost. Mein Hals schnürt sich zu, und das Schlucken fällt mir schwer. Die Sonne, die mir eben noch so wunderbar ins Gesicht gelacht hat, würde ich jetzt am liebsten hinter schwere Vorhänge verbannen und überhaupt... Das hat doch hier alles keinen Sinn! Mein Leben wird nie wieder einen Sinn haben! Ich fühle mich, als stünde ich in einem dunklen Wald, aus dem ich nicht mehr herausfinde, egal wie sehr ich es versuche.

Natürlich hatte ich schon einmal Liebeskummer, aber so wie jetzt hat sich das noch nie angefühlt. Mir ist wirklich zumute, als hätte mir jemand den Boden unter meinen Füßen weggezogen. Ich bin mir nicht sicher, wie lange ich dieses Gefühl noch aushalten kann, denn schon jetzt fehlt mir die Kraft dafür. Wie lange wird es dauern, bis ich mein gebrochenes Herz wieder zusammengeflickt habe? Mir fällt der Spruch ein, den ich vor einer ganzen Weile mal an einer Häuserwand in der Oranienburger Straße in Berlin gelesen habe: »How long is now?« Wie lange dauert jetzt? Ich frage mich, wann diese tiefe Trauer, mit der ich jetzt schon den zweiten Morgen in Folge aufwache, verschwinden wird. Aber natürlich gibt es darauf, wie auf die meisten wirklich wichtigen Fragen, keine eindeutige oder auch nur annähernd befriedigende Antwort. Man kann einfach nur abwarten und hoffen, dass das Aufwachen irgendwann wieder leichter wird. Dass dieser Schleier, der einen umhüllt wie grauer Smog in einer chinesischen Industriestadt, sich irgendwann wieder legt. Und dass eines Tages ganz plötzlich etwas passiert, das einem das Lächeln ins Gesicht zurückzaubert und einen wieder ans Glück glauben lässt.

Ich bin eigentlich der Meinung, dass ich normalerweise ein optimistischer Mensch bin. Kein Typ für ewige Trauer. Selbst wenn ich mich schlecht fühle, neige ich sonst eher dazu, mit meinen Freundinnen ins Kino zu gehen, als zu Hause sinnlos vor mich hinzuvegetieren. Bisher habe ich es auch noch nie länger als zwei Tage am Stück mit Liebeskummer im Bett ausgehalten. Selbst damals,

als mit zweiundzwanzig meine erste richtige Beziehung mit Stefan kaputtging, und ich dachte, dass ich im Leben nie wieder so glücklich sein würde wie damals, als Stefan zum ersten Mal gesagt hat, dass er mich liebt. Selbst als das mit ihm zu Ende war, weil wir einfach viel zu jung waren und auch nicht wirklich gut zueinander passten, habe ich mich aufgerafft und weitergemacht. Bin ausgegangen, habe Leute getroffen und irgendwie mein Studium gemeistert. Lediglich durch eine einzige Prüfung bin ich damals gerauscht. Und irgendwann wurde der Schmerz weniger. Die Liebe zu Stefan verblasste schließlich wie die Farbe alter Fotos, und das Leben ging weiter.

Aber die Sache mit Fabio ist viel komplizierter, ich kann mir einfach nicht vorstellen, wie ein Leben ohne ihn aussehen soll. Und ich kann mir nicht mal vorstellen, nach Berlin zurückzugehen. Ich habe ja jetzt nicht mal mehr eine eigene Wohnung. Abgesehen davon, dass ich auch noch so blöd war, ihn vor diesem ganzen Chaos zu heiraten. Oh Gott! Ich werde ab jetzt also nie wieder Single sein, sondern ich werde geschieden sein. Geschieden! Mit vierunddreißig! Verheiratet für einen Wimpernschlag, und damit in einer Reihe mit Britney Spears und Kim Kardashian. Wenn es nicht so traurig wäre, könnte man fast lachen.

Aber ich will lieber ein bisschen weinen und wenigstens so etwas von der ganzen Trauer, die in mir wütet wie ein Geschwür, loswerden – aber ich kann nicht mal mehr weinen. Ich liege einfach hier im Bett und starre die Wand an. Das ist alles, was ich im Moment tun kann. Und ich ignoriere das Brautkleid, das in einer Ecke als Haufen aus Tüll liegt, und noch mehr ignoriere ich die Handtasche, in der versteckt der Verlobungsring lauert, wie eine giftige Pfeilspitze, die ich auf keinen Fall anfassen darf.

Es vergehen noch mehrere Tage, an denen ich lediglich für das allmorgendliche Frühstück bei den Kliesows aufstehe, das meinen einzigen echten Kontakt zur Außenwelt darstellt. Ein bisschen fühlt es sich an, als sei ich wieder im Ferienlager, zumindest was die Versorgung betrifft. Frau Kliesow kümmert sich nämlich rührend um mich und schleppt jeden Tag eine neue Sorte köstlicher selbstgemachter Marmelade an, die nicht einmal mein nicht sehr großer Hunger verweigern könnte. Herr und Frau Kliesow sehen mich immer sehr besorgt an, aber stellen nie eine unbequeme Frage. Und Fritz ... der ist meistens beim Frühstück dabei, aber schweigt sich weiterhin aus, vermeidet meinen Blick und isst einfach nur seine Mettbrötchen.

Nach dem Frühstück verschanze ich mich dann immer wieder in meinem Ferienzimmer. Ich habe den restlichen Tag kaum Hunger (wobei Frau Kliesow dafür sorgt, dass ich wenigstens beim Frühstück ordentlich esse – und die Aussicht auf eine weitere blasse Bratwurst im Haifisch ist ja auch nicht gerade verheißungsvoll). Und da ich sowieso nur herumliege, habe ich auch nicht das Gefühl, dass mein Körper im Moment besonders viel Nahrungszufuhr braucht.

Allerdings kann ich die Stille in meiner kleinen Ferienwohnung kaum ertragen, und so habe ich meistens die Glotze an, nachdem Herr Kliesow so nett war, mir einen kleinen Flachbildschirm auf die braune DDR-Schrankwand gegenüber von meinem Bett zu stellen. Ich weiß jetzt, dass der Bürgermeister von Kaltenthal mit Nachnamen Wöller heißt und dass man eine Chef-Nonne Oberin nennt. Und dass im Tierpark Hagenbeck gerade ein neues Elefanten-Baby geboren wurde, das momentan Blähungen hat. Außerdem habe ich die Geissens dabei beobachtet, wie sie sich durch Monaco prollen. Ich gucke den größten Schrott, um mich nicht so allein zu fühlen und damit bloß keine Stille in meiner Ferienwohnung einkehrt. Denn bei Stille hört man die eigenen Gedanken viel zu laut! Nur eine Regel habe ich mir gesetzt: keine Liebesfilme (nachdem sogar eine Liebesszene in *Gute Zeiten, Schlechte Zeiten* einen echten Heulkrampf bei mir ausgelöst hatte).

Wenn ich dann nicht gerade durch Nonnen- oder Tierparkserien zappe, starre ich Richtung Decke oder durchs Fenster auf die Berge. Ich würde gerne mal am Strand spazieren gehen, aber kann mich partout nicht dazu aufraffen. Und nachdem ich festgestellt hatte, dass ich den Akku-Lader für mein Handy natürlich auch nicht dabeihabe, kann ich jetzt nicht einmal mehr im Minutentakt Fabios Facebook-Seite aufrufen. Wobei sich dort sowieso absolut gar nichts verändert hat. Fabio scheint vom Erdboden verschluckt. Ob er am Ende gar allein in die Karibik geflogen ist? Nein, das traue ich nicht einmal ihm zu.

So vergehen diese Frühstücke, bis auf eines, als mein Blick plötzlich auf ein Bild in der Küche fällt, das mir davor nie aufgefallen ist. Ein selbst gemaltes Bild, das einen Blumenstrauß zeigt, mit roten Rosen, gelben Tulpen und viel Grün darum. Ein bisschen kitschig, ein bisschen ungelenk, aber alles sehr hübsch gemalt. Ich starre das Bild nachdenklich an, während ich auf meinem Brötchen (dieses Mal mit köstlicher Himbeermarmelade!) herumkaue, und wundere mich, woher ich dieses Bild kenne. Ein komisches Déjà-vu befällt mich. Dann wird es mir schlagartig klar: Das habe ich gemalt! Vor zwanzig Jahren, damals im Ferienlager, vor dem Kuss mit Fritz Junior! Frau Kliesow hatte uns Jugendlichen im Ferienlager damals mal ein riesiges Blech mit köstlichem, selbst gebackenem Kuchen vorbeigebracht, und ich hatte ihr dieses Bild als Dank dafür geschenkt. Sie hatte sich wahnsinnig darüber gefreut, aber ich hatte damals gedacht, sie hätte das Bild einfach nur aus Höflichkeit so sehr gelobt.

Und jetzt, zwanzig Jahre später, lächelt mich dieses Bild, durch die Zeit leicht verblasst aber dafür in einem schönen Rahmen, von einer Wand in der Küche der Kliesows an. Mir fällt vor Überraschung das Marmeladenbrot aus der Hand. »Frau Kliesow, das Bild da … ist das wirklich meines?«

Frau Kliesow folgt meinem ungläubigen Blick und fängt dann an zu lachen. »Natürlich! Fällt dir das jetzt erst auf? Das hängt da seit zwanzig Jahren. Ik hab immer gesagt, die Anne, die ist eine echte Künstlerin! Hab ik das nicht immer gesagt?«, ruft sie und stupst ihren Mann an, der kräftig nickt. »Wundert mich sowieso, dass du nicht Malerin geworden bist oder so was – bei deiner Begabung! Und damals warst du ja erst vierzehn – was malst du denn heute so?« Frau Kliesow sieht mich bewundernd und gleichzeitig fragend an. Was soll ich darauf antworten? Dass ich in den letzten Jahren kaum je den Pinsel in die Hand genommen habe, weil mich Fabio immer gleich abgelenkt hatte? Dass ich mich aber von meinem früher liebsten Hobby auch immer viel zu schnell ablenken ließ?

Ich drucke nur kurz herum und stammle etwas von der Suche nach neuen Motiven, um dann verstohlen Fritz anzusehen. Doch der starrt nur auf das Mettbrötchen vor ihm, das furchtbar interessant zu sein scheint, seinem konzentrierten Blick nach zu urteilen. Ob das komisch für ihn war, dass in der Küche immer das Bild von dem Mädchen hing, mit dem er seinen ersten Kuss hatte? Oder war es ihm egal, so wie ihm – seinem Schweigen nach zu urteilen – alles egal ist?

Plötzlich habe ich es eilig, wieder zurück in meine Ferienwohnung zu kommen, und verabschiede mich schnell. Aber dort, in der Stille meiner kleinen Festung, fange ich gleich wieder an nachzudenken. Über meine eingeschlafene Liebe zum Malen und leider auch über Fabio, der nie nachvollziehen konnte, was denn so schön daran sein konnte. Seltsamerweise muss ich außerdem immer wieder an den schweigenden Fritz Junior denken. Schnell schalte ich den Fernseher ein, um dieses ewige Gedankenkarussell zu bremsen. Und was gibt es Besseres dafür, als eine schrecklich nette Trashsendung – die zumindest die Stille in meiner Ferienwohnung übertönt.

Einige Tage nach meiner Ankunft in Zicker, die ich alle in diesem seltsamen Rhythmus aus Frühstücken – Fernsehen – Heulen – Schlafen verbracht habe, reißt mich ein seltsames Geräusch aus dem Schlaf. Es klingt herzzerreißend, und beim genaueren Hinhören glaube ich, dass es ein Miauen ist. Ich springe auf und öffne die Tür von meiner kleinen Ferienwohnung. Auf dem Treppenabsatz sitzt etwas Kleines, Verkümmertes, Rotes, das wohl mal eine Katze werden will. Der Kümmerling guckt erschrocken hoch, als ich die Tür öffne, aber in seinen Augen flammt sofort Hoffnung auf. Ein weiteres mitleiderregendes Mauzen ist jedoch gar nicht mehr nötig, da das kleine Fellknäuel schneller in meiner Ferienwohnung hockt, als es noch einmal Miau sagen kann.

Man muss dazu wissen, dass wir Glawes alle extrem tierfreundlich sind. Schon als Kinder haben Sonja und ich bei sämtlichen Urlauben, egal ob in Griechenland oder Spanien, jedes geeignete Nahrungsmittel wie Fisch in Servietten gewickelt von den Hotelbüfett geschmuggelt. Um dann damit alle streunenden Katzen, die sich in den Hotelanlagen befanden, immerhin zwei Wochen lang so richtig zu mästen. Diese Liebe zu Tieren ist wohl die einzige Sache, die Sonja und mich bis heute verbindet. Fabio hat meine

Tierliebe dagegen manchmal regelrecht wahnsinnig gemacht. Ich weiß noch, als wir auf den Malediven waren und ich dreimal am Tag verschiedene Katzen in der Luxus-Hotelanlage gefüttert habe, während er dann immer so tat, als ob er mich nicht kennen würde. Aber meine Tierliebe lässt sich durch nichts und niemanden aufhalten. Ob Hund oder Katz, Pferd oder Meerschweinchen – ich mag einfach alle Tiere.

Vor allem aber macht es mich wahnsinnig, wenn sie leiden müssen. Selbst Spinnen töte ich nicht, sondern rette sie. Dafür habe ich eine Technik entwickelt, die ich die »Glasfalle« nenne: Ich platziere ein Trinkglas über die Spinne und ziehe es dann langsam auf ein Blatt Papier. Natürlich vorsichtig, sodass die Spinne nicht unter dem Glasrand herausflitzt oder wohlmöglich zerquetscht wird. Dann öffne ich ein Fenster, halte die gesamte Konstruktion heraus und ziehe schnell das Papier weg. Die Spinne landet auf dem Fensterbrett, und ich schließe das Fenster, nachdem ich dem Vielbeiner noch »Viel Glück« hinterhergerufen habe. Und so haben alle gewonnen – es ist so einfach! Ich weiß nicht, warum Menschen immer gleich mit Staubsaugern und dergleichen Gerät angemördert kommen müssen (zumal clevere Insekten doch ohne Weiteres wieder aus der Staubsaugertüte herauskrabbeln können, oder?).

Also, in jedem Fall liebe ich Tiere. Als wir Kinder waren, haben Sonja und ich so lange gebettelt, bis unsere Eltern endlich einen Hund gekauft haben. Flummi, der lustigste Jack Russel-Mischling, den diese Welt jemals gesehen hat. Leider mussten wir Flummi vor einigen Jahren einschläfern lassen. Wenn ich meine Eltern besuche, vermisse ich bis heute meinen kleinen Flummi, der mich immer schon an der Tür schwanzwedelnd begrüßt hat und vor lauter Freude hoch- und runtersprang (daher der Name). Ich hätte gerne wieder einen Hund gehabt, aber Flummi hat eine tiefe Lücke hinterlassen. Außerdem wollte Fabio nie ein Haustier haben, egal, wie oft ich versucht habe, ihn zu überzeugen. Aber Fabios Meinung zählt nicht mehr, also wann, wenn nicht jetzt?

Und jetzt sitzt dieses kleine Fellbündel vor mir in der Ferienwohnung. Ich schaue den winzigen roten Kerl mitleidig an (dass es sich um einen Kerl handelt, habe ich mit einem schnellen Blick unter die Schwanzspitze identifiziert) und beginne fieberhaft zu überlegen, wo ich was zu Futtern für ihn herbekomme. Da mein Auto ja immer noch so unbeweglich am Strand steht wie ein Ausstellungsstück im Museum, sitze ich hier am Ende der Insel ziemlich fest. Vielleicht kann mir Frau Kliesow ein Fahrrad leihen? Irgendwo in Gager oder Thiessow wird es schon einen geöffneten Supermarkt geben, notfalls rufe ich eben ein Taxi. Das Bündel zu meinen Füßen miaut noch einmal, quasi um seinem Hunger Nachdruck zu verleihen, während es sich unsicher umschaut. »Ja, ich hab' schon verstanden, dass du Hunger hast, du kleiner Kerl…« Ich gehe in die Knie und streiche dem Katerchen über sein stumpfes Fell. »Mensch, was mache ich nur mit dir…« Das Katerchen guckt mich aus großen, grünen Augen an, so als wollte es sagen: »Na, wenn du das nicht weißt…« Er streicht mir ein paarmal um die Beine und bleibt dann unschlüssig neben mir stehen. Ich streichle ihn ein wenig weiter, und nachdem er anscheinend Vertrauen zu mir gefasst hat, hüpft er einfach so in meinen Arm.

So sitzen wir eine ganze Weile auf dem Fußboden, und dabei habe ich fast das Gefühl, dieses kleine Katerchen und ich haben einander gesucht und gefunden. Wir beide scheinen eine extra Portion Aufmerksamkeit und Liebe zu benötigen – und wir beide sind extrem gut im Geben davon. Ich streichle das kleine Wesen, und das Kätzchen schenkt mir ein extra lautes Schnurren dafür.

Weil man von Luft und Liebe allein aber nicht leben kann, stehe ich schließlich auf, stelle das Katerchen auf seine eigenen vier Pfoten und beschließe, etwas Essbares für den kleinen Vierbeiner aufzutreiben. Auf einmal höre ich von draußen ein schnarrendes Geräusch, offenbar befindet sich jemand im Garten. Vielleicht ist es Frau Kliesow, die kann ich bestimmt für die Versorgung eines hilflosen Katerchens begeistern. Ich versichere dem Katertier, dass ich gleich zurückkommen werde, und stelle ihm wenigstens etwas Wasser in einer Schale hin. Dann schlüpfe ich in die Gummistiefel, gehe nach draußen und schließe vorsichtig die Tür hinter mir, damit das kleine Fellbündel nicht gleich wieder verschwinden kann.

Am Schuppen im Garten steht jedoch Fritz Junior, nicht Frau Kliesow. Zu meiner Überraschung trägt er mal nicht seine PVC-Anglerkluft, sondern eine helle Bluejeans und ein blau-weiß gestreiftes Shirt. Er scheint mich nicht bemerkt zu haben, und so kann ich ihn einen Moment lang heimlich beobachten. Gerade werkelt er ganz konzentriert an einer Tischplatte herum, und auf seinen Lippen liegt sogar so etwas wie ein Lächeln. Gut sieht er aus, wenn er lächelt, denke ich kurz und besinne mich dann auf meine eigentliche Mission. Wenn der Grummel-Fritz schon mal gute Laune hat, werde ich die Gunst der Stunde nutzen. Ich habe zwar keine Ahnung, ob Fritz Tiere mag (wahrscheinlich nicht, immerhin tötet er sie beruflich), aber einen Versuch ist es wert. Also rufe ich seinen Namen und laufe dann langsam über den Rasen auf ihn zu. Fritz schaut kurz hoch und nickt in meine Richtung.

Plötzlich ist es mir wichtig, gut auszusehen, und ich versuche, möglichst sexy durch den Garten zu spazieren. Immerhin ist Fritz auch nur ein Mann, und welcher Mann kann einer attraktiven Frau schon eine Bitte abschlagen? Wobei attraktiv in meinem Bauernoutfit natürlich relativ ist – an mein sicherlich immer noch zur

Nackenrolle angeschwollenes Gesicht will ich gerade nicht mal denken. Ich versuche, meine Hüfte trotz der schweren Gummistiefel so sexy wie möglich hin- und herzuschwingen. Vermutlich habe ich zu viel Germanys Next Topmodel geguckt, denn auf einmal höre ich geradezu, wie Heidi mir fingerschnipsend zuruft: »Große Schritte, locker, easy, bam, bam.« Dabei übersehe ich jedoch eines der Fischernetze, die am Boden ausliegen. Meine Gummistiefel verheddern sich und locker easy bam bam verliere ich das Gleichgewicht und rutsche aus wie Charlie Chaplin auf einer Bananenschale. Als ich begreife, dass ich hier gleich einen neuen Weltrekord im Spontan-auf-die-Kehrseite-Knallen aufstellen werde, entweicht mir ein kreischender Schrei.

Aufgeschreckt von den animalischen Tönen, die ich von mir gebe, kommt Fritz in meine Richtung gehechtet und schafft es gerade noch, seine Arme auszustrecken. Allerdings befindet sich zwischen seinen (und das sehe ich selbst noch im freien Fall: wirklich sehr starken) Armen und meinem sich gelenkig wie ein Hefeklops auf den Boden zubewegenden Körper einfach zu viel Platz. Und so plumpse ich wie ein Sack Mehl auf den Rasen, der an der Stelle des Aufpralls leider auch eher dünn bewachsen ist. Das hier ist jetzt echt die Krönung, denke ich, während mein Hintern hart auf den Boden platscht. Mir wird aber auch nichts erspart!

Ich bleibe einen Moment in meinem Elend liegen, und obwohl mir Körperstellen wehtun, von denen ich nicht einmal wusste, dass ich sie habe, muss ich plötzlich lachen. Die Vorstellung, wie ich gerade ausgesehen haben muss, ist einfach zu komisch. Mein anfängliches Kichern steigert sich in einen hysterischen Lachanfall, und als Fritz nach einigen Sekunden, in denen er mich entsetzt angestarrt hat, einstimmt, können wir uns beide minutenlang nicht mehr beruhigen. Fritz hat ein heiseres Lachen, das ein bisschen rostig klingt, so als hätte er es lange nicht mehr benutzt. Zusammen mit meiner hohen, geradezu wiehernden Lache klingen wir so absurd, dass wir nur noch mehr lachen müssen. Als ich beim Versuch, wieder aufzustehen, aus den Gummistiefeln rutsche und wiederum nach hinten falle, muss sich Fritz vor lauter Gelächter sogar auf der Tischplatte abstützen – und ich mache mir tatsächlich ein wenig in die Hosen (erzählen Sie das ja nicht weiter!). Schließlich kommt Fritz das letzte Stückchen auf mich zu und zieht mich mit beiden Händen hoch. Zum ersten Mal seit Tagen schmerzt es auf wohlige Weise in meinem Bauch, und für einen kurzen Augenblick macht sich sogar so etwas wie ein Glücksgefühl in mir breit. Vielleicht haben all die Spruchbücher und Grußkarten recht, wenn sie »Lachen ist die beste Medizin« sagen. Zwischen meinem Zustand vor einer halben Stunde und jetzt liegen plötzlich Welten.

»Oh Mann«, keuche ich schließlich erschöpft von dem minutenlangem Gelächter. »Das war ja mal ein Auftritt.«

»Tja, also an spektakulären Auftritten mangelt es dir nicht, Anne Glawe«, antwortet Fritz, und mir fällt sofort auf, dass er zum ersten Mal meinen Namen gesagt hat. An der Art, wie er ihn sagt, merke ich sofort, dass er sich natürlich die ganze Zeit daran erinnert hat, welchen besonderen Moment wir einmal geteilt haben.

Ich grinse ihn an und murmle verschwörerisch: »Fritz, ich brauche deine Hilfe!« Hoffentlich bleibt der Fun-Fritz noch ein wenig draußen und weicht nicht gleich wieder dem ernsten Grummelfritz.

Zu meiner Freude verschließt sich das kleine Fenster der Freundlichkeit tatsächlich nicht gleich wieder, sondern fast bereitwillig brummt er: »Was ist es denn diesmal?«

Ich greife spontan nach seiner großen, kräftigen Hand und ziehe ihn hinter mir her zu meinem kleinen Reich. Ohne Widerworte lässt er es geschehen, und ein paar Sekunden später betreten wir gemeinsam die Ferienwohnung. Der kleine Kater hat es sich mittlerweile in meinem Brautkleid gemütlich gemacht, und vor lauter Tüll sieht man das Tier im ersten Moment fast gar nicht. »Guck mal, der stand vorhin mauzend vor meiner Tür!«, sage ich lächelnd und deute auf das kleine rote Katerchen im Tüllmeer.

Fritz grummelt etwas vor sich hin, bei dem ich nur »scheiß Bauer« und »nebenan« verstehe.

Als ich nachfrage, erklärt er mir – und sein Gesicht nimmt wieder den ernsten Ausdruck an, den es sonst immer hat –, dass er seit Jahren versucht, den Bauer nebenan zu überzeugen, seine Katzen zu sterilisieren: »Der hält sich die Katzen gegen die Mäuse, und wenn sie sich fortpflanzen, ertränkt er die Jungen einfach. Oder noch schlimmer, erschlägt sie mit einem Stein. Dabei müsste er nur einmal den Tierarzt bitten, der sowieso regelmäßig zu ihm kommt, die Viecher zu kastrieren«, regt Fritz sich auf.

Ich schaue ihn verstohlen an. Wer hätte das gedacht, Fritz ist ein echter Tierfreund… zumindest wenn es nicht um Tiere im Meer geht.

Er greift nach dem kleinen Kater und hebt ihn geübt an seine Brust. »Na, du kleiner Kerl, bist wohl davongekommen, was?«

Ich schaue Fritz und den in seinen liebevollen Händen zufrieden schnurrenden Kater erstaunt an. Erst der Lachanfall und nun das. Hier zeigt sich eine völlig unbekannte Seite des Mannes mit dem Faustgesicht. »Wir müssen diesem kleinen Kerl dringend was zu essen besorgen«, stelle ich schließlich fest, nachdem ich Fritz und den Kater – aka ein Herz und eine Seele – einen Moment lang schweigend beobachtet habe. Ganz warm ums Herz kann einem bei diesem Anblick werden.

»Ich habe noch ein paar Fischreste von heute Morgen. Und am Nachmittag wollte ich eh zum Supermarkt fahren.«

»Darf ich vielleicht mitkommen?«, frage ich spontan. »Dann kann ich auch gleich ein paar Sachen kaufen. Ich will ja nicht ständig deine Eltern bemühen.«

Statt einer Antwort nickt Fritz nur.

»Und dann braucht der junge Mann ja auch noch einen Namen«, sage ich und beobachte, wie Fritz dem Kater den Bauch krault. »Ich dachte vielleicht Oskar?« Keine Ahnung, wie ich auf den Namen komme, aber er überzeugt mich selbst nicht ganz.

Fritz schaut mich zweifelnd an, während er mit dem Kater im Schlepptau zurück auf den Hof latscht. »Nee«, sagt er und stupst das kleine rote Fellbündel mit der Nase an. »Du siehst gar nicht aus wie ein Oskar.«

Gemeinsam geben wir dem Tier die Fischreste, und er macht sich gierig schmatzend darüber her. Als er alles verputzt hat, kraule ich ihn hinter den Ohren, und der Kater schnurrt sofort dröhnend. Als ihm eine Fliege um die Nase brummt, fängt er diese gekonnt mit einer Tatze, bevor er wieder heftig zu schnurren beginnt.

»Hast du das gesehen?«, rufe ich Fritz begeistert zu.

»Hm, erst die Flucht vor dem Bauern und nun auch noch ein professioneller Fliegenfänger. Der kleine Kerl ist ja geschickt wie der Rote Baron.«

»Vielleicht sollten wir ihn so nennen?«

»Wie? Roter Baron?« Fritz guckt erst mich und dann wieder den Kater an, als würde er so überprüfen, ob der Name wirklich zu dem Tier passt.

»Klar, passt doch, und ein rotes Fell hat er ja auch noch«, ich beuge mich zu dem Kater herunter. »Ne, Barönchen?« Der Angesprochene maunzt, als wollte er seine Zustimmung ausdrücken.

Fritz lacht leise. »Na gut, da haben sich ja zwei gesucht und gefunden.« Er dreht sich zu seinem Tisch zurück und tüftelt weiter daran herum.

»Was machst du da eigentlich?«

»Wonach sieht's denn aus?«, fragt er zurück und scheint es dieses Mal weniger ablehnend als eher ironisch zu meinen. Versucht Fritz etwa, witzig zu sein?

»Es sieht aus, als ob du einen Tisch restaurierst«, ignoriere ich seinen seltsamen Ausflug in die Welt der humorvollen Antworten. Na, das üben wir aber noch, denke ich mir.

»Ich mache das so nebenbei. Ab und zu mal. Sind meist Auftragsarbeiten. Vom Fischen allein kann man ja schon lange nicht mehr leben …«

Ich nicke verständnisvoll und schaue voll ehrlicher Bewunderung dabei zu, wie der Tisch unter Fritz' Händen immer schöner wird. Es fasziniert mich immer ungemein, wenn Menschen Dinge kreieren können und nicht nur Sätze oder Zahlen. Eben richtig handfeste Sachen, wie zum Beispiel einen Tisch, den man sich später ins Wohnzimmer stellen kann. »Sieht toll aus. Wirklich! So einen schönen Tisch würde ich mir auch kaufen«, sage ich voller Anerkennung, und Fritz' kurzer Blick zu mir verrät, dass er sich ehrlich über das Kompliment freut.

»Leider male ich nicht mehr so oft wie früher«, höre ich mich selbst auf einmal sagen, und denke an das Bild in der Küche von Fritz' Eltern.

»Wieso? Was kann einen denn vom Malen abbringen?«, fragt Fritz beiläufig, während er beginnt, die Ecken des Tisches mit grobem Sandpapier abzuschleifen.

Ich zucke mit den Schultern. »Weiß auch nicht, hat sich irgendwie nicht mehr ergeben …« Mit einem Seufzer lasse ich mich ins

Gras fallen, und der kleine Kater nutzt sofort die Chance, um sich auf meinem Bauch zu platzieren wie auf einem Thron. Kurz hebe ich meinen Kopf und blinzle das kleine rote Tier an. Das Katerchen blinzelt zurück, schließt dann seine Augen und beginnt schon wieder zu schnurren. Es ist wirklich selten, dass frei lebende Katzen sofort so zutraulich sind. Der rote Baron will wohl einen besonders guten Eindruck machen. Ich schließe ebenfalls die Augen und drehe meinen Kopf so, dass die Sonne voll und ganz auf mich scheint. Die Wärme erfüllt meinen ganzen Körper mit einem wohligen Gefühl. Ab und zu blinzle ich etwas, und jedes Mal, wenn ich den roten Kater auf meinem Bauch schnurren und dahinter Fritz an seinem Tisch werkeln sehe, gesellt sich eine Empfindung dazu, die man fast Zufriedenheit nennen könnte.

Trotz des schönen gemeinsamen Vormittags – ich kann Ihnen gar nicht sagen, wie sehr ich mich die ganze Zeit auf den Shopping-Trip am Nachmittag freue! Dieser herrlich entspannte Morgen war zwar wie eine kleine Wellness-Kur inklusive Sonnenbad und Kater-Massage, aber Anne Glawe wäre nicht Anne Glawe, wenn nicht ihr Herz schon beim Gedanken an das Shoppen schneller schlagen würde. Fritz hat mir versprochen, dass wir gegen drei nach Bergen fahren, das Ersatzteil für mein Auto kaufen und dann auf dem Rückweg am Supermarkt anhalten. Plötzlich kann ich es nicht mehr erwarten, mal wieder ein bisschen unter Leute zu kommen. Meine mir selbst verordnete Quarantäne hat endlich ein Ende!

Einziger Wermutstropfen ist meine Kleiderauswahl. Einmal mehr wünsche ich mir, dass ich nicht so Hals über Kopf aus Berlin abgehauen wäre. Mir fehlt die Auswahl meines Kleiderschranks – da mag ich oberflächlich sein, aber ich ziehe mich nun mal gerne gut an. Zumindest wenn ich aus dem Haus gehe. Und normalerweise laufe ich nicht mehrere Tage im gleichen T-Shirt durch die Weltgeschichte. Hier auf Rügen brauche ich meine Designerkleider natürlich nicht wirklich, aber so richtig gut sitzende Jeans und einer meiner Cashmere-Pullover wären schon schön. Ich seufze und schlüpfe stattdessen wieder in die Trainingshose von Frau Kliesow. Dann ziehe ich mir zähneknirschend die alte Fleecejacke aus dem Kofferraum über.

Der Baron schnarcht wenig adelig in der Zimmerecke auf meinem Hochzeitskleid, das er als perfektes Katerbett auserkoren hat. Mir fällt ein, dass es gut wäre, ihm auch ein Halsband zu kaufen – damit dieser mörderische Bauer nicht wieder den Stein hervorholt, wenn er mitbekommt, dass ihm ein Kätzchen entwischt ist. Und wahrscheinlich sollten wir den kleinen Kerl außerdem bald mal zum Tierarzt bringen, entwurmen lassen und solche Sachen. Ich verabschiede mich von dem kleinen grunzenden Fellbündel und ziehe leise die Tür hinter mir ins Schloss. Als ich über den Hof laufe, sehe ich, dass Fritz bereits in seinem Wagen wartet. Es ist ein blauer Volkswagen, auf dem hinten »Caddy« steht. Wem das nichts sagt: Es handelt sich um einen sogenannten Kastenwagen, so einen, der nur zwei Personensitze hat und hinten eine geschlossene Ladefläche. Ein richtig funktionales Auto, ohne Schnick und ohne Schnack. Das perfekte Fritz-Mobil eben.

Ich steige ein, und sofort weht mir ein heftiger Fischgeruch entgegen. Iiih! Aber natürlich. Was hatte ich erwartet? Immerhin ist das sein Arbeitswagen. Fritz wartet, bis ich mich angeschnallt habe, und lässt das Auto dann langsam losrollen. Er fährt ruhig, konzentriert und – natürlich! – ohne auch nur einen Piep zu sagen. Ich schaue ihn unauffällig von der Seite an und wünsche mir, er wäre immer noch der gut gelaunte Fritz von eben. Heute Vormittag hatte ich wirklich gedacht, dass er nun endlich aufgetaut sei, aber

es braucht wohl einiges mehr, um diesen Mann von einem Eis-
block wirklich zum Schmelzen zu bringen. Komischerweise fühle
ich mich in seiner Gegenwart trotzdem nicht unwohl. Im Gegenteil, langsam beginne ich diese innere Ruhe, die er ausstrahlt, schätzen zu lernen. Mehr noch, ich wünsche mir sogar, ich könnte mir
eine Scheibe davon abschneiden.

Nach einiger Zeit wird mir das totale Schweigegelübde im Auto
dann aber doch zu viel, und ich schalte wenigstens das Radio an.
Eine Sekunde später fällt mir auf, dass ich vielleicht hätte fragen
sollen, ob Radio anmachen für Fritz überhaupt okay ist. Na ja,
zu spät, ich muss sowieso erst einmal einen Sender suchen, anscheinend hört Fritz nie Radio. Als ich NDR2 gefunden habe, hören wir, weiter stumm wie die Fische, die hier normalerweise tot
auf der Ladefläche liegen, »Ich+Ich« davon singen, dass sie vom
selben Stern kommen. Und dass wir alle aus Sternenstaub sind.
Ich mag das Lied, und vor allem die Zeile, in der es darum geht,
dass wir noch nicht ganz zerbrochen sind, geht mir nicht aus dem
Sinn. Dann denke ich daran, dass ich auch noch nicht ganz zerbrochen bin, obwohl ich mich in den letzten Tagen oft so gefühlt
habe. Ja, ich bin trotzdem immer noch da, immer noch ganz, immer noch nicht kaputt, obwohl ich mich manchmal so gefühlt
habe.

Dabei muss ich aber auch an meine Mutter denken, die dieses
Lied so sehr liebt, und plötzlich kommt es mir ganz falsch vor, dass
ich so nah bei meinen Eltern bin und ihnen nicht Bescheid gegeben habe. Vielleicht rufe ich meine Mutter morgen mal an und
erzähle ihr alles, überlege ich, während draußen erst eine kleine
Windmühle und dann Middelhagen mit dem alten Schulmuseum
an uns vorbeifliegen. Der Gedanke an meine Eltern macht mich
erneut ein wenig traurig, aber bevor mir doch wieder die Tränen in

die Augen steigen, konzentriere ich mich lieber auf die Landschaft vor dem Autofenster, die ich so lange nicht gesehen habe und die mir doch von meinen früheren Aufenthalten in Zicker immer noch so seltsam vertraut erscheint.

Wir fahren durch die dunkle Kurve im kleinen Waldstück kurz vor Göhren und passieren dann die Ostseebäder Baabe und Sellin. Fritz schweigt übrigens immer noch und flucht unheimlicherweise nicht einmal, wenn ihm jemand die Vorfahrt nimmt, lächerlich schnell oder langsam fährt. Was jetzt aber auch nicht so oft passiert, außer uns ist nämlich kaum jemand unterwegs. Aber die wenigen, die uns begegnen, nämlich waschechte Rüganer, sind bekannt für ihren Kamikaze-Fahrstil. Hinter dem berühmten Schloss Granitz nimmt Fritz plötzlich die Abfahrt nach Binz. »Huch, wollten wir nicht nach Bergen?«, frage ich ihn überrascht.

»Hm«, grummelt es vom Fahrersitz zurück, »ich habe eine Autowerkstatt in Binz gefunden, die deinen Zünder vorrätig hat.«

»Wow, hast du da extra angerufen? Das ist aber lieb von dir.«

»Na, denkst du, ich fahr die weite Strecke umsonst?«, patzt er zurück.

Ich schenke seiner Unfreundlichkeit allerdings keine weitere Beachtung, weil mir in diesem Moment einfällt, dass es in Binz einige ganz tolle Boutiquen gibt. Das wäre doch die ideale Gelegenheit, meine momentane Garderobe, die – noch einmal zur Erinnerung! – aus einem Hochzeitskleid, der Jogginghose, Gummistiefeln, einem T-Shirt und einer alten Fleece-Jacke aus meinem Auto besteht, aufzustocken.

»Sag mal, Fritz«, fange ich vorsichtig an, »wenn du den Zünder abholst, brauchst du mich da?« Ich weiß, dass das dreist ist, immerhin holt er den Zünder für mich, aber mein Bedürfnis nach neuen Klamotten ist größer als mein Anstand. Und so wie ich Fritz einschätze, ist er nicht der Typ für ausgedehnte Shopping-Touren mit Prosecco-Pause.

Er schaut mich kurz mit hochgezogenen Augenbrauen an. »Wieso?«

»Na ja, wie soll ich sagen… ich bin ja mit nichts als einem, ähm, Brautkleid in Zicker angekommen, und ich würde mir gerne ein paar Sachen kaufen. Und wenn wir schon in Binz sind…«

Er nickt. Er nickt? Er nickt!

»Ja super, ähm, kannst du mich dann vielleicht bei der Fußgängerzone absetzen? Der Akku von meinem Handy ist leider leer, aber ich bleibe nur auf der Hauptstraße. Du könntest mich dort wieder abholen, wenn du fertig bist.«

»Ok.« Das ist alles. Mehr sagt er nicht. Aber mir kommt das nicht mehr ungewöhnlich vor. Entweder habe ich mich einfach schon an seine wortkarge Art gewöhnt oder ich bin in Gedanken bereits im Shoppingparadies – oder beides. So oder so: Ich freue mich tierisch auf Binz!

Nun, einige Zeit später muss ich zugeben, dass ich mir das Shoppingparadies allerdings anders vorgestellt hatte: Die zwei einzigen Nobelboutiquen haben geschlossen (eine macht Inventarisierung, die andere hat um drei Uhr Ladenschluss), und auch sonst ist auf der Einkaufsstraße in Binz, die im Sommer vor Menschen nur so überläuft, nicht viel zu holen. Lediglich ein paar Souvenir-Shops haben geöffnet, aber neu einkleiden kann ich mich mit deren Sortiment auch nicht. Obwohl mich das T-Shirt mit dem Aufdruck »Ich brauche keine Therapie, ich muss nur nach Rügen« schon irgendwie angesprochen hat. Scherz beiseite, ich bin mehr als froh, dass Fritz mich schon nach fünfzehn deprimierenden Minuten wieder einsammelt. Von wegen Prosecco-Pause…

Als ich wieder in den blauen Caddy steige, wird mir das ganze tragische Ausmaß meiner momentanen Existenz klar, und auf einmal steigen mir die Tränen in die Augen. Ich fühle mich so verloren – mir fehlt mein altes Leben einfach. Eigentlich sollte ich jetzt im Bikini auf einer karibischen Insel sitzen und einen Cocktail schlürfen, der mit bunten Schirmchen und viel Obst verziert ist. Mit einem Mann, der mich liebt und mir die Welt zu Füßen legt. Und mit einer Zukunft, die ... egal, überhaupt, mit einer Zukunft! Aber mein Leben, so wie es war, ist vorbei, es ist alles kaputt. Ich brauche eine neue Wohnung, eine Scheidung und einen neuen Mann. Obwohl, wenn ich es mir recht überlege, von Männern habe ich erst einmal genug. Außerdem glaube ich auch nicht, dass ich so eine Enttäuschung noch einmal überleben könnte. Es gelingt mir ja jetzt kaum. Mir entfährt plötzlich ein lauter Schluchzer, und Fritz schaut mich verwundert von der Seite an. »So schlimm«, sagt er mehr, als er es fragt, und ich nicke nur. Mehr kriege ich gar nicht heraus.

»Weißt du, Anne, es gibt wirklich wichtigere Sachen als Klamotten.« Er will mich wohl aufmuntern, aber ich fühle mich dadurch noch schrecklicher als vorher. Jetzt bin ich für Fritz also nicht nur die Bekloppte, die im Brautkleid hier auf Rügen aufgeschlagen ist – ohne Bräutigam wohlgemerkt –, sondern auch noch eine oberflächliche Shopping-Tussi. Mir entweicht ein Geräusch, das sehr wie das Grunzen eines Wildschweins klingt, wobei es eigentlich nur ein unterdrückter Schluchzer war. Aber jetzt ist sowieso schon alles egal.

»Ich weiß, wo wir jetzt noch gucken können«, ruft Fritz auf einmal »Kaufhaus Tik-Tak hat bis achtzehn Uhr geöffnet, auch in der Vorsaison.«

»Ist das nicht dieser Billo-Laden?«, frage ich unter Tränen. Ein

Geschäft mit dem Namen »Tik-Tak«. Mir bleibt nichts erspart. Nichts. Nichts. Nichts. Es ist, als hätten sich die Götter gegen mich verschworen.

Fritz schmunzelt. »Du wirst schon was finden, Anne«, beschließt er ohne Mitleid.

Und recht hat er! Es gibt wohl keinen Ort (außer scheinbar die Binzer Innenstadt in der Nebensaison), an dem Anne Glawe nichts zum Kaufen findet. Fabio hat immer gewitzelt, dass ich selbst in der Wüste einen Laden zum Shoppen ausgraben würde. Und so schleppe ich mich eine Stunde später, voll bepackt mit vier großen Tüten, aus dem Kaufhaus Tik-Tak. Ich habe nicht nur zwei Jeans, fünf Shirts, zwei Pullover, drei Tops, eine leichte Steppjacke und ein paar pinke Nikes gekauft, sondern mich auch mit unfassbar reduzierter Unterwäsche und Unmengen an Kosmetik eingedeckt. Und Sie werden es nicht glauben: Die ganzen Sachen sehen sogar richtig toll aus! Fabio würde wahrscheinlich die Nase rümpfen, weil es keine teuren Marken-Klamotten sind, aber wer auch immer für das Kaufhaus Tik-Tak die Waren bestellt, hat einen guten Geschmack.

Danach haben Fritz Junior und ich nebenan im Tierfachgeschäft (Kaufhaus Tik-Tak besteht aus sage und schreibe drei Gebäuden! Ich kann gar nicht fassen, dass ich noch nie hier war) Katzenfutter, ein orangefarbig leuchtendes Halsband, eine kleine Katzentoilette, Katzenstreu sowie ein beiges Katzenbett gekauft, das mir mehr als komfortabel erscheint. So gerne das Katerchen auf meinem Hochzeitskleid zu schlafen scheint, so sehr wünsche ich mir doch, das Kleid aus meiner Sichtweite zu verbannen.

Jetzt sitzen wir im Auto, das Fritz vor dem Selliner See geparkt hat, und schauen auf diesen und auf eine bunt gefleckte Kuhherde davor – und essen dabei das beste Fischbrötchen, das ich je in meinem Leben gegessen habe. Rollmops, ein paar Zwiebeln und ein Salatblatt. Schlicht, ohne Firlefanz und doch absolut köstlich. Ach so, ja, Rollmops ist übrigens der einzige Fisch, den ich esse, falls Sie sich wundern, warum ich mir auf einmal Fisch einverleibe. Ein klein bisschen Nordlicht steckt eben doch in mir!

Als ich mir gerade den letzten Brötchenkrümel von meinem neuen Pulli zupfe (ich habe natürlich die Gelegenheit im Kaufhaus genutzt und mir dort gleich nach dem Bezahlen etwas Neues angezogen – noch eine Minute länger in der Trainingshose von Frau Kliesow und ich wäre wahnsinnig geworden!), dreht sich Fritz auf einmal nach hinten und fischt nach einer riesigen Tüte, die zwischen den vielen anderen Errungenschaften auf der Ladefläche liegt und an die ich mich zumindest nicht erinnern kann. Er reicht sie mir und sagt schlicht: »Hier, das ist für dich. Habe ich gekauft, während du das zwanzigste Katzenbett geprüft hast.«

Ich muss kichern und greife erstaunt nach dem Plastikbeutel. Neugierig ziehe ich ihn auseinander und kann nicht glauben, was sich da drin befindet. Der gute Fritz hat mir doch tatsächlich einen Malblock, Stifte und einen Farbkasten gekauft. Ich schaue ihn mit großen Augen an.

»Das ist ein Aquarellkasten. Die Verkäuferin hat gesagt, dass die Pinsel dazu passen, ich hoffe, du kannst was damit anfangen …«

Ich starre auf die Farben und dann wieder auf Fritz. »Wow«, entfährt es mir. »Jetzt brauche ich nur noch eine Staffelei …«, flüstere ich glücklich.

»Die schreinere ich dir!«, beschließt er kurz entschlossen.

Ohne weiter darüber nachzudenken falle ich Fritz um den Hals. Die Bewegung über die Handbremse herüber fällt zwar etwas ungeschickt aus, aber Fritz scheint sich ehrlich über meine Geste der Zuneigung zu freuen. »Danke«, flüstere ich ihm ins Ohr. Er brummt nur, das allerdings offenbar sehr zufrieden.

Für einen kurzen Moment habe ich das Gefühl, dass alles wieder gut werden wird – und alles fühlt sich hier auf einmal ganz normal an.

6.

Anne und der Fischergeist

Als wir schließlich wieder in Zicker ankommen, sehen wir vor einem der Reetdachhäuser, in dem mehrere Ferienwohnungen untergebracht sind, zwei riesige dunkle Luxus-Schlitten stehen. Nicht gerade ein gewöhnlicher Anblick hier im kleinen Zicker.

»Huch, was ist denn hier los?«, sage ich grinsend zu Fritz. »Ist Zicker jetzt das neue Sylt oder was?«

Fritz' Gesichtsausdruck verändert sich kaum. Aber ich habe das Gefühl, dass ich langsam zum Experten im Fritz-Gesicht-Lesen werde und würde daher sagen, auch er sieht verwundert aus.

Vor dem Haus steht außerdem eine Frau, bei der man allerdings sehr genau erkennt, dass sie nach Zicker gehört und dass sie keinesfalls mit einem der beiden Protzwagen gekommen ist. Sie trägt nämlich einen Jogginganzug und Gummistiefel, alles in wenig ansprechenden Farben. Noch vor wenigen Tagen hätte ich abfällig gefragt, in welcher Situation eine solche Kombination von Kleidungsstücken notwendig sein könnte – aber jetzt wundert mich ihr Outfit kaum noch, schließlich bin ich ja selbst tagelang so herumgelaufen. Aus der hochgekrempelten Trainingsjacke winkt ein kurzer, kräftiger Arm in unsere Richtung. Fritz hebt die Hand ebenfalls zum Gruß, bremst dann den Kastenwagen ab und lässt das Fenster runter. »Tach, Ilona, alln's kloor?«

»N' Tach Fritz. Sach mal, meinst, deine Modder könnt' uns helfen? Heute sind Gäste angekommen, ganz unerwartet. Ich hab' gar nicht genug zu essen, um de ganze Pagaasch zu verköstigen ...«, die Frau rauft sich mit der Hand durch ihre kurzen Haare.

»Ich frag' sie«, antwortet Fritz und will das Fenster schon wieder hochlassen, als die Frau namens Ilona weiterspricht: »Die sind hier wegen dat Haus vom Kahnweib. Investoren oder so was ... Ganz reiche Pinkel.«

Über Fritz' Gesicht huscht auf einmal ein dunkler Schatten, ach, was sage ich, eine Sonnenfinsternis ist nichts dagegen. Er guckt dermaßen grimmig, dass selbst die gute Ilona einen Schritt zurückweicht. »Dat kann ja wohl nicht wahr sein«, murmelt Fritz, und als er kurz danach mit der Hand auf den Lenker haut, fahre ich vor Schreck zusammen.

»Doch, irgendwelche Wessi-Ärsche ...«, stellt Ilona jetzt noch hinter vorgehaltener Hand fest.

Ohne ein weiteres Wort zu sagen, lässt Fritz das Fenster wieder hoch und fährt weiter.

Ich frage ihn, was los ist, aber außer einem Grummeln bekomme ich keine Antwort. Keine Ahnung, was das für Wessi-Ärsche sind, die Fritz so verärgern. Was die wollen? Von ihm werde ich es bestimmt nicht erfahren.

Mit Wessi-Ärschen ist das so eine Sache. Die meisten meiner Freunde haben – wie ich – nicht mehr viel von der DDR mitbekommen und sind schon mehr oder weniger im vereinten Deutschland aufgewachsen. Deswegen fallen in meiner Generation Begriffe wie Wessi-Arsch oder Ossi-Depp eigentlich kaum noch. Schon gar nicht in der Großstadt. Ich bin dann immer ganz überrascht, wenn ich in Gegenden komme, in denen der Wessi-Arsch noch Hochkonjunktur hat. Und das nicht nur bei Menschen, die deutlich älter sind als ich. Ich persönlich glaube, dass es in der ganzen Republik Ärsche und Nicht-Ärsche gibt. Das hat mittlerweile mit Ost-West nicht mehr so viel zu tun. Hoffe ich zumindest, denn ab und zu hört man ja doch noch so einen Bananen-Spruch, wenn man erzählt, wo man herkommt. À la: »Wie macht man aus einer Banane einen Kompass? Man legt die Banane auf die Mauer – dort wo sie abgebissen ist, ist Osten.«

Aber ich finde, man sollte das nicht zu ernst nehmen. Viele der Klischees stimmen ja auch – und oft im positiven Sinne. Zum Beispiel haben wir Ossis dank unserer FKK-Kultur wirklich kein Problem mit dem Nacktsein. Fabio hat sich immer darüber aufgeregt, wenn ich unbekleidet aus der Dusche kam und an unseren deckenhohen Fenstern vorbeilief. Aber hallo? Ich bin mit einem Vater aufgewachsen, der nackt am Strand Handstand gemacht hat! Und ja, alle unsere Kinderfotos sehen aus, als würden sie aus den Fünfzigern stammen, weil die richtige Farbfotografie es einfach nicht über die Mauer geschafft hatte. Aber davon abgesehen sehe ich keine großen Unterschiede zwischen mir und Freunden, die aus dem Westen kommen.

»Was sind denn das für Leute? Was für Investoren?«, frage ich Fritz schließlich doch noch einmal, als wir bei den Kliesows ankommen. Ich habe mittlerweile gemerkt, dass man bei Fritz hartnäckig sein muss, wenn man eine Antwort von ihm haben will. Und hartnäckig sein kann ich.

»Diese Scheethammel wollen auf dem Grundstück hinter dem Kahnweib-Haus ein Luxushotel bauen. Mit Pool, Nobelrestaurant und Spa«, brummt Fritz nun bereitwillig. Spa spricht er aus wie »Schpa«, und ich muss mir ein wenig das Lachen verkneifen.

»Aber das klingt doch gar nicht so schlecht!«, sage ich. Ich *wünschte*, das Hotel stünde schon jetzt, dann könnte ich mir jetzt so eine richtig tolle Auszeit gönnen.

»Pah. So'n Tüünkraam brauchen wir hier nicht. Die wollen ihre hässlichen Neubauten in unser schönes Naturschutzgebiet klotzen, hat mir die Bine vom Bauamt neulich erzählt. Weißte, ich wollte vor einer Weile einen kleinen Schuppen hinterm Schilf bauen, um dort meine Fische zu verarbeiten. Hätte man kaum gesehen, aber das Ordnungsamt hat's mir verboten. Und die wollen jetzt die ganze Landschaft verschandeln, und das ist dann okay? Aber mit genug Kohle geht alles …«

»Hm«, sage ich. Ich habe Fritz noch nie so lange am Stück reden hören und bin davon ganz verwirrt. Außerdem fällt mir nichts ein, was ich zu dem Thema sagen könnte. Stattdessen frage ich, um das Thema zu wechseln: »Sag mal Fritz, wann baust du mir denn den neuen Zünder ein, sodass mein Auto wieder funktioniert?« Immerhin habe ich meine eigenen Probleme. Angeblich furchtbare, umweltverschandelnde, halb illegale Bauprojekte hin oder her.

Er wirft mir sofort einen abwertenden Blick zu, und ich schäme mich auf einmal in Grund und Boden, dass ich nicht mehr zu der Angelegenheit, die ihm offenbar große Sorgen bereitet, gesagt habe. Oder überhaupt zu sagen habe. Ich baue in meinem Kopf Sätze zusammen, bleibe dann aber doch stumm. Der passende Moment ist irgendwie verstrichen.

»Heut nicht mehr«, grummelt der Meister aller Grummel-Klassen dann, »ich muss mich jetzt um wat anderes kümmern.«

»Ach ja? Um was denn?«, frage ich neugierig. Fritz hat Pläne? Wahrscheinlich will er weiter an seinem Tisch herumschreinern, das scheint ihn ja glücklich zu machen. Mehr als eine abwinkende Handbewegung und ein leichtes Schulterzucken kriege ich jedoch nicht aus ihm raus. Und nachdem er mir meine Einkaufstüten in die Hand gedrückt hat, scheint es, als könne er gar nicht schnell genug wegkommen, als er mich schließlich vor dem Haus seiner Eltern absetzt.

Allein bin ich trotzdem nicht, denn in meiner kleinen Ferienwohnung wartet schon das rote Barönchen. Hach, ich hatte ganz vergessen, wie schön es ist, von einem tierischen Freund empfangen zu werden! Der kleine Kater umstreicht aufgeregt meine Beine, als würde er schon ahnen, dass ich ihm etwas mitgebracht habe. Ab und zu springt er dabei wie ein kleiner Ziegenbock hoch, um meine Streicheleinheiten noch besser empfangen zu können. Dazu schnurrt der Baron in einer Lautstärke, die einen glauben lässt, man habe einen ausgewachsenen Tiger vor sich. Ich verteile etwas Katzenfutter auf einem kleinen Teller, und das Barönchen stürzt sich gierig auf den Mansch aus Fleisch und Gelatine. Dann stelle ich sein schönes neues Katzenbett auf und verbanne das Brautkleid, seinen alten Schlafplatz, in einen der Schränke – ich will es einfach nicht mehr sehen, noch nicht einmal auf dem Boden.

Damit er danach ein wenig auf dem Hof stromern kann, nutze ich die Gelegenheit und lege ihm vorsichtig, während er fröhlich weiterfrisst, das Halsband an. Jetzt sieht der kleine Kerl schon richtig wie ein Kater aus, der jemandem gehört. Stolz fotografiere ich ihn mit meinem Handy (ich konnte nicht widerstehen und habe im Kaufhaus Tik Tak auch noch ein neues Aufladegerät gekauft – so ganz ohne Handy geht es doch auch nicht), als mir auffällt, dass es niemanden gibt, dem ich das Bild schicken kann. Weil niemand weiß, wo ich bin und was ich hier tue. Ehrlich gesagt weiß ich das selbst ja noch nicht einmal so richtig.

Ich frage mich, ob Fabio mittlerweile Moni oder meine Eltern kontaktiert hat, um herauszufinden, wohin ich geflüchtet bin.

Eigentlich müsste er das ja mal versucht haben, immerhin könnte mir ja auch etwas zugestoßen sein. Schließlich könnte ich verunglückt sein und irgendwo tot oder schwer verletzt und vor allem unentdeckt im Graben liegen. Alles gute Gründe mal bei meiner besten Freundin oder meinen Eltern nachzufragen, ob jemand etwas über meinen Verbleib zu berichten hat.

Aber hätten mich dann nicht eine aufgeregte Moni oder meine Eltern angerufen, um sich zu erkundigen, was verdammt noch mal los ist? Doch bevor ich mich über Fabios Ignoranz aufregen kann, schaue ich noch mal genauer auf mein Handy, und mir fällt auf, dass es sich immer noch in der Einstellung »Flugmodus« befindet – ich kann also gerade gar keine Mitteilungen empfangen. Ich starre gefühlte Stunden auf das Display, bevor ich mich dafür entscheide, den Flugmodus aus- und meinen Angstmodus anzustellen. Angst? Ja klar. Was, wenn Fabio sich wieder tausendmal gemeldet hat und ich dieses Mal nicht widerstehen kann und ihm antworte? Oder, noch schlimmer, was, wenn er sich gar nicht mehr gemeldet hat? Auf einmal scheint mir der Gedanke, dass er mich einfach abgehakt haben könnte wie einen seiner Geschäftspartner, mit dem sich die Zusammenarbeit als unzumutbar herausgestellt hat, unerträglich. Vielleicht hat Fabio mittlerweile festgestellt, dass es ihm ohne mich viel besser geht. Wer weiß, vielleicht ist er sogar zurückgekehrt in sein altes Leben, inklusive… nein. Daran mag ich einfach nicht denken.

Ich fahre mit dem Finger vorsichtig über den Bildschirm und beende den »Flugmodus«. Es dauert einige Sekunden, bis es scheinbar von allen Seiten blinkt und bimmelt. Sechzig entgangene Anrufe von »Fabio-Schatz«. Vierzehn Mailboxmitteilungen und über dreißig WhatsApp-Nachrichten. Er versucht also immer noch vehement, mit mir Kontakt aufzunehmen. Erleichtert atme ich auf. Für einen kurzen Moment bin ich sogar versucht, die Nachrichten zu lesen und meine Mailbox abzuhören. Aber ich kann mich jetzt nicht weichklopfen lassen, vor allem da ich spüre, dass ich in diesem Moment leicht zu überzeugen wäre. Denn mit jedem Tag, der seit unserem schrecklichen Hochzeitstag vergeht, verblasst auch mein anfängliches Entsetzen ein wenig mehr.

Ich werfe das Handy, ohne auch nur eine Nachricht zu lesen, aufs Sofa und lasse mich nachdenklich auf mein Bett fallen. Müsste ich ihm nicht doch eine Nachricht schreiben? Einfach nur kurz, ganz knapp, nur damit er weiß, dass es mir gut geht? Dann setzte ich mich auf und angle nach der Handtasche. Dort drinnen, in einer Seitentasche versteckt, lauert er immer noch: der Verlobungsring. Ich hole ihn raus und betrachte ihn nachdenklich. Das hatte ich früher schon immer getan, vor allem direkt nach der Verlobung, als ich mein Glück nicht fassen konnte und mich von Einhörnern umgeben glaubte – und diesen Ring immer und immer wieder anstarren musste. Als ich noch dachte, wie es nur sein konnte, dass so ein großartiger Mann wie Fabio mir einen so wertvollen Ring geschenkt hat.

Fabio hatte es nicht leicht gehabt im Leben, auch wenn er da rüber wenig gesprochen hat – wie auch über so manch andere Dinge, wie mir gleichzeitig mit einem Schwall Bitterkeit klar wird. Doch bevor ich mich wieder aufregen kann, denke ich an die wenigen Geschichten, die er mir über sich erzählt hatte. Dass er aus einer reichen Familie kam, der Vater aber immer extrem geizig war, sobald es um die Kinder ging. Dass sein Vater eigentlich immer nur im Büro war, und wenn er sich dann doch mal daheim gezeigt hatte, sich nur abweisend oder cholerisch verhielt. Dass seine Mamma, eine Südtirolerin, von der Fabio das fast perfekte Deutsch gelernt hat, immer versucht hat, den ganzen Haushalt mustergültig zu erledigen – und sein Vater trotzdem an allem herumgemäkelt hat, an der Mutter, der Wohnung und vor allem an seinem ältesten Sohn Fabio. Und dass Fabio, das kleine Computer- und Finanz-Genie, versucht hatte, seinem Vater immer aufs Neue zu beweisen, dass er etwas kann, und darum so früh wie möglich Geld, Geld und noch mehr Geld verdienen wollte. Um mit diesem Geld vielleicht auch ein bisschen zu zeigen, wozu er fähig ist – was seinem Vater aber trotzdem immer egal blieb, oder, schlimmer noch, von ihm ins Lächerliche gezogen wurde. Weil er dieses ganze »Computer-Zeugs« nicht ernstnahm. So hatte es mir Fabio zumindest erzählt. Plötzlich regt sich Mitleid in mir, und ich streiche sanft über den Ring.

»Vielleicht habe ich ja doch überreagiert?«, frage ich flüsternd meinen kleinen roten Kater, der inzwischen ruhig und zufrieden in der Ecke sitzt und sich statt einer Antwort lieber eifrig sein wu-scheligweiches Fell putzt.

Ein plötzliches Klopfen an der Tür reißt mich aus meinen Ge-danken, und ich verstaue den Ring schnell wieder in der Handta-sche. Ich eile zur Tür, und dort steht Frau Kliesow. Sie trägt eine rot-blau geblümte Kittelschürze, die sie optisch gut weitere zwanzig Kilo fülliger macht. In der Hand hält sie ein weiteres Exemplar die-ses stilistisch faszinierenden Höhepunkts des Modedesigns.

»Hallo, Anne«, begrüßt sie mich mit ihrer hohen, warmen Stimme. »Ich mach Plumm'mus und dachte, du hast vielleicht Lust, mir beim Einkochen zu helfen?«

Hm. Irgendetwas einkochen … die perfekte Ablenkung. Bevor ich noch länger über meinem Verlobungsring meditiere und zu viel über Fabio nachdenke, greife ich lieber nach der Schürze – und ob ich Lust habe! Was auch immer Plumm'mus sein mag!

Fünf Minuten später sind Frau Kliesow und ich im Partnerlook (meine Schürze ist übrigens rosa-gelb), und wir entsteinen im Takt zu Helene Fischer Pflaumen (Plumm'mus ist Pflaumenmus, da hätte ich auch wirklich selbst drauf kommen können!). Das heißt, ich versuche eher zu entsteinen, als dass ich es wirklich hinbekomme.

»Und, Anne«, fragt Frau Kliesow schließlich, nachdem wir eine Weile stumm nebeneinander entsteint haben und sie meine verzweifelten Versuche, die Kerne aus den Pflaumen zu bekommen, mit einem leichten Grinsen beobachtet hatte, »kochst du gerne?«

»Ich bin leider nicht so talentiert in der Küche«, antworte ich und weiß, dass es sich dabei um eine schamlose Untertreibung handelt. In Wahrheit sollte man mich dringendst von Küchen fernhalten – ich bin eine Bedrohung für jeden Herd. Fabio hat das immer sehr gestört. Kein Wunder, seine »Mamma« hatte ja ihr ganzes Leben nichts anderes zu tun, als zu kochen und ihren Kindern und ihrem Mann zu dienen, denke ich mit einem erneuten Gefühl der Bitterkeit.

»Na, na ... alles eine Frage der Übung«, antwortet Frau Kliesow aufmunternd.

»Ich fürchte bei mir nicht. Einmal habe ich versucht, einen Kuchen zu backen«, beginne ich zu erzählen, »sollte ein Geburtstagsgeschenk werden. Für Fabio, für meinen Ma... meinen Veil... eben für Fabio. Ich hatte mir ohnehin schon nichts Kompliziertes vorgenommen und lediglich eine Backmischung und die auf der Rückseite der Pappschachtel notierten Zutaten besorgt. Meine Mutter hatte mir versichert, dass das Ganze babyleicht wäre – sie ist ebenfalls nur mittelmäßig backtalentiert, es liegt also in der Familie.«

»Das war doch immerhin ein guter Anfang ...«

»Im Eifer des Gefechts habe ich beim Lesen der eigentlich wirklich für Blöde geschriebenen Anleitung jedoch übersehen, wie viel Saft des Kirschglases man genau in den Teig geben muss. Statt einer kleinen Menge habe ich Doofi einfach mal den ganzen Kübel hineingekippt.«

Christa Kliesow schaut mich baff an. »Da muss man erst einmal draufkommen ...«

»Ja ... da war dann auch nichts mehr zu retten, und statt eines leckeren Schokoladen-Kirsch-Kuchens habe ich dann eine Art Püree serviert, dass selbst mit einem Kilo Puderzucker nicht besser geschmeckt hat.« Ich muss kurz lachen. »Fabio hat sich geweigert, auch nur davon zu probieren und mir stattdessen danach stundenlang von den Kuchen seiner ›Mamma‹ vorgeschwärmt.«

»Na, das ist allerdings nicht sehr ermutigend. Weißt du, Anne, Backen ist gar nicht so einfach. Weil man ja erst am Ende sieht, ob es etwas geworden ist. Vielleicht solltest du lieber erst mal was kochen? Es gibt da ganz simple Rezepte ...«

»Ja«, antworte ich ihr lachend, »das dachte ich auch.« Nach der Kuchenpleite behauptete ich Fabio gegenüber, dass Backen eben nicht mein Ding sei. Aber kochen, kochen könne ich.

So beginnen Geschichten von wahren Katastrophen!

»Mein zweiter Versuch fand zum Valentinstag vor einem Jahr statt.« Ich beginne Frau Kliesow davon zu erzählen, wie ich damals Steaks braten wollte. Unter dem Motto, was die im »Grill Royal« auf der Friedrichstraße können, kann ich schon lange – eine grenzenlose Selbstüberschätzung, wie sich später herausstellte. »Ich habe Wein und Filetsteaks gekauft und mich dann wie eine echte italienische ›Mamma‹ in die Küche gestellt. Das Problem war nur, dass ich von dem Rotwein, der für die Sauce gedacht war, vorher ein wenig zu viel ›probiert‹ hatte ...«

Christa Kliesow kichert und macht sich jetzt an einem der Küchenschränke zu schaffen. »Das ist überhaupt 'ne gute Idee«, murmelt sie, und ich sehe, wie sie eine flache Schnapsflasche aus dem Regal zieht.

»Na ja, und als es daran ging, das Fleisch anzubraten, hatte ich dann schon so richtig einen sitzen … Ich vertrage nicht besonders viel Alkohol, schon zwei Gläser und ich bin je nach Tagesform ziemlich beschwipst bis sternhagelvoll.«

Christa Kliesow kichert weiter und holt nun etwas aus der Schublade, das wie eine Miniaturpfanne aussieht. Ich beobachte sie irritiert. Was hat die Frau vor? Mini-Pfannkuchen braten?

»Na ja«, erzähle ich weiter, »also in jedem Fall habe ich dann in meinem angetüdelten Zustand die Butter in die Pfanne geklatscht, woraufhin ich mir zufrieden noch einen Schluck Rotwein einverleibt habe – oder zwei oder drei. Beim Studieren des Rotwein-Etiketts vergaß ich dann schon mal die Butter, wurde dank des leicht angebrannten Geruchs jedoch daran erinnert. Daraufhin zerrte ich das Steak aus der Verpackung … ach so, außerdem müssen Sie wissen, dass Fabio einen riesigen Gasherd hat.«

»Ach Gott! Warum das denn? Ist das nicht sehr altmodisch?«

Ich brauche Christa Kliesow jetzt wohl nicht mit Interior Design-Kram zu kommen. Denn eigentlich haben wir den Gasherd vor allem deshalb gekauft, weil er cool aussieht. »Ja, nein, weiß auch nicht. Der Küchenexperte meinte, das sei praktisch«, behaupte ich stattdessen, »weil die Hitze direkt da ist oder so. Leider hat so eine offene Flamme am Gasherd auch erhebliche Nachteile, zumindest für solche Küchendilettanten wie mich.«

»Was ist denn passiert?«

»Als ich das Filet in die Pfanne warf, spritzte ein bisschen ungefähr hundert Grad heißes Fett auf meine Hand, und vor lauter Schreck ließ ich nicht nur das zweite Filetstück auf den Boden plumpsen, sondern auch den dicken Topflappen, den ich in der anderen Hand hielt. Leider befand sich zwischen Herd und Boden noch die offene Flamme des Gasherdes.« Im Augenwinkel sehe ich, wie sich Christa Kliesow erschrocken die Hand vor den Mund hält.

»Das Ende vom Lied war, dass der Topflappen Feuer fing, den Brandmelder auslöste und die Sprinkleranlage daraufhin nicht nur mich, sondern auch den wertvollen, aus alten Berliner Dielen angefertigten Holztisch durchnässte. Als Fabio schließlich in Erwartung des romantischen Valentinstag-Dinners, das ich ihm so vollmundig versprochen hatte, voller Erwartung nach Hause kam, fand er dort eine Chaos-Landschaft vor, die man sonst nur aus amerikanischen Endzeitfilmen kennt. Als hätte Rambo noch eine Rechnung mit seiner Küche offen gehabt, nachdem bereits die Transformer gemeinsam mit den Dinos aus Jurassic Park den Raum plattgemacht haben.«

»Anne… das ist ja unglaublich, dir passieren Sachen…« Frau Kliesow schaut sich kurz ängstlich in ihrer penibel geordneten Küche um, und wahrscheinlich ist das der Moment, in dem sie sich fragt, wie sie mich Küchenterminator nur hier reinlassen konnte. Ob sie gerade überlegt, wo sie den Feuerlöscher hingestellt hat? Ich entkerne weiter Pflaumen und bemühe mich, möglichst harmlos zu wirken.

»Aber ganz ehrlich, mit so 'nem Gasherd könnte ich auch nicht umgehen. Und so ein richtig gutes Steak kriegen selbst die besten Köche nicht einfach so hin«, sagt sie nach einer kurzen Pause schließlich tröstend, und ich könnte sie dafür umarmen. »Und überhaupt, nicht jeder kann kochen. Du kannst dafür sicherlich tausend andere Sachen! Malen zum Beispiel!« Dann deutet sie fröhlich auf mein Bild in ihrer Küche.

Ich lächele sie schief an und beobachte sie dabei, wie sie im nächsten Moment in einem ihrer vielen Schränke wühlt und schließlich zwei kleine runde Keramikkrüge auf die Arbeitsplatte zwischen uns stellt.

»So«, sagt sie und klatscht kurz in die Hände, »auf den Schreck trinken wir jetzt erst mal was.« Dann zieht sie ein langes Streichholz hervor, und während ich mich noch frage, was sie jetzt damit vorhat, gießt Frau Kliesow den Schnaps in die kleinen Krüge und zündet ihn an.

»Was machen Sie denn jetzt?«, rufe ich entsetzt aus.

»Dat ist Fischergeist. Dat Einzige, was in der Küche brennen sollte!« Sie wartet kurz und schaut zufrieden in die Flamme, bis sie nach der Miniaturpfanne greift und damit die kleinen Feuerstellen löscht, dann reicht sie mir einen Krug. »Prost!«

Ohne groß nachzudenken, tue ich es ihr nach und trinke es einfach auf ex. Die scharfe Flüssigkeit rinnt mir heiß die Kehle hinunter, und ich bereue es sofort, mir dieses Gesöff in den Rachen gekippt zu haben.

»Um Gottes Willen«, jaule ich, und mein Gesicht entgleist in diesem Moment sicher in alle Richtungen. »Hilfe, was ist das denn für ein Teufelszeug?« Widerlich! Ich krümme mich leicht zusammen und würde das Zeug am liebsten direkt wieder hinausbefördern, also schiele ich kurz Richtung Waschbecken. Aber da liegen frisch gewaschene Pflaumen drin – keine Wahl, der Schnaps muss drinnen bleiben.

Frau Kliesow schaut mich mit einer Mischung aus Schadenfreude und ehrlicher Begeisterung an. »Ja-ha«, ruft sie, »an Fischergeist muss man sich erst einmal gewöhnen. Je nach dem Gesicht, das jemand nach einem Krug davon macht, weiß man, ob derjenige von der Insel kommt oder nicht!«

Natürlich hatte Christa Kliesow keine Miene verzogen.

»Sie sind also echte Rüganerin«, stelle ich fest, nachdem ich mich etwas erholt habe. Mittlerweile hat sich das Brennen im Bauch zu einem warmen, wohligen Gefühl verwandelt, und ich fühle mich, als stünde ich auf tausend Wattebällchen.

»Auch wenn ich den Fischergeist inzwischen ohne Probleme vertrage – eigentlich bin ich aus Stralsund«, sagt Frau Kliesow lächelnd, und amüsiert sich offenbar immer noch über mein aus der Form geratenes Gesicht, »damit gehöre ich hier praktisch zu den Ausländern.«

»Das kann ich mir vorstellen. Ist bestimmt nicht leicht, mit den Leuten in Zicker warm zu werden.«

Sie winkt ab. »Man gewöhnt sich an alles. Bin ich eben eine Zugezogene, auch noch nach fast vierzig Jahren. Damals bin ich für meinen Mann hierhergezogen – war Liebe auf den ersten Blick auf dem Fischerfest in Gager. Warum soll ich mich über Sachen aufregen, die ich eh nicht ändern kann?«

»Ich bewundere Ihre Einstellung …«

»Anne, jetzt, wo du meinen Fischergeist-Angriff überlebt hast, kannst du mich auch ruhig Christa nennen. Ja?«

»Gerne«, erwidere ich lachend, und ehe ich michs versehe, stoßen Frau Kliesow, äh, Christa und ich auch gleich noch auf unsere Schwesternschaft an. Dieses Mal hat die Hausherrin allerdings Erbarmen mit mir und füllt meinen Krug statt mit diesem Teufelszeug mit einem leichten Sanddorn-Likör. Nach dem Fischergeist ist das fast wie Safttrinken. Ich entsteine weiter die Pflaumen, und Frau Kliesow, äh, Christa, beginnt, die Früchte klein zu schneiden. Als auf einmal Christas Lieblingslied aus dem kleinen Küchenradio erklingt, stoßen wir auch darauf noch mal an. Der Sanddorn-Likör ist wirklich extrem lecker!

Danach scheint sogar meine Gastgeberin leichte Schwierigkeiten zu haben, das Messer noch gerade zu halten, und ich schmeiße fast die Pflaumen weg und lege ihr dafür die Kerne hin. Als Fritz Junior plötzlich draußen am Küchenfenster vorbeiläuft, klopfe ich, mittlerweile mehr als nur ein bisschen angeschwipst, albern an die Scheibe und ziehe Grimassen. Fritz bleibt kurz stehen und guckt mich wie ein besonders seltsames Tier im Zoo an, dann geht er, nicht ohne vorher noch einmal bedeutungsschwer die Augenbrauen hochgezogen zu haben, einfach weiter seines Weges.

»Warum ist Ihr, achso, sorry«, kicher kicher, »dein Sohn eigentlich immer so ernst? Ich meine, er war schon früher so verschlossen, aber jetzt ist er ja richtig grummelig geworden. Warum nur?«, frage ich Christa dann einfach direkt – der Alkohol hat mir wirklich jede Hemmung genommen –, und ich merke, dass meine Stimme einen leicht lallenden Ton angenommen hat. Was mir zugegebener Weise inzwischen herzlich egal ist.

»Janine«, lautet ihre ebenfalls etwas leiernde Antwort, und bevor ich dazu komme nachzufragen, wer oder was denn »Janine« ist, erzählt Christa Kliesow schon von allein, was es mit dieser Janine auf sich hat.

Anscheinend waren Janine und Fritz schon seit der zehnten Klasse ein Paar gewesen. Janine Kunz (aus dem benachbarten Gager) und Fritz schienen, wenn man den Erzählungen von Frau Kliesow glaubt, unzertrennlich gewesen zu sein. Nach dem Abitur – »Ach, der Fritz hat Abi?« – »Ja, sogar ein richtig gutes!« – machte Janine eine Ausbildung zur Bankkauffrau in Bergen, während Fritz in Zicker weiter als Fischer arbeitete.

»Fritz blühte in der Beziehung mit Janine richtig auf. Lächelte viel, war aufgeschlossen. Ein paar Jahre später kaufte er sogar für sich und Janine ein kleines Häuschen, hier in Zicker, am Ende der Dorfstraße«, erzählt Christa Kliesow weiter. »Er hatte ein bisschen vom Opa geerbt und all seine Ersparnisse zusammengekratzt, um Janine wirklich das schönstmögliche Zuhause bieten zu können. Du musst wissen, mein Fritz war schon immer ein ganz sparsamer.« Christas Blick wandert gedankenversunken durch die Küche.

»Sparsam und vernünftig. So vernünftig.« Es klingt nicht, als wäre sie sonderlich froh über diese Charaktereigenschaften, für die jede Mutter eines Problemkinds sich den linken Arm abhacken würde. Vielleicht ist das aber auch der Fischergeist, der aus ihr spricht.

»Und was ist dann passiert?«, frage ich neugierig.

»Während Fritz noch damit beschäftigt war, das Häuschen für sich und Janine zu renovieren, hat Janine von ihrer Bank ein Angebot für ein Studium bekommen. In Frankfurt!«

»Oh …«, seufze ich mitfühlend.

Frau Kliesow nickt heftig. »Das war der Anfang vom Ende. Mein Fritz gehört nicht in die Großstadt – und Janine hatte sich sehr verändert. Interessierte sich nur noch für das Studium und die Bank und die neuen Freunde in der Stadt. Manchmal kam es einem vor, als sei Zicker gar nicht mehr gut genug für sie. Er hat sie ein paarmal in Frankfurt besucht, aber schließlich sahen die beiden sich immer seltener. Irgendwann ist er dann gar nicht mehr hingefahren – so richtig reden wollte er nicht darüber. Aber man hat es halt doch gemerkt, wie schlimm es für ihn war. Und Janine ist fast gar nicht mehr hergekommen. Vor zwei Jahren haben wir dann gehört, dass sie in Frankfurt geheiratet hat. Einen Manager aus der Bank.«

»Oh nein. Der arme Fritz«, flüstere ich und befülle noch einmal zwei Schnapsgläser. Fritz weiß also auch, wie sich Liebeskummer anfühlt. Vielleicht trauert er seiner großen Liebe immer noch nach und ist deswegen so zugeknöpft. Wahrscheinlich hat seine Verschlossenheit sogar rein gar nichts mit mir zu tun – das ist mal wieder typisch, dass ich das sofort persönlich genommen habe.

»Und was ist aus dem Haus geworden, das er sich gekauft hatte?«, frage ich schließlich.

»Fritz hat es wunderschön saniert, es steht direkt neben dem

Haus des Kahnweibs, wenn du es dir anschauen willst. Das weiße Haus mit dem Reetdach. Janine hat es nie im komplett fertigen Zustand gesehen, nicht einmal das.«

Ich erinnere mich an das Haus mit dem wilden Garten, vor dem ich neulich Abend stand und von dem ich so verzaubert war. Und dass offenbar »das Haus des Kahnweibs« war, was auch immer das zu bedeuten hatte. Daneben wohnte Fritz also …

»Aber er will es nicht einmal vermieten, obwohl es doch viel zu groß für ihn allein ist. Und dabei wären das doch wunderbare Ferienwohnungen, mit Blick aufs Wasser. Aber nein, er wohnt da drinnen, ganz allein, und wartet weiterhin auf eine Familie, die es nicht geben wird. Mein armer Junge.« Frau Kliesow schüttelt traurig den Kopf und kippt sich dann beherzt einen weiteren Fischergeist in die Kehle.

Aus Solidarität und weil mir die Geschichte ebenfalls nahegeht, trinke ich mit (allerdings lieber den leckeren Sanddorn-Likör!), obwohl ich meinen Alkoholzenit schon vor etwa zwei Gläsern überschritten habe. Ich sag nur, Blutgruppe Fischergeist Positiv. Plötzlich, ich weiß nicht, ob es der Alkohol, die traurige Janine-Fritz-Geschichte oder mein eigener Kummer ist, steigen mir Tränen in die Augen. Ich versuche noch, die Tränen runterzuschlucken, aber es gelingt mir einfach nicht. Erst tröpfelt es nur, aber dann kommen ganze Niagarafälle aus meinen Augen – ich kann meine Gefühle einfach nicht länger unterdrücken. Na vielen Dank, lieber Fischergeist! Du hast jetzt wirklich meine Schleusen geöffnet. Während ich beginne, Rotz und Wasser zu heulen, klopft mir Christa beruhigend auf die Schulter. »Ach Mensch, Kleene, ich wollte dich ja eigentlich ablenken. Fritz hat mir erzählt, dass es dir so schlecht geht, aber jetzt bist du noch trauriger als vorher. Das tut mir leid«, sagt sie mit sanfter Stimme.

Wie das manchmal so ist, verstärken die wohlgemeinten Worte das Geheule nur noch mehr. Außerdem berührt es mich, dass Fritz ihr tatsächlich von meinen Tränen während der Fahrt erzählt hat. Und offenbar kapiert hat, dass ich nicht nur wegen des ersten verpatzten Shopping-Versuchs geheult habe.

»Willst du mir mal erzählen, was eigentlich passiert ist?«, fragt Frau Kliesow vorsichtig. »Ich meine, ich wollt ja nicht neugierig sein, aber wir haben uns schon gefragt, warum du hier im Brautkleid aufgekreuzt bist? Was genau war denn mit diesem Fabio? Magst du nicht doch lieber darüber reden?«

Ich schaue sie an, und ihr Gesicht verschwimmt, weil sich ein Tränenschleier vor meine Augen legt. Für einen kurzen Moment überlege ich, ob ich ihr mein Herz ausschütten soll. Dann schüttele ich heftig den Kopf. »Ich kann einfach noch nicht darüber reden«, glucke ich dann, »es tut einfach noch zu sehr weh.«

Trotzdem, ihr Angebot hat mir gutgetan – langsam versiegen die Tränen, und ich beruhige mich wieder.

Schließlich tritt Stille ein, und wir schweigen jetzt zusammen, während Frau Kliesow weiter mitfühlend meinen Rücken tätschelt. Im Hintergrund singt Helene Fischer mit leidender Stimme zum Schlagerbeat über die Hölle am nächsten Tag. Oje, die wird mir wohl auch noch blühen.

· ·
Liebeskummer-Status:
Auch besoffen wird das hier nicht besser.
· ·

7.

Anne und der erste Schritt

Am nächsten Morgen fühle ich mich wie vom Traktor überfahren. Vielleicht hätte ich Helene Fischers Gesang von der Hölle am nächsten Morgen ernster nehmen müssen. Zwar lacht die Sonne wieder in mein Zimmer, aber ich lache ihr nicht entgegen – ich verstecke mich nur noch tiefer unter der Bettdecke, aber das hilft leider nichts gegen den pochenden Kopfschmerz. Tja, und der heftige Fischergeist-Kater lässt sich selbst mit einer kalten Dusche nicht abspülen. Ich ziehe mir schwerfällig einen Pulli und Jeans an und bleibe dann müde im Zimmer stehen, irgendwie weiß ich gerade gar nicht, was ich tun soll. Plötzlich klopft es an der Tür, und als ich öffne, steht Christa vor mir. Offenbar braucht man beim Fischergeist jahrelange Übung – sie wirkt nicht im Geringsten verkatert, sondern strahlt mich an. Sie hält mir in der einen Hand eine Tasse Kaffee und in der anderen eine Kopfschmerztablette entgegen.

»Na, Anne? Ik glaub, du brauchst dat! Und zwar dringend!«, lacht sie, drückt mir beides in die Hände und geht winkend zu ihrem Haus zurück. Christa ist doch einfach die Beste!

Tatsächlich, der Kaffee tut gut, aber je klarer ich wieder in meinem Kopf werde, desto mehr unangenehme Gedanken kehren ebenfalls zurück. Und plötzlich taucht in meinem Kopf sogar die Stimme meiner perfekten Schwester Sonja auf, die sagt, dass ich in meinem Alter doch echt mal gelernt haben sollte, mit Alkohol umzugehen – meine feine Schwester würde ja nie mehr trinken als alkoholfreien Prosecco für Kinder. Und sogar von dem höchstens einen Teelöffel voll. Einen Kater kennt die doch höchstens aus dem Fernsehen.

Mein echter Kater spielt währenddessen mit einem Faden, den er am Hochzeitskleid gezogen hat (Mist! Ich habe die Schranktür nicht richtig verschlossen!). Ich beobachte ihn kraftlos und denke in diesem Moment nicht einmal daran, wie teuer dieses Traumkleid war, das er da gerade Stück für Stück auseinandernimmt. Im Gegenteil, irgendwie scheint es mir passend. Auf dass dieses Monstrum verschwindet, das mich nur an diesen elendigen Tag erinnert. Von wegen »schönster Tag im Leben« und so. Alles eine Erfindung von raffinierten Hollywood-Drehbuchautoren, die uns täuschen wollen, damit wir an das große Glück inklusive Einhörner glauben. Oder sollte ich nicht vielleicht doch …? Ich schaue auf den kleinen Nachtschrank neben mir, und mein Handy scheint mir von dort verführerisch zuzuzwinkern. Wie in Zeitlupe greife ich danach. Vielleicht sollte ich Fabio doch etwas schreiben oder wenigstens eine Nachricht lesen? Dann entscheide ich mich aber doch dagegen, die vielen Nachrichten von Fabio zu lesen. Stattdessen google ich das Wort »Liebeskummer«.

Tja, fast vier Millionen Treffer beweisen: Ich bin nicht allein mit dem Gefühl. Es gibt wie zu erwarten eine Menge an Beiträgen zu dem Thema. Ich klicke auf den Wikipedia-Artikel, denn ich möchte es so sachlich wie möglich beschrieben haben: »Liebeskummer (veraltet: *Herzeleid*) bezeichnet umgangssprachlich die emotionale Reaktion auf unerfüllte oder verlorene Liebe. Im Volksmund spricht man auch von *gebrochenem Herzen*. Obwohl damit im Allgemeinen psychische Prozesse gemeint sind, können gleichzeitig körperliche Symptome auftreten, bis hin zum sogenannten Gebrochenes-Herz-Syndrom, bei dem lebensbedrohliche Funktionsstörungen des Herzmuskels die Folge sein können. Fast alle Menschen erleiden einmal oder mehrmals in ihrem Leben Liebeskummer. Dies ist für gewöhnlich harmlos, kann aber je nach Persönlichkeit auch zu schweren körperlichen oder psychischen Erkrankungen, Suizid oder Mord führen.«

Na, das klingt ja aufbauend! Suizid und Mord – kleiner ging es nicht? Aber gebrochenes Herz, ja, das kenne ich – was soll man denn nun dagegen tun? Ich scrolle weiter in dem Text und überspringe ungeduldig die lehrmeisterartigen Ausführungen über das Phänomen »Liebeskummer«. Schließlich weiß ich ja, was Liebeskummer ist. Niemand weiß das besser als ich! Eigentlich will ich doch jetzt nur wissen, wie ich ihn loswerde. Wie ich endlich dieses verflüchtigte Glück zum Rückflug in mein Leben bekomme.

Schließlich gelange ich zu einem blau unterstrichenen Link »Zehn Tipps, was Sie bei Liebeskummer tun können«. Ich klicke drauf und lese dort weiter: »Führen Sie ein Gespräch, das nichts, rein gar nichts, mit der Ursache für Ihren Liebeskummer zu tun hat. Oder noch besser, suchen Sie sich eine neue Aufgabe oder Herausforderung, die Sie beschäftigt«, steht dort. Ich überfliege die Erläuterung zu diesem Hinweis, und zusammengefasst soll es wohl darum gehen, sich abzulenken und neue Erfahrungen zuzulassen. Eines der Probleme, das liebesbekümmerte Menschen verbindet, sei nämlich, so dieser schlaue Artikel, dass sie sich nur noch auf dieses Thema versteifen und an nichts anderes mehr denken können. Die Liebe und ihr Kummer würden dann zu einer Art Religion, nach der sich das gesamte Tun ausrichte. Worin der Artikel nun mal recht hat: Denn wer kennt das nicht, dass man stundenlang die Freundinnen davon vollsülzt, wie toll alles war und wie

119

traurig und verzweifelt man nun nach der Trennung ist. Da werden Tage wertvoller Lebenszeit damit verschwendet zu diskutieren, wie der Mann wohl dieses oder jenes Wort gemeint haben könnte.

Der Punkt ist aber: Ich habe ja noch mit überhaupt niemandem über meinen momentanen Liebeskummer gesprochen, nicht ein Wort habe ich bisher darüber verloren! Vielleicht sollte ich das zuerst einmal tun? Mich auskotzen sozusagen. Früher haben Moni und ich jedes Detail unseres Liebeslebens ausführlich durchgekaut. Aber je länger ich mit Fabio zusammen war, desto weniger hatte ich noch das Bedürfnis dazu. Es ist ja auch immer schwierig: Eigentlich will man ja, dass die Freundin den Traummann genauso super findet wie man selbst. Dass sie einem sagt, was man für einen tollen Fang gemacht hat. Und dann jammert man doch hin und wieder rum, wie furchtbar alles ist, vor allem der vermeintliche Traummann – und wenn kurz danach wieder eitel Sonnenschein herrscht, kommt man sich blöd vor. Zumindest hatte ich bei Moni oft dieses Gefühl – wenn ich mich wirklich mal über Fabio beschwert hatte, was selten genug vorkam, meinte sie meist nur, dass Fabio doch ein toller Fang sei und ich mich wirklich glücklich schätzen könnte. Deshalb habe ich mir alle Beschwerden über Fabio bei Moni verkniffen – und oft genug auch bei mir selbst.

Ich überlege, wem ich hier von Fabio erzählen könnte. Christa Kliesow möchte ich damit nicht behelligen, auch wenn sie es mir angeboten hat. Außerdem glaube ich nicht, dass sie meinen Kummer wirklich nachvollziehen kann. Dieselbe Erfahrung habe ich nämlich mit meiner Mutter gemacht. Je länger man verheiratet ist, desto weniger kann man sich offenbar in solche Trennungsgeschichten einfühlen. Und Christa sieht aus, als wäre sie schon verheiratet auf die Welt gekommen. Außerdem befürchte ich, dass ein solches Gespräch mit Christa mit noch mehr Fischergeist verbunden wäre – und das macht mein Magen nun wirklich nicht mehr mit!

Mit wem soll ich also reden? Ich schnappe mir dann erst einmal in Ermangelung eines richtigen Gesprächspartners das Barönchen und kraule ihm den Nacken. Er beginnt wohlig zu schnurren und kuschelt sich zufrieden an mich. Mein Blick fällt auf die Mal-Utensilien, die Fritz mir tags zuvor geschenkt hat und die immer noch unberührt in der Tüte liegen. Warum ich den Block und die Farben noch nicht einmal ausgepackt habe – weiß der Teufel. Jedes Mal, wenn ich bisher ein wenig Optimismus und Tatendrang verspürt habe, verschwanden sie so schnell wie sie gekommen waren. Ich schaue den roten Baron seufzend an, und wir sitzen einen Moment lang schweigend da.

Dann beginne ich zu erzählen. Klar, der Kater kann nicht antworten, aber wenn wir mal ganz ehrlich sind, wollen ja die wenigsten, die sich über ihren Liebeskummer auslassen, wirklich Antworten ihres Gegenübers hören. Und das Barönchen ist ein wunderbarer Zuhörer, denn während ich ihm all meine Sorgen und Ängste, meine Enttäuschungen und leisen Hoffnungen anvertraue, schnurrt und maunzt er abwechselnd. Dabei sieht er mich immer mit seinen großen, grünen Augen an, als würde er mich tatsächlich verstehen. Zwischendurch lausche ich einfach nur seinem Schnurren, und dann fällt mir ein, dass ich mal irgendwo von der heilenden Wirkung dieser Katzenangewohnheit gelesen habe. Angeblich hilft die damit verbundene Vibration nicht nur gegen Stress, sondern kann sogar Herzkrankheiten und solchen Sachen vorbeugen – vielleicht kann es sogar beim Heilen eines gebrochenen Herzens helfen. Der Gedanke baut mich augenblicklich auf, und ich fühle mich sofort ein wenig besser.

In jedem Fall hilft das Schnurren wunderbar gegen meinen Liebeskummer. Nach etwa einer Stunde habe ich sogar das Gefühl, alles an vorhandenen Worten betreffend Fabio Bartolini gesagt zu haben – und das gibt mir neue Kraft! Dem Katerchen reicht es inzwischen wohl auch, den Ersatz-Psychologen zu spielen, und er verlangt mittels vehementen Miauens, wieder auf den Boden gesetzt zu werden. Ich schlucke meinen letzten Tränenrotz runter und schraube mich langsam vom Fußboden hoch, während das Katerchen beginnt, auf dem Boden mit einem Papierfetzen zu spielen.

Auf einmal fühle ich mich wie befreit. So, als hätte ich den schweren Stein, der auf meinen Schultern lag, abgeworfen. Doch nicht nur das. Mir wird plötzlich klar, dass viele Dinge in unserer Beziehung auch schon vor der Hochzeit nicht perfekt waren. Natürlich, von außen sah alles perfekt aus, ich wollte ja auch, dass das so ist. Aber wenn ich ehrlich zu mir bin, gab es einige Dinge, die mich schon damals wirklich gestört haben – und die ich oft genug nicht ausgesprochen habe.

Zum Beispiel war Fabio anderen Menschen gegenüber oft arrogant, denn er hat so eine Art, von oben herab mit ihnen zu sprechen, als seien alle nur da, um ihm zu dienen. Manchmal hat er das sogar mit mir abgezogen. Ich hingegen hatte dann viel zu oft das Gefühl, seine herablassende Art ausgleichen zu müssen, mit extra viel Freundlichkeit und Süßholzgeraspel. Das wiederum führte dazu, dass Fabio mich oft überhaupt nicht mehr ernst nahm und mir, auch vor anderen Leuten, manchmal sogar über den Mund fuhr, um mich zurechtzuweisen.

Einmal waren wir in einem Restaurant – piekfein natürlich, wie immer bei Fabio, der wohl eher verhungert wäre, als ein Restaurant mit weniger als drei Sternen zu besuchen –, und mir ist, wie so oft, ein kleines Malheur passiert. Ich wollte der netten Kellnerin nur ein wenig helfen und ihr den leeren Teller entgegenreichen, damit sie es einfacher hat – und dabei bin ich an ihr Tablett gestoßen und alles ist auf den Boden gefallen.

Was mir natürlich fürchterlich peinlich war, weshalb ich mich tausendmal bei der Kellnerin entschuldigt habe. Fabio war mein kleines Missgeschick sichtbar unangenehm: »Amore, meine stupida Topolina! Lass doch das Personal in Ruhe machen, die müssen schon was arbeiten für ihr Geld! Und du setz dich einfach nur hin und hör auf mit diesem Benehmen! Wir zahlen schließlich für den Service!« Ich lief knallrot an und wollte gar nicht mehr zu den Leuten sehen, die eifrig um uns aufwischten und sich nonstop bei uns entschuldigten, während Fabio nur gönnerhaft lächelte. In solchen Situationen fühlte ich mich runtergemacht und gleichzeitig fehl am Platz. Und hätte mich am liebsten einfach in Luft aufgelöst, um einfach nicht mehr da sein zu müssen.

Aber ich habe nie etwas dazu gesagt und bin irgendwie mehr und mehr in diese Mäuschen-Rolle hineingeschlittert. Komisch, dass ich mir das nie eingestanden habe – aber wie hätte das auch zu meinem Traum vom großen Glück gepasst? Ich klopfe mir ein paar rote Katzenhaare von der Jeans. Andererseits war Fabio trotz allem immer mein Traummann. Er kann nämlich auch äußerst charmant sein und einem das Gefühl geben, der Mittelpunkt der Welt zu sein. Auch wenn das, mit etwas Abstand betrachtet, einen faden Beigeschmack von Manipulation hat.

Und wenn wir ehrlich sind: Das Ganze ist einfach kein Schwarz-Weiß-Kontrastbild. Fabio besitzt eben gute und weniger gute Seiten, wie jeder andere Mensch auch. Ich selbst habe da bisher immer irgendwie hineingepasst und mir einfach zu selten eingestanden, dass es auch die schlechten Seiten gibt. Mit der Zeit bin ich dann zu einer regelrechten Meisterin der Verdrängung geworden. Ja, ich liebe Fabio noch immer, ich vermisse ihn noch immer, aber zum ersten Mal habe ich das Gefühl, unsere Beziehung so zu sehen, wie sie wirklich war.

Vor allem wird mir gerade eins klar: Ich kann endlich wieder ich selbst sein. Ohne dass mir jemand reinquatscht und versucht, mich in die eine oder andere Richtung zu lenken. Dieser Gedanke versetzt mich augenblicklich in Hochstimmung. Die Kopfschmerzen sind dank Kaffee und Kopfschmerztablette etwas weniger geworden, aber ich beschließe, dass mir ein bisschen Bewegung an der frischen Luft jetzt guttun würde. Und dann kommt mir gleich noch eine viel bessere Idee: Ich werde draußen ein Motiv für meine neuen Malsachen suchen. Ich schnappe mir also den Beutel mit dem Malblock und den Stiften und verlasse die Wohnung. Dann laufe ich entschlossen Richtung Meer. In meinen neuen Klamotten natürlich – und zum ersten Mal seit Langem fühle ich mich wieder wohl in meiner Haut.

Auf dem Weg zum Meer fällt mir eine lärmende Gruppe auf, die es sich auf der Terrasse eines der Reetdach-Häuser bequem gemacht hat. Sie besteht aus zwei Männern und zwei Frauen – gerade mal vier Leute, aber sie machen einen Krach, als sei eine ganze Schulklasse unterwegs. Die Typen sitzen mit dem Rücken zu mir, und als ich auf einmal höre, wie sie sich lautstark darüber lustig machen, was für »Hinterwäldler« hier in Zicker leben, bleibe ich unwillkürlich stehen.

Ich beobachte die vier jetzt neugierig. Mitten auf dem Tisch steht eine Flasche Sekt, aus der sich gerade eine junge Frau mit blondierten Haaren und viel zu viel Make-up etwas in ihr Glas eingießt. Nach dem Motto, »Sekt am Morgen vertreibt Kummer und Sorgen …« oder so. Alle vier sind in teure Klamotten gekleidet, die sich sehr vom schlichten Zicker-Style à la Trainingsanzug unterscheiden. Wahrscheinlich sind das die Besucher aus der Porsche-Kolonne, die vor Ilonas Ferienhaus geparkt hatte.

»Nicht mal Sojamilch haben die hier«, beschwert sich jetzt die andere Frau und legt sich theatralisch die Hand an die Stirn. An ihren Fingern glänzen so viele protzige Ringe, dass man sich wundert, dass sie die Hand überhaupt noch heben kann. »Ich meine, schon mal was von Laktose-Intoleranz gehört?« Sie rollt abwertend mit den Augen. Als sie mich bemerkt und Blickkontakt aufnimmt, entschließe ich mich, schnell weiterzugehen – ohne ihr zu sagen, dass die Kombination von Sekt und Sojamilch sowieso nicht besonders logisch klingt.

Ich wähne mich schon fast in Sicherheit, als ich plötzlich meinen Namen höre. Erstaunt drehe ich mich um. Erst auf den zweiten Blick erkenne ich einen der beiden Männer: Es ist Felix von Bernstorff. Ein Bekannter von Fabio, mit dem wir manchmal essen und den wir auf unseren vielen Reisen gelegentlich getroffen haben. Diese Art von Mensch, mit der Fabio nicht wirklich befreundet war, aber mit dem er trotzdem einen Teil seiner Freizeit verbrachte – und das obwohl Felix von Bernstorff um einiges jünger war als Fabio. Eine Verbindung, die mir schon immer ein Rätsel war. Aber ich war noch nie besonders gut darin, Freundschaften nur auf Vorteile hin zu schließen. Vielleicht einer der Gründe, warum ich in unserer Agentur immer noch keine richtige Führungsposition habe (wenn man mal von ein paar Praktikanten und Volontären absieht, denen ich immer alles erklären darf).

Felix ruft erneut meinen Namen, mit Nachdruck, als wäre ich ein davongelaufener Hund, der gefälligst herkommen soll. Ich seufze leise auf. Verdammt, warum das jetzt auch noch? Denn ich fand Felix noch nie besonders nett. Was heißt hier »nett«: Ich finde ihn fürchterlich. In Fabios Freundeskreis tummelten sich so einige Unsympathen. Aber Porschefahrer, Frauenverschleißer und Babyface Felix von Bernstorff war auf wirklich unerträgliche Art arrogant. Ich schaue mich nach Fluchtmöglichkeiten um, aber es scheint definitiv zu spät dafür zu sein. Felix winkt mich an den Tisch, und ich gehe zögerlich auf die Gruppe zu.

»Anne, ich glaub' es nicht. Was machst du denn hier? Ist Fabio auch da?« Er knallt mir zwei Küsse auf die Wange und sieht sich suchend um, so als warte er darauf, dass sofort jemand herbeieilt und mir eine Sitzgelegenheit zur Verfügung stellt. Schließlich zieht er selbst einen Stuhl vom Nebentisch heran. »Der Service in diesem Kaff hier ist echt unter aller Sau…« Felix schaut mich kurz an, als würde er auf meine Zustimmung warten, und ich nicke zögerlich. Statt mich hinzusetzen, tipple ich nervös von einem Fuß auf den anderen und wünsche mir, ich könnte mich heimlich davonstehlen. Aber dafür ist es leider zu spät.

»Wird Zeit, dass du das mit deinem Hotel änderst und denen mal zeigst, wie man für richtigen Service sorgt, Felix«, kommentiert der andere Kerl, dessen längeres Haar durch mindestens einen Liter Gel wie eine Haube festgeklebt scheint.

»Genau, show them how it's done!«, stimmt die Blondine ein (in Wahrheit sagt sie: »schow zem hau iz dun«, aber außer mir scheint sich niemand an ihrem lächerlich starken deutschen Akzent zu stören). Ich lächle verhalten und studiere ausgiebig den Terrassenboden.

»Willst du auch ein Glas?«, fragt Felix von Bernstorff und hält mir die große Flasche hin, »nun setz dich doch endlich!«

Ich nehme mit einer Pobacke am Stuhlrand Platz. Die Tüte mit den Malsachen lasse ich langsam auf den Boden gleiten.

»Nicht einmal Champagner haben die hier. Auf Sylt findest du in jedem Strandkiosk einen Moët…«, kommentiert die Frau mit den großen Ringen.

»Dafür wohnen auf Sylt auch keine echten Menschen mehr, sondern nur noch Superreiche… Rügen ist eben kein Disneyland«, die Worte platzen geradezu aus mir heraus. Im ersten Moment kann ich selbst nicht glauben, dass ich das gerade gesagt habe. Vor allem, weil ich Sylt wirklich liebe. Auch dafür, dass es eben eine solch mondäne Insel ist. Ich habe ein paar echt tolle, romantische und sehr dekadente Wochenenden mit Fabio dort verbracht. Warum lässt mich das auf einmal so kalt? Und warum macht mich das Gequatsche dieser Rich Kids hier so wütend?

»Ach ja, Mensch Anne, du kommst ja hier aus der Gegend, ne? Ich vergesse immer, dass du ein Ossi bist.«

»Was macht ihr denn überhaupt hier?«, frage ich und versuche damit, meine in mir hochkochende Wut zu überspielen. »Müsst ihr nicht bald nach Cannes?« Leute wie der von Bernstorff sollten sich jetzt eigentlich auf irgendeiner Jacht an der Côte d'Azur die Kante geben. Sie hangeln sich doch immer von Event zu Event, um gesehen zu werden. Die Filmfestspiele in Südfrankreich waren meist die Frühjahrsstation auf der jährlichen Rundreise der Hautevolee – und ihrer Suche nach einer Daseinsberechtigung.

»Ja, wir sind schon so gut wie auf dem Weg zurück. Bevor Cannes losgeht, muss ich noch einiges auf den Weg bringen. Das ist übrigens auch so ein Bullshit, dass es nicht einmal einen Flughafen auf dieser Insel gibt. Die Fahrt hierher ist doch die reinste Zeitverschwendung.«

Typisch, denke ich und erinnere mich daran, dass auch Fabio immer so einen Zeit-Tick hatte. Alles musste immer effizient geplant sein, damit er bloß keine Millisekunde Arbeitszeit verlor. Nach unserem ersten Date setzte er mich sogar in ein Taxi, statt mich mit seinem Wagen nach Hause zu fahren! Wäre ja für ihn eine reine Zeitverschwendung gewesen, mich die paar Straßen nach Hause zu bringen und dann wieder alleine zurück zu seiner Wohnung zu fahren.

Und ein anders Mal waren wir in Kitzbühl, für ein Wochenende, und wollten einen Wagen mieten. Es war einer dieser weniger kalten Winter, und in Kitz lag kaum Schnee, sodass die Leute nach anderen Beschäftigungsmöglichkeiten gesucht haben. Nachdem wir bereits stundenlang Schulter an Schulter mit Jürgen Drews und anderen C-Promis bei Rosi's gesessen und Fabio sämtliche Kunst, die wir uns in Kirchberg im Kunsthaus angeschaut hatten (wir waren natürlich auf meine Initiative dorthin gegangen, und Fabio kam nur mit, weil es wirklich nichts anderes zu tun gab), als »Schrott« klassifiziert hatte, musste eine neue Unternehmung her. Also beschlossen wir, einen Ausflug nach Salzburg zu machen. Oder besser: Fabio beschloss das.

Fabio und ich kamen also zur Autovermietung, an der schon eine lange Schlange stand. Klar, wir waren natürlich nicht die Einzigen mit dieser glorreichen Idee. Und da wir mit dem Helikopter angereist waren (ja, so dekadent lief das bei Fabio!), hatten wir keinen eigenen Wagen dabei. Als Fabio die lange Schlange entdeckte, begann sein Unterkiefer zu mahlen. Erst am Vorabend hatte er mir einen seiner Vorträge über die effektive und sinnstiftende Nutzung von Zeit gehalten. Bei Fabio verhielt es sich nämlich so: Selbst wenn er Zeit hatte, hatte er keine. Jede Sekunde musste in Geld umgewandelt werden. Deswegen war Fabio eigentlich immer am Telefon oder hinter seinem Laptop, und sogar beim Boarding am Flughafen brauchte er mindestens eine Extraeinladung, bevor er sich von seinen wichtigen Geschäften trennen konnte und sich

Richtung Flugzeug bewegte. Was mir vor den sichtbar angenervten Flughafenangestellten immer sehr peinlich war.

Als Fabio bemerkte, dass sich die Schlange an der Autovermietung nur sehr zögerlich bewegte, stöhnte er laut auf. Dann begann er, nachdem er kurz ohne Erfolg versucht hatte, sich die Zeit mit seinem Smartphone zu vertreiben, aber kein Internet bekam, nervös von einem Fuß auf den anderen zu wippen. Auch das hielt er nur etwa neunzig Sekunden aus, bis er schließlich auf der Straße schräg gegenüber von der Autovermietung einen Porsche-Laden entdeckte. Statt weiter in der Schlange zu warten, marschierte Fabio Bartolini kurz entschlossen über die Straße zum Autohaus und kaufte in weniger als zehn Minuten einen Porsche Cayenne. Einfach so. Weil er nicht in der Schlange warten wollte. Wir setzten uns hinein und fuhren nach Salzburg. Und ich glaube mich recht zu erinnern, dass er den Porsche am Ende in Kitz stehen ließ und sich nicht einmal die Mühe machte, ihn nach Berlin transportieren zu lassen. Zumindest habe ich den Wagen nie wieder gesehen. Wahrscheinlich steht er bis heute noch in Kitz.

Bei dem Gedanken an diese absurde Geschichte, die ich irgendwo in das Hintere meines Gedächtnisses verbannt hatte, schüttele ich meinen Kopf. Das ist doch verrückt, dass das vor Kurzem noch mein Leben war! Was hat das denn überhaupt mit Glück zu tun? Wahrscheinlich sollte ich froh sein, dass dieser Wahnsinn endlich ein Ende hatte.

»Anne?«, höre ich Felix von Bernstorff in diesem Moment fragen.

»Ähm, bitte was?« Ich habe kein einziges Wort von ihm mitbekommen. Wahrscheinlich habe ich aber auch nichts verpasst. Von drinnen kommt Ilona, die Frau, die ich bereits gestern mit Fritz getroffen habe, auf die Terrasse und sammelt ein paar Teller und Gläser ein.

»Darf's noch was sein?«, fragt sie freundlich und wird von Felix nur mit einer abwinkenden Handbewegung bedacht. Dann wirft sie einen fragenden Blick in meine Richtung – ob sie mich nach unserer kurzen Begegnung gestern noch einordnen kann? Doch ohne weitere Reaktion ist sie auch schon wieder ins Innere des Hauses verschwunden.

»Ich habe nur gerade überlegt, dass du doch PR und solche Sachen machst, oder?«, wiederholt er in meine Richtung.

»Ja ... warum?«, frage ich zögerlich.

»Du kennst dich doch hier aus. Hast du nicht Lust, die PR für unser Hotel zu machen, wenn es so weit ist?«

Ich schaue ihn überrascht an. Entweder, er hat gar nicht bemerkt, wie unfreundlich ich eben war oder es ist ihm schlichtweg egal. Nein, wahrscheinlich ist es eher so, dass Felix es nicht anders kennt. Alle Menschen um ihn herum kommunizieren mit dieser Mischung aus Arroganz und Patzigkeit. Und so jemand wie Felix reagiert mit der ihm angeborenen Ignoranz darauf.

Neugierig frage ich nach: »Was genau hast du denn hier eigentlich vor?«

Einige Zeit später hatte ich es endlich geschafft, mich von diesen Rich Kids loszueisen, die mit mir wohl noch den ganzen Tag hätten Prosecco trinken wollen, und freute mich auf das Malen am Meer. Als ich kurz danach endlich Richtung Strand spaziere, sehe ich Christa Kliesow und ein paar andere Dorfbewohner vor dem Drei-Seiten-Hof gegenüber der Kirche. Sie stehen dort vor einem Tisch, auf dem etwas Wichtiges zu liegen scheint – zumindest schauen alle darauf. Ich will mich schon an ihnen vorbeischleichen, als Christa mich bemerkt und zu sich ruft. »Anne, komm mal, wir könnten hier deine Hilfe gebrauchen.«

Was ist heute nur los? Warum wollen auf einmal alle was von mir?

Ich trödle langsam in ihre Richtung, schaue noch einmal sehnsüchtig über meine Schulter in Richtung Meer und blicke dann auf die Tüte mit den Malutensilien in meiner Hand. Frustriert denke ich, dass ich heute wohl nie an den Strand und zum Malen kommen werde.

Christa zeigt auf ein Poster, das sie auf einem Tisch ausgerollt hat, der fast genauso aussieht wie der, an dem Fritz neulich noch geschreinert hat. Und auch dieser wundervolle Tisch stammt garantiert von Fritz, das ist ganz deutlich an seinem Stil – offenbar sind Fritz' Nachbarn ebenfalls Fans seiner Schreinerkunstwerke. Dieser Tisch sieht aus, als wäre er aus einem alten Holzboot gemacht, denke ich verzückt, und dann lese ich mir das Poster durch, das hauptsächlich durch einen großen Schriftzug beherrscht wird: »Zicker schützen! Investoren stoppen!« Genau genommen war das auch schon das Poster.

»Oh, geht es etwa um dieses geplante Luxushotel?«, murmele ich. Eben noch hat mir Felix einen Job dafür angeboten … Ich komme mir jetzt vor wie eine Doppelagentin und verschweige deshalb mein Gespräch mit den Rich Kids lieber.

»Im Kahnweib-Haus, genau. Dieser Investor will ein Luxus-Hotel auf dem Grundstück bauen …«, beginnt Christa Kliesow zu erklären. Obwohl ich das alles eben schon einmal gehört habe, unterbreche ich sie nicht. Aus ihrem Mund klingt die ganze Sache sowieso völlig anders.

»Nicht nur ein Hotel, eine ganze Hotelanlage!«, wird sie von einer rundlichen Frau mit rot gefärbten Haaren aufgeregt unterbrochen, »für über fünfhundert Gäste, zweitausend Quadratmeter Schpa...«

»Da hängen die Chinesen auch mit drin. Die wollen unser Dorf verramschen«, ruft ein älterer, hagerer Mann, zwischen dessen Lippen eine Pfeife hängt, als wäre sie dort festgeklebt.

»Aber es würde doch auch viel Touristen nach Zicker bringen? Ist das denn so schlecht?«, frage ich vorsichtig.

»Wir haben ja gar nichts gegen Touristen«, übernimmt Christa Kliesow wieder das Wort, »aber eben nicht so.«

»Abgesehen davon«, meldet sich eine weitere Männerstimme aus dem Hintergrund, »dat dieser Bau hier nich herpasst.«

Ich schaue das aufgebrachte Grüppchen etwas ratlos an. »Und wie kann ich da jetzt helfen?« Man muss dazu wissen, ich bin nicht so der engagierte Typ. Politik und solche Sachen, die sind mir relativ schnurz. Ehrlich gesagt, ich war noch nie in meinem Leben auf einer Demo und unterzeichne noch nicht mal Petitionen, egal wie penetrant die Sammel-E-Mails dazu in meinem Postfach eingehen. Vor allem dann nicht.

»Die wollen zu großen Teilen ganz nah am Naturschutzgebiet bauen, da geht doch alles zugrunde, wenn da plötzlich Hunderte Menschen langtrampeln«, sagt Fritz Junior, der sich nun plötzlich auch zur Runde gesellt hat, als wollte er mich daran erinnern, dass Tiere ja so ziemlich das Einzige waren, für das ich mich wirklich begeistern kann.

»Und de Beamten sitten dor mit'n breeden Moors un kieken nur to«, wirft Fritz Senior ein.

Ich gucke ihn fragend an. Wieder kein Wort verstanden.

»Anne, du kennst dich doch aus, mit so... Kommunikation«, sagt Christa Kliesow schließlich an mich gerichtet.

»PR, Muttern, Öffentlichkeitsarbeit«, ergänzt Fritz Junior zu meiner Überraschung. Hat er wohl doch mal zugehört, als ich bei einem unserer gemeinsamen Frühstücke von meinem Job erzählt habe.

»Du musst uns helfen!«

Ich schaue jetzt in etwa fünfzehn Augenpaare, denn in der Zwischenzeit sind noch ein paar mehr Bewohner dazugekommen, deren Augen sich erwartungsvoll auf mich gerichtet haben. Eigentlich erstaunlich, fährt es mir plötzlich durch den Kopf. Sonst sind die Rüganer für ihre achselzuckende Gleichgültigkeit bekannt. Nicht Fisch und nicht Fleisch. Wobei das natürlich so nicht ganz stimmt: Fisch geht immer. Aber sie sind eben kein Volk, das mit seiner Tatkraft die Weltgeschichte vorantreibt. Im Gegenteil: Es gibt schließlich einen Grund, warum Rügen schon immer in allem gut hundert Jahre hinterher war: Und das waren seine Bewohner. Wenn eben diese Bewohner jetzt also plötzlich vor Tatendrang zu strotzen schienen, musste wirklich etwas faul sein.

Natürlich hat Felix mir gegenüber den Eindruck erwecken wollen, dass er hier ein durch und durch cooles, unterstützenswertes Projekt plant, das eine große Sache für die Region sei. Aber ich weiß ja selbst am besten, dass man diesen Geldhaien nicht trauen kann. Und was im Privaten gilt, stimmt sicherlich auch im Beruflichen. Außerdem: Habe ich nicht eben erst gelesen, dass ich mich mit einem neuen Projekt ablenken soll? Okay, ich hatte jetzt eigentlich nicht vor zu arbeiten. Eher so eine positive Ablenkung. Irgendwas mit Wandern gehen oder lernen, ein Segelboot zu steuern. Oder eben endlich mal wieder ein Bild malen!

Unentschlossen schaue ich auf den Boden, und als ich wieder hochgucke, fange ich Fritz Juniors Blick auf. Ein Blick, den ich nicht recht deuten kann. Vielleicht eine Mischung aus aufmunternd und bittend? Auf jeden Fall löst dieser Blick etwas in mir aus.

Ich weiß nicht, warum ich denke, dass Fritz keine besonders hohe Meinung von mir hat. Aber ich weiß in diesem Moment, dass ich das unbedingt ändern will. Es ist ja nicht so, dass ich keinen Stolz hätte. Also drücke ich meinen Rücken durch und habe fast das Gefühl, jetzt ein paar Zentimeter zu wachsen. »Klaro«, stimme ich schließlich zu und werfe meine Hände schwungvoll in die Luft, »klaro helfe ich euch.« Und in Gedanken bin ich augenblicklich stolz auf mich selbst ... und genieße den anerkennenden Blick, den ich jetzt in Fritz' Augen sehe.

»Hat irgendjemand einen Laptop für mich, den ich benutzen kann? Ich muss mir erst einmal einen Überblick über das geplante Projekt verschaffen. Dann recherchiere ich, ob wir eventuell eine Petition dagegen aufsetzen können. Vielleicht können wir einen Bürgerentscheid beantragen. Das Poster könnte auch noch ein wenig überarbeitet werden. Und wir sollten auf jeden Fall die Presse informieren ...« Ich bin selbst überrascht, wie ich all diese Dinge aus der Pistole schieße, und ernte weitere anerkennende Blicke aus der Runde.

Nun ja, wir PR-Menschen können Leute in Grund und Boden quatschen und aus dem Stehgreif so tun, als hätten wir von allem Ahnung. Was uns leider irgendwie zu modernen Hochstaplern macht, das fand ich schon immer. Nur, dass die Hochstaplerei in unserem Fall völlig legal ist und sogar vergütet wird (wenn auch nicht besonders gut, zumindest in meinem Fall). Aber in der aktuellen Frage profitiere ich auch von meinem Leben inmitten der Berliner Gentrifizierung. In unserem Kiez verging kaum ein Tag, an dem nicht neue Flyer an unserer Haustür auftauchten. Bürgerbegehren gegen den Umbau der Kastanienallee, gegen die Mauerpark-Bebauung, gegen Parkzonen, gegen Townhouses etc. Ich habe mir die meisten dieser Flyer kaum durchgelesen, aber was ein Bürgerbegehren ist, habe ich trotzdem schnell kapiert. Vielleicht ist diese Art von Engagement nur eine weitere Sache, die ich wegen Fabio unterdrückt habe. Wenn ich es recht bedenke, einen ausgeprägten Gerechtigkeitssinn hatte ich schon immer. Nur eben nicht in dieser streberhaften Klassensprecher-Art.

»Am besten gehen wir zu mir«, beschließt Fritz Junior und reißt mich mit seiner tiefen Stimme aus meinen Gedanken, »ich habe zwar keinen Laptop, aber einen Computer.«

»Jo, Kinners, ihr macht dat schon«, ruft Fritz Senior uns kämpferisch zu, und sein Ton rührt mich geradezu. Wer hätte gedacht, dass auch Fritz Senior so viel Kampfgeist zeigen kann!

Ich klopfe Fritz auffordernd auf seine muskulöse Schulter. »Na, denn man tau«, rufe ich voller Tatendrang. Und zum ersten Mal scheint meine Anwendung vom Plattdütsch nicht deplatziert.

Wir laufen die kleine Dorfstraße zwischen den Reetdachhäusern, dem Bodden und den Hügeln der Zickerschen Berge nebeneinander her. Eigentlich ist es keine weite Strecke, aber wir gehen langsam, und ich genieße es, so entspannt neben Fritz zu schlendern. Ich erzähle Fritz davon, wie süß der rote Baron ist und wie er immer mit den Fäden von meinem Kleid spielt. Fritz hört sich meinen Bericht lächelnd an und sagt dann: »Da hat der kleine Kerl wirklich Glück gehabt, dass er dich gefunden hat.« Dann kommt es zu einer kurzen Pause, und plötzlich meint er ganz nebenbei: »Übrigens, ich hab nachher noch eine Überraschung für dich.«

»Eine Überraschung? Was denn?«

»Nee, nee, Anne, dat kann ich dir noch nicht sagen, sonst wäre es doch keine Überraschung mehr.« Dabei grinst er ein bisschen, aber er lässt sich trotz meines Flehens nicht erweichen, mir etwas zu verraten – und ich bin schon richtig gespannt! Was kann er damit nur meinen?

Als es dann plötzlich anfängt zu nieseln, legt er mir ohne weiteren Kommentar seine Regenjacke über die Schulter. Die vertraute Geste überrascht mich nicht nur, sie führt dazu, dass ich vor Schreck über seine Berührung fast über das unebene Kopfsteinpflaster stolpere. Ich schaue ihn erstaunt an, aber er läuft stoisch weiter, als wenn nichts passiert wäre.

Dieser Mann ist wirklich anders als alle Männer, die ich je getroffen habe!

Dann passieren wir Ilonas Gästehaus, und ich sehe im Augenwinkel, wie Felix von Bernstorff gerade eine kleine Reisetasche in seinen schwarzen SUV wirft. Er schaut zufälligerweise zu uns herüber und nickt dann in meine Richtung. Ihm scheint gar nicht aufzufallen, dass ich hier mit einem anderen Mann (also nicht Fabio!) und dessen Jacke auf meinen Schultern entlangschlendere. Stattdessen winkt er mir nur kurz zu und ruft über die Straße hinweg: »Okay, Anne, wir sprechen uns bald. Viele Grüße an Fabio!«

Ich winke schwach zurück, und jetzt ist es an Fritz, mich überrascht anzugucken. »Du kennst den?«

● ●

Liebeskummer-Status:

Ich will, dass das jetzt endlich aufhört!

● ●

8.

Anne und das Kahnweib

»Na ja, kennen ist zu viel gesagt«, spiele ich meine Bekanntschaft mit Felix von Bernstorff herunter. »Er ist mehr ein Bekannter von Fabio.«

Ich schaue unsicher und haarscharf an Fritz vorbei. Es ist das erste Mal, dass ich ihm etwas von Fabio erzähle. Dass ich ihm gegenüber überhaupt seinen Namen erwähne.

Doch Fritz fragt nicht nach, und so entsteht eine kurze Pause, während der wir an seinem Haus ankommen. »Komm erst mal rein«, sagt Fritz schließlich, während er die Tür zu seinem Haus aufsperrt, »dann kannst du mir das in Ruhe erzählen.« Langsam hat sich der feine Nieselregen zu einem ausgewachsenen Wolkenbruch gesteigert, und ich bin darum froh, dass unser Spaziergang an dieser Stelle ein Ende hat. So schön sich auch Fritz' Jacke auf meinen Schultern angefühlt hatte.

Doch als wir Fritz' Bude neben dem besagten Kahnweib-Haus betreten, stockt mir fast der Atem. Um ehrlich zu sein: Ich hatte so etwas Ähnliches erwartet wie die Einrichtung in der Ferienwohnung seiner Eltern. Und um ganz ehrlich zu sein: Eigentlich hatte ich mir noch Schlimmeres vorgestellt. Aber nichts davon ist der Fall! Ich stehe vielmehr mitten in einem der schönsten Häuser, die ich je gesehen habe. Wirklich! Der Atem stockt mir aber vor allem deswegen, weil ich das von keinem der Zickerschen Bewohner erwartet hätte. Und schon gar nicht von Fischers Fritz. Sagen wir mal so, die Ferienwohnung seiner Eltern sprach nicht gerade dafür, dass Einrichtungstalent in den Kliesow'schen Adern fließt. Aber ich übertreibe nicht, wenn ich sage, dass es in Fritz' Haus aussieht, als hätte sich ein »Schöner Wohnen«-Redakteur seine kühnsten Ostsee-Insel-Träume erfüllt. Jedes Möbelstück scheint sorgfältig ausgewählt worden zu sein und genau an dem richtigen Platz zu stehen. Das Haus wirkt zudem männlich, aber nicht auf eine unaufgeräumte, achtlose Weise, sondern auf die spezielle Art, wie es eingerichtet wurde. Kraftvoll, industriell, mit viel Metall und Holz. Einfach perfekt. »Wow«, entfährt es mir, und ich beginne wie eine Maus, die gerade auf ein riesiges Käsedepot gestoßen ist, aufgeregt im Kreis zu laufen. »Fritz, das Haus ist ja der Wahnsinn!«

Und das ist es wirklich! Um es Ihnen mal kurz zu beschreiben: Fritz hat die normalerweise kleinen, immer etwas kemenatenartigen Fenster der alten Reetdachhäuser mit größeren, fast deckenhohen Fenstern ersetzt, von denen nur die Hälfte mit den typischen Fenstersprossen versehen ist. Daher ist das Haus selbst jetzt, als die Sonne nicht scheint, nicht nur lichtdurchflutet, sondern man hat auch einen schier unglaublichen Blick auf den Bodden auf der einen Seite und auf die Zickerschen Berge auf der anderen Seite. Die Decke ist mit hellen Holzpaneelen verkleidet und der Boden mit dunklen, breiten Dielen. Vor dem schlichten großen Sofa liegt ein langer Folklore-Teppich, so einzigartig schön, dass mein Blick sofort daran hängen bleibt und ich sogar in die Hocke gehe, um ihn mir genauer anzuschauen.

»Den haben wir aus alten Mönchguter Trachten angefertigt. Diese Muster haben die Frauen früher über ihren schweren Kleidern getragen.«

»Wie hast du das gemacht?«, frage ich beeindruckt. Wer hätte gedacht, dass Fritz eine solch kreative Ader hat? Ich bin völlig hin und weg.

»Muttern hat das neu verwoben und verknotet.«

Kaum zu glauben, mit welcher Liebe zum Detail Fritz sein Zuhause eingerichtet hat. Und das alles für diese Janine, die ihn dann verlassen und dieses tolle Haus noch nicht mal gesehen hat. Der Gedanke, wie viel Fritz für Janine getan hat, gibt mir einen kleinen Stich, den ich mir gar nicht richtig erklären kann. Aber ich muss gleichzeitig daran denken, wie ich selbst lange durch alle Läden gerannt bin, um Fabio das Nest am Zionskirchplatz perfekt einzurichten. Und daran will ich gerade eigentlich gar nicht denken.

Ich schaue mich weiter neugierig um und entdecke eine schlicht gerahmte Schwarz-Weiß-Fotografie an der Wand neben dem kleinen Kamin, der mit Findlingen, also den großen grauen Steinen vom Strand, verkleidet ist. Das Bild zeigt ein älteres Fischerpaar. Er mit einem schwarzen Krückstock, Schiffermütze, Backenbart und weiten, knöchellangen weißen Hosen (wer sagt, dass die Franzosen die Culotte erfunden haben?). Sie mit so einer Art Haube, einem schwarzen, schweren Gewand und darüber einer gestreiften Schürze. Die Frau steht etwas seitlich und guckt an dem Mann vorbei in die Ferne, fest entschlossen, so als würde sie ein genaues Ziel anvisieren, während er nur in die Kamera grinst. Lächeln wäre hier wohl zu viel gesagt.

»Fritz, oh mein Gott, dieses Foto ist ja der Hammer«, schwärme ich, und langsam muss Fritz denken, dass ich sofort bei ihm einziehen möchte, so begeistert bin ich von seinem Haus.

»Dat is das Kahnweib. Und der alte Fischer auf dem Foto is min Grootvadder.«

»Ach? Dein Opa war mit dem Kahnweib verheiratet?«

»Nee. Der war ihr Cousin. Fritz Kliesow.«

Noch ein Fritz. Mannomann. Die waren hier aber auch einfalls-reich bei der Namensgebung. Ich schaue weiter auf das Bild und beschließe, gleich abends eine Skizze mit Bleistift davon anzufer-tigen.

»Also Fritz«, wende ich mich dann an den Fritz dieser Genera-tion, »jetzt musst du mir erst einmal erzählen, was es mit diesem Kahnweib auf sich hat. Warum hat ihr das Haus gehört? Und was ist das überhaupt, ein Kahnweib? Weißt du, so eine richtig gute Backstory ist Gold wert in der PR ...«

Fischers Fritz guckt mich mit hochgezogenen Augenbrauen an, scheint sich dann aber dafür zu entscheiden, mein zugegebenerma-ßen sehr schlimmes Marketing-Gequatsche einfach unkommen-tiert zu lassen. Er macht eine Handbewegung Richtung Esstisch (von dem ich noch erwähnen möchte, dass es sich auch hier um einen absolut großartigen Holztisch handelt – und garantiert um einen, den Fritz selbst gezimmert hat), und wir setzen uns beide gegenüber voneinander hin. Dann holt er noch ein altes Album und eine Kiste mit Briefen von einem Regal herunter und beginnt zu erzählen. So wie er das Ganze berichtet, ist die Geschichte recht schnell zu Ende. Sie beinhaltet weder große Gefühle noch maleri-sche Ausschweifungen – Fritz-Style eben. Und doch erzählt er es so präzise, untermalt von Bildern aus dem Album, das man sich alles genauestens vorstellen kann. Sie bekommen jetzt aber trotz-dem meine Version zu lesen. Wenn Sie das Ganze lieber trocken und präzise wollen würden, hätten Sie schließlich im Buchladen zum EDV-Handbuch gegriffen.

Das Kahnweib, genauer gesagt Berta Looks, geborene Kliesow, kam in einer stürmischen Herbstnacht Anfang des 20. Jahrhunderts auf der Insel Rügen im Haus ihrer Eltern auf die Welt. Mit einem Gesicht so rund wie der Vollmond und Augen so strahlend wie die Sonne, die hinter Wolken hervorlugt. Berta war schon damals eine echte Erscheinung.

Weil ihr »Vatter« Lotse die meiste Zeit auf See war und die Mutter kurz nach der Geburt von Berta verstorben war, kam Berta noch als Kleinkind ins Haus der Kliesows. Der Bruder ihres Vaters, also Fritz' Urgroßvater, fühlte sich wohl für das Mädchen verantwortlich, und weil es ihm leidtat, dass die Kleine so ganz ohne Eltern aufwachsen musste, nahm er sich ihrer besonders an. Schnell stellte sich heraus, dass Berta alles andere als ein gewöhnliches Kind war. Nicht nur lieferte sie in der Dorfschule Bestleistungen ab, sie lernte sogar ohne große Probleme Klavierspielen – eine Kunst, die damals nur sehr wenigen auf Rügen vorbehalten war.

Nachdem auch ihr Vater starb und Berta ganze acht Jahre zur Schule gegangen war – vor allem für ein Mädchen in dieser Zeit eine beachtliche Leistung –, schickte der Onkel sie nach Stralsund. Sie sollte dort eine Stelle beim Pastoren anfangen und ihn mit ihrem klugen Kopf in seiner Arbeit unterstützen. Und so verließ Berta, das »schlauste Kind aus Zicker«, das kleine Fischerdorf für die »große« Stadt Stralsund. Dort angekommen, gab es für das eher burschikose Mädchen allerhand zu lernen. Der Pastor brachte ihr zum Beispiel bei, dass man nicht »Morslecker« sagte. Und dass es sich als feines Mädchen nicht schickte, Sätze wie »Wer mir blöd kommt, dem geb' ich eins aufs Maul!« zu brüllen. Aber Berta lernte auch hier schnell und passte sich an das Stadtleben an. Wenn sie doch nie richtig glücklich wurde, denn in ihren Träumen sehnte sie sich heftig nach dem Meer und diesem kleinen Dorf Zicker, das ihre wahre Heimat war.

Als Berta schließlich ins heiratsfähige Alter kam, stellten sich einige Kandidaten vor. Allesamt stattliche Männer. Unter ihnen einige »Ästheten« (das ist das Wort, das Fritz benutzt hat – er hatte es wohl irgendwo in einem Brief von Berta an seinen Großvater gelesen). Aber keiner ging Berta ans Herz wie ein gewisser Bruno Looks. Ein junger Mann, der auf dem Schiff seines Vadders mitfuhr und den Berta kennengelernt hatte, als sie ihm eines Tages beim Anlegen des Kahns im Stralsunder Hafen half.

Bruno dachte bei dieser ersten Begegnung, dass die Berta eine Feine aus der Stadt sei, viel zu fein für ihn. Obwohl sie ihm beim Anlegen geholfen hatte wie ein echter Matrose. Aber für Berta, die schon immer magisch vom Wasser angezogen worden war und die jede Gelegenheit ergriff, in einen Kahn zu steigen, war der Ostsee-Fischer Bruno ein Geschenk des Himmels. Den wollte sie und sonst keinen. Die beiden verlobten sich schließlich, wohlgemerkt, ohne jemanden um Erlaubnis zu fragen, und heirateten schließlich ein Jahr später.

Bruno ließ Berta von Anfang an das Schiff seines Vaters steuern, wenn er ihr dabei auch zu Beginn noch über die Schulter guckte. Aber das Mädchen aus Zicker hatte schnell raus, wie man die »anrollende See auffing«. Sie lernte, wie man »Klüver und Fock setzte« und was »Kumulus« von »Nimbus« unterschied (auch hier wiederum: Fritz' Worte. Ich verstehe an dieser Stelle nur Bahnhof). Gemeinsam mit dem »Vadder« von Bruno fuhren sie nach Kopenhagen und Danzig und noch an viele weitere Orte. Und die kleine Berta von Zicker sah die Welt, endlich. Und noch dazu reiste sie auf ihrem geliebten Meer.

Mit dem Geld, das Bertas Eltern ihr überlassen hatten, kauften sie und Bruno schließlich einige Jahre nach ihrer Hochzeit eine

»Kuff«. Ein Boot mit anderthalb Masten und flachem Schiffsboden, das sie auf den Namen Margarete tauften. Es handelte sich dabei um ein Boot mit Segeln und ohne modernen Motor, eine Entscheidung, die Berta getroffen hatte und die ihr einige Jahre später noch zugutekommen sollte.

Berta und Bruno waren wohl das, was man heute ein »modernes Paar« nennen würde. Sie trafen alle Entscheidungen gemeinsam, und er hatte kein Problem damit, seiner Frau auch mal ganz die Entscheidungshoheit zu übertragen. Wo es ihm an Entschlussfähigkeit mangelte, übernahm sie die Führung und setzte flink durch, was durchzusetzen war. Berta war eben eine echte Powerfrau. Bei ihr galt ja oder nein. Und immer nur das, was für sie beide gut war. Sie kauften ein Haus in Zicker – eben das Haus, um das es geht, und Berta bekam erst einen Sohn und dann eine Tochter. Beide auf dem Schiff, wie es sich gehörte. Berta hatte alles, wovon sie immer geträumt hatte: Sie lebte ein selbstbestimmtes Leben auf der See und war rundherum glücklich mit ihrer kleinen Familie.

Aber das Schicksal meinte es nicht gut mit Berta Looks, und so verlor sie erst den Jungen, der eigentlich noch viel zu klein war, um seinem Vadder auf dem Schiff zu helfen und es doch unbedingt tun wollte, und schließlich auch ihren Bruno an das Meer. Das Meer verschluckte sie wie viele andere in einer stürmischen Nacht, und Berta, die währenddessen in der Kajüte geschlafen hatte, konnte sich nicht einmal von ihnen verabschieden.

»Hier sind ihre Gräber und kein Kreuz und keine Blumen nich. Dat Meer hatte sich genommen, wat dat Meer sich nimmt«, stand in einem der Briefe, die Fritz mir gezeigt hat, und als er mir diese Stelle vorlas, kullerte mir eine kleine Träne die Wange herunter.

So wurde aus Berta, der Frau von Bruno, das Kahnweib. Sie und ihr Schiff, das die Männer nun fast ehrfürchtig die Weiber-Margarete nannten, erregten in jedem Hafen viel Aufsehen – denn auch und vor allem in den Dreißiger- und Vierzigerjahren war eine Frau am Steuer eines Schiffs immer noch eine echte Sensation. In den Häfen wurde es zu dieser Zeit immer leerer: Nachdem schon fast alle anderen Schiffe von den Nazis, die mittlerweile an der Macht waren, eingezogen worden waren, hatte an der alten Kuff ohne Motor zum Glück immer noch niemand Interesse.

Trotzdem wurde Bertas Leben nicht wirklich leichter. Das Glück schien sich ein für alle Mal von Berta Looks verabschiedet zu haben. Denn auch ihre Tochter verunglückte schwer. Sie stürzte, ausgerechnet, auf dem Kahn und brach sich beide Beine, so schlimm und so ohne Chance auf völlige Genesung, dass die Nazis den »Krüppel beiseiteschaffen« wollten. Keine normale Schule akzeptierte das Mädchen noch, und sie sollte darum in eine spezielle Einrichtung gebracht werden. Aber da kannten sie Berta schlecht! Die Frau, die bereits fast alles verloren hatte, war nicht bereit, auch noch ihre Tochter herzugeben. Sie widersetzte sich den Braunen, die ihr sowieso zuwider waren, und ihre Tochter wurde fortan privat unterrichtet. Doch Berta stand nun ohne ihren Bruno mit all der Verantwortung alleine da. Das Auskommen ihrer geschrumpften, kranken Familie hing voll und ganz an ihr: der Frau Kapitän auf ihrem Schiff Margarete. Sie heuerte also einen Bootsmann an und begann, mit ihm und der Tochter gemeinsam auf die See zu fahren. Obwohl das Meer ihr fast ihre gesamte Familie entrissen hatte, wurde es noch mehr zu Bertas Zuhause, als es das früher schon gewesen war. Vielleicht gerade weil sie das Gefühl hatte, dort den Verstorbenen am Nächsten zu sein.

Der Bootsmann, die Tochter und Berta wurden ein untrennbares Gespann, ja, der Bootsmann wurde ihr nicht nur ein Geschäftspartner, sondern sogar eine zweite Liebe nach dem schmerzhaften Verlust von ihrem Bruno. Doch dann forderte der Krieg noch mehr Soldaten ein und entriss Berta auch diesen Freund und Partner. Sie bekam einen neuen Bootsmann, einen Heimkehrer aus dem Krieg, dem nur der rechte Arm und seine zwei Beine geblieben waren. Und nur Berta wusste, dass dieser Bootsmann die Greifswalder und Stralsunder Juden außer Landes geschmuggelt hatte, für die die Hilfe noch nicht zu spät kam.

Sie fuhren durch diese dunkle Zeit hindurch, und Berta gab auch danach ihr Schiff nie auf. Sie fuhr und fuhr, bis sie schließlich mit gerade einmal achtundfünfzig Jahren auf dem Schiff tot umfiel. Kurz darauf starb auch ihre Tochter und damit der einzige Nachfahre von Berta Looks, geborene Kliesow.

So blieb nur das Haus von ihr in Zicker. Das ging schließlich in den Besitz der DDR über und wurde nach der Wende von der Treuhandanstalt verkauft. Doch das Haus, das schon damals dringend renovierungsbedürftig war, fand keinen rechten Besitzer. Und jetzt drohte es eben in die Hände der Investorengruppe zu fallen. Denn zu dem Haus gehörte ein riesiges Grundstück, das von den Zickerschen Bergen bis an den Bodden reichte. Die Fischerschuppen, die früher dort standen, hatte einer der früheren Eigentümer bis auf einen letzten Schuppen bereits fast vollständig abgerissen, und so handelte es sich um vielversprechendes Bauland.

Ich beobachte Fritz, der immer noch ganz versunken in seinem Album blättert, in dem die wenigen alten Bilder seiner Vorfahren stecken. »Wat die damals für ein Leben gelebt haben, alles nur für die See. Und einer nach dem anderen sind die dort draufgegangen. Ein Sturm – und das wars ...«, murmelt er nachdenklich.

»Ich kann mir gar nicht vorstellen, dass die Ostsee so gefährlich sein kann«, sage ich erstaunt.

»Doch klar, vor allem für die Kähne, mit denen die damals gefahren sind.«

»Zeigst du mir mal dein Boot, Fritz?«, frage ich, angesteckt von dieser Liebe zum Meer.

Er schaut von seinem Fotoalbum hoch und blickt mir direkt in die Augen. »Kloor. Aber jetzt lass uns erst mal zusehen, was wir gegen diesen Hannak von Investor machen können.«

»Wieso Hannak? Gibt es neben Felix von Bernstorff noch einen weiteren Investoren?«

Fritz guckt mich verständnislos an. »Sag mal Anne, du sprichst echt kein Wort Platt, ne?«

Ich schüttle verunsichert mit dem Kopf.

»Hannak is' n Halunke. Und dat is dieser von und zu jawohl, oder nicht? Du kennst ihn doch«, er überlegt kurz, »oder besser gesagt dein Mann, Exmann, Mann ...« Fritz tanzt richtiggehend Polka um den korrekten Titel für Fabio – er kann sich offensichtlich nicht zwischen »Mann« und »Exmann« entscheiden. Und sieht dabei aus, als würde ihm die Erwähnung von Fabio körperliche Schmerzen bereiten. Was mein Herz seltsamerweise ein bisschen schneller schlagen lässt.

»Ja«, sage ich schlicht und greife mir schnell eine der Broschüren für das geplante Luxus-Hotel, die Fritz auf den Tisch geschmissen hat. »Wobei wir ja gefühlt nur eine Sekunde verheiratet waren«, schiebe ich hinterher. Nun ja, auch tatsächlich waren es nur einige Minuten mehr. Wobei ich die ganze Geschichte lieber nicht erzählen möchte, sonst hält er mich wirklich für Britney Spears. Falls er denn weiß, wer Britney Spears ist.

Fritz nickt schweigend. »Wie hat mein Oppa immer gesagt«, sagt er dann langsam, »wenn die Liebe im Kopf steckt, sackt der Verstand in den Moors.«

Ich muss auf einmal lachen. »Das kannst du wohl laut sagen!«

Fritz schaut auf den Boden, aber ich kann trotzdem sehen, dass auch er lächelt. »Dieser Fabio weiß doch gar nicht, was ihm entgeht...«

»Was meinst du denn jetzt damit?«, horche ich auf.

»Na ja«, Fritz springt plötzlich auf, als wenn er vom wilden Affen gebissen wurde, »ich meine ja nur. Bist doch ne tolle Frau...« Den letzten Satz kann ich kaum noch verstehen, so sehr nuschelt er auf einmal.

Hat er mich gerade als tolle Frau bezeichnet? Fritz rennt auf einmal betont geschäftig in die angrenzende, offene Küche. »Ich mach uns mal was zu essen. Nichts ist schlimmer als großer Hunger, hat mein Opa auch immer gesagt«, murmelt er vor sich hin und scheint im gleichen Moment extra laut mit den Töpfen und Pfannen zu klappern, so als wollte er seine Worte von eben verscheuchen. Aber sie gehen nicht weg. Sie hängen in der Luft und fliegen mir dann direkt ins Herz.

Und plötzlich fliegen mir noch ganz andere Worte entgegen, ebenfalls mitten ins Herz – und in mein Ohr:

»There's a fire starting in my heart
Reaching a fever pitch and it's bringing me out the dark.«

Ich kann es gar nicht fassen – ist das etwa Adeles »Rolling in the deep«? Eines meiner absoluten Lieblingslieder von meiner Lieb-

lingssängerin, das ausgerechnet in Fritz' Küche erklingt? Blitz-
schnell springe ich auf und laufe zu Fritz in die Küche.

»Fritz, oh mein Gott! Du hörst Adele?«

Fritz dreht sich um und sieht mich erstaunt an: »Warum denn
nicht? Ist doch ne tolle Sängerin. Oder soll ik die Musik lieber wieder ausmachen?«

Er sieht mich fragend an. Ich schüttle nur den Kopf, und er
werkelt wieder an den Töpfen und Pfannen herum.

Ob dieser Mann noch mehr Geheimnisse und verborgene Ta-
lente hat? Er hat einen echt guten Musikgeschmack und hat, im
Gegensatz zu vielen Männern, noch nicht einmal Scheu vor soge-
nannter »Schnulzenmusik«. Außerdem hat er dieses Haus hier so
eingerichtet, dass ihn jede TV-Show, die Wohnungen umgestaltet,
vom Fleck weg als Inneneinrichter engagieren würde. Und er liebt
Katzen – was kann ich noch an ihm entdecken?

Ich beobachte ihn von der Seite. Seine dunklen Augen und die
hohen Wangenknochen. Die blonden kurzen Haare immer so, als
wäre er gerade durch einen Sturm gelaufen. Und obwohl der Sommer noch nicht einmal da ist, ist seine Haut schon leicht gebräunt.
Eigentlich erstaunlich, dass ein so gutaussehender Typ noch Single ist, denke ich plötzlich. In Berlin hätten sie den schon längst
weggeschnappt. Aber genau darin liegt wohl der Haken, in Berlin
könnte so einer wie Fritz nie leben. Und hier oben, versteckt auf
dieser Insel, findet ihn keiner. Oder besser gesagt: keine.

»Gibt es irgendwas, das du nicht isst?«, fragt er, ohne von den
Töpfen aufzuschauen, und scheint sich nun ganz auf das Projekt
»Essen« zu konzentrieren.

»Nö«, antworte ich lächelnd, »ich esse alles«, denn ich möchte
ungern vor Fritz zugeben, dass ich eigentlich gar keinen Fisch mag.
Für ihn als Fischer wäre das sicherlich eine persönliche Beleidigung.

»Hast du nicht neulich zu meiner Mutter gesagt, dass du kein' Fisch isst?«, erwischt er mich prompt bei meiner Schwindelei. Er dreht sich um und grinst mich verschmitzt an.

»Das stimmt. Bisher habe ich keinen Fisch gegessen. Aber ich habe das Gefühl, es ist Zeit, mal ein paar Sachen in meinem Leben anders anzugehen. Schließlich war schon unser gemeinsames Fischbrötchen am Selliner See eine echt positive Überraschung«, antworte ich ihm lachend. »Und übrigens«, spreche ich entschlossen weiter und nehme all meinen Mut zusammen, »dein Kompliment kann ich nur zurückgeben … du bist auch ein toller Mann.«

Als ich das sage, spüre ich auf einmal ein starkes Flattern in meiner Magengegend. Und wenn ich es nicht besser wüsste, würde ich sagen, dass das Schmetterlinge sind, die da gerade Rumba in meinem Bauch tanzen. Aber Schmetterlinge? Wegen Fritz? Das ist natürlich totaler Quatsch! Oder? Fritz jedenfalls reagiert nicht auf mein Kompliment, zumindest nicht mit Worten. Allerdings höre ich, als ich langsam wieder aus der Küche schlendere, ein lautes Scheppern hinter mir, was sicher ganz genauso zählt. Zumindest hoffe ich das.

»Throw your soul through every open door
Count your blessings to find what you look for
Turn my sorrow into treasured gold.«

So singt Adele weiter, und ich frage mich, während ich im Wohnzimmer versonnen durch eines der großen Fenster blicke, ob es sich bei Fritz am Ende auch um einen unentdeckten Schatz handelte. Und ob ich mit vierzehn einfach zu oberflächlich war, um zu erkennen, wie toll er eigentlich ist.

Nach dem Mittagessen – es gab tatsächlich Fisch, und was soll ich sagen? Es hat mir schon wieder richtig gut geschmeckt (wer hätte gedacht, dass Fritz auch noch kochen kann? Also noch ein verborgenes Talent!) – sieht Fritz mich dann plötzlich mit seinem leichten Lächeln (das man, wenn man ihn nicht so gut kennt, fast übersehen könnte) erwartungsvoll an: »Und, Anne, wie wäre es jetzt mit der Überraschung?«

Die Überraschung! Die hatte ich fast vergessen! »Was ist es denn? Sag es!«

Fritz muss grinsen und bedeutet mir aufzustehen. Dann bringt er mich zur Haustür, führt mich schließlich zum Haus heraus und als Nächstes dahinter. Dort gibt es auch eine Garage, und dort steht … mein Mini! Mein leuchtend roter Mini, der jetzt, noch ein wenig nass vom Regen, glänzt, als sei er neu.

»Ist er … ist er … wieder fit?«, frage ich und traue mich noch gar nicht, mich richtig zu freuen.

»No kloor«, grinst Fritz – und ich kann nicht anders, ich muss ihm einfach um den Hals fallen. Ich spüre, wie Fritz zuerst kurz erstarrt, aber dann drückt er mich auch leicht und ein bisschen ungelenk zurück, so als hätte er einfach viel zu lange keine feste Umarmung bekommen. Was wahrscheinlich auch so ist, denke ich in diesem Moment traurig. Ich lasse ihn wieder los und schaue ihm in die Bernstein-farbenen Augen. Die einfach nur wunderschön sind … Unsere Blicke treffen sich, doch nur einen kurzen Moment. Und er sieht mich dabei mit einem so seltsamen Gesichtsausdruck an, der mir irgendwie bekannt vorkommt. Nur wann habe ich den schon mal gesehen? Dann wendet sich Fritz plötzlich schnell von mir ab und deutet aufs Haus zurück. »Also … Anne … wir müssen jetzt aber wirklich mal losarbeiten, also, die Pläne und so.« Und schon dreht er sich um und läuft ins Haus zurück.

Ganz unrecht hat er allerdings nicht, schließlich haben wir eine Menge vor an diesem Nachmittag, und so klopfe ich meinem frisch reparierten Mini noch einmal kurz auf das Dach und laufe Fritz dann ins Haus hinterher. Dort besprechen wir lange und ausführlich, was wir gegen den Bau des Hotelresorts unternehmen können. Nachdem Fritz und ich einige Ideen ausgetauscht und lange hin und her überlegt haben, glaube ich, dass unser Plan gut ist und steht. Von der hochoffiziellen Anmeldung beim zuständigen Amt über die dann folgende Unterschriftenaktion bis hin zu dem Versuch, einen Artikel in der Lokalpresse zu platzieren, reichen unsere Pläne. Am Ende fragt Fritz mich noch, ob ich vielleicht ein paar andere Ideen für die Gestaltung des Posters für die Aktionen hätte. Ihm war wohl auch aufgefallen, dass das bisherige Poster mit nichts als dem Schriftzug »Zicker schützen! Investoren stoppen!« darauf etwas, nennen wir es mal so, puristisch wirkte. Und ob ich die hatte!

Gut zwei Stunden später sammle ich meine Aufzeichnungen und eines der Dokumente, die Fritz ausgedruckt hatte, zusammen und klopfe entschlossen auf den Tisch. »So! Morgen fahre ich gleich als Erstes zum Amt Mönchgut und melde eine Petition gegen das Hotelresort an. Dank dir kann ich ja endlich wieder selbst fahren! Und übermorgen spreche ich mit der Zeitung.«

»Das Amt befindet sich in Göhren. Am besten, ich komme mit«, sagt Fritz schnell.

Ich weiß nicht genau, warum, aber auf einmal habe ich das Gefühl, dass ich lieber allein nach Göhren fahren will. Neben dem unerwarteten Kompliment hat mich Fritz nämlich jetzt schon mehrmals mit diesem äußerst seltsamen Gesichtsausdruck gemustert. Und ich weiß selbst nicht genau, warum, aber auf einmal habe ich das Gefühl, eine kleine Pause zu brauchen. Eigentlich genieße ich die Zeit mit Fritz, vor allem mit dieser eher aufgetauten, fröhlichen Version von ihm. Und trotzdem ist mir das auf einmal viel zu viel Nähe. Ich ahne, dass ich den eben erst aus seinem Schneckenhaus gekrochenen Fritz damit zurückweise, aber das Risiko muss ich eingehen.

Wow, ich fühle mich ganz erwachsen, während ich das denke.

»Du, ich fahre lieber allein«, antworte ich daher. »Du kannst währenddessen schon einmal die Leute im Dorf mobilisieren. Wenn wir die Petition angemeldet haben, müssen wir so schnell wie möglich die notwendigen Unterschriften zusammensammeln. Je mehr Leute wir auf unserer Seite haben, desto besser macht sich das in der Presse. Und glaube mir, das wird schwerer, als wir jetzt denken. Und ich muss bald schon wieder zurück nach Berlin, denn dann ist mein Urlaub vorbei. Viel Zeit bleibt uns also nicht, um das alles zu erledigen.«

Fritz kann die Enttäuschung kaum verbergen, und ich habe das Gefühl, in Zeitlupe beobachten zu können, wie sich das kleine Fenster, das er heute geöffnet hat, wieder verschließt.

»In Ordnung«, sagt er schließlich, und sein Gesicht hat wieder den Faustausdruck angenommen, mit dem ich ihn schon als Teenager kennengelernt habe. »Ich werde meine Mutter bitten, mit den Leuten zu sprechen, sie ist dafür sicherlich besser geeignet. Ich wollte heute eh noch Fisch räuchern.« Sprachs, und schon öffnet Fritz die Haustür und schmeißt mich geradezu heraus.

Für einen Moment stehe ich etwas verloren vor der so plötzlich verschlossenen Tür. Ob ich doch anders reagieren hätte sollen? Nein, sage ich mir selbst, ich muss auch mal auf mein Bauchgefühl hören – wenn ich etwas Abstand brauche, dann brauche ich den eben. Immerhin blitzt in diesem Moment die Sonne entschlossen durch die kleinen Löcher der Wolkendecke hindurch, also verdränge ich die Gedanken, ob ich Fritz doch zu sehr vor den Kopf gestoßen habe, und genieße lieber die Sonnenstrahlen. Ich laufe ein paar Schritte Richtung Wasser und fühle mich dann wie magisch von dem Kahnweib-Haus angezogen. Diese Frau hat mich einfach begeistert, und darum beschließe ich, mir das Kahnweib-Haus noch einmal genauer anzuschauen.

Vorsichtig ziehe ich am alten Gartentor, und tatsächlich öffnet es sich mit einem lauten Quietschen. Ob ich einfach so in diesen Garten darf? Ich beschließe, dass ich das darf, denn wer sollte mich schon davon abhalten – und schließlich, so sage ich mir, muss ich mir ja das Haus, das ich retten will, genauer ansehen. Also trete ich langsam und ein wenig ehrfürchtig auf das märchenhafte Grundstück. Zwischen ein paar bunt blühenden wilden Primeln stoße ich auf eine verwitterte, leicht grünliche Holzbank. Ich nehme meine Malutensilien aus dem Beutel und breite die Plastiktüte auf der Bank aus, bevor ich mich vorsichtig draufsetze – immerhin ist die Bank noch ziemlich nass vom Regen. Einen Moment lang genieße ich einfach nur die Ruhe, die lediglich ab und an durch das Zwitschern der Vögel unterbrochen wird. Und ich genieße den Ausblick. Oh, dieser Ausblick! Durch den wilden Garten hindurch blinzelt mir der Bakenberg zu, von dem ich mir in diesem Moment vornehme, das ich ihn endlich mal besteigen muss. Der Ausblick von dort oben muss noch atemberaubender sein als der von hier unten. Ich strecke meinen Hals etwas und erspähe sogar eine kleine Ecke des Boddens.

Das Haus liegt wirklich perfekt, und zwar nicht nur, was den Blick betrifft, sondern auch die Lage in Zicker. Jeder im Ort kommt sicher ein-, zweimal am Tag hier vorbei. Egal, ob man zum Bodden, zur Ostsee oder in die Zickerschen Berge spaziert. Eigentlich ist die Idee, hier etwas für Urlauber zu erschaffen, wirklich gut, fährt es mir durch den Kopf. Nur muss es halt irgendwie zu Zicker und zu der Art, wie hier Tourismus gemacht wird, passen. Eben kein piekfeines Spa, sondern … ich kann es nicht genau sagen, aber was auch immer daraus wird, müsste dem Ort einfach etwas Besonderes geben, etwas, das sowohl Zicker als auch das Kahnweib-Haus verdient haben. Und natürlich Berta, von deren Stärke ich mir gerne ein Stückchen abschneiden würde. Nachdenklich schaue ich das malerische Haus an.

Als ein paar Minuten später sogar der rote Baron, der sich wohl vom Kliesow'schen Garten aus auf die Suche nach mir gemacht hat, über den Zaun gesprungen kommt, ist meine Gemütslage endgültig perfekt. Er schnurrt freudig los, kaum dass er mich sieht, und lässt sich leise maunzend auf der Bank, direkt neben mir, nieder. Und ich lege nun endlich den Zeichenblock auf meine Beine – es kribbelt mich schon richtig in den Fingern, endlich etwas zu malen. Jetzt kann mich keiner mehr ablenken! Da ich noch keine Staffelei besitze, habe ich nur die Buntstifte mitgenommen. Ich betrachte das Faber-Castell-Etui für einen kurzen Moment andächtig. Schon erstaunlich, was die in dem Kaufhaus alles haben, sogar diese Marken-Stifte. Dann greife ich nach der Farbe Grün, und als ich den ersten Strich auf das noch weiße Papier setze, fühlt es sich an, als würde ich nach einer langen Reise durch einen düsteren Tunnel endlich wieder Sonnenlicht sehen.

· ·

Liebeskummer-Status:

Ups, kurz mal vergessen, dass ich überhaupt
Liebeskummer habe!

· ·

9.

Anne und Frau Knuth

Auch den nächsten Tag verbringe ich fast nur mit Malen und Zeichnen – die Stifte haben ein echtes Farbfeuer in mir entfacht! Es war wie der berühmte Knoten, der endlich geplatzt ist, und ein Bild nach dem anderen scheint wie von Zauberhand zu entstehen. Nur am Nachmittag eise ich mich schweren Herzens von meinen Bildern los, schließlich steht Wichtigeres an – der Besuch beim Amt Mönchgut nämlich, um endlich die Petition anzumelden. Auch wenn ich lieber weitermalen würde, muss ich mich nun wie versprochen dem Kampf gegen die gierigen Investoren widmen. Dafür schwinge ich mich in meinen Mini – ich kann es immer noch gar nicht glauben, dass mein geliebtes Auto endlich wieder heil ist! – und brause nach Göhren. Und ich kann es mir einbilden, aber ich finde, mein Mini fährt jetzt sogar noch ein kleines bisschen besser als früher. Ob ich das Fritz zu verdanken habe? Wenn ich an Fritz denke, kommt ein wenig schlechtes Gewissen auf, und ich muss immer wieder an seine seltsamen Blicke gestern denken. Aber ich erinnere mich selbst daran, dass ich schließlich ein wenig Abstand wollte – außerdem, selbst ist die Frau! Ich habe einfach das Gefühl, dass ich mich selbst um das Kahnweib-Haus kümmern will. Dass das meine Aufgabe ist – und der will ich mich mit ganzer Kraft stellen!

Als ich kurz darauf in Göhren ankomme, parke ich den Mini hinter dem schmucklosen Flachbau, in dem sich das Büro des Bürgermeisters (laut dem Schild draußen) befindet. Doch bevor ich in das Bauamt hineingehe, kann ich es mir nicht verkneifen und möchte ein wenig den Ausblick hier genießen. Der ist hier nämlich einfach zu schön!

Ich überquere also noch einmal schnell die Straße und laufe ein paar Schritte Richtung Strandpromenade, die am Fuße des Hügels, auf dem ich mich befinde, beginnt. Dort bleibe ich am Rand der vielen Treppen, die zur Promenade führen, stehen und atme tief ein. Die Seeluft, die von der Ostsee herüberweht, riecht leicht salzig. Aber zu meiner Freude leuchtet der Himmel heute strahlend blau, und der Blick von hier oben ist einfach nur grandios. Ich schaue über das blau-graue Meer und die schlichte Seebrücke am Nordstrand, die, anders als ihr pompöses Gegenstück in Sellin, nur aus einem einfachen Holzsteg besteht. Weiter rechts liegt der Zipfel des Mönchguter Nordperds, eine schmale Landzunge mit einer rauen Steilküste. Unten spazieren nur ein paar vereinzelte Gestalten über die Strandpromenade, auf der man im Sommer kaum einen Schritt machen kann, ohne über einen anderen Menschen zu stolpern. Ich kuschle mich kurz zufrieden in meine Jacke und genieße für ein paar Minuten den tollen Ausblick, bevor ich mich davon losreißen kann und zurück in Richtung des schmucklosen Verwaltungsgebäudes laufe. Was sein muss, muss sein – da darf mich auch der schönste Ausblick nicht aufhalten.

Die Gebäude hier sind übrigens genau das Gegenteil dieses Traum-Ausblicks. Anders als in Zicker oder Gager stehen in Göhren so einige Bausünden herum, die wohl darauf zurückzuführen sind, dass dieses Örtchen zu DDR-Zeiten stärker als Ferienort genutzt wurde, und die doch sehr pragmatische, um nicht zu sagen hässliche DDR-Architektur schlägt sich darin sehr deutlich nieder. In jedem Fall stellt der Anblick des grau-in-grau-in-grauen Verwaltungsbaus zwischen all den wunderschön sanierten und neu gebauten Reetdachhäusern geradezu eine Beleidigung für das Auge dar. Als ob diese tourismusverwöhnten Landkreise nicht genug Geld hätten, um sich mal ein ordentliches Quartier zu bauen, das sich ein bisschen besser einfügen könnte. Vor allem, weil man ja bei all den unnütz gebauten Straßen und nie fertiggestellten Stadthallen und Flughäfen kaum das Gefühl haben konnte, dass der Staat besonders verantwortungsvoll mit den Geldern seiner Steuerzahler umging.

Ich kenne mich in solchen Sachen übrigens wirklich gut aus, ich habe nämlich selbst ganz am Anfang meines Berufslebens mal als Praktikantin an ein paar Projekten für Ministerien mitgearbeitet – und war jedes Mal aufs Neue von den Fähigkeiten zur Geldverschwendung erstaunt.

Insbesondere an eine Sache erinnere ich mich gut: Es ging um eine Broschüre, die wir ganze drei Mal komplett durchgeplant haben und die jedes Mal kurz vorm Druck wieder gestoppt werden musste. Es war wie in einer dieser Beamten-Komödien, von denen man immer glaubt, dass es so schlimm schon nicht sein konnte. Doch das konnte es: Das erste Mal hatte niemand bedacht, dass die betreffende Ministerin, die das Vorwort für die Broschüre geliefert hatte, kurz nach Veröffentlichung heiraten würde – und damit dann natürlich einen neuen Nachnamen tragen würde.

Also ging die Sache von vorne los, und natürlich fiel den Beamten in der Zwischenzeit noch so einiges mehr auf, was sie sonst noch geändert haben wollten. Und kaum war die Broschüre endlich – wieder – fertig, begann die nächste Posse. Denn als die Broschüre zum zweiten Mal endlich erscheinen konnte, war diese

Ministerin in der Zwischenzeit zurückgetreten, und darum stand wiederum nicht nur ein falscher Name auf der ersten Seite, nein, auch das kleine Foto neben dem Vorwort hatte bedauerlicherweise nichts mehr mit der Realität zu tun. Also ging alles von vorne los.

Beim dritten Mal war dann so viel Zeit vergangen, dass inzwischen gewisse Bestandteile des Vorworts nicht mehr aktuell waren und alles neu geschrieben werden musste.

Und jedes Mal fiel es den Schlafmützen vom Ministerium immer erst kurz vor Druck auf! Ach so, Mensch, die Ministerin heiratet ja. Oh, die Ministerin wird bei Veröffentlichung schon nicht mehr da sein. Oh, oh. Danach hatte ich keine Lust mehr auf Politik-PR, das können Sie mir glauben. Dann lieber Luxuskunden, die verprassen wenigstens mit Stil. Aber ganz ehrlich, unter uns: Ich zahle trotzdem gerne meine Steuern, wenn ich dann dafür nicht in ein Ordnungsamt muss, das wie eine Turnhalle aussieht. Was hier aber leider eben noch nicht der Fall ist.

Ich studiere das Schild am Eingang und stelle fest, dass ich Glück habe, denn der einzige Nachmittag, an dem das Amt geöffnet hat, ist am Donnerstag. Und heute ist Donnerstag! Vorsichtshalber überprüfe ich das noch einmal in meinem Handy-Kalender, denn mittlerweile ist mir das Gefühl für Datum und Wochentag etwas verloren gegangen. Wie sich das im Urlaub eben gehört! Denn trotz allem versuche ich das Ganze inzwischen mit aller Macht ein wenig wie einen Urlaub anzusehen. Einen Urlaub, in den man in einem Brautkleid geflüchtet ist ... diesen Gedanken schiebe ich lieber mal beiseite.

Ich betrete also das hässliche Gebäude und stehe sofort in einem langen Flur, der mich irgendwie ein wenig an meine Grundschule erinnert. Ja, ich habe sogar das Gefühl, einen ähnlich unangenehmen Geruch wie damals aus dem Essensraum wahrzunehmen: Dieses Gemisch aus Gummiboden und verkochten Kartoffeln gepaart mit Unfreundlichkeit und schlechter Laune.

Direkt neben der Eingangstür befindet sich eine Art Abteil, hinter dessen Glasscheibe ein gelangweilter Pförtner sitzt. »Guten Tag«, begrüße ich ihn und setze mein strahlendstes Lächeln auf. »Ich würde gerne eine Petition einreichen.«

Der Mann mit dem akkurat geschnittenen Schnauzer stöhnt auf. »Schon wieder jemand, der was will. Mannomann! Was ist denn heute los?« Dann reicht er mir kopfschüttelnd ein Stück Papier. »Ausfüllen und dann Zimmer Sieben.« Er brüllt die Worte geradezu, und spricht dabei ganz langsam. So als rechne er nicht damit, dass ich die deutsche Sprache wirklich beherrsche. Oder als ob er mich einfach für einen Vollidioten halten würde.

»Oh, die Sieben ist meine Glückszahl«, rufe ich aus. Der Pförtner schaut mich an wie eine Außerirdische – und irgendwie bin ich das ja hier auch.

Ich entferne mich jetzt lieber zügig und setze mich auf einen der Metallstühle mit dem dicken Polyesterpolster, die im Flur aufgereiht sind. Dann fülle ich den Antrag nach bestem Wissen und Gewissen aus. Außer mir ist offenbar keine Menschenseele im Amt, ich kann mir also nicht vorstellen, was der Pförtner mit seiner Beschwerde gerade eben gemeint hat. Von wegen »schon wieder« – wahrscheinlich gelten hier zwei Besucher pro Tag schon als kaum zu bewältigender Andrang.

Als ich meinen Namen und meine Adresse in die letzte Zeile eingetragen habe, stehe ich auf und laufe voller Elan zu der Tür, auf der »Raum Sieben« steht. Ich klopfe kurz und drücke dann die Klinke herunter.

»Ja, herein auch«, schallt es mir von innen entgegen. Die Stimme dazu dringt aus einem extrem voluminösen Körper, auf dem ein kleiner, blondierter Kopf steckt. Ein Namensschild aus Plastik weist mich darauf hin, dass es sich bei diesem Berg von Mensch um »Frau Knuth« handelt. Ich muss bei dem Namen natürlich sofort an den erst kleinen und später doch ziemlich riesigen Eisbären aus dem Berliner Zoo denken. Selten hat ein Nachname so gut zu einem Körper gepasst. »Hallo, Frau Knuth«, begrüße ich diese Walküre freundlich, »mein Name ist Anne Glawe, und ich möchte hier gerne eine Petition einreichen.«

»So, so«, antwortet Frau Knuth und verzieht ihr Gesicht nicht im Geringsten. Kein Lächeln, kein Nicken, nur reines Pokerface. »Haben Sie denn schon eine Nummer gezogen?«

»Äh, nee, der Pförtner meinte, ich solle mich einfach in Zimmer Sieben melden.«

»Nachdem Sie eine Nummer gezogen haben«, sagt Frau Knuth unversöhnlich.

»Aber es ist ja sonst niemand da…«, erwidere ich mit dünner Stimme. Ich will es mir nicht gleich mit Frau Knuth verderben, bevor wir überhaupt angefangen haben. Aber was um Gottes Willen soll das denn? Sind alle anderen Besucher unsichtbar?

»Wenn Sie einen Mord begehen und niemand weiß davon, ist das dann kein Verbrechen?«, orakelt Frau Knuth über ihre schmalen Lippen hinweg.

»Nun der Vergleich scheint mir doch jetzt etwas…« Ich hole tief Luft. Schlucke dann einmal schwer und räuspere mich. Ganz ruhig, Anne Glawe, ganz ruhig, denke ich mir. »Und wo bekomme ich die Nummer denn her?«

»Am Eingang neben dem Pförtner.«

»Also, das hätte der Depp mir ja auch gleich sagen können«,

meckere ich beim Rausgehen vor mich hin, und zu meiner Enttäuschung kann ich meinem Frust noch nicht einmal Luft machen, denn der Wachmann ist nämlich auf einmal verschwunden. Wahrscheinlich musste er sich nach all der Arbeit erst einmal eine Pause gönnen, sonst bricht er vor Erschöpfung noch zusammen. Vielleicht hat er sich auch ganz verkrümelt, weil er diesem unheimlichen Arbeitsaufwand nicht mehr standhalten konnte. Burn-out und so. Ich laufe also zu dem schwarzen Rad, aus dem ein Papierstreifen mit Nummern herausragt, reiße mir eine ab – hallo Nummer vierzehn! – und gehe dann zurück zu Zimmer Sieben.

Es dauert ganze fünf Minuten – fünf Minuten! Ich bin allein hier! –, bis der erlösende Klingelton durch die weiterhin vollkommen leere Wartehalle bimmelt und ich nun endlich auch offiziell das Zimmer Sieben betreten darf.

Dort reiche ich Frau Knuth ein wenig übertrieben eifrig den ausgefüllten Antrag und setze mich dann auf den Stuhl vor ihrem Schreibtisch.

»Ja, setzen Sie sich doch«, kommentiert sie unnötigerweise, und es klingt, als ob sie eigentlich das Gegenteil meint.

Sie mustert den Antrag eine gefühlte Ewigkeit, während der ich mich in dem Büro umschaue. Nicht, dass es hier viel zu sehen gäbe: Die pragmatische Turnhallen-Bauweise spiegelt sich auch in der Einrichtung wieder. Außer einem Holztisch, zwei Stühlen und einem Katzenkalender (ob ich Frau Knuth vom Barönchen erzählen soll? Vielleicht mag sie mich dann ein wenig mehr?) gibt es hier nicht viel zu sehen. Als ich schon nicht mehr weiß, wohin ich noch sehen soll, legt Frau Knuth den Antrag auf den Schreibtisch und schaut mich wiederum mit ihrem Pokerface an. »Es geht also um das Kahnweib-Haus.«

»Ja, genau. Die Mehrheit der Anwohner von Zicker steht hinter dieser Petition. Der Plan für das Luxus-Hotel verletzt nämlich mehrere Bestimmungen, die für das Naturschutzgebiet gelten. Eigentlich«, ich schaue Frau Knuth dabei tief in ihre hellblauen Augen, »hätte so etwas gar nicht genehmigt werden dürfen.«

Frau Knuth guckt inzwischen allerdings nur ausdruckslos an die Decke. Ich versuche so etwas wie Solidarität oder Verständnis oder wenigstens einen Funken Interesse in ihrem Gesicht zu erkennen, aber da ist nichts außer geröteten Wangen.

Es ist jetzt ganz still im Amtszimmer. Nur Frau Knuths schwerer Atem ist immer wieder zu hören. Sie schnauft ein. Sie schnauft aus. Sie schnauft ein … »Antrag nach dem IFG M-V, LUIG, VIG am 19. September«, rattert Frau Knuth plötzlich los, als wäre sie von einer Maschine in Besitz genommen worden. »Moment mal.« Sie hält inne, und ihre Augen werden auf einmal ganz groß. Dann schüttelt sie vehement den Kopf, während ihr ein zischendes Geräusch entweicht, das klingt, als hätte jemand das Ventil an einer vollgepumpten Luftmatratze geöffnet. »Nee, nee. Der erfüllt ja gar nicht die formalen Vorschriften eines Antrages nach IFG M-V, LUIG, VIG.«

Ich gucke sie verdutzt an und bin mir jetzt fast sicher, dass sie einfach nur so Buchstaben aneinanderreiht, die ihr gerade einfallen. Nichts von dem, was sie sagt, ergibt noch einen Sinn für mich. »Entschuldigen Sie, das habe ich jetzt aber nicht verstanden«, bemühe ich mich weiterhin um Freundlichkeit, obwohl ich mich langsam wirklich ein wenig auf den Arm genommen fühle.

»Der Antragsteller, das sind doch Sie?«

»Ja«, nicke ich.

»Das geht aber nicht.«

»Ähm, und warum genau geht das nicht?«

»Wohnen Sie in Zicker?«

»Nein.«

»Eben.«

»Aber ich habe mich im Voraus informiert, für eine Petition muss man nicht zwingend in der Gemeinde gemeldet sein.« Na ja, denke ich, zumindest hatte Fritz mir das gesagt, das gilt schon unter »im Voraus informieren«, oder?

»Für eine IFG M-V, LUIG, VIG schon.«

»Was sind das jetzt wieder für Buchstaben?«

»So heißt der Antrag, den Sie mir hier vorgelegt haben.«

Ich seufze und kann meine Frustration über Frau Knuth nun nicht mehr unterdrücken. »Na gut, also dann seien Sie doch so freundlich und sagen mir, wie ich jetzt diese Petition auf den Weg bringen kann?«

»Sie können im Prinzip gar nichts.«

Wow, Frau Knuth wäre ein wunderbarer Motivationscoach. In einem Sado-Maso-Studio!

Okay, sage ich mir, ruhig Blut. Also schaue ich sie einfach nur durchdringend an und presse dabei die Lippen fest aufeinander. Ich kenne Leute wie Frau Knuth, vor allem aus meinen Arbeitserfahrungen. Da hilft nur die Schweigetechnik. Man darf so lange nichts sagen, bis das Gegenüber die unangenehme Stille nicht mehr aushält. Nur so zwingt man solche Leute in die Knie.

Und siehe da: Meine Strategie funktioniert. Ha!

»Ich brauche einen Antragsteller aus dem Landkreis Mönchgut«, erbarmt sich Frau Knuth nach etwa sechzig schweigsamen und daher unheimlich langsam vergehenden Sekunden, in denen ich mir aber nicht anmerken lasse, wie verzweifelt ich mich währenddessen fühle.

»Okay, dann schreiben Sie halt Fritz Kliesow rein«, beschließe ich spontan. Ist ja wahrscheinlich sowieso besser, wenn mein Name da nicht auftaucht, fällt mir plötzlich ein. Nicht dass Felix von

Bernstorff am Ende noch entdeckt, dass ich dahinterstecke und Fabio davon erzählt. Eigentlich könnte mir das egal sein – ist es aber nicht. Warum, weiß ich selbst nicht so genau. Auf einmal fällt mir ein, dass Felix wahrscheinlich in jedem Fall Fabio von unserer Begegnung berichten wird. Und das könnte wiederum bedeuten ... Der Gedanke, dass Fabio deswegen auf einmal in Zicker auftauchen könnte, bringt mich schlagartig aus dem Konzept, und ich beginne, unruhig auf meinem Stuhl hin- und herzurutschen.

Frau Knuth bekommt von all dem nichts mit und presst sich gerade in Zeitlupe einen Kugelschreiber zwischen ihre Wurstfinger. Damit streicht sie meinen Namen fett durch. »Fritz Kliesow, der alte oder der junge?«

»Macht das denn einen Unterschied?« Ich bin vorsichtig geworden mit diesem fleischgewordenen Amtsalbtraum vor mir. Vielleicht muss der Antragsteller ja auch älter als vierzig sein und verheiratet, wer weiß das schon bei all diesen komischen Regeln. Und mir ist sowieso gerade ganz flau im Magen. Vielleicht ist Fabio bereits auf dem Weg hierher?

»Nö«, sagt sie trocken. »Interessiert mich nur.«

»Junior, der junge.«

»Ahhh«, und über ihr Gesicht huscht ein ganz besonderer Ausdruck, den ich nicht genau deuten kann. Aber ich habe das Gefühl, so guckt Frau Knuth sonst nur genau dann, wenn man ihr eine dreistöckige Sahnetorte auf den Schreibtisch stellt. »Warum ist Fritz denn nicht selbst gekommen?«

Gute Frage. Weil ich aus irgendeinem Grund dachte, dass ich besser mit solchen Amtsangelegenheiten klarkomme. Was natürlich absurd ist. Rüganer können am besten mit Rüganern – das hätte ich mir eigentlich denken können. Ich schaue Frau Knuth stumm an und zucke mit den Schultern. »Ich komme übrigens ursprünglich aus Stralsund«, sage ich dann, um die Situation zu retten und weil mir einfach nichts anderes mehr einfällt.

Ihrem Blick nach hätte ich genauso gut aus Timbuktu stammen können: »Was tut das jetzt zur Sache?«

»Gar nichts«, gebe ich kleinlaut zu. »Aber nicht, dass Sie denken, ich bin so eine dahergelaufene Großstädterin, die sich hier auf Rügen einmischen will.«

»Ich denke gar nichts.«

Ach ja? Das sieht mir aber nicht so aus. Ich beiße mir auf die Unterlippe.

»Stralsund ist auch kein Dorf«, stellt sie fest.

»Nun ja, unter Blinden ist eben der Einäugige der König«, murmle ich.

»Wie bitte?«

»Nichts, nichts. Ehrlich gesagt weiß ich auch gar nicht, warum ich überhaupt meine Berliner Adresse in das Formular geschrieben habe, schließlich wohne ich dort nicht mehr.« Oh Gott, fährt es mir in diesem Moment durch den Kopf, ich habe ja wirklich gar keine Adresse mehr. Ich bin sozusagen obdachlos! Nicht nur sozusagen. Ich bin wirklich obdachlos! Jetzt entwickle ich echte Panik, aber Frau Knuth ist auf einmal voll und ganz damit beschäftigt, etwas in ihren Computer zu hacken. Ihre Finger hauen auf die Buchstaben, als würde sie versuchen, die Tastatur durch die Tischplatte zu prügeln. Eigentlich ein Wunder, dass die Tastatur das aushält, ohne Funken zu sprühen.

»So«, brummt sie eine kurze Weile später. »Laut Verwaltungsverfahrensgesetz, Paragraf 5, Absatz 3b, läuft die Petition. Sie haben zwei Wochen Zeit, um die nötige Zahl an Unterschriften zu sammeln.«

»Zwei Wochen nur?«, frage ich erstaunt.

»Sie wollten doch ein Eilverfahren, oder nicht?«

Ich nicke unsicher.

»Baubeginn ist schließlich schon im Sommer.«

»Ach was? Das auch noch! Die wollen den ganzen Sommer in Zicker mit Baulärm verderben? Da kommt doch kein Tourist mehr! Was fällt denen nur ein?« Ich bin nun ehrlich wütend.

»Sie sind doch aus Berlin, sagen Sie mir doch, was da für Quarkbüdel rumrennen.«

Ich lächele verständnisvoll. Das Wort kenn ich. »Keine Sorge«, flüstere ich ihr zu, als wären wir Komplizinnen, »den Hannak kriegen wir schon klein.«

Frau Knuth zieht die rechte Augenbraue hoch und grinst dann schließlich wie der Joker. »Machen Se mal. Noch so ein' Spinner braucht hier keiner. Und sein blödes Schpa sowieso nicht.«

Als wir uns verabschieden, habe ich das Gefühl, Frau Knuth und ich sind inzwischen dicke Freundinnen geworden. Und dass ich das Wort »Spa« nun wirklich nie wieder korrekt werde aussprechen können.

Ich fahre mit meinem kleinen Mini zurück in Richtung Zicker, und inzwischen kommen mir die Rügener Alleen schon richtig vertraut vor. Das voranschreitende Frühjahr verwandelt die Insel immer mehr in ein wohlduftendes Blumenmeer, und als ich an einer besonders schönen Wiese kurz vor Middelhagen vorbeikomme und dort auch noch eine blökende Schafherde entdecke, kann ich nicht anders, als das Auto abzustellen und mich mit meinem Zeichenblock und den Stiften mitten ins Gras zu setzen. Nachdem ich nun endlich nach so vielen inaktiven Jahren mein liebstes Hobby wiedergefunden habe, habe ich nämlich beschlossen, das Haus nie mehr ohne Malutensilien zu verlassen.

Ich setze ein paar schnelle Striche auf das Papier und stelle erfreut fest, dass ich das Zeichnen nicht nur nicht verlernt habe, sondern dass sich mein Stil auch irgendwie weiterentwickelt hat. Obwohl ich in den letzten Jahren ja kaum gemalt habe, scheint gerade diese Pause geholfen zu haben, dass ich auf eine ganz neue Weise ans Zeichnen gehe. Während ich früher fand, das meine Bilder oft zu wahrheitsgetreu, fast wie Fotografien aussahen und ihnen daher etwas die Individualität, das Künstlerische oder zumindest das Besondere fehlte, ist mein Strich heute zackiger und härter, das wird schon jetzt deutlich. Inzwischen widerstehe ich dem Bedürfnis, eins zu eins das zu kopieren, was ich sehe, und abstrahiere stattdessen. Das Ergebnis sind Bilder, die Geschichten erzählen und die dem Betrachter die Option lassen, diese Geschichte selbst zu finden. Ich zeichne und schraffiere, benutze sogar meine Handflächen, um Farben zu verwischen, und der Stift bewegt sich immer selbstverständlicher auf dem Papier. Fast ist es, als wäre nicht ich es, die ihn führt, sondern irgendeine höhere Kraft. Als würden sich die Striche und Formen allein finden, ganz so wie in einem natürlichen Prozess.

Nach einiger Zeit schaue ich zufrieden auf mein Werk und beschließe, dass ich das Ganze später noch überarbeiten werde. Es hilft mir offenbar, erste Skizzen mit Blick auf das Porträtierte zu machen. Später, mit etwas Abstand, wird es dann zu einem vollendeten Bild werden, so überlege ich mir das zumindest. Vielleicht ist das Quäntchen Abstand überhaupt das Geheimnis des Erfolgs. Mir fährt plötzlich der Gedanke durch den Kopf, dass das vielleicht auch mit Fabio so funktioniert und dank des Abstands noch nicht alles verloren ist. Auf einmal habe ich tatsächlich ein schlechtes Gewissen. Ob ich das mit Fabio wirklich auch noch mal aus einem anderen Blickwinkel mit etwas Abstand betrachten sollte? Damit eine ganz andere Geschichte auf dem Bild deutlich werden kann?

Nachdenklich schaue ich auf meine eben entstandene Skizze. Vielleicht ist Fabio ja wirklich schon auf dem Weg hierher? Zum ersten Mal sorgt dieser Gedanke nicht nur für Panik bei mir... aber genau genommen weiß ich auch nicht, was ich darüber denken soll. Was würde geschehen, wenn er wirklich hier auftauchen würde? Darauf finde ich keine Antwort – ich weiß einfach nicht, wie ich reagieren würde. Resigniert packe ich meine Malutensilien wieder ein und fahre zurück nach Zicker.

Als ich mein Auto an der kleinen Strandstelle gegenüber von meiner Ferienwohnung parke, sehe ich, wie Fritz gerade sein Boot auf den Sand zieht. Er entdeckt mich und winkt mir zu. Ich bleibe zögerlich stehen und entschließe mich dann doch, auf ihn zuzugehen. Ob er noch ein wenig sauer auf mich ist? Aber sein Winken wirkt nur freundlich, gar nicht so, als würde er mir etwas nachtragen.

»Na, wie war es im Ordnungsamt?«, fragt er mich, während er versucht, ein Netz, das sich anscheinend verheddert hat, zu entwirren. Mit keinem besonders großen Erfolg übrigens. Schließlich wirft er es fluchend auf den Schiffsboden. Ich sammle das Bündel auf und beginne wortlos, die Fäden voneinander zu trennen, während ich Fritz von meiner Begegnung mit Frau Knuth erzähle. Dass sie bei seiner Erwähnung gestrahlt hat, als ob sie eine Torte serviert bekäme, lasse ich mal unerwähnt – nicht, dass Fritz dann ganz verlegen wird.

»Die ist eigentlich eine ganz Nette«, lacht Fritz, als ich fertig bin.

»Ja, am Ende habe ich das dann auch festgestellt. Aber erst mal

habe ich mich gefühlt, als wäre ich bei der Versteckten Kamera...«
Fritz lacht noch lauter.

»Und du? Hast du heute was gefangen?«, frage ich ihn und
schaue weiterhin konzentriert auf das Fischernetz in meinen Händen, das immer noch viel zu verknotet ist.

»Geht so«, brummt Fritz. »Dorsch darf ich noch nicht fangen,
ist noch Schonzeit. Dabei ist das der einzige Fisch, für den sich
die Arbeit überhaupt noch lohnt. Aber wir dürfen ja nichts mehr
allein entscheiden, die Sesselfurzer aus Brüssel machen das jetzt
für uns... Das ist inzwischen bei allen Angelegenheiten so, immer
gibt es eine Regel hier und eine Vorschrift da. Die Versicherung ist
auch nicht besser, ich brauch sogar regelmäßig eine Bescheinigung
für meine Arbeitstauglichkeit. Als ob ich das nicht mit jedem Fang
beweisen würde! Und dafür muss ich sogar ins Krankenhaus nach
Stralsund, weil unseres auf Rügen denen nicht reicht dafür. Immer
noch mehr Vorschriften und noch mehr Zwänge.« Bei seinen – für
ihn sehr vielen – Worten blickt er grimmig auf die See vor uns.

»Hast du schon einmal darüber nachgedacht, etwas ganz anderes zu machen?«

»Nicht mehr als Fischer zu arbeiten, meinst du?«

Ich nicke langsam.

Fritz schüttelt den Kopf. »Mein Großvadder war Fischer, mein
Vadder fuhr auf die See, dat is' ne Frage der Generationen. Dat
kann man nicht einfach aufgeben, dat währt länger als irgendwelche Gesetze, die sich irgendwelche Leute ausdenken, die noch nie
in ihrem Leben einen echten Fischer überhaupt nur kennengelernt
haben.«

»Aber dein Vater ist doch jetzt schon in Rente oder?«, frage ich.
Ich habe Fritz Senior nur einmal in der Zickerschen Bucht am Kutter gesehen. Ansonsten scheint er sich mehrheitlich im Haus aufzu-

halten, wenn er sich nicht gerade mit Christa für die Petition engagiert, wie gestern.

»Der Vadder hatte noch n'richtig guten Lauf. Is' fast fünfzehn Jahre mit den großen Trawlern vom Fischkombinat Sassnitz über die Meere geschippert. Vor Südafrika musste er sich einen faulen Zahn ziehen, weil sie nicht anlegen durften …«, Fritz verstummt, und ich frage mich in diesem Moment, ob er nun die Anzahl seiner täglich zur Verfügung stehenden Wörter aufgebraucht hat. Bei dem Gedanken muss ich unwillkürlich grinsen.

»Dat war allet andere als witzig«, kommentiert Fritz in seinem lang gezogenen Dialekt und klingt dabei ein bisschen beleidigt.

»Nee, ich lache nicht deswegen. Ich bin es nur nicht gewöhnt, dass du so viel redest …«

Nun kann sich Fritz das Grinsen auch nicht verkneifen. »Dat muss wohl dein Einfluss sein, Anne Glawe …« Er greift nach dem Netz, das ich in der Zwischenzeit erfolgreich entwirrt habe, und wirft mir einen anerkennenden Blick zu. »So, ich bin fertig für heute.«

»Wann fährst du denn morgen raus?«, frage ich aus einer spontanen Eingebung heraus.

Fritz macht ein erstauntes Gesicht. »Willst du etwa mitkommen?«

»Na klar, hast du mir doch gestern versprochen. Du machst deine Arbeit, und ich kann währenddessen malen, das gibt bestimmt ein tolles Bild …«

»Hm … Eigentlich darf ich überhaupt niemand auf dem Kahn mitnehmen. Noch so eine unsinnige Regel von denen da oben, mit der die uns seit Neustem das Leben schwer machen.«

»Aber das ist doch dein Boot!«, sage ich entrüstet.

»Sag das mal der Versicherung …«

»Ach komm schon. Für mich könntest du doch eine kleine Ausnahme machen«, ich schaue ihn verschwörerisch grinsend an. »Wir dürfen uns halt einfach nicht erwischen lassen.« Als ich das sage, kribbelt es wieder in meinem Bauch, so als würde ich in Wahrheit nicht über eine Bootsfahrt reden. Uiuiui. Was ist nur in mich gefahren?

»Na gut«, antwortet Fritz und zwinkert mir zu, »wir treffen uns hier um fünf Uhr …«

»Um fünf Uhr morgens?«, rufe ich entsetzt.

»Na kloor, wat hast du denn gedacht? Und dat ist schon die abgespeckte Version. Ich fahr meistens schon um vier raus …«

»Ich glaub' mein Schwein pfeift …«

Fritz muss lachen, als er meine Worte hört. »Dann geh mal früh schlafen heute.«

* *

Liebeskummer-Status:

Wenn der Schmerz kurz mal weg ist,
bedeutet das, dass er umso stärker ist,
wenn er wieder zurückkommt?

* *

10.

Anne, die ruckelnde Berta und der Überraschungsgast

Am nächsten Morgen finde ich mich fast pünktlich (also wirklich fast pünktlich) um fünf nach fünf an dem kleinen Steg neben der Strandstelle ein. Fritz wartet bereits in voller Montur (sehe ich da ein kleines Lächeln aufblitzen, als er mich sieht?) und reicht mir einen gelben Friesennerz, nachdem er mich mit der Hand auf seinen Kutter gehievt hat. Und ich muss zugeben, er sieht wie immer sehr gut aus, eben gerade in dieser Fischer-Kleidung. Da wird mir schon wieder ganz flau im Magen von allen diesen Schmetterlingen darin. Schnell suche ich nach etwas, das ich sagen kann, damit kein Schweigen entsteht.

»Boah, als mein Wecker heute Morgen geklingelt hat, dachte ich, das ist 'n Katastrophenalarm oder so was«, rufe ich also fröhlich gegen den Wind an, der uns bereits am frühen Morgen erbarmungslos um die Ohren saust. »Ein Gefühl, als sei man vom Laster überfahren worden. Und dann hat der noch einmal den Rückwärtsgang eingelegt ...«

Fritz grinst leicht und nickt verständnisvoll. Dann dreht er den Schlüssel im Zünder, woraufhin erst ein Signalton erklingt, bevor der Motor mit einem dumpfen Blubbern startet. Sofort liegt der Geruch von Diesel in der Luft, und mir wird wieder kurz ein wenig flau im Magen – was ich dieses Mal allerdings nicht auf den Anblick eines ganz gewissen Fischers schieben kann. Ich versuche mich auf den Horizont zu konzentrieren und auf das aufgeregte Geschrei der Möwen, die sich über uns wie neugierige Begleiter zusammengefunden haben.

»Na komm, Berta«, ruft Fritz gegen den Wind an, als der Motor auf einmal wieder verstummt.

»Berta? Das Boot heißt Berta?«, rufe ich überrascht. Komisch, dass ich noch gar nicht nach dem Namen gefragt habe, dabei wusste ich ja, dass Fischer ihren Booten fast immer Namen geben.

Fritz nickt gedankenabwesend, während er versucht, die störrische Berta wieder zum Laufen oder besser gesagt: zum Fahren zu bringen. Nach ein paar Sekunden gelingt es ihm dann doch, und wir fahren nun, begleitet von einem gleichmäßigen Tuckern, aus der Zickerschen Bucht hinaus.

»Wie suchen Fischer denn normalerweise den Namen für ihr Boot aus?«, frage ich interessiert.

»Na ja, eigentlich benennt man das Boot nach seiner Frau oder der großen Liebe ...«

Zum Glück scheint Fritz gerade sehr mit der Steuerung des Bootes beschäftigt, sonst würde er noch sehen, wie ich bei diesen Worten ein bisschen erröte – na ja, ich fühle mich zugegebenerweise sogar knallrot wie eine Tomate. Warum auch immer ... Ganz cool, Anne, denke ich mir, für so etwas gibt's doch gar keinen Grund.

»Aber ich wollte dem Kahnweib unbedingt ein kleines Denkmal setzen. Wenn ihr Haus schon so verfällt, dann soll wenigstens mein Boot ›Berta‹ heißen.«

»Ich habe neulich übrigens vor dem Haus von Berta gesessen. Allein die Lage ist traumhaft! Dazu dieser fantastische Garten direkt an den Zickerschen Bergen. Und das Gebäude selbst hat doch auch ganz viel Potenzial. Da könnte man was Tolles draus machen.«

Fritz schaut mich kurz interessiert an und sortiert dann beiläufig ein paar Eimer, die sich zwischen unseren Füßen befinden. Er stellt sie an die Seite, sodass sie uns nicht mehr im Weg stehen. »Was denn zum Beispiel?«

»Na ja, ich weiß nicht genau, vielleicht ein Café und eine kleine Galerie. Einer der Schuppen wäre perfekt dafür…«

»Hm, man müsste nur größere Fenster für so eine Galerie einsetzen… Und ein Café oder Restaurant ist wirklich eine super Idee. Bis auf den Haifisch gibt's im ganzen Dorf nichts. Und so richtig lecker ist es da ja nicht…« Er schnappt sich einen weiteren Eimer, den er zuvor wohl übersehen hatte, und stellt ihn ein paar Meter entfernt wieder ab.

»Und der Service lässt auch zu wünschen übrig«, ergänze ich bei dem Gedanken an meinen seltsamen Abend dort und das Zusammentreffen mit der zickigen Steffi. Die irgendwie gar nicht mehr so zickig war, aber die ich aus Prinzip immer noch doof finden möchte. Ich sage nur Heiko und die ganzen Geschichten aus dem Ferienlager.

»Schau mal, Anne«, sagt Fritz plötzlich und tippt mir an die Schulter. Ich drehe mich um und schaue zurück. Der Blick auf das verschlafene Zicker in der Morgendämmerung ist einzigartig. Die geschwungenen Reetdächer fügen sich perfekt in die leicht hügelige Landschaft in den Zickerschen Bergen ein. Es ist ein echtes Idyll, und das sage ich ohne jede Ironie und dafür voller Bewunderung. Ich drehe mich, während ich alles bewundere, einmal um die eigene Achse und hebe seufzend die Arme hoch. »Wow, ist das schön«, rufe ich glücklich aus.

»Da drüben«, Fritz zeigt mit dem Finger leicht nach links, »liegt

Klein Zicker. Und dort«, jetzt deutet er etwas weiter nach rechts, »Thiessow. Siehst du den Lotsenturm? Wenn es nachher heller wird und die Sicht gut ist, kann man sogar den Greifswalder Dom sehen. Und Usedom.«

Fasziniert folge ich seiner Blickrichtung. »Danke, dass du mich mitgenommen hast.« Als ich mich fürs Erste sattgesehen habe an dem wundervollen Ausblick und mich wieder davon losreißen kann, bemerke ich, wie Fritz mich von der Seite beäugt. Ich nehme seinen Blick auf, der mir so seltsam vertraut scheint, und wir bleiben für eine gefühlte Ewigkeit auf diese Weise aneinander hängen. Seine braunen Augen sehen aus wie Samt und Seide, und ich frage mich, was er wohl gerade denkt.

»Es ist schön, dich dabeizuhaben«, beantwortet Fritz meine nur in Gedanken gestellte Frage auf einmal, und wie in Zeitlupe spüre ich, dass sein Gesicht meinem immer näher kommt. In meinem Bauch kribbelt und wirbelt es auf einmal, als sei dort ein heftiger Sturm aufgezogen. Ganz langsam kommt sein Gesicht immer näher und näher und näher.

»Wahh!« Plötzlich spritzt mir eine heftige Ladung Gischt ins Gesicht, und ich zucke schreiend zusammen, während Fritz vor Schreck zurückfährt. Wir müssen zwar beide schallend lachen, aber der romantische Moment ist leider dahin. Außerdem muss sich Fritz mal wieder um die Steuerung des Bootes kümmern, sonst landen wir ja noch auf dem Atlantik. Ich sehe im Augenwinkel, wie über der Küste von Thiessow langsam die Sonne aufgeht und greife nach meinen Malutensilien. »Wo kann ich mich denn am besten zum Malen hinsetzen, sodass ich dich nicht störe?«

So schippern wir dann fast den ganzen Vormittag über das Meer, dank Christa gut versorgt mit ein paar belegten Broten, und meine

Finger fliegen nur so über das Papier, während ein Bild nach dem anderen entsteht. Eines von Zicker in der Morgensonne, eines von einem Boot in der Nähe, und ja, auch eines von Fritz, wie er mit seinen starken Armen die Netze auswirft. Fritz nickt bei allen Bildern anerkennend, nur bei dem von sich sagt er nichts, sondern sieht mich nur wieder lange an. Aber so ein Moment wie vorher entsteht trotzdem nicht mehr, dafür ist Fritz auch viel zu beschäftigt mit seinen Netzen.

Und schließlich kommt mir noch ein Geistesblitz: Ich sehe mit einem Mal das Kahnweib vor mir, wie sie so stolz und mutig am Steuer eines Schiffes steht und dem Meer trotzt. Eine richtige Vision ist das! Genau das skizziere ich jetzt und bin am Ende richtig glücklich mit dem Bild, das gerade dann fertig wird, als wir, noch vor dem Mittag, wieder anlegen.

»Mensch, Anne, deine Bilder sind alle toll, aber das ist echt … ein Kunstwerk.« Fritz sieht mich bewundernd an. Und wieder kann ich gar nicht glauben, den sonst so schweigsamen und emotionslosen Fritz vor mir zu haben. Der gleich wieder etwas verlegen wirkt, mir schnell ans Ufer hilft und sich dann kaum hörbar entschuldigt, weil er sich um seinen Fang kümmern muss. Also schlendere ich zurück zur Ferienwohnung und werfe beim Zurückgehen noch einen Blick auf Fritz. Der steht immer noch am Strand, so groß und kräftig, und werkelt mit seinen starken Händen an den Netzen herum. Ich kann mich nur schwer von diesem Anblick losreißen. Anne, Anne, denke ich mir, was ist denn nur los mit dir?

Danach, als ich wieder in der Ferienwohnung sitze, begleitet mich dieses Bild von Fritz am Strand. Und das von Fritz auf dem Boot. Und überhaupt, Fritz … Immer wieder will ich mich ablenken, aber sogar das Malen stellt gerade keinen Anreiz da – und das trahige Fernsehen hat seinen Reiz verloren. Also sitze ich einfach nur auf dem Bett in der Ferienwohnung, kraule ausgiebig den roten Baron und begutachte meine Skizzen vom Bootsausflug mit Fritz. Währenddessen versuche ich, nicht an Fritz zu denken, der nun mal leider auch auf einem der Bilder ist. Aber das ist dann so wie mit dem rosa Elefanten. Wissen Sie, was ich meine? Wenn Sie auf gar keinen Fall an einen rosa Elefanten denken sollen und sich genau das verbieten – jede Wette, Sie werden nur an einen rosa Elefanten denken können. Und genau so geht es mir gerade mit Fritz, an den ich doch nicht noch mehr denken will und der dementsprechend meine Gedankenwelt beherrscht.

»Ring!!« Was war das jetzt?

Ich setze mich panikartig auf und ernte einen vorwurfsvollen Katzenblick für die abrupte Bewegung, bei der der rote Baron ein wenig von meinem Schoß gerutscht ist. Was ist denn das? Für ein paar Sekunden kann ich das Geräusch gar nicht einordnen, dann wird es mir klar: Das ist mein Handy. Ich hatte es die letzten Tage immer auf »lautlos« gestellt, und auf einmal kommt mir der Klingelton, den ich früher dauernd gehört habe, so fremd vor.

Wer es wohl ist? Fabio? Moni? Vorsichtig nehme ich das wild weiterklingelnde Handy in die Hand. Auf dem Display blinkt eine mir unbekannte Handynummer, und ich nehme an, dass das Felix von Bernstorffs Assistent sein muss. Fabios Freund hatte schließlich angekündigt, dass dieser mich bald kontaktieren würde. Unwillkürlich muss ich seufzen. Ich hätte Felix gleich eindeutig absagen sollen!

»Anne Glawe, hallo«, sage ich, während ich abnehme. Ich versuche, dabei entschlossen und professionell zu klingen. Dann werde ich eben jetzt absagen. Ohne Diskussion. Aber trotzdem so, dass man mir hinterher keinen Strick draus drehen kann. Denn wie heißt es so schön? Man trifft sich im Leben immer zweimal.

Die Katze maunzt allerdings im Hintergrund, als versuche sie, mich mit Absicht zu kompromittieren. Der rote Baron versteht leider nichts von Business Talk.

»Anne«, zischt es vom anderen Ende, »was zum Teufel!«

Oha. Es handelt sich bei dieser Anruferin definitiv nicht um Bernies Assistent.

»S-o-n-j-a«, sage ich langsam. Mir bleibt auch nichts erspart. Und in diesem Moment erinnere ich mich schwach daran, dass meine Schwester mir mal vor ewig langer Zeit eine Mail mit ihrer neuen Handynummer geschickt hatte – und ich mich nie aufraffen konnte, diese in meinem Handy abzuspeichern. Nun ja, das hab ich jetzt davon.

»Sag mal«, faucht es weiter aus dem Handy, »wann hattest du bitteschön vor, dich mal zu melden? Fabio hat gerade bei Mama und Papa angerufen!«

Mein Herzschlag beschleunigt sich. »Oh …«

»Oh. Aber hallo, oh! Du kannst froh sein, dass ich rangegangen bin. Die beiden haben momentan echt andere Sorgen als deine Eskapaden«, prasseln ihre Worte auf mich ein.

Bevor ich dazukomme, sie zu fragen, was sie damit meint, schimpft Sonja schon weiter: »Sag mal, was denkst du dir denn dabei? Einfach zu heiraten und dann abzuhauen! Bist du jetzt völlig übergeschnappt?«

Mir steigen die Tränen in die Augen. »Was hat Fabio dir denn erzählt?« Jetzt flüstere ich nur noch. Der kleine Kater schaut mich mit großen Augen an und sieht so aus, wie ich mich fühle. Ängstlich und verwirrt. Ich halte ihm meine äußere Handfläche hin, und er beginnt, sich zur Beruhigung daran zu reiben. Gerade wünsche ich, mir würde auch jemand eine Handfläche zum Reiben hinhalten.

Als Sonja meine zitternde Stimme hört, scheint ihre Wut auf einmal wie verflogen. »Wo bist du jetzt?«, fragt sie etwas ruhiger, aber immer noch in ihrem bestimmten Ton, der keine Widerrede erlaubt.

»In Zicker«, flüstere ich schwach. Lügen würde jetzt eh nichts mehr bringen – ich weiß ja, mit wem ich es zu tun habe. Niemand kann meine Schwester aufhalten. Wenn Sonja kommen will, dann kommt sie. Wie ein Hurrikan. Unaufhaltsam.

Die ganze Zeit, bis Sonja schließlich erscheint, liege ich wie erstarrt auf dem Bett – ich kann es einfach nicht fassen, dass Sonja hier gleich anstürmen wird. Als ich nicht mal eine Stunde später (Meine Schwester muss hierher gerast sein!) schließlich höre, wie draußen auf der Einfahrt der Kliesows ein Auto parkt, möchte ich mich am liebsten unter der Bettdecke verstecken. Ausgerechnet Sonja! Hätte ich doch bloß gleich meine Mutter angerufen, dann könnte ich jetzt auf etwas mehr liebevolle Zuneigung hoffen. Wieso ist nicht sie statt meiner garstigen Schwester gekommen? Und überhaupt, was heißt das, dass meine Eltern gerade andere Sorgen haben? Was ist da bei uns zu Hause los? Doch bevor ich noch weiter darüber nachdenken kann, klopft es schon energisch an die Tür. Jetzt fährt nicht nur der Baron vor Schreck aus seinem seligen Schlaf hoch, auch ich zucke zusammen, als ob ich nicht gewusst hätte, dass der Besuch kommt.

Ich öffne die Tür so vorsichtig, als würde dahinter ein Monster lauern (was ja auch ein kleines bisschen so ist) und schaue dann in das sommersprossige Gesicht meiner Schwester. Allerdings muss ich zweimal gucken, um vor mir wirklich Sonja zu erkennen. Ihre Haare sind viel länger, als ich sie in Erinnerung habe, und strahlen in einem frischen Goldblond. Und auch sonst sieht meine große

Schwester aus wie das blühende Leben. Sie, die früher grundsätzlich nur praktische Jeans und Pullis und Windjacken getragen hat, steht auf einmal in einem schicken, figurbetonten Strickkleid vor mir. Dazu Stiefel bis zum Knie. Auf ihren Lippen, auf denen bisher ein Lippenpflegestift schon das Äußerste an »Make-up« war, glänzt ein warmes, leuchtendes Rot.

Verstehen Sie mich nicht falsch, meine Schwester sieht keinesfalls verkleidet darin aus, das Ganze ist super kombiniert. Nichts ist zu kurz oder zu tief ausgeschnitten, sondern ganz einfach auf unaufdringliche Art sexy. Aber das ist alles ... einfach nicht Sonja! Wo ist meine unmodische Schwester hin? Und warum steht plötzlich diese Elle Macpherson-Kopie vor meiner Tür?

Sonja bemerkt meine Verblüffung allerdings gar nicht. »Da bist du ja!«, ruft sie aus, als sie mich sieht und läuft schnurstracks in die Ferienwohnung hinein.

Kurze Zeit später – nachdem Sonja und der kleine Baron sich kurz angefreundet haben, denn wie ich Ihnen schon mal erzählt habe, ist die Tierliebe bei uns eine schwesterliche Gemeinsamkeit – machen wir uns zusammen auf den Weg zum Strand. Endlich komme ich zu dem langen Spaziergang, den ich mir schon seit Tagen vorgenommen habe. Auch wenn ich mir das alles anders vorgestellt habe. Ausgerechnet mit Sonja, ausgerechnet mit meiner Schwester, die mir so fremd ist. Und die mir mit ihrem neuen Aussehen noch ein wenig fremder wirkt.

Bisher haben wir uns weitestgehend angeschwiegen. Ich wundere mich ein bisschen, dass meine Schwester überhaupt schweigen kann, normalerweise hätte sie mich doch schon mit Vorwürfen überschüttet. Und dann ihr verändertes Äußeres ... irgendetwas ist mit ihr passiert. Sie blickt gerade auf ihr neues Handy (daher übrigens die neue Nummer, wegen der ich sie nicht auf dem Display erkannt habe), als würde sie auf eine Nachricht oder so warten. Prüfend schaue ich sie von der Seite an, als sie meinen Blick bemerkt und mir zulächelt.

Wer bist du und was hast du mit meiner Schwester gemacht? Was ist aus der großen Sonja-Show geworden? Warum prasselt nicht gleich ein Vorwurf nach dem anderen auf mich ein?

Dabei blickt sie mich aber gleichzeitig ebenso prüfend an und fragt dann besorgt: »Mensch Anne, du hast ja total abgenommen! Und blass bist du! Dir geht's echt nicht gut, oder?« Und noch mal: Was ist meiner Schwester geschehen? Früher hätte sie mich niemals so liebevoll gefragt.

Ich schüttle nur den Kopf, und wir bleiben zeitgleich stehen und ziehen uns die Schuhe aus, bevor wir uns jetzt beide mit einem kleinen Lächeln in den Sand fallen lassen. Einen Moment lang beobachten wir einfach das Meer mit seinen leichten Schwipp-Schwapp-Bewegungen.

Dann ist es Sonja, die als Erste das Schweigen unterbricht.

»Mann, wie lange ich nicht hier war. Weißt du noch, früher sind wir so oft hierhergefahren. Nicht nur zum Ferienlager …«

»Ja, an das Ferienlager musste ich auch denken, als ich nach dem ganzen Fiasko in Berlin überlegt habe, wo ich hin soll.«

»Warum bist du ausgerechnet hierher gekommen?«

»Keine Ahnung. Ich habe überlegt, wo ich mal glücklich war, und da ist mir in diesem Moment einfach nichts Besseres eingefallen …«, mir entweicht ein tiefer Seufzer. »Aber das mit dem Glück ist ja eh so eine Sache …«

»Das kommt immer, wenn man es am wenigsten erwartet«, stimmt meine große Schwester nickend zu.

Wir hängen beide unseren Gedanken nach, bis ich mich endlich zu der Frage durchringen kann, die ich Sonja schon seit ihrer Ankunft in Zicker stellen will: »Was hat Fabio am Telefon denn gesagt?«

»Er schien mir ziemlich durcheinander. Seine Stimme klang brüchig, also gut ging es ihm ganz bestimmt nicht…«

Ich merke, wie mir die Tränen in die Augen steigen, und vergrabe mein Gesicht schnell in meinen Jackenärmeln.

»Er meinte erst nur, dass es irgendein Missverständnis gegeben hätte und du einfach, ohne ein Wort zu sagen, abgehauen bist. Dann hat er schon ein paar Sachen erzählt, aber hauptsächlich hat er betont, dass er tausendmal versucht habe, dich anzurufen und dass er unbedingt mit dir sprechen muss. Und dass er inzwischen einfach nicht mehr weiterweiß, weswegen er bei Mama und Papa angerufen hat.«

Selbst wenn ich einberechne, dass Sonja wie immer mit ihrer Geschichte etwas übertreibt, geht mir ihre Beschreibung trotzdem nah. Ich bekomme auf einmal ein schlechtes Gewissen, dafür, dass ich einfach so abgehauen bin und meinen Ehemann zurückgelassen habe. Gleichzeitig ärgere ich mich aber über mich selbst. Ich bin nun wirklich nicht diejenige in dieser Geschichte, die sich schlecht fühlen muss. Zum Teufel noch mal!

»Weißt du eigentlich, was dieser Mistkerl gemacht hat?«, zetere ich Sonja wütend an, obwohl sie ja nun wirklich nichts dafür kann. »Oder besser, was er nicht gemacht hat?«

»Er sagte irgendetwas von einer Exfrau, von der er nichts erzählt hat, weil es schon hundert Jahre her ist…«

»Haha«, ich lache sarkastisch und ziehe den Rotz in meiner Nase hoch, »Fabio hat nicht nur eine Exfrau, die er nie mir gegenüber erwähnt hat. Die haben auch noch eine Tochter zusammen! Wie kann man denn so etwas verheimlichen? Sonja, bitte, wie geht das? Was ist denn das für eine Beziehung, in der man sich so etwas Wichtiges nicht sagt? Und in der ich das Ganze nur durch Zufall herausfinde?«

Und in diesem Moment fällt alles in mir zusammen, und ich fange an zu erzählen. Die ganze Geschichte bricht aus mir heraus wie Eiter aus einer Wunde – und trotz der Schmerzen tut es mir unfassbar gut, das Ganze endlich jemandem zu erzählen. Also berichte ich Sonja von unseren Plänen mit der geheimen Hochzeit, dass wir uns alles so schön ausgemalt hatten, den Honeymoon in der Karibik inklusive. Und wie ich Fabio alles überlassen hatte, alle Behördensachen und Planungen. Weshalb ich völlig nichts ahnend war, bis mich eben die Wahrheit mit einem Schlag traf.

Das alles geschah kurz nach unserer Trauung, als wir schon wieder im Hotel waren: Fabio hatte zu diesem Zeitpunkt fröhlich im Bad vor sich hingeträllert, während ich überglücklich in meinem Traum aus Weiß im Hotelzimmer herumgetanzt bin. Und dabei mit dem weiten Tüllrock Fabios Aktentasche erwischt hatte, die er auf einem Stuhl abgelegt hatte. Prompt fiel die Tasche auf den Boden und leerte sich zum Teil, und heraus fiel auch ein großer Umschlag.

Ich erinnere mich, wie ich schnell wieder alles einpacken wollte, als mir beim Aufheben auch der Inhalt des Umschlags entgegenfiel. Unter anderem eine Scheidungsurkunde (auf Italienisch, inklusive einer beglaubigten Übersetzung – jedes Missverständnis war damit ausgeschlossen) und ein paar Fotos. Und die brachten meine Welt dann wirklich zum Einsturz: Auf einem war ein kleines blondes Mädchen zu sehen, das in die Kamera strahlte, eindeutig mit Fabios Lächeln. Auf einem anderen ein deutlich jüngerer Fabio, eine fremde blonde Frau und das kleine Kind, alle Arm in Arm. Und auf einem dann Fabio, in einem Anzug, ganz ähnlich dem von heute, neben dieser blonden Frau im Brautkleid. Sie war schwanger. Beide lächelten. Vor einer Kirche. Ganz klar nach ihrer Hochzeit. Jegliches Missverständnis war damit ausgeschlossen.

Ich weiß nur noch, wie die Zeit stehen zu bleiben schien. Fabio sang noch im Bad, und ich stand fassungslos vor diesen Fotos beziehungsweise vor den Scherben unserer so jungen Ehe. Für einen Moment wusste ich einfach nicht mehr, was ich tun sollte. Und tat darum das Erste, was mir einfiel, als mein Hirn sich wieder aus dieser Schockstarre befreien konnte: Ich lief davon. Vor Fabio, vor den Fotos, vor dieser ganzen Lügerei.

»Verstehst du, Sonja? Ich, ich wusste einfach nicht, wie ich damit umgehen sollte! Mir ist Ehrlichkeit so wichtig, und ich habe Fabio immer alles erzählt, wirklich alles! Und er verschweigt mir sein eigenes Kind! Sein Kind!«

Sonja legt ihre Hand beruhigend auf meinen Unterarm. »Aber er hat gesagt, dass die beiden geheiratet haben, als er gerade einmal achtzehn war, weil sein Vater das wegen der Schwangerschaft seiner Freundin verlangt hat, und dass sie sich nach kaum einem Jahr schon wieder getrennt haben. Dass ihm das alles nichts bedeutet hat und dass das Kind unter Umständen nicht einmal von ihm sei.«

»Pfff«, pruste ich aus. »Das glaubst du ihm doch nicht etwa? Das ist doch nur wieder eine seiner Geschichten!« Das Kind auf dem Foto sieht ihm viel zu ähnlich, das kann er gar nicht verleugnen. Ich schaue Sonja entgeistert an. Normalerweise war sie doch immer diejenige, die nur das Schlechteste von Menschen dachte. Ausgerechnet hier und jetzt, in dieser Sache, wird sie großmütig wie ein Yoga-Lehrer, der eigentlich Stefan Müller heißt, aber sich auf einmal Siddharta nennt.

»Und dann muss ich dauernd daran denken, dass da irgendwo in Italien ein kleines Mädchen durch die Gegend läuft, das Fabio bis auf die blonden Haare wie aus dem Gesicht geschnitten ist!« Denn obwohl ich jeden Gedanken daran versucht hatte zu verdrängen, hatte mich dieses Mädchen immerhin bis in meine Träume verfolgt.

»Aber Anne, rechne doch mal nach: Das Kind muss vor ungefähr siebzehn oder achtzehn Jahren geboren worden sein, also ist sie inzwischen kein kleines Mädchen mehr, sondern eine fast volljährige Frau.«

Womit meine Schwester recht hat. Aber das macht die Sache nun wirklich nicht besser, und Sonja bemerkt das auch an meinem Schweigen.

»Ich meine ja nur«, spricht Sonja vorsichtig weiter, »du liebst Fabio doch. Willst du das denn alles wegwerfen?«

»Ich will gar nichts wegwerfen. Aber…«, ich stocke. Mein Blick verfängt sich in einem Schilfhalm, den der Wind gleichmäßig von einer Seite auf die andere wiegt. »Ich weiß wirklich nicht, ob ich ihm jemals verzeihen kann.«

»Das ist natürlich eine andere Frage…«

Seltsam, wie gut mich Sonja auf einmal versteht. Bisher kam kein Vorwurf und kein böses Wort, kein Anne-die-kleine-Schwester-spinnt-wieder-rum-Vortrag.

»Außerdem…«, sage ich zögerlich und kann mich dann doch nicht dazu entschließen weiterzusprechen.

»Außerdem was?«

»Kannst du dir vorstellen, dass man mal in jemanden so richtig krass verliebt war und dachte, das ist das Beste, was einem passieren kann und dann…«

»Und dann was?«

»Ich weiß nicht, dann hast du etwas Abstand und auf einmal merkst du, wie viel Zugeständnisse du eigentlich ständig gemacht hast. Wie du gar nicht mehr der Mensch warst, der du eigentlich sein möchtest. Wenn du überhaupt eine Ahnung hast, wer du sein willst …« Ich höre mich selbst all diese Worte sagen und kann gleichzeitig nicht glauben, dass es ausgerechnet meine Schwester Sonja ist, der ich mich anvertraue. Vielleicht ist Blut doch dicker als Wasser. Vielleicht ist es aber auch die offensichtliche Veränderung im Verhalten meiner Schwester …

»Christian und ich haben uns getrennt«, platzt Sonja da auf einmal heraus. Sie gräbt ihren Fuß verlegen in den Sand und zieht ihn dann wieder heraus. Der feine Sand rieselt durch ihre Zehen.

»Wie bitte? Wann das denn?« Das ist das Letzte, was ich erwartet hätte!

»Oh, ich glaube, wir sind schon lange nicht mehr wirklich zusammen gewesen. Er ist dann vor sechs Monaten endgültig ausgezogen«, sie seufzt, »zu einer Tussi aus seiner Bank. Sie ist gerade mal Mitte Zwanzig. Ich habe mich anfangs so dafür geschämt, ich habe es niemandem erzählt.«

Wow. Wer hätte das gedacht? Ich bin sprachlos und weiß im ersten Moment gar nicht, was ich dazu sagen soll. Und ich bin ein wenig traurig, dass meine Schwester und ich uns so entfremdet hatten, dass sie es mir auch nicht erzählt hat. Gerade habe ich tausend Fragen an sie. Stattdessen nehme ich aber einfach nur ihre Hand, und wir sitzen eine ganze Weile schweigend da, während wir uns gegenseitig an den Händen halten.

»Aber es ist okay«, sagt Sonja schließlich, »also am Anfang war es natürlich nicht okay, aber jetzt ist es okay. Und du wirst auch okay sein, Anne.«

»Was ist mit Emilia und Lukas?«

Sonja lacht leise. »Du wirst es nicht glauben, aber den beiden tut die neue Situation ganz gut. Früher haben Christian und ich immer alles für sie gemacht – und jetzt müssen sie sich daran gewöhnen, dass immer nur einer von uns da ist und ihnen dann nicht alles hinterhergetragen wird. Und dass sie sich vor Christians Neuer anders benehmen müssen als vor den eigenen Eltern. Sie sind jede zweite Woche bei Christian. Da sind sie auch im Moment. Natürlich wurmt es mich, dass sie dadurch viel Zeit mit seiner Neuen verbringen, aber immerhin scheint die sehr kinderlieb zu sein. Und Anne, ganz ehrlich: dass ich jetzt auch manchmal ein bisschen Zeit für mich habe und mich nicht immer nur zwischen Arbeit, den Kindern und dem Haushalt zerreiße … das tut mir so gut! Und den Kindern offenbar genauso. Ich glaube, wir haben es bisher einigermaßen hinbekommen, dass sie keinen völligen Schaden davontragen werden …«

»Nicht mehr als eh schon, meinst du? Ich erinnere da nur an vorletztes Weihnachten …«, stelle ich grinsend fest. Die Bemerkung kann ich mir gerade nicht verkneifen.

»Ja, ja«, Sonja macht eine wegwischende Handbewegung, »schon klar. Ich weiß, dieses Weihnachten war nicht okay, das gebe ich zu. Das war aber auch das letzte Weihnachten, bevor wir uns endgültig getrennt haben – und die beiden hatten eben gespürt, dass nicht alles in Ordnung war. Ich will sie nicht in allem verteidigen, die beiden waren nicht immer einfach, aber wie gesagt, dass sich inzwischen nicht mehr alles um sie dreht, tut den beiden wirklich gut – du müsstest sie jetzt echt mal erleben! Wie du vorhin gesagt hast, mit etwas Abstand sieht man vieles klarer, seien es die eigenen Erziehungsmethoden oder die eigene Beziehung.«

Meine Schwester Sonja übt Kritik an ihrem eigenen Erziehungsstil … ich kann es nicht fassen. Trotzdem kann ich mir einen Kommentar dazu nicht verkneifen. »Früher bist du mir immer über den Mund gefahren, wenn ich auch nur einmal etwas gegen Emilia und Lukas gesagt habe. Du hast mir dann sofort immer alles Mögliche aus der Vergangenheit vorgeworfen.« Es tut mir leid, aber das musste mal raus. Und irgendwie spüre ich, dass jetzt die richtige Situation dafür ist. Denn Sonja hatte mir noch nie so aufmerksam zugehört wie jetzt gerade.

»Ich weiß ja, dass ich immer sehr voreingenommen und wertend dir gegenüber war. Aber du musst mir glauben, mir ging es immer nur darum, dass du dein volles Potenzial ausschöpfst ...«

Ich schaue meine Schwester bei diesen Worten kritisch an, ein bisschen von der alten Sonja steckt also doch noch in ihr drin. »Vielleicht ist aber das, was du siehst, doch mein volles Potenzial. Oder zumindest das Potenzial, das ich gerade in diesem Moment entfalten möchte. Vielleicht solltest du mich einfach so akzeptieren, wie ich bin. Ohne Optimierung. Auch wenn ich die Dinge eben anders mache als du.«

Sie nickt nachdenklich. Und schiebt zu meiner Überraschung keine Belehrung hinterher.

Dann fällt mir ein, was ich Sonja schon am Telefon fragen wollte: »Was meintest du eigentlich damit, dass Mama und Papa momentan andere Probleme haben?«

Sonja seufzt auf. »Papa hat sich bei einem großen Projekt wohl völlig verkalkuliert, und die Firma steht jetzt kurz vor der Insolvenz ...«

»Was? Und jetzt?«, rufe ich erschrocken aus.

»Ich habe Christian gebeten, mit der Kreditabteilung seiner Bank zu sprechen, um Papa mehr Zeit zu geben, damit er das Geld doch noch irgendwie auftreiben kann. Einer seiner Auftraggeber hat hohe Schulden bei ihm, und Papa ist dummerweise in Vorleistung gegangen. Es ist alles ein ziemliches Chaos, und alle sind echt fertig deswegen …«

»Warum haben sie mir nichts davon gesagt?«

»Du weißt doch, wie die beiden sind. Sie wollten dich nicht beunruhigen.«

»Na toll …«, ich ziehe gleich mein Handy aus der Hosentasche. »Ich rufe Mama sofort an.«

Sonja legt ihre Hand beschwichtigend auf meine. »Anne. Die beiden haben schon so unter meiner Trennung gelitten. Ich habe ihnen das Ganze erst ewig verheimlicht, ich habe quasi niemandem davon erzählt. Aber natürlich hat Mama es vor Kurzem dann doch herausgefunden und war am Boden zerstört. Lass sie bitte in dem Glauben, dass wenigstens bei dir alles in Ordnung ist. Sie brauchen jetzt wirklich nicht noch mehr Sorgen. Du weißt doch, für dich lassen sie sofort alles stehen und liegen …«

»Wie kommst du denn darauf?«

»Ach komm, das war doch schon immer so. Du bist fast durchs Abi gerasselt, aber alles kein Problem. Du hast dich in Berlin ewig von Praktikum zu Praktikum gehangelt, aber was soll's … Das hätte ich mir mal erlauben sollen. Bei mir musste immer alles funktionieren, deine Spinnereien haben sie dagegen alle unterstützt. Als du reiten wolltest, wurde sofort ein Urlaub auf dem Ponyhof gebucht, obwohl du dort nicht ein einziges Mal geritten bist, weil du eigentlich tierische Angst vor den Viechern hattest, zumindest wenn es darum ging, auf ihnen zu sitzen. Am Ende hast du den ganzen teuren Urlaub doch nur mit dem Malen und Streicheln von Pferden verbracht. Und als ich Klavier spielen lernen wollte, bekam ich eine Blockflöte, weil das ja platzsparender war.«

Ich will erst gegen Sonjas Worte protestieren, aber wenn ich ehrlich zu mir bin, hat sie nicht unrecht. Mir war das bis eben nie vollends bewusst, aber es stimmt wohl. Sonja hat immer funktioniert, während ich alle möglichen Dummheiten gemacht habe und die Freiheit hatte, Dinge auszuprobieren. Unsere Eltern haben mich, die Kleinere, wirklich ein bisschen in Watte gepackt, während meine große Schwester viel schneller selbstständig war und auf eigenen Füßen stand.

Kein Wunder, dass sie immer das Bedürfnis hatte, mir dann alles unter die Nase zu reiben.

»Tja, vielleicht hätten sie mich genauso streng erziehen sollen. Dann befände ich mich jetzt nicht in dieser Misere...« Ich streiche mit der flachen Hand über den Sand. Dann beginne ich, kleine Kreise zu malen.

»Da machst du es dir aber auch einfach. Du musst dir mal überlegen, warum du Fabio überhaupt geheiratet hast. Die Entscheidung hast schließlich du ganz allein getroffen. Und nicht Mama und nicht Papa.«

»Ich habe ihn wirklich geliebt. Und ich liebe ihn immer noch. Ich weiß nur nicht, ob es die richtige Art von Liebe ist.«

»Wie meinst du das?« Sonja schaut mich fragend an. »Gibt es denn eine richtige Art zu lieben, und eine falsche?«

Ich atme tief durch, und dann prasseln die Worte nur so aus meinem Mund: »Na ja, es gibt hoffentlich einen Weg, zu lieben und trotzdem man selbst zu sein. Zu werden und zu bleiben. Ich will einfach was Echtes. Etwas, wo man sich gegenseitig in die Augen schaut und denkt, ja, das ist richtig. Ohne Zweifel. Ohne sich selbst zu belügen oder etwas zu beschönigen. Etwas, wo man wirklich in den anderen Menschen verliebt ist und nicht nur in das bloße Gefühl, verliebt zu sein.«

»Ich glaube, man kann das nie hundertprozentig wissen. Man sollte einfach mit jemandem zusammen sein, mit dem man sich gut fühlt. Und mit jemandem, der das Beste aus einem rausholt und umgekehrt. Jemand, der einem inneren Frieden gibt. Mit dem man schweigend beieinandersitzen kann, ohne dass es komisch ist.«

»Hast du so jemanden schon gefunden Sonja?«

»Nein«, sie kichert, »aber ich bin schon ein wenig am Suchen. Und ein bisschen habe ich ja auch schon was gefunden ...«

Ich schaue meine Schwester neugierig an, aber sie guckt in diesem Moment weg. Sehe ich da eine leichte Röte auf ihren Wangen? Gerade bin ich mir sicher, dass sie mir etwas verschweigt, aber ich will nicht auf sie eindringen – ich empfinde unsere momentane Verbundenheit als viel zu schön, um sie durch irgendetwas stören zu wollen. Wenn sie das möchte, wird sie mir sicher irgendwann davon erzählen.

Also sitzen wir einfach nur am Strand, lauschen den Wellen und graben weiter mit den Füßen durch den Sand. Dabei schweigen wir einfach nur. Und gerade durch dieses Schweigen fühle ich mich meiner Schwester zum ersten Mal seit vielen Jahren wieder so richtig nahe. Denn wie meine Schwester gesagt hat: Manchmal ist es schön, jemanden zu haben, neben dem man sitzen und einfach nur schweigen kann. Manchmal ist das eben dann die eigene Schwester, von der man lange gar nicht gewusst hat, wie sehr man sie vermisst hat.

• •

Liebeskummer-Status:

Immer noch dabei, wie die Hintergrundmusik
in dem Fahrstuhl, mit dem ich in meinem Leben
auf und ab fahre – aber wenigstens nicht mehr allein.

• •

11.

Anne, die Tradition und unangenehme Erinnerungen

Wir beide bleiben noch lange am Strand sitzen, bis es uns dort schließlich zu kalt wird. Als Sonja und ich dann zurück zum Haus der Kliesows laufen, treffen wir dort Christa an, die gerade Moos aus dem Reetdach zupft.

»Hallo, Anne«, ruft sie und klettert langsam von der Leiter herunter, »du hast ja Besuch, wie schön!« Sie sieht Sonja freundlich an, und erst nach einigen Sekunden fällt der Groschen bei ihr. »Nee, das glaube ich jetzt nicht. Dat is ja deine Schwester. Sonja, Kinners, Wat seid ihr alle groß geworden!« Christa kann sich vor Freude gar nicht mehr einkriegen.

Sonja guckt einen Moment verwirrt, dann erinnert auch sie sich – schließlich war Sonja ebenso oft im Ferienlager wie ich und kennt daher die Kliesows noch. Sie lacht und streckt dann Christa ihre Hand entgegen. »Hallo, Frau Kliesow. Wie geht's Ihnen? Lange nicht gesehen, was?«

Christa nickt und wischt sich erst ihre Hände an der Schürze ab, bevor sie bei Sonja einschlägt. Mit der anderen Hand tätschelt sie meiner Schwester die Schulter, wobei ich glaube, dass sie Sonja am liebsten umarmen würde.

»Mensch, Sonja, bleibst du auch ein paar Tage bei uns?«

»Ich würde ja gerne, aber ich muss übermorgen wieder unterrichten. Aber zumindest bis morgen könnte ich bleiben … wenn ich darf.«

Sonja wirft mir einen vorsichtigen Blick zu – und ich nicke ihr eifrig zu. Wenn mir gestern noch jemand gesagt hätte, dass ich mich heute so freuen würde, meine Schwester um mich zu haben, ich hätte ihn für verrückt erklärt!

Christa ist jedenfalls auch ganz begeistert und guckt, als wären Weihnachten und Ostern auf einen Tag gefallen. »Wisst ihr was, Mädels? Ihr kommt heute zum Abendbrot zu uns. Gerade sind doch Heringswochen – ich tische uns was Feines auf!«

Sonja nickt begeistert, und ich … reiße mich zusammen. Wie schon erwähnt, Fisch ist nicht so meines – aber ich muss zugeben, all meine Fisch-Erfahrungen bisher waren erstaunlich gut, also will ich mich nicht gleich beklagen. Auch wenn der Gedanke an gebratenen Hering nun wirklich nicht das Wasser in meinem Mund zusammenlaufen lässt.

Sonja und ich ziehen Richtung Ferienwohnung ab, da ruft uns Christa plötzlich hinterher: »Anne, bevor ich es vergesse: Der Fritz hat mit dem Herrn Behnke gesprochen, vom Rügener Anzeiger in Göhren. Der würde gerne mal hören, was ihr euch an Projekten für das Kahnweib-Haus ausgedacht habt. Heute Nachmittag hätte er zum Beispiel Zeit – du sollst einfach vorbeikommen!«

Uff, das wäre natürlich super, wenn das jetzt schon in die Zeitung käme. Den Artikel würden sicherlich viele Rüganer lesen und dann auch unsere Petition unterschreiben, immerhin haben wir nur zwei Wochen Zeit und jede Stimme zählt. Und schließlich ist es ja schon früher Nachmittag, also sollte das gelten.

»Anne, was ist denn das ›Kahnweib-Haus‹?«, fragt meine Schwester neugierig.

»Das erzähl ich dir unterwegs!«, antworte ich nur und zerre meine Schwester schon zu meinem Mini. Und fühle mich ein klein bisschen wie eine Superheldin, die sich in ihrem Batmobil auf den Weg zu einer großen Rettungsmission macht.

Auf der Fahrt erzähle ich Sonja dann ausführlich von dem Kahnweib und ihren Erlebnissen und natürlich von ihrem Haus, das Gefahr läuft, in ein »Schpa« für Superreiche verwandelt zu werden. Sonja ist in jedem Fall gleich Feuer und Flamme für unsere Sache (natürlich kommt hier auch ein wenig die Geschichtslehrerin durch, die Bertas Geschichte für ein wahnsinnig tolles »Frauenschicksal des letzten Jahrhunderts« hält) und will mich in allem unterstützen. Und tatsächlich, als wir in Göhren ankommen und vor dem Haus stehen, in dem sich die Redaktion der Lokalpresse befindet, bin ich wirklich ganz dankbar für ihre Anwesenheit. Nicht, dass das Gebäude so einschüchternd wirkt (tatsächlich handelt es sich anders als beim Amt Mönchgut um einen recht schicken Glasneubau) –, vielmehr wird mir auf einmal klar, dass ich gar keine Ahnung habe, was ich dem Zeitungsfritzen erzählen soll. Auf der Autofahrt in begeisterten Worten meiner Schwester die Geschichte des Kahnweibs erzählen – kein Problem. Aber einem Journalisten echte Gründe nennen, warum er über unsere Projekte für den Erhalt des Hauses berichten soll – das ist eine ganz andere Sache. Mit einem Mal bin ich ein bisschen verunsichert. Egal, Anne, sage ich mir selbst: Du machst schon lange genug PR, du wirst auch diesem Presseheini eine gute Story auftischen!

Natürlich wäre das noch einfacher, wenn in diesem Gebäude ein Presseheini zu finden wäre. Oder überhaupt ein Heini. Aber zumindest das Foyer ist völlig verlassen, als wir das Gebäude betreten, und am Empfang steht nur ein Schild »Bin gleich wieder da«. Sonja und ich blicken uns verwirrt an. »Vielleicht hätten wir lieber einen Termin machen sollen«, stellt meine Schwester mit ihrer lauten Stimme fest, die daraufhin durch die Eingangshalle echot.

»Aber Frau Kliesow hat doch gesagt, dass wir einfach vorbeikommen sollen. Und schrei doch nicht so ...« Die Stille in diesem Gebäude ist mir irgendwie unheimlich, sodass ich nicht einmal laut sprechen möchte. Wo sind die denn alle hin?

Dann zupft mich Sonja plötzlich am Ärmel und zeigt auf ein kleines Podest. »Wie alt ist die denn?«

Auf dem Podest steht nämlich eine Schreibmaschine, die garantiert schon einige Jahrzehnte auf dem Buckel hat. Sehr dekorativ, aber gleichzeitig kriecht ein wenig Panik in mir hoch. »Ob die hier noch mit Schreibmaschinen tippen?«, frage ich meine Schwester. Für einen Moment taucht vor meinem inneren Auge ein Bild auf, in dem Dutzende Sekretärinnen mit Fünfziger-Jahre-Frisuren im Takt vor sich hin auf Schreibmaschinen hämmern.

»Keine Sorge, meine Damen: Wir haben hier inzwischen auch echte Computer. Und Internet. Und stellen Sie sich vor: Sogar Handys gibt es hier schon.«

Sonja und ich zucken zusammen und sehen uns nach der Stimme um, die gerade alles so scharfzüngig kommentiert hat. Am Aufgang zu einer Treppe steht ein Mann, etwa Mitte Fünfzig, hager, Halbglatze und mit einem säuerlichen Lächeln auf den Lippen. Die Arme hat er fest verschränkt, und seine eine Augenbraue ist so weit nach oben gezogen, dass sie schon fast in seinem schütteren Haar verschwindet. Oje, ob wir es uns jetzt mit der Presse verbockt haben?

»Äh, hallo, ich bin auf der Suche nach Herrn Behnke«, stammle ich.

»Steht vor Ihnen.«

»Wie schön Sie kennenzulernen, wir wussten nämlich nicht, wen wir hier nach Ihnen fragen können ...«

»Wenn wir gewusst hätten, dass so hoher Besuch aus der Stadt kommt, wäre unsere Empfangsdame sicher nicht in ihre Mittagspause gegangen.«

Mensch, Anne, denk ich mir, jetzt ist dir der schon nicht mehr wohlgesonnen, obwohl du noch kein Wort vom Kahnweib-Haus erwähnt hast. Und offenbar hat er gleich erkannt, dass wir nicht von hier kommen – ob er das gerochen hat? Aber vielleicht kennt er eben alle Leute in der Umgebung – und unser fehlendes Platt verrät uns sicher auch schnell.

»Wissen Sie ... Fritz ... Fritz Kliesow ... hat gesagt, wir sollen uns an Sie wenden, wegen der Sache mit dem Schpa, dem Spa meine ich, und dem Kahnweib und ...«

Plötzlich lächelt Herr Behnke ein wenig freundlicher. »Wenn der Fritz das sagt – kommen Sie mit in mein Büro.«

Und schon zischt er die Treppe hoch und Sonja und ich hinterher. Dieser Herr Behnke ist echt schnell und sprintet richtig durch verschiedene Gänge und schließlich durch ein offenes Großraumbüro, bis er zu einem kleinen abgetrennten Büro kommt. »Steffen Behnke, Chefredakteur« steht da an der Tür. Ich frage mich, ob es neben ihm noch andere Redakteure beim Rügener Anzeiger gibt? Die Räume hier sehen ziemlich leergefegt aus. Aber wahrscheinlich sind wir wirklich einfach nur in die Mittagspause (wie gesagt, es ist noch früher Nachmittag) geraten, oder heute ist ein Tag mit besonders vielen Terminen für die Redakteure, die gerade alle unterwegs sind.

Wir huschen hinter ihm ins Büro, wo wir (fast schon ein bisschen atemlos, wenn ich ehrlich bin) auf zwei Stühle vor seinem Tisch sinken. Herr Behnke, der so gar nicht außer Atem scheint (bei ihm ist wohl »rasender Reporter« keine Floskel), setzt sich an seinen Tisch und deutet dann auf den Laptop vor ihm: »Sehen Sie, ein Computer. Mit Strom und Internet, stellen Sie sich vor.«

Das kann ja heiter werden.

»Meine Schwester und ich hatten uns nur gewundert, was die Schreibmaschine da unten bedeutet …«

»Ganz einfach: Das war die erste Schreibmaschine, mit der hier für die Zeitung geschrieben wurde. Hätten Sie auch auf dem Schild an der Seite lesen können, wenn Sie mal geschaut hätten …«

Okay, dieser Herr Behnke ist uns wirklich nicht gut gesonnen! Ich sehe im Augenwinkel, wie meine Schwester mit den Augen rollt. Bei mir macht sich währenddessen eher eine leichte Verzweiflung breit – nein, sage ich mir, jetzt ist nicht der Moment, um sich von so einem unfreundlichen Einheimischen verunsichern zu lassen, hier geht es um das Kahnweib-Haus! Also atme ich noch einmal tief ein und aus und lege dann los: »Oh, wie schön, dass Sie Ihre Tradition so pflegen. Apropos, Tradition, das ist ja gleich das richtige Stichwort! Denn das Kahnweib-Haus ist ein Ort voller Geschichte und Tradition!« Und schon komme ich ins Erzählen und Schwärmen, von den Erlebnissen von Berta und den Plänen der Investoren und … doch Herr Behnke winkt schon wieder ab. Was hat der Mann nur gegen mich?

»Also, Frau Glawe – so heißen Sie doch? Mir wurde zumindest angekündigt, dass eine Frau Glawe vorbeikommen würde, um mit mir über alles zu sprechen.« Tatsächlich, vor lauter PR-Storytelling hatte ich mich noch nicht einmal richtig vorgestellt. Aber Herr Behnke redet schon weiter: »Ich kenne die Geschichte des Kahnweibs, die Vergangenheit dieser Insel ist quasi mein Steckenpferd. Und die seltsamen Ideen dieser Immobilienhaie mit ihrem Spa habe ich auch schon mitbekommen.« Plötzlich glimmt ein leichtes

Lächeln auf seinen Lippen auf: »Die Pläne sind mir wohl bekannt. Und Fritz hat mich schon über alles Weitere informiert – und vor allem darüber, dass Sie – Fritz' Zitat – ›eine sehr kompetente Frau‹ seien, die sich mit ganzer Kraft für das Projekt einsetze.«

Das hat Fritz gesagt? Ich werde vor Freude sogar ein bisschen rot. Nun, für andere klingt »kompetent« vielleicht nicht wie das romantischste Kompliment überhaupt. Aber aus Fritz' Mund ist das eine wahre Liebeserklärung! »Woher kennen Sie denn Fritz?«

Herr Behnke lächelt und wirkt plötzlich sehr freundlich. »Ich kenne vor allem seine Eltern. Christa ist ja sowieso überall als gute Seele bekannt. Und ihr Sohn setzt sich hier immer für wichtige Projekte ein – und manchmal lässt er mir einen besonders guten Fisch zukommen.«

Na hoffentlich gilt das mal nicht als Bestechung! Ich will schon weiterreden, da winkt Herr Behnke schon wieder ab.

»Ich stehe also völlig auf Ihrer Seite. Aber das Problem ist ein anderes: Selbst wenn das Spa-Projekt verhindert wird, was soll dann aus dem Kahnweib-Haus werden? Das Gebäude braucht nun mal eine Sanierung – und wer soll die dann übernehmen? Worüber sollen wir also berichten? Nur über die bösen Investoren? Oder gibt es Ideen, wie es mit dem Haus weitergehen soll? Im Moment fällt es Tag für Tag mehr in sich zusammen.«

Da hat Herr Behnke leider recht und einen wunden Punkt bei meinen Planungen getroffen. Ich hätte ja viele Ideen – aber die eine, zündende, die fehlt mir noch. Und natürlich das Geld. Ich seufze so laut auf, dass mich Sonja ganz besorgt ansieht. Aber schließlich habe ich nicht umsonst so lange in der PR gearbeitet – manchmal ist der Weg eben nicht das Ziel, sondern nur das erste Etappenziel. Und Angriff war ja schon immer die beste Verteidigung.

»Wissen Sie was? Sie haben völlig recht – uns fehlt noch eine echte Idee für die Zukunft des Hauses. Aber bis wir die haben, brauchen wir alle Unterstützung, die wir kriegen können, damit Bertas Haus, und damit auch ihre Geschichte, nicht schneller als wir gucken können zu einer Saunalandschaft mit Massageliegen umfunktioniert wird! Wie wäre das: Sie berichten erst einmal nur über unsere Petition und kurbeln damit die Publicity an. Und sobald wir mehr wissen, gebe ich Bescheid – was meinen Sie?«

Herr Behnke wirkt auf einmal sehr entspannt und nickt freundlich.

»Dann würde ich Ihnen die wichtigsten Informationen zusammenstellen und per E-Mail zukommen lassen«, sage ich, und plötzlich werde ich ein wenig frech und gucke ihn übertrieben ernsthaft an: »Oder hätten Sie die lieber per Brieftaube?«

Für einen Moment wirkt Herr Behnke ganz perplex – und dann muss er laut loslachen. Wusste ich es doch, der Mann mag Frotzeleien!

»Danke, Frau Glawe, eine Flaschenpost mögen wir hier an der Ostsee noch lieber.«

Langsam weiß ich einfach, wie man mit den Leuten hier in der Gegend umgehen muss – ein bisschen forsch ist da nie verkehrt. Herr Behnke ist jedenfalls auf einmal ganz begeistert von uns und führt uns sogar durch die Redaktion, die größer ist, als ich das erwartet hätte. Und in der inzwischen eine Menge Menschen sitzen. Trotzdem bin ich froh, als wir wieder rauskommen, denn die Sache hat mich einige Nerven gekostet. Dabei habe ich in Berlin schon mit so vielen arroganten Journalisten verhandelt – aber dieser Herr Behnke war doch noch mal ein ganz eigener Typ. Ich sinke erschöpft in den Mini. »Puh, Sonja – ich brauch jetzt einen ruhigen Nachmittag ohne irgendwelches Projektmanagement oder Storytelling oder sonstige PR!«

Sonja lacht. »Den sollst du haben!« Dann schaut sie mich plötzlich strahlend an: »Ich wusste ja gar nicht, dass meine kleine Schwester sich so durchsetzen kann. Ehrlich, es war super, wie du dich da drinnen nicht hast unterkriegen lassen.«

Meine große, immer überkritische Schwester ist also stolz auf mich! Was dieses Kahnweib-Projekt doch schon jetzt alles erreicht hat!

Zurück in der Ferienwohnung lassen Sonja und ich uns dann erst mal aufs Bett sinken, alle Viere von uns gestreckt. Dabei fällt meine Handtasche um, und ich merke anfangs gar nicht, dass dabei etwas rausgefallen ist – das sehe ich erst, als der kleine Baron plötzlich wie wild etwas Glitzerndes über den Boden jagt. Ist das am Ende… oje, es ist wirklich mein Verlobungsring, den der Kater gerade für eine Maus hält. Den Ring hatte ich so tief in meiner Handtasche vergraben, dass ich gar nicht mehr an ihn gedacht hatte. Ich will ihn mir schnell holen und wieder verstecken, da hat ihn meine Schwester schon entdeckt. Sie springt vom Bett, hebt ihn auf und begutachtet ihn neugierig.

»Ist DAS dein Ehering?«

»Nein, nein, das ist… nur mein Verlobungsring. Der Ehering liegt wahrscheinlich noch im Adlon auf dem Teppich, oder zumindest bei Fabio…«

Sonja schaut mich irritiert an. »Sag mal, dieser Ring ist doch sicher ein Vermögen wert!«

In der Tat, das ist er. Aber ehrlich, ich will gerade nicht über Fabio, über Ringe oder deren Preise reden. Und schon gar nicht, weil ich immer noch nicht weiß, was ich machen soll. Weder was ich mit dem Ring machen soll noch was mit Fabio. Ich greife mir schnell den Ring und werfe ihn zurück in die Handtasche, die ich kater-sicher auf einem Regal verstaue. Dann stelle ich, weil mir nichts Besseres zur Ablenkung einfällt, den Fernseher an – wo mir plötzlich ein viel zu bekanntes Lied entgegenschallt:

»If I would tell you
how much you mean to me
I think you wouldn't understand it.«

Oh nein, ausgerechnet dieses Lied! Und Sonja kann es natürlich, sogar nach diesen paar Zeilen, sofort einordnen: »Anne, das war doch mal dein absolutes Lieblingslied als Teenie! ›I can't help myself‹, von der Kelly Family! Das hast du mit vierzehn rauf und runtergesungen.«

Ein Blick auf den Fernseher macht jegliches Leugnen zwecklos: Auf dem Bildschirm tummelt sich gerade die ganze Kelly Family mit ihren langen Haaren und weiten Klamotten vor einem Mikrofon. Das uralte Musikvideo, das da gerade in einer Wiederholung der ultimativen Chart Show auf RTL läuft, mag schwarz-weiß sein – aber meine Erinnerungen an diese Zeit sind umso farbiger. Und leider eben nicht nur positiv.

Dummerweise hat aber auch meine Schwester Sonja in solchen Sachen ein echtes Elefantengedächtnis, und darum legt sie gleich los: »Sag mal, war da nicht etwas mit diesem Lied im Ferienlager damals? Diese komische Zicke, wie hieß sie doch gleich, Susi oder Silvie oder so, die hat sich doch damals so über dich lustig gemacht, oder? Und stimmt, es war doch der Sohn von den Kliesows, der damals für dich eingetreten ist? Ich frag mich, wie der heute wohl aussieht.«

Ich seufze tief. Hatte ich gesagt Elefantengedächtnis? Wohl eher ein Gedächtnis von der Größe eines Pottwals.

Ja, meine Schwester erinnert sich da leider viel zu genau an eine Sache im Ferienlager, die ich bisher lieber verdrängen wollte. Denn so gerne ich immer ins Feriencamp hierhergefahren bin, es gab eben doch ein paar nicht so schöne Erinnerungen, die damit verknüpft sind. Eine davon war das unglückliche Kuss-Training mit Fritz – und eine andere hatte leider mit meinem damaligen Lieblingslied zu tun. Was meine Schwester da allerdings so leichthin »über dich lustig gemacht« nennt, war damals für mich das größte Drama meines jungen Lebens.

Lassen Sie es mich Ihnen einfach mal erzählen: Ich war vierzehn, und ja: Ich stand damals auf die Kelly Family. Inklusive dem damit verbundenen Kleidungsstil (lange Röcke, Fransen-Westen und ausgeleierte Strickpullover, falls Sie sich nicht mehr daran erinnern). Und obwohl ich sogar zu der Zeit meine Haare lieber hochgesteckt trug, ließ ich sie als echter Fan manchmal doch im Kelly-Style herunterhängen. Und ich konnte jedes, wirklich jedes ihrer Lieder auswendig – vor allem »I can't help myself«, das ich bestimmt eine Million Mal gehört habe. Mindestens.

Im Ferienlager konnte ich diese Neigung allerdings weniger gut ausleben, zu viel Angst hatte ich vor der zickigen Prinzessin Steffi, die auf die natürlich viel cooleren Backstreet Boys stand und das allen anderen quasi mitverordnete. Also hörte ich die Kelly Family-Songs lieber nur heimlich, auf meinem tragbaren CD-Player, natürlich stets mit Kopfhörern.

Eines Tages ist es dann »passiert«: Ich hatte mich ein wenig zurückgezogen und saß, ein bisschen vom Ferienlager entfernt, allein am Meer, die Kopfhörer in den Ohren. Die Sonne ging in gleißenden Farben unter, meine Teenager-Hormone spielten verrückt und ich ließ mich von der besonderen Stimmung am Meer mitreißen: Ich fing an, laut mitzusingen. Sie ahnen sicher, wohin das führen musste: Während ich noch vor Inbrunst meinen Lieblings-song mitschmetterte, hatte mich Steffi samt Gefolge entdeckt. Ich weiß nicht, wie lange ich da so saß und immer wieder »I think you wouldn't understand it« gesungen hatte, immer in Gedanken an Heiko. Bis sogar meine Kopfhörer das laute Gelächter nicht mehr abschirmen konnten, das mich plötzlich umgab. Panisch riss ich mir die Kopfhörer aus dem Ohr und wollte augenblicklich im Strandsand versinken. Natürlich lachte Steffi am lautesten: »Anne, ich fass es nicht – die Kelly Family? Hihihi, wer steht denn auf diese singende Altkleidersammlung? Wie kann man das nur hören, ohne dass einem die Ohren abfallen?« Und gackerte noch lauter, während ich vor lauter Scham kein Wort herausbrachte. Vor allem, weil natürlich Heiko ebenfalls unter den Lachenden stand.

Tatsächlich hat Sonja vorhin aber etwas erwähnt, an das ich auch kaum noch hatte denken wollen: Denn es war wirklich Fritz gewesen, der mich damals »gerettet« hatte. Zumindest war er plötz-lich in dieser spottenden Meute aufgetaucht und hatte alle böse angeschaut. Gut, er hatte, wie bereits erzählt, damals schon diesen Blick drauf, der an eine geballte Faust erinnerte, aber er guckte in dieser Situation noch böser. Was die Meute wirklich eingeschüch-tert hat, vor allem Steffi, die auf einmal ganz kleinlaut gewirkt hatte. »Echt, ihr Dössköppe, lasst doch mal die Anne in Ruhe, die kann hören, was sie will. Und Steffi, an deiner Stelle, wäre ich mal ganz ruhig: Ich weiß nicht, was an deinen geschniegelten Backdoor Boys (ja, das hat er so gesagt, ich weiß es noch!) besser sein soll, also mach dich nicht über andere lustig, weil die die Käppi Family oder so hören (ja, auch das hat er so gesagt. Fritz war damals wahrlich kein Musikexperte).« Sprach's und zog mich vom Strand weg und hin zum Ferienlager, wo ich ihn dann unhöflicherweise stehen ließ und mich heulend in meinem Bungalow verkroch.

Das war übrigens damals sogar der Grund gewesen, warum ich Fritz für mein erstes Knutsch-Experiment ausgesucht hatte – ich hatte ihm nach dieser Geschichte einfach vertraut. Wobei unsere Küsserei ja leider schiefgegangen war – na ja, zum ersten Mal denke ich mir »leider«. »I can't help myself« kann ich allerdings bis heute nicht hören, ohne das mir ein Schaudern über den Rücken läuft.

»Sag, Anne, kommt Fritz denn heute Abend auch?«, und mit dieser Frage reißt mich Sonja aus meinen Gedanken. Sie erinnert sich wahrscheinlich auch deshalb noch so gut an diese Geschichte, weil ich sie ihr damals heulend erzählt habe, immerhin war sie ja als Betreuerin im Ferienlager dabei. Allerdings wurde ich prompt von ihr ermahnt, einfach nicht mehr laut bei Liedern mitzusingen. Na ja, meine Schwester fing zu dieser Zeit eben an, ihre besserwisserische Ader auszuleben. Die ja jetzt wenigstens langsam zu versiegen beginnt.

Ehrlich gesagt will ich gerade genauso wenig mit ihr über Fritz sprechen wie über Fabio oder den Verlobungsring. Also packe ich sie einfach an den Schultern und schiebe sie zur Tür: »Komm, Sonja, lass uns doch lieber schauen, ob wir Frau Kliesow helfen können!« Meine Schwester guckt mich zwar zweifelnd an, aber dann folgt sie artig meiner Aufforderung und verlässt ohne weiteren Kommentar mit mir die Ferienwohnung.

- -

Liebeskummer-Status:

Wenn alte Erinnerungen dazukommen,
wird die Gegenwart dadurch auch nicht gerade
einfacher …

- -

12

Anne und der Moment,
in dem sie alles kapiert

Christa freut sich jedenfalls wahnsinnig, dass wir beide zum Helfen gekommen sind. Obwohl sie mich relativ schnell zum Tischdecken und -dekorieren abbeordert – wahrscheinlich sind ihr meine Koch-Desaster-Geschichten nur zu gut in Erinnerung geblieben. Ehrlich gesagt möchte ich mich auch gar nicht allzu viel mit dem Hering abgeben, der schon in der Küche liegt, also hübsche ich den Esstisch mit Blumen und Blättern aus dem Garten auf.

Als ich allerdings kurz darauf wirklich kein Eck des Tisches mehr finde, das ich noch dekorieren könnte, schlendere ich zurück in die Küche. Dort lachen Christa und Sonja gerade über irgendeine Geschichte, die Sonja mit ihren Sprösslingen erlebt hat. Christa kann sich jedenfalls gar nicht mehr einkriegen darüber. Sie strahlt mich an, als ich in die Küche komme.

»Anne, deine Schwester muss im Sommer unbedingt mit ihren Kindern zu uns zu Besuch kommen! Die zwei klingen nach echten Frechdachsen!«

Gut, denke ich mir, »Monster« wäre auch ein passender Ausdruck. Aber ich verkneife mir diesen Kommentar und finde, dass auch Sonjas Kinder eine Chance verdient haben – immerhin hatte sich ja sogar ihre Mutter geändert. Vielleicht sind die beiden wirklich netter geworden. Und wenn ich ganz ehrlich bin, so richtig um eine gute Beziehung zu ihnen hatte ich mich bisher ja auch nie bemüht. Es wird also Zeit, das zu ändern. Vor allem jetzt, wo Sonja und ich uns wieder zusammengerauft haben.

»Aber, Christa«, fragt Sonja jetzt – und ich stelle erfreut fest, dass die beiden sich jetzt ebenfalls schon duzen –, »was ist eigentlich aus deinem Sohn geworden? Kommt Fritz heute auch?«

Christa strahlt: »Sobald er hört, dass Anne da ist, wird ihn nichts davon abhalten...« Und guckt dann im nächsten Moment ein wenig verschreckt, so als hätte sie zu viel gesagt. »Äh, Mädels, könnt ihr mal...« Verzweifelt sucht sie nach irgendetwas, was wir tun könnten.

Meine Schwester sieht mich jetzt durchdringend an, mit ihrem »Anne-willst-du-mir-da-nicht-was-erzählen«-Blick. Oje, ich hätte wohl doch mal mit meiner Schwester über alles sprechen sollen. Für einen Moment herrscht eine ganz komische Stimmung in der Küche, in der Sonja mal die verlegene Christa und mal mich (die garantiert ebenso verlegen ist!) mit ihren furchterregenden Röntgen-Blicken mustert.

»Mädels, wie wär's: Wollt ihr schon mal den Salat und das Brot raustragen?«, fragt Christa, wahrscheinlich in der Hoffnung, dass sie so endlich das Thema wechseln kann – und ich schnappe mir einfach den Salat und spurte ins Esszimmer. Dort bin ich zu meiner Erleichterung nicht allein, denn da steht schon ein völlig begeisterter Fritz Senior – soweit ein so ruhiger Kerl wie Fritz' Papa eben Begeisterung zeigen kann.

»Mensch, Deern, hast du den Tisch so schön geschmückt?«

Ich nicke verlegen und werde umso verlegener, als ich bemerke, dass Fritz Junior in der Zwischenzeit ebenfalls das Esszimmer betreten hat. Er steht etwas verhalten im Türrahmen herum und konzentriert sich nach der Bemerkung seines Vaters darauf, ausführlich den Tisch samt Deko zu studieren. Ich flüchte zurück in die Küche, wo mir aber schon Sonja auflauert und mir mit vielsagendem Blick zuraunt: »Psssshhh, das ist also aus dem kleinen, grummligen Fischers Fritz geworden? Das hättest du ruhig mal erwähnen können, dass der Sohn von den Kliesows mittlerweile so ein Bild von einem Mann geworden ist!« Sonja wirft mir wieder einen sehr prüfenden Blick zu, den ich aber jetzt einfach mal ignoriere. Schon allein deshalb, weil Fritz Junior nun ebenfalls die Küche betritt und mir einen seiner speziellen Blicke schenkt, der dafür sorgt, dass die Schmetterlinge in meinem Bauch erneut das Flattern beginnen. Ach, was sage ich da. Flattern? Die tanzen Rumba, mindestens!

Als Sonjas Handy plötzlich piept, konzentriert sie sich zum Glück voll und ganz darauf, und ich flüchte sowohl vor ihrem Röntgen- als auch Fritz'-Schmetterlings-Blick ins Esszimmer. Als Christa kurz darauf ihre Bratheringe mit knusprigen Bratkartoffeln und saurem Gurkensalat serviert, konzentrieren sich sowieso alle Beteiligten voll und ganz aufs Essen. Kein Wunder, denn es schmeckt köstlich! Ich bin selbst über meine plötzliche Fischbegeisterung erstaunt. Keine Ahnung, vielleicht hatte ich in all den Jahren einfach immer Pech mit dem Fisch, den ich irgendwo gegessen hatte, weshalb ich eben nur gedacht habe, dass ich keinen Fisch mag. Aber alles, was ich in den letzten Tagen hier an Fisch gegessen habe, war einfach köstlich. Oder liegt das etwa an Zicker? Egal, ich schaufle mir noch eine zweite und sogar noch eine dritte Portion auf den Teller, was vor allem Sonja zum Lachen bringt – schließlich kennt sie mich als echte Fisch-Hasserin.

Aber auch sonst ist der Abend einfach schön. Christa und ihr

Mann – der Sonja und mir im Laufe des Abends ganz kumpelhaft und natürlich in Verbindung mit einem Schnaps mit Anis-Geschmack (immerhin kein Fischergeist!) das Du anbot – haben wohl eher selten Besuch, jedenfalls freuen sie sich sichtlich über »all dat Leben in der Bude«, wie es Christa nennt. Aus Fritz' Mutter sprudeln die Geschichten über ihre Nachbarn und die Region geradezu heraus, und Sonja und ich haben viel Spaß an ihren witzigen Erzählungen. Und Fritz Junior? Der sagt wie üblich nicht viel, aber man sieht ihm doch an, dass er den Abend ebenso genießt. Er und ich tauschen immer wieder verstohlene Blicke aus, die mein Herz einen Takt schneller schlagen lassen. Ich könnte in seinen braunen Augen versinken…

»Heute bin ich der Steffi vom Haifisch begegnet, kennst du die noch? Anne, hörst du mir überhaupt zu?«, höre ich in diesem Moment Christas Stimme wie aus weiter Ferne zu mir sagen.

»Ähm, ja«, antworte ich zögerlich, »der bin ich vor ein paar Tagen sogar begegnet…« Ich möchte lieber nicht an meinen Auftritt im Haifisch denken. Stattdessen würde ich viel lieber weiter Fritz' Bernstein-Augen studieren.

»Die kann einem schon leidtun, die Steffi, nach der Sache mit Heiko…«

Mit einem Schlag bin ich wieder mitten im Gespräch. »Wie, was für eine Sache mit Heiko? Was ist mit dem? Und was mit Steffi?« DAS will ich aber jetzt schon genauer wissen!

Und Christa lässt sich auch nicht lange bitten: »Na, die zwei, die Steffi und der Heiko, die hatten sich doch im Ferienlager kennengelernt, das muss doch so zu eurer Zeit gewesen sein! Jedenfalls ist Heiko nach der Schule sogar hierhergezogen und hat eine Ausbildung auf der Insel gemacht, Maurer oder so – alles, um immer bei der Steffi zu sein. Aber die hat immer nur an ihm herumgemäkelt:

Er würde nichts aus sich machen, er sollte mehr verdienen, mal ein bisschen trainieren... Und da Steffi gerne mal ein bisschen zu tief ins Glas guckt und dann laut wird, haben wir das alle oft genug im Haifisch oder auf Festen mitbekommen. Na ja, aber Heiko wollte sie trotzdem unbedingt heiraten, die Steffi ist ja auch eine Schönheit, davon hat er sich wohl blenden lassen. Aber die Hochzeit fand und fand nicht statt. Erst war Steffi kein Kleid gut genug, dann hatte sie plötzlich die fixe Idee, auf Mallorca zu heiraten – und das obwohl ihre Eltern doch hier ihre Gaststätte und alles haben. Na ja, es lief also alles andere als rund, und als sie den armen Heiko auf einem unserer Fischerfeste mal wieder vor allen Leuten so richtig heruntergeputzt hat, fand er Trost bei...«, Christa machte plötzlich eine bedeutungsschwere Pause. Ausgerechnet jetzt musste sie einen kräftigen Schluck aus ihrem Bierglas nehmen?

»Bei wem?«, rufen Sonja und ich gleichzeitig aus. Im Augenwinkel sehe ich, wie Fritz sich über unsere blanke Neugier zu amüsieren scheint, aber das ist mir in diesem Moment egal. Ich bin gespannt wie ein Flitzebogen!

»Meike!«, fuhr Christa endlich fort, »Erinnert ihr euch noch an Meike aus Gager?«

Meike, Meike – ich überlege fieberhaft, aber da klingelt erst einmal nichts bei mir... das heißt doch! War das nicht dieses blasse, schweigsame Wesen, das im Ferienlager vor allem mit Essen beschäftigt war? Ich meine, ich bin ja selbst keine Elfe... aber Meike hatte schon deutlich ein paar Kilo zu viel auf den Rippen. Und obwohl sie sich immer im Hintergrund zu halten versuchte, gelang ihr das nur selten – Steffi hatte mich zwar besonders auf dem Kieker, aber auch Meike gelang es nie, an Steffi vorbeizuschleichen, ohne irgendeine Beleidigung an den Kopf geknallt zu bekommen. Und die arme Meike lebte ja auch noch im Nachbarsort, sie hatte

Steffi also nicht nur im Ferienlager um sich, sondern gleich das ganze Jahr. Ich glaube, die beiden gingen sogar in eine Klasse.

»Die Meike mit den«, wende ich mich an Christa und überlege, wie ich mich am freundlichsten ausdrücke, Christa ist ja auch nicht gerade dürr, »ausladenden Kurven?«

»Ach, die Dicke mit den Elefantenfüßen?«, wirft jetzt meine Schwester Sonja ein und beweist an dieser Stelle, dass doch noch ein wenig von der alten fiesen und einfach viel zu direkten Sonja in ihr steckt.

Christa nimmt es ihr zum Glück nicht übel und antwortet lachend: »Genau die. Wobei es inzwischen noch ein paar Kilo mehr sind. Aber auf Meike lass ich nichts kommen, die hat das Herz am richtigen Fleck!«

Ich nicke nachdenklich. Zwar hatte ich im Ferienlager nicht viel mit ihr zu tun, aber sie war immer nett zu mir, soweit ich mich erinnern kann.

»Jedenfalls«, erzählt Christa weiter, »hatte Meike wohl nichts an Heiko herumzumeckern, und es hat nicht lange gedauert, da hat Heiko sich von Steffi getrennt, um kurz darauf Meike zu heiraten. Na ja, und Steffi kann es bis heute nicht fassen, dass sie verlassen wurde. Und dann auch noch für Meike!«

Ich kann es auch nicht fassen und starre Christa nur noch mit offenem Mund an.

»Heiko und Meike haben inzwischen übrigens Zwillinge, kannst du das glauben?«, Christa hat sich richtig in Begeisterung geredet. »Wobei du ihn sicher nicht erkennen würdest: Der wiegt inzwischen auch ein paar Kilo mehr – die Meike kocht halt gut! Und glücklich sind die beiden, ich kann es dir gar nicht sagen!«

Glück – da ist es wieder, dieses Einhorn, das an den unmöglichsten Orten vorbeigaloppiert. Manchmal sorgt das Leben auf den seltsamsten Wegen eben doch dafür, dass es Gerechtigkeit gibt, sogar für die lieben, grauen Mäuse namens Meike, die dann das Glück für sich finden, ausgerechnet in der Form des Schwarms aller Mädchen im Ferienlager. Das gilt übrigens genauso umgekehrt: Da erkennt ein Mann wie Heiko irgendwann, dass das echte Glück nicht bei der zickigen Prinzessin liegt, sondern bei der unscheinbaren Meike. Und dass die »dicke Meike« ihn eben einfach so mag, wie er ist. Klar, Heiko war meine große Jugendliebe, aber wenn ich diese Geschichte jetzt höre, spüre ich weder Neid noch Eifersucht, sondern finde das einfach nur unheimlich romantisch. Ganz warm wird mir da ums Herz.

Ich schaue Sonja an, aber die scheint jetzt genug vom Klatsch und Tratsch zu haben und begutachtet lieber gemeinsam mit den beiden Kliesow-Männern die alten Rügen-Fotografien, die die Wände des Esszimmers schmücken. Mit einem Ohr höre ich, wie sie sich noch mal nach der Geschichte des Kahnweibs erkundigt. Immerhin ist meine Schwester Geschichtslehrerin, insofern ist das für sie sicher besonders spannend.

»Ach weißt du, Anne, da muss ich dir noch was erzählen«, flüstert mir Christa auf einmal zu. Sie greift mir verschwörerisch an den Arm: »Seit der Trennung von Heiko macht Steffi sich bei jeder Gelegenheit an Fritz ran. Gurrt ihm was vor und tänzelt um ihn rum. Fritz will nichts von ihr, Steffi war ihm schon immer viel zu zickig, aber das will die Gute irgendwie nicht wahrhaben. Und ich kenne auch viel nettere Mädels als die Steffi …« Und mit diesen Worten schaut mich Christa so liebevoll an, dass ich gar nicht weiß, was ich sagen soll. Schon nach dieser kurzen Zeit hängt

Christa offenbar sehr an mir – und ich hänge auch an ihr. Und ebenso an Zicker und dem Meer und an… und an Fritz, wenn ich ganz ehrlich bin. Aber, und während ich das denke, spüre ich plötzlich doch wieder einen Kloß im Hals – in Berlin warten noch so viele ungelöste Sachen auf mich. Vor allem Fabio. Ich schulde es uns beiden, das mit uns erst einmal zu klären, bevor ich mich Hals über Kopf in die nächste Geschichte stürze.

Trotzdem: Dass Steffi auf Fritz ein Auge geworfen hat, ärgert mich schon. Ausgerechnet die. Und überhaupt, der Gedanke, dass Fritz sich womöglich für jemand anderen als mich interessieren könnte, behagt mir gar nicht. Ich spüre, wie ein Gefühl der Eifersucht in mir aufkeimt, und auch die Tatsache, dass ich diejenige bin, die mit einem anderen Mann verheiratet ist, hilft mir in diesem Moment nicht weiter. Unsicher schaue ich zu Fritz und dann lieber schnell in die andere Richtung. Manchmal habe ich eh schon das Gefühl, der Mann kann meine Gedanken lesen.

Fritz scheint momentan aber wirklich andere Sachen im Kopf zu haben. »Wollten wir nicht noch einen neuen Entwurf für die Plakate machen? Für die Petition?«, sagt er auf einmal, und ich atme erleichtert auf. Das ist eine super Idee! Zumindest lenkt sie mich ein wenig davon ab, was Christa hier alles an Themen aufgeworfen hat. Fritz Junior hat unseren bisherigen Entwurf des Plakats, den wir nach dem Essen bei ihm schon kreiert hatten, mitgebracht. Christa und Sonja räumen schnell den Tisch frei, und wir breiten das Plakat darauf aus. Dann beugen wir uns alle nachdenklich darüber. Nach dem Essen bei Fritz hatten wir damals schon das alte Poster, das nun wirklich nicht mehr gewesen war als der Schriftzug »Zicker schützen! Investoren stoppen!« (in Comic Sans, mehr muss ich wirklich nicht dazu sagen), sowieso schon mit einer neuen Schriftart, schönerem Design und einigen nützlichen Informationen optisch verbessert. Irgendetwas fehlt aber einfach noch, irgendein gutes Bild, immerhin gibt es noch viel freie Fläche auf dem Plakat. Vielleicht ein Foto vom Kahnweib-Haus? Aber das könnte etwas uninspiriert wirken.

»Hm, Anne«, beginnt Fritz Junior plötzlich vorsichtig, »dein Bild, das du auf unserer Bootsfahrt gezeichnet hast – wäre nicht so etwas noch ganz gut?«

Und wirklich, das ist es! Oder das ist zumindest der zündende Funken. Denn ich beginne nicht wieder das Bild von Berta auf ihrem Schiff zu skizzieren, sondern entwerfe ein neues, auf dem freien Platz des Plakats. Ein Bild, auf dem man Berta vor ihrem Haus sieht, mit stolzem Gesichtsausdruck, während ihr die Haare ums Gesicht wehen. Sie wirkt kämpferisch, als gäbe es nichts, was sie kleinkriegen könnte – was ja auch so war. Alle Widrigkeiten hat sie überstanden, und ihr Haus, ihr Erbe, würde hoffentlich genauso alles überstehen. Ich zeichne und zeichne und komme wieder richtig in Fahrt dabei.

Als ich fertig bin, lehne ich mich zurück und schaue mein Bild stolz an. Nennen Sie es Eigenlob, aber ich finde, man muss auch nicht immer bescheiden tun, wenn einem etwas selbst Geleistetes gefällt, oder? Ich blicke mich um – und blicke in vier staunende Gesichter.

»Mensch, das ist großartig! Anne, ich habe es immer gesagt: Du bist eine Künstlerin! Mit dem Bild kann doch nichts mehr schiefgehen! Kommt, darauf müssen wir anstoßen, ich hol mal die Gläser wieder rein – helft ihr mir?«, und mit diesen Worten zieht Christa ihren Mann, der ebenfalls anerkennend genickt hat (höchstes Lob bei ihm!), in die Küche, während Sonja ihnen folgt.

Fritz Junior bleibt zurück und schenkt mir wieder einen seiner unergründlichen Blicke und meint dann: »Anne... du bist wirklich toll.«

Mehr sagt er nicht – und doch so viel. Ich spüre, wie mir mein Herz bis nach oben in den Hals klopft. »Du auch«, flüstere ich leise, denn mehr fällt mir wirklich nicht mehr ein. Für einen Moment scheint die Zeit stehen geblieben zu sein, und wir schauen uns einfach nur an. Doch dann stürmt der Rest der Anwesenden wieder ins Zimmer, um mit uns anzustoßen, und es bleibt keine Zeit mehr für mehr Worte oder Blicke oder irgendetwas anderes. Gott sei Dank füllt Christa uns Sanddornlikör in die kleinen Schnapsgläser – noch mehr Schnaps hätte sich sicher nicht gut mit dem Hering verbunden, da konnte der Fisch noch so gut zubereitet sein.

Allerdings wird es doch mehr als ein Gläschen Sanddornschnaps. Weshalb ich für einen Moment glaube, dem Kahnweib einen Zwilling gemalt zu haben. Aber, nein, ich hab nur ein bisschen zu viel Likör intus. Sonja scheint inzwischen auch Probleme zu haben, noch geradeaus zu gucken, weshalb Fritz Junior plötzlich meint: »Ich glaube, ihr zwei solltet jetzt ein bisschen schlafen. Ich bringe euch zurück zur Ferienwohnung, okay?«

Ja, ein wenig Schlaf wäre tatsächlich schön, und so verabschieden wir uns alle von Fritz und Christa, die uns geradezu rührend nachwinken.

Sonja stolpert als Erste durch die Tür der Ferienwohnung, und ich höre wie sie Fritz ins Ohr lallt: »Fischers Fritz, ganz ehrlich: Ich hatte dich nicht so gut aussehend in Erinnerung!« Und mit diesen Worten und einem seltsamen Schnalzton verschwindet sie in unserem Bad. Selbst in meinem ebenfalls alles andere als klarem Zustand ist mir ihre Bemerkung noch unfassbar peinlich. Fritz scheint zum Glück eher amüsiert und schaut mich schmunzelnd an. Habe ich das gerade richtig gesehen – hat er mir sogar zugezwinkert? Ich versuche die letzten noch nicht vom Alkohol betäubten Zellen in meinem Gehirn zu aktivieren. Sag was, Anne, denke ich. Sag irgendwas. An den Beinen spüre ich, wie sich der rote Baron an mich kuschelt. »Fritz«, höre ich mich selbst auf einmal, und meine Stimme klingt, als hätte sie jemand durch den Leierkasten gejagt, »ich finde es echt toll, dass du Tiere genauso liebst wie ich!«

Okay, das war wirklich das Letzte, was ich sagen wollte.

Gerade in dem Moment, als ich mit unserer gemeinsamen Tierliebe anfing, schien auch Fritz etwas sagen zu wollen, aber dann war er gleich wieder verstummt. Jetzt schaut er bloß noch etwas merkwürdig in die andere Richtung, und ich werde das Gefühl nicht los, dass ihn meine Worte enttäuscht haben. Dass er sich mehr erhofft hat. Oder selbst etwas Bedeutungsvolleres sagen wollte. Ich beiße mir auf die Zunge und bin wütend über mich selbst. Zu meinen Füßen maunzt der rote Baron los, als wolle er damit die Stimmung kitten.

»Ja«, antwortet Fritz schließlich wenig motiviert. »Tiere sind super.« Und dann, als hätte er zu viel gesagt, dreht er sich um und eilt davon. Ich stehe noch einen Moment frustriert über diesen absurden Dialog in der Tür, bevor ich betrübt in die Ferienwohnung schleiche. Meine Schwester steht im Wohnzimmer und guckt mich herausfordernd an – wobei sie in dem geliehenen Schlafshirt von Christa (in Übergröße und mit kleinen Schäfchen drauf) und leicht schwankend wirklich null Autorität ausstrahlt. Gut, dass ihre Schüler sie so nicht sehen...

»Anne, meine Liebe, wir müssen mal ernsthaft miteinander reden. Ernsthaft. Von Schwester zu Schwester. Über... ups«, und damit plumpst sie auf das Sofa. »Ich meine das ernst, Anne, okay?

Aber lieber morgen.« Und mit dieser sehr schwesterlichen Ankündigung fallen ihr schon die Augen zu. Während ich noch lange wach liege, weil mir tausend Gedanken durch den Kopf gehen.

Am nächsten Morgen kommt Sonja dementsprechend wesentlich leichter als ich, die so lange nach ihr eingeschlafen ist, aus den Federn, weshalb auch sie es ist, die das Klopfen an der Tür beantwortet. Es ist Christa, die uns auf einem Tablett Kaffee, Orangensaft und Marmeladenbrote bringt: »Ich dachte, ihr Mädels hättet Lust auf ein Frühstück unter Schwestern!« Sie lacht, als sie entdeckt, dass ich immer noch im Bett liege. Dann schaut sie uns beide erwartungsvoll an: »Kommt ihr beide heute zusammen zum Fischerfest in Gager? Dat Fischerfest, dat is ganz was Besonderes für mich – da hab ich mich vor Jahren in meinen Mann verliebt. Hab ich dir ja mal kurz erzählt, Anne, als wir Plumm'mus gemacht haben! Und Gager ist nicht weit, da kann man von hier aus bequem hinlaufen.«

»Was ist denn ein Fischerfest?«, fragt Sonja und wirft mir einen gespannten Blick zu, während sie Christa das Tablett aus den Händen nimmt.

Ich zucke nichts ahnend mit den Schultern.

»Hat dir Fritz denn nichts gesagt? Ach, dieser Dösbaddel«, winkt Christa ab. »Da gibt es alles Mögliche, Musik, leckeres Essen, schöne Sachen zum Kaufen. Also schmeißt euch mal wat Schickes über, heute Abend wird getanzt! Und wir«, sie lacht mir verschmitzt zu, »wir sammeln auch noch gleich Unterschriften gegen die Hotelanlage! Fritz lässt dein Plakat schon kopieren und hängt es dann heute überall aus – wir werden uns sicher vor Unterschriften nicht retten können!« Und mit diesen Worten macht sie auf dem Absatz kehrt. Christa glaubt wirklich felsenfest an den Erfolg der Sache.

Sonja und ich beschließen beim Blick nach draußen, dass wir bei dem schönen Wetter vor der Ferienwohnung frühstücken könnten. Während meine Schwester das Tablett vor unsere Ferienwohnung bugsiert, werfe ich mir noch einen Pullover über die Schulter. Wir ziehen uns ein paar Plastikstühle aus dem Garten heran, und hier sitzen wir nun in der angenehmen Morgensonne und genießen den Kaffee. Der Tag verspricht, wunderbar warm zu werden. Und das fröhliche Zwitschern der Vögel um uns herum lässt keinen Zweifel daran, dass der Frühling in vollem Gange ist.

Sonja und ich beobachten schweigend den roten Baron, in den meine Schwester inzwischen mindestens genauso verliebt ist wie ich. Er springt zwischen den Gräsern umher und schnappt aufgeregt nach den Fliegen und anderen Insekten. Das Barönchen hält sich eindeutig für den größten Jäger aller Zeiten. Aber natürlich kommt er zwischendurch immer wieder zu uns angerannt und holt sich eine weitere Portion Streicheleinheiten ab. Einen Moment lang scheint meine Schwester ganz auf den Kater konzentriert, dann dreht sie sich zu mir und sieht mich nachdenklich an: »Sag mal, Anne, was läuft da eigentlich zwischen dir und Fritz?«

»Nichts!«, antworte ich im Brustton der Überzeugung. Also wirklich, denn da läuft ja auch nichts. Zumindest nichts Richtiges. Was heißt das überhaupt, »da läuft etwas«? Meine Schwester sieht mich nur prüfend an. Ich kenne das: Bei diesem Blick gibt es kein Entkommen. Mit diesem Blick könnte Sonja selbst die verschwiegensten Profigangster zum Singen bringen. Unsicher weiche ich ihrem Blick aus und konzentriere mich auf meine Kaffeetasse.

Aber ganz ehrlich, was soll ich ihr auch schon erzählen? Dass ich jedes Mal ein flaues Gefühl im Magen habe, wenn ich in Fritz' braune Augen schaue, aber das die Situation irgendwie immer kippt oder er verschwindet, wenn es ein wenig ernster werden könnte? Oder dass ich trotz allem immer wieder an Fabio denken muss, den ich immerhin bis vor Kurzem für die Liebe meines Lebens gehalten habe? Und vor allem: Dass ich keine Ahnung habe, was aus meiner so frisch getrauten und schon völlig verkorksten Ehe werden soll? Und wie ich in dieses ganze Chaos, das ich in Berlin zurückgelassen habe, jemals Ordnung bringen soll? Da ich gar nicht weiß, wo ich anfangen soll, Sonja meine Gefühle zu erklären, beschließe ich, es auf eine ganz andere Art zu versuchen – Ablenkung ist nämlich auch eine gute Verteidigung.

»Wusstest du, dass Fritz der erste Junge war, mit dem ich je geknutscht habe? Damals im Ferienlager ...«

Sonjas Augen werden riesengroß, und ihr Mund öffnet sich simultan dazu. »Nein! Was? Mit Fischers Fritz?«

Ich nicke nur grinsend.

»Und?«

»Und was?«

»Und findest du ihn jetzt immer noch toll?«

»Das Lustige ist: Ich fand ihn damals gar nicht so toll. Ehrlich gesagt, ich wollte diesen ersten Kuss nur endlich hinter mich bringen. Alle anderen hatten schon geknutscht und ... da habe ich mir damals eben den Fritz gekrallt, der irgendwie immer nett zu mir war. Zu Übungszwecken sozusagen. Und ehrlich gesagt: Es war schrecklich!«

Jetzt muss Sonja lachen, vor allem, als ich noch weiter aushole und ihr den Kuss als ein Mittelding aus der Begegnung mit einem feuchten Wischmop und einer rotierenden Waschmaschine schildere. Aber dann wird sie plötzlich ernst: »Aber eigentlich wundert mich das alles gar nicht.«

Ich schaue sie verblüfft an: »Dass Fritz geküsst hat wie im Schleudergang?«

»Ach Quatsch, jetzt sei mal nicht so nachtragend deswegen. Erste Küsse sind doch nie so toll. Ihr wart doch beide noch in der Übungsphase. Nee, ich meine, es wundert mich nicht, dass Fritz sich so gerne zu Übungszwecken zur Verfügung gestellt hat. Denn dass der in dich verschossen war, hätte wirklich ein Blinder gesehen.«

Okay, jetzt bin ich wirklich baff. Fritz? Der große Fritz mit dem Faustgesicht, der kaum je ein Wort gesagt hat? War verliebt? In mich? In das mollige Kelly-Family-Fan-Girl, dass schon damals viel zu viel geredet hat? Ich bin so fassungslos, dass ich erst wieder in die Wirklichkeit zurückgerissen werde, als der rote Baron mir in den Schoss springt und mich vorwurfsvoll anstupst. Er erwartet eindeutig mehr Aufmerksamkeit von mir, deutlich mehr. Geistesabwesend streichle ich ihm über sein kleines Köpfchen. Sonja schaut mich in der Zwischenzeit überrascht an.

»Das hast du echt nicht gewusst? Ich meine, sogar wir Betreuer haben das gemerkt. Der Fritz kam immer nur wegen dir rüber, diese ganzen anderen Aktivitäten, die die Jugendlichen aus dem Ort mitmachen konnten, die haben ihn doch nicht im Geringsten interessiert. Ja, klar, der Emotionalste war er nie – aber er hat dir trotzdem immer diese schwärmerischen Blicke zugeworfen, wie ein kleines wuschliges Hundebaby. Und diese blöde Steffi hat dir doch nur die Hölle heißgemacht, weil sie eifersüchtig auf dich war!«

Ich starre meine Schwester entgeistert an. Was erzählt sie mir denn da? Hat Steffi mich wirklich deswegen ständig auf dem Kieker gehabt? Weil sie eigentlich Fritz für sich wollte? Am Ende hat sie sich Heiko wahrscheinlich nur gekrallt, weil sie wusste, dass sie mir so wirklich eines auswischen konnte.

»Anne, hast du das wirklich alles nicht gewusst? Ich dachte … du musst das doch gemerkt haben?«, unterbricht Sonja meine Gedanken.

Nein, das habe ich alles nicht gemerkt. Aber je länger ich darüber nachdenke, desto mehr Sinn ergibt das auf einmal. Fritz, der damals tatsächlich auffällig viel in meiner Nähe war. Und irgendwie spüre ich ja, seitdem ich wieder hier bin, auch eine gewisse Verbindung zu ihm. Vielleicht wusste mein Unterbewusstsein längst Bescheid, und deswegen fühlt sich alles mit ihm so vertraut an? Ja, und seine seltsamen Blicke – tatsächlich, die kannte ich von damals schon, auch wenn ich sie als Jugendliche nicht einordnen konnte und mich als Erwachsene nicht mehr daran erinnern konnte. Plötzlich wird mir auch klar, wie schlimm das für Fritz gewesen sein muss: Für ihn war das eben nicht nur ein »Übungskuss« mit irgendeinem Mädchen gewesen – er hatte gedacht, dass da viel mehr dahinterstecken würde. Aber ich hatte ihn stattdessen den ganzen restlichen Sommer gemieden wie die Pest.

Ich lasse entsetzt den Kopf in meine Hände fallen, eine abrupte Bewegung, die der Kater empört mit einem Sprung von meinem Schoß quittiert. »Ich bin so eine dumme Gans! Ich kann nicht glauben, dass ich das alles nicht kapiert habe! Und jetzt bin ich wieder hier, wie in einer Endlosschleife – und alles ist noch komplizierter als je zuvor. Mein ganzes Leben ist ein einziger Haufen Chaos! Nichts hat so funktioniert, wie ich es mir ausgemalt habe. Wie kann man nur so viele Chancen verpassen und gleichzeitig so viele bekloppte Entscheidungen treffen wie ich?« Mir kommen die Tränen, so sehr habe ich gerade das Gefühl, ein einziger, riesiger Irrtum zu sein.

Sonja legt ihren Arm um mich. »Nein, du bist keine dumme Gans. Ganz im Gegenteil. Dir hat nur immer schon das Selbstbewusstsein gefehlt. Das Gefühl, dass du was kannst. Und deswegen bist du immer von Typen wie Fabio fasziniert gewesen. Anstatt dich auf deine eigene Größe zu verlassen. Das meinte ich halt damit, dass du dein Potenzial ausschöpfen solltest – ich dachte immer, du kannst so viel, und du nützt es so wenig.«

Ihre Worte trösten mich ein bisschen. Wenigstens glaubt meine überkritische Schwester an mich. Aber ich kann das im Moment nicht wirklich – zu verwirrend ist das Ganze. Ich bin verschossen in den Mann, den ich vor zwanzig Jahren nach dem allerersten Kuss habe sitzen lassen, und bin verheiratet mit einem, der mir nichts von seiner Exfrau und seinem Kind und von was weiß ich noch erzählt hat. Dazu habe ich einen Job, den ich nicht wirklich mag, und Freunde, die sich kaum noch bei mir melden. Sogar Moni war in letzter Zeit nur noch auf Distanz gewesen. Und was mache ich? Flüchte vor den Problemen und traue mich nicht, mich dem Ganzen zu stellen. Ich schluchze und schluchze und kann gar nicht mehr aufhören. Ganz elendig fühle ich mich, aber Sonja umarmt mich ganz fest und klopft mir leicht auf den Rücken. »Du findest schon noch heraus, was der richtige Weg ist.« Dann zögert sie kurz, und spricht dann weiter: »Und du brauchst nicht denken, dass du die Einzige mit Gefühlschaos bist…Soll ich dir mal was erzählen? Ich habe eine Affäre mit einem Kollegen von der Schule.«

Meine Schwester will mich mit diesem Geständnis eindeutig ablenken und damit aus meinem negativen Gedankenkarussell ziehen – und soll ich Ihnen was sagen: Es funktioniert! »Was? Ich will alles wissen!«

Ich schniefe noch mal und sehe sie erwartungsvoll an. Sie nickt aufgeregt und legt dann los: »Er heißt Andreas, und ich kenne ihn schon länger. Vor drei Jahren war er schon mal als Referendar an meiner Schule, für Deutsch und Sport. Und ich habe ihm damals manchmal ein wenig bei der Vorbereitung geholfen, ein paar Übungsblätter geliehen und so. Wobei da noch nichts lief, nicht dass du das denkst!«

Ehrlich gesagt hätte ich es durchaus verstanden, wenn sich Sonja zu ihrer Zeit mit ihrem Exmann Gähn eine kleine Ablenkung gegönnt hätte – aber den Kommentar verkneife ich mir lieber. Stattdessen frage ich nach etwas anderem: »Als Referendar, soso – wie alt ist er denn?«

Da wird Sonja auf einmal knallrot und stammelt ein wenig: »Er ist… neunundzwanzig. Aber das merkt man ihm gar nicht an, er ist sehr reif und so und…«

Als ob sie sich dafür rechtfertigen müsste! Solange der volljährig ist, ist doch alles super. Sonja wirkt ein wenig verlegen, darum strahle ich sie einfach an: »Das muss dir doch nicht peinlich sein! Spitze ist das! Und wie hat das bei euch angefangen?«

Sonja scheint sich nun vollends ermutigt zu fühlen und erzählt weiter: »Na ja, zu Schuljahresanfang kam er eben als richtiger Kollege zurück, und ich habe mich anfangs einfach nur gefreut, ihn wiederzusehen. Er war eben nur ein netter Kollege. Dann kam aber die Trennung von Christian, und es ging mir echt schlecht, weil ich niemand davon erzählen wollte. Nach irgendeiner Schulkonferenz waren wir dann beide noch ein wenig länger da, weil wir noch über einen problematischen Schüler gesprochen haben. Der hatte mit der Scheidung seiner Eltern zu kämpfen und bekam deshalb immer schlechtere Noten. Irgendwie musste ich da an meine gerade gescheiterte Ehe denken und habe plötzlich angefangen zu heulen. Es war mir so peinlich, aber Andreas hat mich ganz liebevoll getröstet, er hat mich einfach nur in den Arm genommen. Er war eben für mich da, hat mir zugehört, all das. Als Dank habe ich ihn dann ein paar Tage später zum Essen eingeladen… und dann kam eins zum anderen. Echt, Anne, wenn mir je jemand erzählt hätte, dass ich etwas mit einem neun Jahre jüngeren Kollegen anfangen würde, dann hätte ich ihn für verrückt erklärt!«

»Und wenn mir jemand erklärt hätte, dass ich im Brautkleid nach meiner eigenen Hochzeit flüchte und dann in dem Ort lande, an dem ich meinen ersten Kuss erlebt habe, dann hätte ich diese Person einweisen lassen!«

Sonja muss lachen. »Wir sind schon zwei! Aber bei Andreas ... ich weiß eben nicht, wo das hinläuft. Ich mag ihn sehr, und er mich auch, da bin ich mir sicher. Aber vor dem Kollegium wollten wir uns noch nicht ›outen‹, dafür ist es zu frisch. Und manchmal meldet er sich gar nicht bei mir, da weiß ich einfach nicht, wie ich mich verhalten soll. Ich kenn' das doch alles gar nicht mehr – ich war immerhin seit dem Abi mit Christian zusammen!«

Darum schaut meine Schwester also so oft auf ihr Handy – sie wartet auf Nachrichten von Andreas. Nachdenklich beobachten wir noch ein bisschen den roten Baron, wie er sich inzwischen überglücklich in der Sonne auf dem Gras wälzt, völlig zufrieden, ohne einen Gedanken daran zu verschwenden, ob das, was er tut, richtig oder falsch oder problematisch oder sonst etwas ist. Er rollt einfach nur im Gras herum und genießt das Leben.

»Warum sind Männer nicht so unkompliziert wie kleine Kater?«, fragt mich Sonja in diesem Moment.

»Das wäre herrlich!«, antworte ich lachend. »Außerdem kann man Kater immerhin kastrieren, dann haben sie wenigstens keine Kinder mit ihren Exfrauen!«

Sonja prustet los, und wir gackern beide aus vollem Herzen.

Der rote Baron guckt uns kurz vorwurfsvoll an – entweder weiß er, dass wir auch über ihn lachen mussten, oder er hat was gegen den Lärm, den wir verursachen. In jedem Fall zieht er jetzt hocherhobenen Hauptes Richtung Haus der Kliesows, um neue Jagdgründe zu erschließen. Oder um von Frau Kliesow ein paar Leckerbissen zu erbetteln.

Als wir uns wieder einkriegen, fragt mich Sonja: »Wenn wir wirklich auf dieses Fischerfest heute Abend gehen – was sollen wir denn da anziehen? Christa hat gesagt, wir sollen was ›Schickes‹ anziehen – aber ich hab gar nichts dabei!«

Gut, wenn ich recht darüber nachdenke, dann habe ich erstens auch nichts wirklich Schickes bei meinem Shopping-Trip gekauft und zweitens: Was bedeutet »schicke Kleidung«, wenn es um ein Fischerfest in Gager geht? So oder so: Anne Glawe nimmt jede Herausforderung zum Shoppen an!

»Weißt du was, Sonja? Ich weiß, wo es hier in der Nähe ein tolles Einkaufszentrum gibt, in dem finden wir sicher etwas!« Und mit diesen Worten ziehe ich sie schon Richtung Mini. Die Glawe-Schwestern werden jetzt zum ersten Mal seit Jahren auf eine Shopping-Tour gehen – und ich freue mich total darauf!

· ·

Liebeskummer-Status:

Beziehungen waren, sind und bleiben kompliziert – aber
am kompliziertesten ist die Beziehung,
die du mit dir selbst hast!

· ·

13.

Anne und Fritz

Auf der Fahrt zum Kaufhaus verrät mir Sonja, dass sie bereits am Morgen in ihrer Schule angerufen und sich für den morgigen Tag krank gemeldet hat. Zum ersten Mal in ihrem Leben – ja, und es ist wirklich das allererste Mal! – traut sie sich, die Schule zu schwänzen. Wenn auch mit etwas schlechtem Gewissen, aber das lasse ich sie bei unserem Shopping-Trip schnell vergessen.

Denn Sonja hat genauso viel Spaß wie ich dabei, alle möglichen Klamotten im Kaufhaus Tik-Tak auszuprobieren. Am Ende kaufen wir natürlich mehr als die hübschen Jeans samt Oberteilen, die wir am Abend anziehen wollen – denn damit, so beschließen wir, sehen wir dann weder wie Städterinnen aus, die hier allzu overdressed zum Fest erscheinen, noch zu sehr wie graue Mäuschen, die nichts vorzuzeigen haben.

Als wir schließlich am frühen Abend (den Nachmittag haben wir mit einem entspannenden Strandspaziergang verbracht und uns dann etwas aufgehübscht) im Hafen von Gager ankommen, ist das Fischerfest schon in vollem Gange. Sogar ein paar Touristen haben sich in den kleinen Nachbarort von Zicker verirrt und unter die Einheimischen gemischt – ich kann Ihnen gar nicht sagen, woher ich weiß, dass ein Teil der Leute Touristen sind. Wahrscheinlich habe ich mittlerweile ein Gefühl dafür entwickelt, wie die Rüganer aussehen und sich verhalten. Selfies machen zum Beispiel gehört nicht zu ihren bevorzugten Beschäftigungen ...

Aus den großen Musikboxen klingt Schlagermusik, und zu meiner Überraschung schwofen schon ein paar Leute auf der kleinen Tanzfläche. Und das gar nicht mal schlecht.

Unter den Paaren entdecke ich sogar – Sie werden es kaum glauben! – Heiko und Meike. Heiko ist älter geworden (und deutlich fülliger!), aber ich erkenne ihn trotzdem sofort. Die beiden tanzen, als ob es kein Morgen gäbe, und ihre strahlenden Gesichter rühren mich geradezu. Ja, man sieht, dass sie glücklich sind.

Sonja und ich machen erst mal eine Runde und schauen uns die verschiedenen Stände an – und da gibt es eine Menge! Neben ein paar Fisch- und Bratwurstbuden gibt es auch Malereien, Kunsthandwerk und typische Rügen-Souvenirs. Alles sehr hochwertige Sachen, wie ich zu meiner Überraschung feststelle (ehrlich gesagt hatte ich hier nämlich eher etwas Kitsch und Tinnef vermutet). Aber, die Leute haben einen echt guten Geschmack und offenbar zudem echtes Interesse an ausgesuchten Kunststücken. Natürlich halte ich auch nach Fritz Ausschau, aber ich kann ihn zu meiner Enttäuschung nirgendwo entdecken. Ich frage mich, ob er mir nichts von dem Fischerfest erzählt hat, weil er selbst nicht vorhatte, hierher zu kommen. Oder ob er mich vielleicht nicht dabeihaben wollte?

Wir laufen an einem parkenden Auto vorbei, und ich betrachte mich kurz in der getönten Scheibe. Sonja hat mich vorhin sogar dazu gebracht, ein wenig Make-up aufzulegen, was ich ja seit Wochen schon nicht mehr getan habe – und ich muss sagen, dass das eine gute Entscheidung war. Ich hatte mich schon fast an das verquollene, verheulte Gesicht gewöhnt, dass mich in letzter Zeit viel zu oft aus Spiegeln erschreckt hatte. Aber heute gefalle ich mir wirklich gut. Die engen Jeans sitzen dank der verlorenen Kilos perfekt, und auch mein Shirt und die Jacke betonen die verbliebenen Rundungen äußerst vorteilhaft. Und das Wichtigste: Meine blauen Augen strahlen endlich mal wieder. Ich nicke mir selbst leicht zu (was für eine wunderbare pfauenartige Geste – während all des Elends hatte ich fast vergessen, wie eitel ich sein kann), und es tut gut! Nicht nur das Make-up, sondern endlich mal wieder auszugehen und sich dafür herauszuputzen. Selbst wenn das Fischerfest sicherlich nicht mit den Bars und Klubs in Berlin vergleichbar ist. Aber von denen inklusive ihrer Hipster-Kundschaft hatte ich sowieso schon lange genug. Außerdem: Wenn ich ganz ehrlich bin, hier gibt es etwas, oder besser gesagt, jemanden, den es in Berlin nicht gibt. Und ich hoffe wirklich, dass dieser Jemand noch auftauchen wird.

Als wir das kleine Hafengelände einmal durchquert haben, bleibe ich plötzlich wie angewurzelt stehen: Vor mir sehe ich auf einmal Berta, das Kahnweib. Nein, keine Sorge, ich bin nicht verrückt geworden, ich sehe sie natürlich nicht leibhaftig vor mir. Aber an einer Wand hängt das Plakat, das über die Petition informiert – und mitten drauf meine Zeichnung vom Kahnweib. Ich platze fast vor Stolz und Freude, als ich Berta da so vor mir sehe, wie sie so wagemutig vom Plakat schaut. Noch mehr freut es mich, dass ich ein Teil von diesem Projekt bin und dass ich dadurch mithelfen kann, vielleicht (hoffentlich!) das Kahnweib-Haus zu retten.

Auch Sonja ist echt beeindruckt, als sie das Poster entdeckt: »Meine kleine Schwester hat das entworfen! Komm, darauf stoßen wir an!« Und schon zieht sie mich quer über den kleinen Hafenplatz zu dem Stand mit den Getränken. Ich will erst eine Cola bestellen, aber Sonja überredet mich, mit ihr einen Wein zu trinken.

»Hauptsache, keinen Fischergeist!«, platzt es aus mir heraus. »Ich hab dir noch gar nicht erzählt, was mir an diesem einen Abend mit Christa passiert ist. Sie hat mich ganz schön abgefüllt«, sage ich und berichte Sonja von unserer Plumm'mus-Aktion. Wir kringeln uns gemeinsam vor Lachen, vor allem bei der Schilderung von der angetüdelten Christa und ihrer Miniaturbratpfanne. Wer hätte gedacht, dass meine Schwester so lachen kann!

»Wow, Anne«, sagt Sonja auf einmal, »ich hätte nicht gedacht, dass ich das sagen würde, aber ich bin unendlich froh, hergekommen zu sein.« Dann nimmt sie einen kräftigen Schluck von ihrem Weißwein. »Ehrlich gesagt«, raunt sie mir zu, »ich hatte diese Auszeit auch mal dringend nötig.« In diesem Moment piepst ihr Handy, und sie sieht schnell darauf. Und beginnt wie ein Honigkuchenpferd zu strahlen.

Der Wein scheint auf meine Schwester die Wirkung eines Wahrheitsserums zu haben, denn sie beginnt, mir die letzten Nachrichten von ihrem Lover Andreas vorzulesen. »Weißt du«, sagt sie, »in letzter Zeit war ich mir nicht mehr sicher, ob er wirklich an mir interessiert ist. Allerdings, seitdem ich hier bin, schreibt er mir andauernd Nachrichten. Und jetzt hat er mich gefragt, wann ich denn endlich wieder da bin, er will mich unbedingt sehen. Du weißt ja wie das ist, willst du was gelten ...« Sie schaut mich freudestrahlend wie ein verliebter Teenager an, und ich muss unwillkürlich an Fabio denken. An all die Nachrichten, die er mir geschrieben hat, seitdem ich weg bin. Wahrscheinlich mehr Nachrichten und Mailboxmitteilungen als in den fast zwei Jahren davor. Aber Glück sieht anders aus, wenn man mich fragt.

Mein Blick schweift über den Bodden und die leichten grünen Hügel, die so bezeichnend für das Mönchgut sind, während Sonja ihr

Handy anlächelt. In der kleinen Marina schaukeln ein paar Segelboote hin und her. Mir fällt die Geschichte vom Kahnweib wieder ein. Was für eine starke Frau sie doch war. Eine, die immer für das gekämpft hat, was sie wollte und was ihr wichtig war. Dagegen komme ich mir richtig feige und untätig vor. Ich stochere hier seit Wochen in meinem Unglück herum, bewege mich nicht nach vorn und nicht zurück, wie im Liebeskummer-Limbus.

Andererseits, weiß ich überhaupt, was ich will? Mein ganzes Leben lang bin ich irgendwie immer nur Zufällen gefolgt oder dem, was andere mir angeboten haben. Selten gab es da etwas, das ich wirklich mit ganzem Herzen wollte, und wenn doch, dann muss ich rückblickend zugeben, dass es nicht immer die richtigen Gründe waren, die mich angetrieben haben. Ich schaue auf eines der wunderschönen Reetdachhäuser, vor dessen Zaun eine kleine weiße Windmühle im kurzen Rasen steht. Hier auf Rügen, dieser Insel, auf der ich früher so viel Zeit verbracht habe, hier hatte ich zum ersten Mal seit Langem das Gefühl, zu mir selbst zurück zu finden. Eine Idee davon zu bekommen, wer ich sein will. Und wie mein Leben aussehen könnte.

Versonnen blicke ich mich weiter um, während meine Schwester eine Nachricht in ihr Handy tippt. Wie wäre es, wenn ich hier leben würde und nicht in Berlin? Sicher, Berlin war immer mein Traum gewesen – aber passt Zicker nicht viel besser zu dem, was ich eigentlich vom Leben will? Was ich inzwischen vom Leben will?

Wenn ich hier leben würde … klar, die Leute hier sind eigen. Aber in den letzten Tagen, mit meinen Begegnungen mit Frau Knuth und Herrn Behnke zum Beispiel, habe ich festgestellt, dass ich gar nicht so weit von ihnen entfernt bin. Immerhin bin auch ich hier im Norden aufgewachsen. Aber nicht nur, dass ich weiß, wie man mit ihnen umgehen kann – vor allem gefällt mir die ehrliche und direkte Art. Wenigstens konnte man mit denen ganz deutlich reden und musste nicht immer auf Small Talk und Angebereien schalten, wenn man mit ihnen sprach, so wie mit Fabios Schicki-Micki-Freunden. Und natürlich, Berlin ist eine Großstadt, vielseitig und bunt, aber hier liegt das Meer vor der Haustür, der Strand, die Zickerschen Berge, die wunderschönen Reetdachhäuser. Diese ganze Landschaft, die mich in den letzten Tagen so inspiriert hat und die mich wieder zum Malen gebracht hat. Einen neuen Job bräuchte ich hier, das ist klar, aber sonst gäbe es hier so viel zu entdecken. Und um es nicht zu vergessen: Hier lebt Fritz.

In diesem Moment wird mir klar, dass Fritz irgendwie ein Teilchen in diesem Puzzle ist. Wenn auch, und das unterscheidet ihn von allen Männern, die zuvor in meinem Leben eine Rolle gespielt haben, eben nur ein Teil. Vielleicht ein großer Teil, aber nicht der größte. Das größte Teil bin nämlich ich. Auch das habe ich in den letzten Wochen verstanden. Zum ersten Mal suche ich das große Puzzleteil, das alles in der Mitte vervollständigt nicht in jemand anderem, sondern begreife, dass ich das bin. Und dass ich nur die Teile außenherum richtig legen muss. Oder eben erst mal die richtigen Teile finden muss.

Auf einmal spüre ich eine Hand an meiner Schulter und zucke zusammen, so vertieft war ich in diese Gedanken. Ich drehe mich erschrocken um und schaue mit einem Mal in Fritz' Bernstein-farbene Augen. Oh Gott, er muss mich ja für irre halten, wie ich hier ganz geistesabwesend gestanden bin und in die Umgebung gestarrt habe, denke ich nervös. Und hoffentlich ahnt er nicht, woran ich gerade gedacht habe – und dass er sogar in meinen Überlegungen vorkam.

Aber zu meiner Beruhigung scheint er nicht zu erraten, über

was ich gerade nachgedacht habe. Er begrüßt meine Schwester, die endlich mal wieder von ihrem Smartphone aufblickt, ganz förmlich, als hätte er sie gestern nicht erst beschwipst im Haus seiner Eltern erlebt, und ich muss ein wenig über seine wenig einnehmende Art grinsen. Wenn ich mir Fritz so angucke, ist er wirklich in allem das Gegenteil von Fabio. Zum Glück. Gut, er könnte wirklich etwas geselliger sein, aber dafür hat man bei ihm immer das Gefühl, dass alles, was er sagt – wenn er denn was sagt – Substanz hat. Fritz schnackt nicht. Ein Mann, ein Wort. Oder so ... In seinem Fall ja wirklich meistens genau ein Wort.

Er nimmt meinen Blick auf, und ich entdecke wieder diesen seltsamen Gesichtsausdruck bei ihm, den er schon neulich in seinem Haus und auf dem Boot und auch gestern Abend wieder hatte. Und den ich ja, wie mir jetzt klar ist, schon seit dem Ferienlager kenne. Wir schauen einander kurz in die Augen, und ich spüre das Kribbeln nun ebenfalls wieder deutlich. Oh, Fritz, was machst du nur mit mir?

»Fritz, stell dir vor, Anne und ich haben heute Morgen über dich gesprochen und uns da an ein paar alte Geschichten aus dem Ferienlager erinnert«, sagt Sonja da auf einmal kichernd und zwinkert mir verschwörerisch zu. Ich hebe abwehrend die Hand. So unauffällig wie möglich. So sehr ich meine Schwester in den letzten Tagen wieder schätzen gelernt habe, jetzt meint sie es wirklich ein bisschen zu gut.

»Ähm, deine Mutter wollte doch noch mit mir Unterschriften sammeln. Ich gehe ihr jetzt mal helfen«, sage ich schnell, bevor Sonja noch weitere Versuche unternimmt, ein Gespräch zu beginnen, dass uns doch nur allen peinlich wäre. Ich weiß, dass die Dinge mit Fritz auf diese Weise sowieso nicht funktionieren. Wie auch immer sie mit ihm denn eigentlich funktionieren. Denn, ehrlich gesagt, obwohl ich ihn in der letzten Zeit so viel besser kennengelernt habe und so viel über ihn erfahren habe, ist mir der Mann zu einem gewissen Teil immer noch ein Rätsel. Aber wissen Sie was? Das finde ich verdammt aufregend!

Fritz jedenfalls nuschelt etwas davon, dass er auch noch jemand bei irgendetwas helfen müsse, und verschwindet in der Menschenmenge. Ich blicke ihm kurz nach. Für einen Moment glaube ich plötzlich, Steffi zu sehen, mit einem ganz bösen Ausdruck in den Augen. Doch im nächsten Moment ist sie wieder verschwunden, und ich vermute, dass ich langsam Gespenster sehe, bei all dem Gerede über Steffi und die Ferienlager-Zeiten. Sonja und ich machen uns jedenfalls auf die Suche nach Fritz' Mutter.

Als ich Christa finde, ist sie schon am Werk und läuft geschäftig mit einem Klemmbrett herum, an das sie die ausgedruckte Unterschriftenliste geheftet hat. Die ersten beiden Spalten sind bereits vollständig gefüllt – Christa war wirklich fleißig. Sie reicht mir strahlend ebenfalls ein Klemmbrett – Vorbereitung ist ja alles – mit noch leerer Liste, und wir mischen uns gemeinsam unter die Leute, während meine Schwester sich mit ihrem Smartphone auf ein Mäuerchen in der Nähe setzt und weiter lächelnd Nachrichten tippt. Ich stürze mich vor allem auf die Touristen, da ich das Gefühl habe, dass die meisten Einheimischen Christa bestimmt kennen und sie dort erfolgreicher ist. Anscheinend stelle ich mich nicht allzu doof dabei an, und so habe ich nach etwa einer halben Stunde bereits eine mit Unterschriften gefüllte Spalte. Die Stimmung ist gut, und die Leute wollen sofort helfen, das schöne, idyllische Zicker so zu erhalten, wie es ist, vor allem, da die Plakate – auf die mich viele ansprechen – schon eine Menge Aufmerksamkeit bekommen haben. Der Alkohol tut bei allen sein Übriges.

Ich drehe mich auf der Suche nach neuen »Opfern« um und beobachte, wie gerade Frau Knuth auf Christas Liste unterschreibt. Die füllige Frau aus dem Amt entdeckt mich ebenfalls und winkt mir freundlich zu. Ich laufe ein paar Schritte auf die beiden zu, als ich plötzlich unfreiwillig gebremst werde, weil sich mir jemand in den Weg schiebt. Es ist niemand anders als Steffi, die sich ihre Arme in die Hüfte gestemmt hat und die mich bitterböse anguckt. Hatte ich sie mir vorhin wohl doch nicht eingebildet. Seit meinem Besuch im Haifisch habe ich sie nicht mehr gesehen. Es fühlt sich an, als läge dieser deprimierende Abend bereits Monate zurück. Wie viel seitdem schon passiert ist …

Steffi scheint schon ein paar Gläser mehr intus zu haben (neben ihr steht sogar eine Flasche Wein – die hat sie da wohl abgestellt, weil ihr die Flasche im Weg ist bei ihrem jetzigen Auftritt) – ich denke an das, was Christa mir gestern deswegen erzählt hat – und funkelt mich böse an, während sie mit ihrem Oberkörper leicht vor- und zurückschaukelt. »Tu doch nicht so«, zischt sie mir zu. »Ich weiß genau, was du für ein doppeltes Spiel spielst!«

Um Himmels willen, was ist denn jetzt los? Ich schaue die Prinzessin von Zicker überrascht an: »Steffi, wovon redest du?«

»Denk bloß nicht, dass ich dir deine Masche abnehme, Ilona hat mir alles erzählt!«

»Wie bitte? Was denn?« Ich bin ehrlich baff. Steffi lallt bereits etwas, vielleicht habe ich sie schlichtweg nicht richtig verstanden?

»Davon, dass du hier Unterschriften sammelst und eigentlich mit diesem Investor gemeinsame Sache machst.«

»Ich mache mit niemandem gemeinsame Sache außer mit euch«, rufe ich lauter als beabsichtigt und bemerke, wie sich die ersten Köpfe nach uns umdrehen.

»Ilona hat doch genau gesehen, wie du mit diesem Schnösel auf der Terrasse zusammengesessen hast! Wahrscheinlich habt ihr ausgeheckt, wie ihr unser Dorf am Schnellsten verramschen könnt! Und jetzt auch noch so tun, als würdest du helfen. Ich hab dich genau beobachtet! Wenn Fritz die ganze Wahrheit erfährt, wird er dich bestimmt nicht mehr so anhimmeln!«

Ich schaue mich unangenehm berührt um. Mittlerweile scheinen sich Steffi und ich in die Hauptattraktion des Festes verwandelt zu haben. Langsam bildet sich sogar eine kleine Traube aus neugierigen Festbesuchern um uns herum. Verzweifelt überlege ich, wie ich am schnellsten aus dieser nicht besonders angenehmen Begegnung flüchten kann.

Meine Erzfeindin hingegen ist noch lange nicht fertig mit mir: »Mir erzählst du was von deinem italienischen Mann, und in Wirklichkeit schmeißt du dich an Fritz ran! Du lügst doch, wenn du nur den Mund aufmachst.«

Ich sehe, wie jetzt Fritz und Sonja auf uns zugelaufen kommen, und würde mich am liebsten in Luft auflösen. Die ganze Situation ist mir äußerst unangenehm. Zumal sie mit meinem Geschwindel über den »tollen« Fabio ja recht hat. »Steffi«, versuche ich die offensichtlich angetrunkene Blondine mit gedämpfter Stimme zu beruhigen, »ich schmeiße mich an niemanden ran. Und ja, ich habe dir nicht die ganze Wahrheit über Fabio und meine Ehe erzählt, aber das hatte doch ganz andere Gründe …«

»Was ist denn hier los?«, mischt sich Fritz nun in unsere Auseinandersetzung ein. »Alles okay, Anne?« Er stellt sich hinter mich, als wolle er zeigen, dass er auf meiner Seite steht. Und in diesem Moment würde ich ihn am liebsten für seine bedingungslose Loyalität umarmen. Es gibt mir plötzlich unglaublich viel Kraft, wie er so hinter mir steht.

»Deine Anne ist nichts als eine Schwindlerin!«, zischt Steffi Fritz zu und redet sich nun richtig in Rage. »Frag sie doch mal, was sie mit diesem Investor zu schaffen hatte, vor ein paar Tagen, bei Ilona auf der Terrasse. So was Scheinheiliges ...«

»Steffi, nun krieg dich mal ein. Es ist jawohl kein Verbrechen, dass sie den Typ kennt.« Fritz bleibt wie immer ruhig. Ein Fels in der Brandung. Ich würde ihn jetzt gerne küssen – abgesehen davon, dass das die Situation mit Steffi sicherlich nur verschlimmern würde.

Meine Erzfeindin blitzt mich böse an und lacht sarkastisch. »Aber dass er ihr einen Job in seinem tollen Luxus-Hotel angeboten hat, davon weißt du sicher nichts!«

Ich mache große Augen. Ilona muss also mein Gespräch mit Felix belauscht und es Steffi erzählt haben. Und natürlich kann sie nicht wissen, dass ich nie vorhatte, mit Felix von Bernstorff zusammenzuarbeiten.

»Steffi, das ist alles ein großes Missverständnis. Es stimmt, dass Felix mir einen Job angeboten hat, aber den hätte ich doch nie angenommen«, beginne ich mich zu rechtfertigen. Mittlerweile sind auch Fritz' Eltern auf den kleinen Kreis aufmerksam geworden, der sich um mich und meine Anklägerin Steffi gebildet hat, und Christa drängt sich durch die Menge nach vorne.

»Na, damit ist doch alles klar«, sagt Fritz in seinem unaufgeregten, brummigen Ton. »Dann können wir ja jetzt weitermachen.«

»Nichts ist klar!«, keift Steffi, die sich immer noch nicht mal annähernd beruhigt hat. »Fritz, merkst du denn nicht, dass sie dich nur benutzt? Das war schon damals im Ferienlager so! Sie wollte eigentlich was von Heiko und nicht von dir! Und auch jetzt bist du nur ihr Trostpflaster. Sie hat doch nie vorgehabt ...«

»So, Anne, das müssen wir uns echt nicht bieten lassen. Komm, wir gehen«, unterbricht Sonja Steffis Gezeter in diesem Moment und zieht mich an der Hand mit. »Und du, Steffi«, ruft sie der verdutzten Prinzessin von Zicker noch zu, »du solltest dich mal lieber auf dein eigenes klägliches Leben konzentrieren. Muss schon schlimm sein, wenn man auf anderen rumhacken muss, um sich selbst besser zu fühlen! Immer quälst du nur die anderen – fass dir doch mal an die eigene Nase und frag dich, warum du immer so ein Biest sein musst.« Rumms. Das sitzt. Steffi verstummt mit einem Schlag, und Sonja und ich rauschen gemeinsam ab. Ich folge meiner Schwester, die sich, als wir den Hafen verlassen, grinsend umdreht und mir eine volle Weinflasche entgegenstreckt: »Wenigstens habe ich die noch mitgehen lassen.«

»Wo hast du die her?«, frage ich Sonja erstaunt.

»Die stand neben Steffi, die wollte sie wohl heute noch trinken – geöffnet ist sie schon. Wenigstens hat sie einen guten Geschmack, was Wein betrifft. Und wir sind uns doch wohl beide einig, dass Steffi die nicht auch noch trinken sollte!«

Wir laufen kichernd über Steffis Auftritt und unseren Abgang zurück nach Zicker und setzen uns an den Strand hinter der Kirche. Die Sonne geht langsam vor uns unter und fällt dabei Stück für Stück in die Ostsee. Die Tage werden langsam wieder länger, denke ich. Bald kommt sicher die erste Hitzewelle, wie der späte Frühling sie oft mitbringt. Wie schön es hier erst im Sommer ist. Und wie gerne ich das wirklich erleben würde, und das nicht nur für ein paar Tage Urlaub.

»Jetzt mal ganz ehrlich, Anne: Was empfindest du für Fritz? Ich meine, entweder er oder Fabio, oder was willst du denn tun?«, fragt Sonja mich nach einer Weile, während sie einen Schluck aus der Weinflasche nimmt. Danach hält sie diese mir hin. Ich nehme ebenfalls einen Schluck und denke kurz über die ganze verworrene Situation nach.

»Ich fühle mich wieder wie im Ferienlager. Mit all diesen kleinen Katastrophen, die man als Teenager so durchlebt. Nur, dass aus den kleinen inzwischen große Katastrophen geworden sind. Ich weiß wirklich nicht, wie es weitergehen soll. Aber ich... ja, ich glaube, dass ich Fritz mag. Also wirklich mag. So sehr wie man jemanden eben mögen kann, wenn man seit Wochen im emotionalen Ausnahmezustand ist und wenn einem das Herz so schrecklich gebrochen wurde wie mir.«

»Ich bin mir sicher, er empfindet auch etwas für dich. Diese herzigen Augen, mit denen er dich anschaut...«

Ich zucke mit den Schultern. »Meinst du? Er ist so anders, anders als alle anderen Männer, mit denen ich bisher zusammen war. Er verschwindet irgendwie immer, und ich weiß nie, was er wohl denkt...«

Sonja schaut kurz an mir vorbei. »Na, dann fragst du ihn jetzt am besten selbst«, sagt sie auf einmal.

Überrascht drehe ich mich um und sehe, dass Fritz langsam auf uns zugelaufen kommt. Und auf einmal beginnt mein Herz wie verrückt zu schlagen. Ich schlucke schwer und weiß selbst nicht so recht, warum ich plötzlich so aufgeregt bin.

»Ich geh' dann mal«, sagt Sonja leise, und ich springe vor Schreck auf, um sie davon abzuhalten. Aber es ist schon zu spät, sie hat sich bereits auf den Weg gemacht. Statt ihrer gesellt sich jetzt Fritz zu mir und nimmt schweigend einen großen Schluck aus der Weinflasche, die Sonja bei uns gelassen hat. Er stellt den Wein am Rand zum Schilf ab und steht nun in seiner ganzen Größe neben mir. Aufrecht und stolz. Sein Blick wandert über die Landschaft, als wäre es sein Königreich. Vom Meer zieht ein leichter Wind rüber, so sanft, dass man ihn kaum spürt. Langsam wird es dunkel, aber noch kann man alles um uns herum genau erkennen.

»Mein Opa hat immer gesagt, von der Ostsee aus kannste die ganze Gotteswelt erfassen«, unterbricht er die Stille.

Ich gehe einen halben Schritt näher an ihn heran, und zu meiner Überraschung greift er beherzt nach meiner Hand, während er mit der anderen Richtung Wasser zeigt. »Mein ganzes Leben habe ich über dieses Meer geschaut. Da drüben die Halbinsel Klein Zicker, das Thiessower Südperd, dahinter versteckt die Greifswalder Oie und der Ruden. Und wir hier in dem kleinen Zicker mittendrin und doch weltvergessen. Rings um uns herum nur Bodden und die Ostsee. Alles immer im gleichen Trott… bis du gekommen bist.« Fritz schaut mich an und strahlt auf einmal. Es ist das erste Mal, dass ich ihn auf diese Weise lächeln sehe, so vollkommen fröhlich und ungezwungen. Er hat wunderschöne, weiße Zähne. Und in seinen Wangen bilden sich kleine Grübchen.

»Ich bin froh, dass ich nach Zicker gekommen bin. Es ist wirklich wunderschön hier – ich kann gar nicht glauben, dass ich schon bald nach Berlin zurück muss…« Ich blicke über das Meer, während ich das sage, und die letzten Worte machen mich ganz traurig. Und auf einmal wünsche ich mir, dass Fritz mich von meinen Plänen abhält. Dass er mich in seine starken Arme zieht und »geh nicht« ruft. Aber Fritz guckt nur übers Meer wie ich. Unsere Augen treffen sich nicht. Nur unsere Hände liegen immer noch ineinander, etwas zögerlich, wie zwei Blätter, die nur durch Zufall zusammengeflogen sind.

»Vielleicht bleibe ich einfach hier«, wage ich einen weiteren Vorstoß. Ich weiß, dass ich so etwas zu Fritz nicht sagen sollte, wenn ich es nicht wirklich meine. Aber ich will, dass er Position bezieht. Ich will, dass er mich bittet zu bleiben. Auch wenn ich weiß, dass die Chancen dafür sehr gering sind. Selbst wenn er wollte, für Fritz ist es nicht einfach, solche Dinge auszusprechen. Ich glaube, für seine Verhältnisse hat er sich überhaupt schon viel weiter hervorgewagt, als er es von sich selbst gewöhnt ist. Und ich bin nicht daran gewöhnt, einen Mann neben mir zu haben, der nicht die ganze Zeit den Ton angeben will.

Fritz dreht langsam den Kopf, und sein Blick schweift wie zufällig vom Meer in Richtung Zickersche Berge. Dazwischen stehe ich. Barfuß und daher fast einen Kopf kleiner als er, weshalb er langsam seinen Kopf senkt. Unsere Augen bleiben aneinander hängen, verketten sich. Er hat so unfassbar schöne Augen, denke ich, und auf einmal werden meine Knie ganz weich. Eine ganze Armada aus Schmetterlingen flattert mir durch den Bauch, und gleichzeitig frage ich mich aufgelöst, was hier gerade mit mir passiert. Verliere ich nun wieder mein Herz? Gibt es das Glücks-Einhorn etwa doch? Und was ist mit Fabio? Am schlimmsten aber ist: Ich kann Fritz' Blick nicht deuten – ist er genauso aufgeregt wie ich? Wenn ja, dann versteckt er es auf jeden Fall perfekt. Fritz strahlt so eine unglaubliche Ruhe und Ausgeglichenheit aus. Er ist wie der große Findling, der hier vor uns in der Ostsee liegt und den die Wellen in gleichmäßigen Bewegungen umspielen. Dann gleitet Fritz' Hand langsam aus meiner hinaus. Jetzt ist die letzte Verbindung, die wir noch haben, die zwischen unseren Augen.

Als ich spüre, dass Fritz auf dem Weg ist, sich doch wieder von mir wegzudrehen, fasse ich mir ein Herz. Ich greife nach seiner Hand, die sich gerade erst von mir getrennt hat, und ziehe mich etwas näher an ihn heran. Dann gehe ich auf die Zehenspitzen und nähere mich seinem Gesicht. Ich bin auf einmal so aufgeregt wie selten zuvor in meinem Leben. Dabei ist es doch nicht das erste Mal, dass ich Fritz küsse! Trotzdem. Mir kommt es plötzlich so vor, als würde alles von diesem einen Kuss abhängen. Wenn es überhaupt dazu kommt, denn auch die Möglichkeit, dass Fritz meinen

Annäherungsversuch abwehren könnte, halte ich in diesem Moment der Unsicherheit, in dem mir tausend Szenarien durch den Kopf gehen, für nicht unwahrscheinlich.

Aber Fritz zieht sich nicht mehr zurück. Im Gegenteil: Als er bemerkt, dass ich mich in seine Richtung lehne, hebt er die Arme, und seine großen Hände umfassen zärtlich mein Gesicht. Und dann küssen wir uns. Und ich schwöre, dass ich nicht übertreibe, wenn ich sage, dass ich für einen Moment sicher bin, dass über uns ein großes Feuerwerk in der Luft explodiert. Wir küssen uns so lange, dass ich denke, dass ich gleich ohnmächtig werde. Seine Lippen sind weich und warm, und während wir uns küssen, zieht er mich mit seinen starken Armen eng an sich heran. Und alles um uns herum zerfließt wie heiße Butter. Es gibt nur noch ihn und mich. Fritz und Anne. Anne und Fritz. Und ich habe das Gefühl, mein Herz zerplatzt vor Glück.

Als wir uns endlich wieder voneinander trennen können, lächeln wir beide etwas unsicher. Dieser Moment der Stille wäre früher für mich unerträglich gewesen. Ich musste in solchen Situationen sonst immer etwas Unpassendes sagen, weil ich es selten ertragen konnte, mit Menschen zu schweigen. In diesem Fall wäre es sicherlich so etwas wie »Also, du küsst auf jeden Fall tausend Mal besser als früher« oder ein ähnlich bescheuerter Spruch gewesen. Dabei erinnere ich mich an mein Gespräch mit Sonja am Strand. Jemanden zu finden, mit dem Schweigen nicht komisch ist. Im Moment schaue ich Fritz aber einfach nur an, beobachte, wie sich sein Brustkorb gleichmäßig senkt und hebt. Und ich genieße die Stille mit ihm. Seine Augen wandern langsam hin und her, ein wenig unsicher, ein wenig neugierig, ein wenig abwartend. »Was jetzt«, scheinen sie zu fragen. Ich lächele leicht, und nun ist es Fritz, der mich zu sich heranzieht. Er beginnt mich wieder zu küssen, und jetzt habe ich wirklich das Gefühl, dass in meinem Bauch irgendetwas explodiert, so absurd intensiv fühlt sich das Kribbeln jetzt an. Ich komm mir vor wie ein Teenager, und wenn man es recht betrachtet, das letzte Mal, als Fritz und ich uns geküsst haben, war ich das ja auch. Unser zweiter Kuss, und es liegen ja nur knapp zwanzig Jahre dazwischen. Es ist ein bisschen wie ein Déjà-vu, nur viel besser. Viel, viel besser.

Fritz murmelt etwas, und ehe ich darüber nachdenken kann, was er gesagt haben könnte, gleitet seine Hand über meinen Rücken. Dann signalisiert er mir vorsichtig mit seinem Blick, dass er sich in eine bequemere Position begeben will, und wir lassen uns gemeinsam in den Sand fallen. Seine Hand gleitet über meinen Po und kommt auf dem rechten Oberschenkel zum Halten. Er schaut mich kurz fragend an, und als ich leicht nicke, beginnt er langsam, den Reißverschluss meiner Jacke aufzuziehen. Dann wandern seine Hände unter mein T-Shirt, und wie ein angespanntes Seil, das endlich reißt, endet auch zwischen uns die letzte Distanz, und wir fallen geradezu übereinander her.

Als ich am nächsten Morgen noch im Dunklen, nach ein paar kurzen Stunden Schlaf, wach werde, muss ich kurz überlegen, wo ich bin. Ich schaue mich um, entdecke den schlafenden Fritz neben mir und erinnere mich daran, wie Fritz und ich nach unserer ersten, nennen wir es mal ›Annäherung‹ Hand in Hand und kichernd wie zwei Teenager zu ihm nach Hause gelaufen sind. Schließlich wurde es am Strand ja doch ein wenig zu kalt und zu dunkel, trotz des romantischen Sternenmeers über uns.

Wie Blitze fliegen mir die Erinnerungen an die letzte Nacht durch den Kopf. Unsere beiden Körper, ineinander verschlungen, sodass man kaum hätte sagen können, wo meiner anfängt und wo seiner aufhört. Eine Leidenschaft so intensiv, wie ich sie mir von Fritz' Seite nie hätte vorstellen können. Und immer wieder seine Lippen, die jeden einzelnen Zentimeter meines Körpers erkundeten.

Dazu die Musik, die Fritz noch angemacht hatte, als wir ins Haus gestürmt waren, und die mir immer noch im Kopf nachhallte: natürlich Adele. Besonders das Lied »Lovesong«, das mir einfach nicht mehr aus dem Kopf ging:

»You make me feel like I am fun again.
You make me feel like I am free again.
You make me feel like I am whole again.«

Unser persönlicher Liebes-Soundtrack. Und genau das, was wir beide gerade fühlen.

Dann unsere Gespräche, in denen wir gemeinsam Ideen für das Kahnweib-Haus entwickelten, wie eine rosige Zukunft, die vor uns liegen könnte. In denen ich ihm ein paar Sachen von Fabio erzählt habe, von der Hochzeit und meiner Entdeckung und meiner Enttäuschung darüber, wie viele Lügen es in unserer Beziehung gegeben hatte. Und dass ich mich gar nicht mehr wie ich selbst gefühlt hatte – aber dass ich ausgerechnet hier, in Zicker, plötzlich wieder bei mir bin. Fritz hörte nur zu und nahm mich dann noch fester in seine Arme.

Irgendwann erzählte er dann mir auch ein paar Sachen, vor allem, dass er mich damals im Ferienlager schon mochte – und ich ahne, wie viel in dem schlichten Wort »mögen« bei ihm stecken muss. Es ist eindeutig, dass Fritz damals das Ganze völlig anders als ich empfunden haben muss, genau wie Sonja es schon vermutet hatte. Wahrscheinlich gäbe es noch viel mehr über seine Gefühle von damals zu erzählen, aber er ist eben nicht der große Erzähler. Vielleicht wird er auch nie viele Worte über solche Erinnerungen verlieren. Aber in diesem Moment habe ich mich ihm so nahe gefühlt wie noch nie jemandem zuvor. Einfach weil ich gespürt habe, dass bei ihm alles echt ist. Und dann haben wir uns wieder geküsst, mit diesen Küssen, die so rein gar nichts mehr mit den ungeschickten Knutschern unserer Teenie-Zeit zu tun hatten.

Ich schaue Fritz an, wie er neben mir noch tief und fest schläft, und streiche ihm sanft über die weichen Haare. Er atmet ganz ruhig, und sein schönes Gesicht wirkt ganz entspannt. Diese Ruhe, die er einfach immer auszustrahlen scheint, hat sich langsam auch auf mich übertragen. In diesem Moment spüre ich eine Art inneren Frieden, und mir wird bewusst, dass es der erste Morgen ist, an dem ich nicht mit einem Kloß im Hals aufwache. Gleichzeitig habe ich plötzlich ein schrecklich schlechtes Gewissen. Immerhin bin ich eine verheiratete Frau. Egal, wie lange diese Ehe gehalten hat oder halten wird. Ich schulde es beiden Männern und mir selbst, Ordnung in dieses Chaos zu bringen. Gerade weiß ich noch nicht, wie diese Ordnung aussehen wird – aber ich muss endlich das Ruder ergreifen.

Liebevoll streiche ich Fritz noch einmal über seine wuscheligen, blonden Haare und stehe dann leise auf. Ja, ich glaube, ich weiß jetzt, was ich zu tun habe. Ich weiß jetzt, dass ich ein neues Kapitel beginnen muss. Aber bevor dieses neue Leben anfangen kann, muss ich erst einmal mit meinem alten abschließen. Denn bei allen Gedanken, die ich mir in den letzten Tagen und Wochen gemacht habe, muss ich doch auch ehrlicherweise sagen, dass es am Ende die Taten sind, die zählen. Und jetzt, wo ich mich so gestärkt fühle, durch diese Zeit allein, durch die Liebe und Offenheit der letzten Nacht, ist es endlich Zeit für echte Taten!

Ich sammle meine Sachen zusammen, ziehe mich leise an und laufe aus Fritz' Haus heraus. Kurz habe ich überlegt, ihm noch eine Nachricht zu schreiben, aber all das lässt sich gerade nicht in Worte fassen. Erst mal brauche ich Taten, um Fritz dann mehr sagen zu können, so denke ich mir das zumindest. Draußen beginnt es zu dämmern, und ich genieße es trotz der morgendlichen Kälte, am Strand entlangzulaufen. Als ich die Ferienwohnung betrete, schläft auch meine Schwester noch. Neben ihr hat es sich der rote Baron bequem gemacht, der mich etwas kritisch anschaut – offenbar hätte das Katerchen es lieber gehabt, wenn ich die Nacht bei ihm verbracht hätte. Sonja wacht auf, rollt sich leicht zur Seite und blinzelt mich an. »Na, hattest du eine tolle Nacht?«, flüstert sie mir mit müder Stimme zu.

Ich nicke glücklich. Sonja lächelt mich an. Dann beginne ich langsam, ein paar Sachen zusammenzusammeln. »Ich muss nach Berlin, ich muss einfach meine Angelegenheiten ordnen. Fritz wird sich bestimmt um den roten Baron kümmern. Kannst du ihm das Katerchen bringen, wenn du wieder abreist?«

Sonja nickt verschlafen.

Ich gehe vor dem Sofa in die Knie, vergrabe mein Gesicht noch einmal in dem weichen roten Fell des Barönchens und drücke dann meiner Schwester einen Kuss auf die Wange. »Danke für alles! Und bis bald! Ich bin froh, dass du gekommen bist!« Meine Schwester lächelt mich müde an und scheint dann gleich wieder in einem tiefen Schlaf zu versinken, während es sich der kleine Baron auf ihrem Bauch gemütlich macht.

Lächelnd nehme ich meine Tasche und ziehe die Tür langsam hinter mir zu. Mit den ersten richtigen Strahlen der Morgensonne laufe ich zu meinem roten Flitzer, der auf dem kleinen Parkplatz neben der Kirche steht. Bevor ich einsteige, schaue ich noch einmal auf das glitzernde Meer. Ein leichtes Kribbeln fährt durch meinen Körper. Dort, wo Fritz und ich uns das erste Mal wiedergesehen haben, und dort, wo wir uns gestern Abend endlich richtig gefunden haben. Dort, wo ich in Zicker angekommen bin. Und dort, wo mein neues Leben begonnen hat. Ich atme tief ein, und Glücksgefühle strömen durch meinen ganzen Körper. Gerade möchte ich einfach nur die ganze Welt umarmen – und Zicker und einen seiner Einwohner ganz besonders.

Dann steige ich in mein Auto ein und fahre langsam los. Als ich Zicker verlasse, sehe ich sie noch einmal: Berta. Sie leuchtet mir von einem Plakat entgegen, das am Ortsausgang hängt, und scheint mir aufmunternd zuzunicken, als würde sie meine Pläne gutheißen. Bestärkt trete ich aufs Gaspedal.

• •

Liebeskummer-Status:

Galoppiert da hinten am Strand etwa ein
grinsendes Einhorn?

• •

14.

Anne und der richtige Weg

Als ich einige Zeit später an der mir so sehr vertrauten Berliner Altbautür klingele, spüre ich, wie es in mir brodelt. Zurück in der Stadt zu sein, in der das (nennen wir es mal so) »Abenteuer« vor einigen Wochen begonnen hat, fühlt sich wirklich mehr als seltsam an. Ich höre die Schritte, die langsam über die Dielen von innen näher kommen, und als sich die Tür öffnet, starrt mich Moni einen kurzen Moment lang fast erschrocken an – oder bilde ich mir das nur ein? Im nächsten Augenblick aber fallen Moni und ich uns in die Arme. Meine beste Freundin merkt natürlich sofort, dass etwas nicht stimmt, aber das ist auch kein Wunder, schließlich stehe ich selten in aller Herrgottsfrühe vor ihrer Haustür. Und sie begreift auch erstaunlich schnell, dass ich nicht wie geplant mit Fabio in den Flitterwochen war.

»Was ist denn los?«, fragt sie mich mit großen Augen. »Was ist … hat Fabio was gemacht?«

Es kommt mir fast seltsam vor, dass es immer noch Menschen in meinem Umfeld gibt, die nichts von dem ganzen Hochzeitsdrama wissen, aber wenn ich genau darüber nachdenke, weiß ja fast keiner etwas davon. Weder meine Eltern noch Moni. Nur Sonja. Fabio natürlich, immerhin ist er der wesentliche Bestandteil des Dramas. Und Fritz. Bei dem Gedanken an Fritz macht mein Herz einen kleinen Satz und klopft, als wolle es einen Weltrekord im Sprint aufstellen. Ich würde Moni am liebsten sofort alles erzählen, von Fritz, von unserer Nacht, die nur wenige Stunden zurückliegt, von dieser unglaublichen Nähe, die ich zu ihm gespürt habe – aber ich fürchte, dass sie mich dann für völlig verrückt erklären würde. Immerhin habe ich ihr noch nicht einmal das Fabio-Drama dargelegt, wobei sie, die ja früher immer die glühendste Fabio-Verteidigerin war, selt-samerweise gleich etwas zu ahnen scheint. Und dann im Anschluss daran noch ein weiterer Mann? Bestimmt würde sie mir sagen, dass das nur eine Liebelei ist. Nichts Ernstes. Nur eine Reaktion auf all das Drama mit Fabio. Sie würde mich davon abhalten wollen, dass zu tun, wofür ich hergekommen bin. Vielleicht würde sie mich auffordern, lieber zu tun, was vernünftig ist – aber Moni steckt eben nicht in meinem Kopf. Sie weiß nicht, was ich in den letzten Wochen durchgemacht habe. Und sie weiß nicht, wie sehr ich mich überwinden musste, überhaupt nach Berlin zurückzukommen.

Wir setzen uns in ihre Küche voller Vintage-Möbel (Moni ist eher der Typ, der wenig auf Trends und mehr auf Flohmärkte gibt), und Moni macht uns erst mal einen Kaffee. Ich erzähle ihr die Kurz-version von Fabio und der Entdeckung nach der Hochzeit, aber lasse den ganzen Fritz-Teil aus. Moni nickt meistens nur. Sie scheint irgendwie weniger geschockt, als ich es erwartet hätte. Vielleicht hat sie schon immer geahnt, dass Fabio keine gute Wahl für mich ist, und wollte das nur nie richtig sagen. Aber auch ihre Wut auf Fabios Verhalten – und im wütend Sein ist Moni normalerweise sehr gut – hält sich in Grenzen. Insgesamt wirkt sie bei meinen Erzählungen fast abwesend und spielt ständig mit etwas herum, mal mit dem Kaffeelöffel, mal mit einer Haarsträhne. So, als warte sie auf etwas, als ob ich ihr Sachen erzählen würde, die sie schon längst weiß.

»Und was willst du jetzt machen?«, fragt sie mich schließlich mit dünner Stimme, »zurück zu Fabio?«

»Ich glaube nicht, dass ich einfach so zu ihm zurückgehen kann«, antworte ich ihr ehrlich.

»Du willst also die Scheidung?«

Das Wort »Scheidung« trifft mich mehr, als ich gedacht habe. Klar, wofür bin ich zurückgekommen? Um Fabio endlich eine Chance, um uns eine Chance zu geben, um zu klären, was passiert ist. Um die ganze Geschichte von ihm zu hören. Absurderweise ist das Wort »Scheidung« bisher nicht in meiner Vorstellung aufgetaucht. Auch wenn es irgendwie die logische Konsequenz von allem ist – es zu hören setzt mir auf einmal schrecklich zu.

Ich schaue Moni traurig an. Und jetzt erst sehe ich es plötzlich: Moni hat sich irgendwie verändert, seitdem ich sie das letzte Mal gesehen habe. Allerdings kann ich nicht genau sagen, woran ich das festmache. Irgendetwas ist anders. »Du siehst gut aus«, sage ich zu meiner Freundin. »Ist irgendetwas passiert? Du wirkst so ... zufrieden und ausgeglichen ...«

Meine beste Freundin schaut plötzlich fast schüchtern auf den Boden. Meinem interessierten Blick weicht sie definitiv aus. So kenne ich sie gar nicht! Sie streicht sich eine hellblonde Haarsträhne aus dem Gesicht, und mir fällt auf einmal der goldene Armreif an ihrem Handgelenk auf. Ich identifiziere ihn sofort als ein Stück aus der Cartier-Love-Kollektion. Den gleichen Armreif habe ich nämlich auch, allerdings mit einem kleinen Diamanten in der Mitte – aber an Monis Arm überrascht mich das wertvolle Stück, das so gar nicht zu ihr passt, dann doch. Moni kauft nämlich sonst nur Modeschmuck. Abgesehen davon, dass so ein Armreif ein kleines Vermögen kostet.

»Ich muss jetzt leider dringend ins Büro«, sagt sie auf einmal, als sie meinen seltsamen Blick bemerkt.

Ich schaue auf die Uhr. Es ist bereits zehn Uhr. »Ja, ich muss dann auch mal los«, sage ich schnell und greife nach meiner Tasche. Die gestellten, aber unbeantworteten Fragen hängen irgendwie immer noch in der Luft, und es wirkt so, als könnten wir es beide nicht erwarten, vor ihnen davonzulaufen. Da ist plötzlich eine Distanz zwischen uns, die ich mir nicht erklären kann. Vielleicht ist Moni sauer, dass ich mich so lange nicht gemeldet habe? Dass ich all dieses Fabio-Drama nicht mit ihr geteilt habe? Dass ich nicht gleich zu ihr gefahren bin, damals, als das alles geschehen ist?

Erst nachdem wir uns verabschiedet haben und ich draußen schon zu meinem Auto laufe, fällt mir auf, dass Moni mir gar nicht angeboten hat, bei ihr zu übernachten.

Ich drehe den Schlüssel im Zündschloss um, und der Mini brummt leise und gleichmäßig los. Langsam lenke ich ihn aus Monis Straße hinaus. Der Besuch bei ihr hinterlässt ein seltsames Gefühl bei mir. Normalerweise hatte ich sie immer als Verbündete an meiner Seite gehabt, egal was war. Gerade eben allerdings wirkte sie so, als könne sie mein Verhalten gar nicht richtig nachvollziehen. Aber ich versuche, die bohrenden Gedanken zu verscheuchen und sage mir, dass sich das schon wieder einrenken wird und sicher nur vorübergehend ist. Immerhin gehen wir bereits seit mehr als sieben Jahren durch dick und dünn, seitdem wir uns bei einem gemeinsamen Praktikum kennengelernt haben.

Dann setze ich den Blinker, biege rechts auf die Schönhauser Allee ein und fahre dann Richtung Rosa-Luxemburg-Platz. Draußen zieht Berlin an mir vorbei. Ich lasse das Fenster runter, atme die berühmte Berliner Luft ein und bewundere die frühlingshaft blühenden Bäume am Straßenrand. Links über mir überholt mich ratternd die gelbe U-Bahn, Linie U2. Es ist ein seltsames Gefühl, wieder hier zu sein. In dieser Stadt, in der jede Ecke mit einer Erinnerung verbunden ist und in der ich nun so viele Jahre gelebt habe. Ich passiere die Kastanienallee, die Kulturbrauerei, den Senefelderplatz. Zu jedem dieser Orte könnte ich eine Anekdote aus meiner Zeit hier erzählen. Sie sind wie Stationen in der U-Bahn-Linie meines Lebens.

Die Ampel an der Kreuzung Torstraße schaltet auf Rot, und ich blicke durch die Seitenscheibe aufs Soho House. Ein Members-only-Club, in dem Fabio (natürlich!) eine Mitgliedschaft hat und auf dessen Samt-Sofas wir oft unsere Sonntage verbracht haben. Fabio war dort meistens damit beschäftigt, Geschäftspartner zu treffen oder auf sein Handy oder seinen Laptop zu starren, während ich vor dem Kamin oder am Pool durch Modezeitschriften blätterte. Trotz allem erinnere ich mich gerne an diese ruhigen Tage. Als das Leben irgendwie noch so reibungslos lief, immer weiter plätschernd wie ein kleiner Alpenbach. Als es zwischen Fabio und mir noch Nähe gab, und nicht all diese Verletzungen. Ich frage mich, ob ich mich jetzt immer noch im Soho House mit all seinen Wichtigtuern und Hyperkreativen entspannen könnte, oder ob ich mich schon viel zu sehr von dieser Person, die ich damals war, entfernt habe. Und ich frage mich plötzlich, ob ich einfach dort weitermachen könnte, wo ich aufgehört habe.

Die Ampel schaltet auf Grün, und ohne den Gedanken weiterzuverfolgen, fahre ich zügig los. Ich passiere den immer etwas lotterig aussehenden Alexanderplatz, über den schon am Vormittag Touristen ihre prall gefüllten Primark-Tüten schleppen. Der Fernsehturm, das Wahrzeichen des Berliner Ostens, zwinkert mir im Sonnenschein verheißungsvoll zu. Und auf einmal merke ich es: Als ich in Zicker war, habe ich Berlin kein bisschen vermisst – und jetzt bin ich doch froh, wieder hier zu sein. Dabei fühlt sich das Ganze kein bisschen paradox an. Ich erkläre mir dieses Gefühl damit, dass ich nun eben mal seit vielen Jahren hier lebe und mir große Veränderungen schon immer schwergefallen sind. Aber tief in meinem Herzen weiß ich, dass sich in diesem Moment ein Hauch von Zweifel in meine Entschlossenheit geschlichen hat. Schließlich habe ich die ganze Zeit so gern in Berlin gelebt. Die Ausstellungen, die vielen Programmkinos und jede Woche ein anderes tolles Theaterstück – kann ich das wirklich alles aufgeben? Wird mir nicht etwas fehlen, dort auf dieser Insel in der Ostsee?

Ich fahre an den DDR-Neubauten der Karl-Liebknecht-Straße vorbei – auch das ist etwas, was ich an Berlin liebe, diese allgegenwärtige Hässlichkeit und dass die Stadt einfach nicht gefallen will – und parke das Auto schließlich auf dem großen Parkplatz hinter dem Hackeschen Markt. Bevor ich aussteige, atme ich noch einmal tief ein und aus und versuche, mich zu entspannen, schließlich stehen einige wichtige Gespräche an. Dabei lasse ich meinen Blick schweifen, der plötzlich von einem Bild magisch angezogen wird. An der Wand, vor der ich geparkt habe, hängt nämlich ein Plakat mit der Aufschrift »Künstler im Exil«.

Ich starre eine Weile auf das Ausstellungsposter, das mich völlig in seinen Bann gezogen hat, und plötzlich fährt mir eine Idee durch den Kopf: Was, wenn wir aus dem Haus vom Kahnweib ein Künstlerhaus mit Aufenthaltsstipendien machen? Für bildende Künstler, Maler, Schriftsteller, Theaterleute und so weiter, eben für jeden, der eine Vision mitbringt und die Ruhe braucht, um sie umzusetzen. Und auf dem riesigen Gelände könnten wir sogar eine Galerie bauen. Sicherlich, ein solches Projekt ist vielleicht etwas eigennützig – immerhin würde Zicker so für mich attraktiver werden –, aber schlecht ist es deswegen ja noch lange nicht. Ja, diese Idee hat wirklich etwas! Und von wegen purer Egoismus: Zicker hätte damit eine echte Attraktion, die das Örtchen beleben würde, ohne dass es gleich ein Schpa mit überkandidelten Rich Kids sein muss. Die Künstler wiederum würden Ruhe und Inspiration finden – so wie ich bei meiner neu entdeckten Malerei.

Je länger ich darüber nachdenke, desto mehr Vorteile für alle fallen mir ein. Und vor allem: Berta hätte das mit Sicherheit gefallen, wenn in ihrem Haus Leute an ihren Visionen arbeiten. Oder wenn ich damit zum ersten Mal eine eigene Vision wahrmachen könnte. Beschwingt von meiner Idee springe ich aus dem Mini und fotografiere das Plakat mit dem Handy ab. Als Gedächtnisstütze und Beleg für diesen Geistesblitz. Dann überquere ich die Straße und laufe langsam in das hypermoderne Agenturgebäude, das am Litfaß-Platz steht wie ein riesiges schwarz-glänzendes UFO.

Als mich das UFO zwei Stunden später wieder ausspuckt, fühle ich mich ziemlich erschöpft. Das Gespräch mit meinem Chef war nicht einfach. Ehrlich gesagt hat mich die Vehemenz, mit der er mich zum Bleiben überreden wollte, überrascht. Irgendwie war mir nie klar, wie wichtig er mich für den Erfolg der Agentur erachtet, und ehrlich gesagt hat er bisher auch nicht sonderlich viel dafür getan, um es zu zeigen. Trotzdem freue ich mich, dass wir uns am Ende auf einen Deal einigen konnten, der für uns beide gut ist. Auch wenn das bedeutet, dass ich etwas länger hier in Berlin bleiben muss als geplant. Ich habe zwar noch einige Urlaubstage, die ich jetzt nehmen könnte (die Flitterwochen sollten mein erster richtiger Urlaub seit Jahren sein), aber mein Chef wünscht sich, dass ich noch das letzte Projekt mit (wem denn sonst) Frau Schreck abschließe, bevor er sie mit einer neuen Beraterin bekannt macht. Zwar könnte ich das meiste im Home Office erledigen, aber ein paar persönliche Meetings würden trotzdem nötig sein. Die Aussicht auf Meetings mit Frau Schreck beglückt mich nicht gerade, und dass ich nicht gleich hundertprozentig mit dem Kahnweib-Haus loslegen kann, natürlich genauso wenig.

Vielleicht hätte ich lieber doch einfach kündigen sollen. Ein Ende mit Schrecken und so, das Band einfach durchschneiden, schnipp-schnapp. Aber im nächsten Moment kam es mir irgendwie verantwortungslos vor, einfach so zu gehen, schließlich sollte die neue Anne nicht so vor Problemen weglaufen, wie es die alte getan hat. Und eine richtige Wahl hatte ich ja ehrlich gesagt nicht, immerhin gibt es in meinem Vertrag eine Kündigungsfrist. Wenn auch nur von zwei Wochen – die Agentur hält sich gerne die Option offen, Leute schnell und je nach Kundenlage abzustoßen. Ich versuche also die »bittere Pille« zu schlucken, auch wenn es mich irgendwie schon frustriert, dass das alles doch nicht so schnell geht, wie ich mir das vorgestellt habe.

Na ja, allerdings – Achtung Gedankenblitz! – vielleicht kann ich Frau Schreck ja sogar als Sponsorin für das Künstlerhaus in Zicker gewinnen. Ha! Dann hätte die zusätzliche Zeit in der Agentur doch noch etwas Gutes – das wäre ein echtes Win-Win für alle. Und vielleicht kann ich die eine oder andere Aktion für das Projekt gleich mithilfe der Agentur beginnen.

Ich lenke den Mini zurück Richtung Prenzlauer Berg. Als ich meinen kleinen roten Flitzer auf der Zionskirchstraße parke, beginnt mein Herz wie verrückt zu klopfen. Bevor ich aussteige, nehme ich mein Handy zur Hand und schreibe schnell eine Nachricht an Fritz. Schließlich will ich nicht, dass er denkt, dass ich einfach abgehauen bin. Nicht nach dieser Nacht. Nicht nach all den Gefühlen, von denen ich glaube, dass er sie auch gespürt hat. Da ich aber nicht genau weiß, wann ich zurückkommen werde, belasse ich es bei einer relativ vagen Nachricht: »Es war unglaublich schön mit dir. Ich vermisse dich jetzt schon. Habe eine neue super Idee für das Kahnweib-Haus! Bin in Berlin, um Dinge zu regeln und werde so schnell wie möglich zurückkommen. Deine Anne.« Ich lese mir die Nachricht noch einmal durch und entscheide dann, dass ich sie für gut befinde. Das zischende Geräusch bestätigt den Versand (natürlich hat der gute Fritz kein WhatsApp, sondern nur altmodische SMS, aber das hatten Sie sich bestimmt schon gedacht). Bei dem Gedanken, dass Fritz in diesem Moment sein Handy zur Hand nimmt und die Worte von mir liest, muss ich lächeln. Dann stecke ich mein Handy in die Hosentasche, atme noch einmal tief durch und laufe langsam auf das Haus zu, das so lange mein Zuhause war.

Natürlich habe ich immer noch meinen Schlüssel, aber trotzdem entscheide ich mich dafür, lieber zu klingeln. Fabio hat zwar auch ein piekfeines, natürlich sauteures Büro am Potsdamer Platz, aber meistens war er ja doch unterwegs – oder arbeitete von zu Hause aus. Deshalb war die Wahrscheinlichkeit, ihn dort anzutreffen, auch weiterhin hoch. Als Fabio wirklich die Tür öffnet, braucht er einen Moment, um zu verstehen, dass es wirklich ich bin, die vor ihm steht.

»Anne...«, ruft er und sieht mich mit großen Augen an. »Endlich!« Er nimmt meine Hand und zieht mich sofort in die Wohnung hinein.

Das Penthouse kommt mir auf einmal absurd riesig vor, auch wenn es mir immer noch gefällt. Ich lasse meinen Blick durch das große Wohnzimmer schweifen und bleibe dann an Fabio hängen. Er sieht gut aus, denke ich. Ja, er sieht immer noch gut aus. Und plötzlich fühle ich mich schlecht, dass ich das denke. Als wenn ich von mir selbst erwarten würde, dass ich ihn jetzt hässlich finde. Oder furchtbar. Seltsamerweise spüre ich in diesem Moment auf einmal nichts mehr von all diesen negativen Emotionen, denn die Wut der letzten Wochen scheint vollständig verraucht. Und plötzlich spüre ich nur noch eine tiefe Traurigkeit. Traurigkeit über das, was wir durchgemacht haben. Dass wir dachten, etwas sei für immer. Und es war doch nur ein Moment. Ein Augenblick in der Spanne unserer hoffentlich langen Leben. Nur ein Hauch von Glück.

Fabio schaut mich fragend an und sagt gar nichts. Worüber ich dankbar bin, denn gerade jetzt könnte ich nicht brauchen, dass Fabio mit seinem »Bella« und »Carissima« anfängt. Ich habe allerdings das Gefühl, er fürchtet sich geradezu vor dem, was ich jetzt sagen werde. Und auch ich schrecke auf einmal davor zurück, das zu tun, was ich mir so fest vorgenommen habe. Jetzt wo ich wieder hier bin. Quasi in meinem alten Leben stehend fällt es mir doch deutlich schwerer, es loszulassen, als ich dachte.

»Kann ich dir einen Kaffee anbieten?«, fragt er in die Stille hinein.

Das wäre dann der dritte an diesem Tag, nach dem ersten bei Moni und dem zweiten in der Agentur. Mir fließt inzwischen wahrscheinlich pures Koffein durch die Adern. Ich nicke zögerlich und lasse mich auf das große Sofa im Wohnzimmer fallen. Er läuft in die Küche und drückt ein paar Knöpfe auf seiner professionellen Espresso-Maschine, die daraufhin das mir so wohl vertraute Zischen und Gurgeln ausstößt. Natürlich muss er nicht fragen, was ich mag – diese Vertrautheit ... plötzlich ist alles wieder da. Fabio kommt zurück und stellt die kleine Tasse auf den Nogushi-Designertisch vor mir. Dann setzt er sich auf das Sofa neben mich und nimmt sofort meine Hand. »Ich bin so froh, dass du da bist, Amore. Ich habe dir so viel zu erklären ...« Er schluckt: »Und ich dachte schon, dass du nie zurückkommst.«

Ich schaue ihn an. Lange und intensiv. Gründlich. So, als ob ich in seinem Gesicht eine Antwort auf die Frage finde, die mir plötzlich durch den Kopf schießt: Was, von all den Gefühlen, ist wohl noch da? Was ist geblieben nach diesem Sturm? In den letzten Tagen und Wochen habe ich so viel über Fabio und mich, über unsere Beziehung, nachgedacht und dabei so viel begriffen. Ich habe eingesehen, dass wir vielleicht doch nicht füreinander bestimmt sind. Eine Erkenntnis, die mir immer noch wehtut. Und trotzdem, jetzt, hier, in diesem Moment, als ich wieder bei ihm bin, als alles um mich so vertraut erscheint, spüre ich doch, dass da noch etwas ist. Ein kleiner Rest Liebe. Kaum wahrnehmbar, aber er ist da, wie die Glut nach einem großen Feuer, die immer noch orange aufleuchtet. Mir fallen Zeilen aus einem Gedicht ein, das ich als Studentin, die ständig verliebt war und ständig Liebeskummer hatte, über meinen Schreibtisch gehängt hatte:

»Wie Gefühle verblassen.
Wie Strohfeuer nur noch glühen.
Immer noch zu heiß, um drüber zu gehen.«

Und irgendwie beruhigt es mich, dass ich so empfinde. Weil es noch trauriger wäre, wenn all die Liebe, mit der ich einst für ihn brannte, wirklich komplett verschwunden wäre. Weil das ja irgendwie ein Armutszeugnis für unsere Liebe wäre. Ich schaue Fabio an und merke, dass die Distanz zwischen uns mit jeder Sekunde mehr schmilzt. Er ist immerhin mein Mann. Trotz allem. Ich schlucke schwer und sage dann das, wofür ich eigentlich hergekommen bin, mit den Worten, die ich mir inzwischen so fest zurechtgelegt hatte: »Fabio, ich möchte die Scheidung. Und ich möchte, dass wir das alles so freundschaftlich wie möglich über die Bühne bringen ...«

Fabio hebt abwehrend die Hände. »Aber, du hast mir nie die Möglichkeit gegeben, mich zu erklären. Das ist nicht fair. Du bist einfach abgehauen.«

»Ich habe Abstand gebraucht ...«

»Und ich habe ihn dir gegeben. Jetzt können wir reden.«

»Das können wir. Aber an meiner Entscheidung wird es nichts ändern.«

»Ich weiß, dass ich einen Fehler gemacht habe. Viele Fehler. Aber ich verspreche dir, dass ab jetzt alles anders wird. Keine Geheimnisse mehr. Wenn du willst, fahren wir jetzt sofort gemeinsam nach Italien, und ich stelle dir diese Frau und das Kind vor. Sie haben in meinem Leben keine Bedeutung, ich habe immer nur den Unterhalt gezahlt. Meine Exfrau hat bereits kurz nach unserer Trennung wieder geheiratet, und ihr Mann hat das Kind wie seines aufgezogen. Ich habe sie alle seit vielen Jahren nicht mehr gesehen.«

»Findest du das nicht schrecklich? Dass es da ein Kind gibt, um das du dich nie gekümmert hast?« Mir schießt der Gedanke, dass Fritz so etwas nie tun würde, durch den Kopf. Und gleichzeitig weiß ich, dass ich die beiden Männer nicht miteinander vergleichen sollte. Denn Fabio und Fritz lassen sich nicht vergleichen. Sie sind wie entgegengesetzte Pole: einer wie ein Ozean im Sturm und der andere wie ein ruhiger, tiefer Bergsee. Schwarz und Weiß. Himmel und Erde.

»Wie heißt das Kind eigentlich?«, frage ich ihn dann, um mich von diesen Gedanken abzulenken. Wobei mir dann wieder klar wird, dass das »Kind« inzwischen fast volljährig sein muss. »Und wie alt ist sie?«

»Sie heißt Alessandra, und sie ist fast achtzehn. Das ist alles so lange her! Und wir waren noch so jung«, sagt Fabio mit brüchiger

Stimme, »ich war nicht bereit für eine solche Verantwortung. Und ich wollte das Kind nicht …«

»Das hättest du dir vielleicht überlegen sollen, bevor du ungeschützten Geschlechtsverkehr hattest«, weise ich ihn trotzig zurecht.

»Sie hat mir damals gesagt, dass sie die Pille nimmt, und ich war naiv genug, ihr zu glauben. Und mein Vater meinte dann, ich müsse dann eben die Verantwortung übernehmen, das sei in unserer Familie nicht anders denkbar.«

»Das ist natürlich besonders leicht, sich einfach als Opfer von allem darzustellen. Und dass du mir kein Sterbenswörtchen von all dem erzählt hast, das ist auch nicht deine Schuld, oder wie?« Ach, es tut gut, all diese Dinge nun doch endlich mal auszusprechen. Eine wahre Befreiung!

Fabio schaut mich unsicher an. »Glaube mir, ich bereue das unendlich … aber wenn du mir noch eine Chance gibst, dann wirst du sehen, dass ich mich für dich verbessern werde. Ich werde der Mann sein, den du verdient hast!«

Ich höre ihm zu, und auch wenn es mich ärgert, seine Worte prallen nicht spurlos an mir ab. Es rührt mich geradezu, dass er so verzweifelt ist.

»Ich weiß nicht, wie du dir das vorstellst«, höre ich mich plötzlich sagen, »wir können nicht einfach da weitermachen, wo wir aufgehört haben. Da ist etwas kaputt gegangen zwischen uns. Begreifst du das nicht?« Dabei schaue ich ihn an und bemerke, wie die Tränen in mir aufsteigen. Die Begegnung mit ihm nimmt mich viel mehr mit, als ich es je erwartet habe. Auf Rügen, als Fabio weit weg war, war es leicht, hart zu sein. Jetzt, wo er vor mir sitzt, ist das Ganze schon eine andere Geschichte. Ich weiß, dass ich das Richtige tue. Aber warum fühlt es sich nur so falsch an? »Ich werde dir nie wieder in die Augen sehen können, ohne diesen leichten Zweifel zu spüren, der an mir nagt«, spreche ich zögerlich und unter Tränen weiter. »Verstehst du nicht, Fabio, dieses Gefühl wird nie wieder weggehen. Du hast mir eine so große Sache verschwiegen, darüber kann ich nicht einfach hinwegsehen.«

»Ich tue alles, was du willst …«

»Du kannst nichts tun …«

»Ich werde mich ändern. Gib mir noch eine Chance! Eine! Lass uns noch einmal ganz von vorne anfangen. Stunde Null. Das schuldest du uns! Du kannst doch nicht einfach alles aufgeben. Du kannst uns nicht einfach aufgeben. Ich liebe dich, Amore! Ich liebe dich, wie ich noch nie jemanden geliebt habe! Als du weg warst, war ich ein Häufchen Elend. Ich war am Boden zerstört, ich konnte weder essen noch schlafen noch denken, ich konnte gar nichts mehr. Amore, ich kann ohne dich nicht leben!«

Ich fahre mir verzweifelt durch die Haare und seufze. Auf einmal fühle ich mich ganz schwach und elend. Meine neu gewonnene Stärke scheint sich in Luft aufgelöst zu haben. Jetzt fühle ich mich wieder so, wie ich mich direkt nach meiner Flucht aus Berlin gefühlt habe. Als ich nur wollte, dass jemand kommt und meine Probleme für mich löst. Als ich dachte, dass ich zwar wütend bin, aber keine Ahnung hatte, was ich mit dieser Wut anfangen soll, wie es weitergehen soll. Gleichzeitig fühlt es sich aber an, als ob zwischen uns ein tiefer Graben liegt, den ich nicht mehr überqueren kann. Egal, wie viele Brücken er mir baut.

»Wir sind so weit voneinander entfernt«, sage ich mit brüchiger Stimme. »Ich …«, eine Träne läuft mir über die Wange. Und dann noch eine. Bis mich ein regelrechter Weinkrampf schüttelt.

Fabio rückt etwas näher an mich heran, und schließlich umfasst er mich mit seinen Armen. Ich lasse es geschehen und lehne meinen Kopf leicht an seine Schulter. Dann rieche ich sein Parfüm, und obwohl ich lieber eine sichere Distanz zu ihm wahren würde, bekomme ich es nicht hin, mich aus seiner Umarmung zu lösen. Alles fühlt sich so vertraut an. Also schaue ich ihn an, und wir sind jetzt ganz nah beieinander. Wenn ich mich nur ein paar Zentimeter nach vorne bewegen würde, könnten unsere Nasenspitzen sich berühren.

»Ich habe dich so vermisst, Amore«, seine Stimme klingt wie Samt, und seine Augen sind so blau wie eh und je. Er schaut mich lange schweigend an, und ich spüre, wie mein Widerstand langsam dahinschmilzt. Und ich will dafür wütend auf mich selbst sein, aber wenn ich eins in den letzten Wochen gelernt habe, dann, dass Selbsthass mich nicht weiterbringt. Ich habe mir vorgenommen, mehr auf meine innere Stimme zu hören und mir selbst zu vertrauen. Und meine innere Stimme erinnert mich daran, dass dieser Mann hier mein Ehemann ist. Dass ich ihn und das, was uns verbindet, diese lange Zeit, nicht einfach abhaken kann, als hätte es uns nie gegeben. Zumindest nicht im Moment. Ich denke an Fritz. Und ich schaue Fabio an. Und denke an Fritz. Und an Fabio. Dabei fährt mein Herz Achterbahn. Mit ganz vielen Loopings.

- -

Liebeskummer-Status:

Ganz oder gar nicht? Gehen oder bleiben?
Du musst dich entscheiden.

- -

15.

Anne und Fabio

Als ich am nächsten Morgen im Badezimmer von Fabios Penthouse stehe und mich im Spiegel anschaue, kann ich nicht glauben, was ich hier gerade tue. Und getan habe. Ich habe noch nie jemanden betrogen, war immer eine treue Seele, und irgendwie denke ich auch jetzt, dass ich eigentlich nicht wirklich fremdgegangen bin. Mit Fabio bin ich nicht mehr zusammen und mit Fritz noch nicht. Also kann ich doch tun und lassen, was ich will, oder? Und soll Sex nicht irgendwie auch ein Weg sein, etwas abzuschließen? Musste ich noch einmal so ganz nah mit Fabio zusammen sein, um ihn dann für immer zu verlassen? Mein Spiegelbild sieht genauso ahnungslos aus, wie ich mich fühle. Zwei Männer in weniger als achtundvierzig Stunden, reife Leistung Anne, scheint es auf einmal zu sagen. Wer ist diese Frau vor mir? Jetzt kommen die Schuldgefühle doch. Fritz. Fabio. Fritz und Fabio. Oh Gott, wie komme ich aus dieser Misere nur wieder heraus?

Fabio kommt in diesem Moment ins Bad gelaufen und umarmt meinen nackten Körper von hinten. »Amore, komm zurück ins Bett«, flüstert er, und sein Atem kitzelt an meinem Ohr.

Ich merke, wie ich mich versteife. Nein, ich bereue es nicht. Aber ich will jetzt auch nicht einfach so in eine Beziehung mit ihm zurückschlittern. Ich kann nicht so tun, als wäre nichts passiert! Als hätte es die letzten drei Wochen nicht gegeben. Diese drei

Wochen, in denen irgendwie mehr geschehen ist als in manchen Jahren meines Lebens. Sanft löse ich mich aus seiner Umarmung. »Ich werde mich erst einmal in der kleinen Pension gegenüber einmieten ...«

Ich sehe Fabio sofort an, dass er jetzt beleidigt ist, aber er versucht immerhin, seine Enttäuschung zu verbergen. »Aber das ist doch Quatsch. Wir haben hier doch so viel Platz. Wenn du möchtest, ziehe ich in eines der Gästezimmer, und du kannst das Schlafzimmer ganz für dich haben.«

»Es geht nicht nur um ein Bett. Ich will nicht einfach wieder bei dir einziehen, als sei nichts passiert.«

»Aber es ist doch unsere Wohnung! Du bist meine Frau«, und bei diesen Worten schaut er mich trotzig an. Und irgendwie verstehe ich, dass er nicht nachvollziehen kann, wie es mir gerade geht. Diese Signale, die ich hier aussende, sind wirklich nicht eindeutig identifizierbar. Erst rede ich von Scheidung, und dann schlafe ich mit ihm. Was natürlich daran liegt, dass in meinem Signalsendezentrum das reinste Chaos herrscht. Ich nehme seine Hand und drücke sie fest. »Bitte Fabio, dränge mich nicht. Ich brauche Zeit ...«

»Wofür? Ich liebe dich, und du liebst mich. Was gibt es da noch zu überlegen?«

Ich höre, wie im Wohnzimmer mein Handy in meiner Handtasche klingelt und nehme das als Anlass, aus diesem immer unangenehmer werdenden Gespräch zu entwischen. Einen Moment lang hoffe ich inständig, dass es nicht Fritz ist, der da anruft. Das wäre kein besonders gutes Timing. Als ich dann Sonjas Namen auf dem Display blinken sehe, bin ich trotzdem fast ein bisschen enttäuscht.

»Hallo, Schwesterherz«, begrüße ich sie herzlich. Wenn mir diese Krise eines gegeben hat, dann meine Schwester. Ich bin froh, dass wir uns endlich wieder nah sind. Dass wir diesen riesigen Graben, der sich in den letzten Jahren zwischen uns aufgetan hatte, überwinden konnten.

»Hey Schwesterlein, na, bist du gut in Berlin angekommen?«

»Ja«, murmle ich und schaue mich um, ob Fabio mir ins Wohnzimmer gefolgt ist. Aber das ist er nicht. »Es ist sehr komisch, wieder hier zu sein…«

»Das kann ich mir vorstellen. Ich bin seit gestern auch wieder in Stralsund – die Schule ruft. Und Andreas auch… er hat sich wahnsinnig gefreut, als ich zurückgekommen bin. Den Kater habe ich übrigens bei Fritz abgegeben…«

Mein Herz macht einen kleinen Satz. »Hat er was gesagt?«, flüstere ich aufgeregt.

»Wer? Der Kater?«

»Haha, Fritz natürlich.«

Meine Schwester schweigt, und ich weiß nicht, ob es daran liegt, dass sie nebenbei Auto fährt oder ob sie mir etwas nicht sagen will.

»Sonja?«

»Nee, er hat nicht wirklich etwas gesagt. Nur, dass er dir alles Gute wünscht. Ich glaube ehrlich gesagt, er denkt, dass du nicht zurückkommst…«

Ich schlucke schwer. »Aber ich habe ihm doch eine Nachricht geschrieben…«

»Dass du bald zurückkommst?«, fragt Sonja mit strenger Stimme, »Wenn du das nicht wirklich vorhast, dann solltest du das Fritz auch sagen. Spiel nicht mit seinen Gefühlen, das hat er nicht verdient.«

»Ich kann jetzt nicht darüber sprechen«, flüstere ich ins Telefon.

»Bist du bei Fabio?«

»Ja«, nicke ich und drehe mich nochmals um, aber von ihm ist weiterhin nichts zu sehen.

»Und?«

»Es ist nicht einfach…«

»Du meinst, Liebe verschwindet nicht einfach?«, Sonjas Ton klingt jetzt eher verständnisvoll als voller Vorwürfe. Mit Sicherheit ist auch bei ihr noch nicht alles verschwunden, was an Gefühlen für Christian da war. Andreas hin oder her.

»Genau«, stimme ich leise zu. »Ich habe gedacht, da wäre nur noch Wut und Ablehnung…«

»Das ist immer noch mehr als Gleichgültigkeit…«

»Eben. Er ist immerhin mein Mann…«

»Das bedeutet nur etwas, wenn du willst, dass es etwas bedeutet. Anne, Menschen lassen sich scheiden. Ihr habt noch nicht einmal Kinder zusammen. Du musst nicht an etwas festhalten, nur weil du nicht scheitern willst.«

Ihre Worte treffen mich mitten ins Herz. »Ich will aber endlich mal etwas richtig machen in meinem Leben«, sage ich und merke, wie die Tränen schon wieder aufsteigen. Wobei natürlich noch viel mehr dahintersteckt, aber das Ganze ist zu verworren, um es alles in ein paar Worten unterzubringen.

»Dann tue das, was dich glücklich macht. Du schuldest niemandem etwas, außer dir selbst«, sie macht eine kurze Pause, und als ich schon denke, dass sie vielleicht aufgelegt haben könnte, fügt sie noch hinzu: »Pass nur auf, dass du auf dem Weg zu deinem Glück nicht allzu viel verbrannte Erde hinterlässt. Das ist schlecht fürs Karma.« Wir schweigen beide für einen Moment, und ich denke mir, dass sie da wirklich recht hat. Ob man an Karma glaubt oder nicht: Wenn man zu viel kaputt macht, weiß man irgendwann nicht mehr, wohin man vor Trümmern schauen soll. Und in solchen Ruinen kann man nicht leben, ohne ständig traurig zu sein. Dann verabschieden wir uns mit dem Versprechen, morgen wieder miteinander zu telefonieren.

Ich schaue auf mein Telefon und stelle fest, dass Fritz immer noch nicht geantwortet hat. Vielleicht ist meine Nachricht gar nicht angekommen? Oder fühlt er sich am Ende doch von mir verraten und glaubt wirklich, dass ich nicht mehr zurückkommen werde, wie Sonja vermutet hat? Bevor ich diese Gedanken weiterverfolgen kann, steht auf einmal Fabio hinter mir. »Ich werde ins Hotel gehen«, sagt er, während er mich ernst anschaut. »Und du bleibst in der Wohnung.«

Ich wäre lieber selbst ins Hotel gegangen, wahrscheinlich fürchte ich, dass ich mich in der tollen Wohnung, die einst mein Zuhause war, wieder zu sehr wohlfühle und mich der Luxus zu sehr beeinflusst. Aber wenn Fabio das so nett anbietet, kann ich ihn unmöglich schon wieder vor den Kopf stoßen. »Danke«, sage ich deswegen schlicht.

Er nickt zufrieden, schaut kurz auf sein Handy und strahlt mich dann an. »Ich würde gerne heute Abend mit dir etwas ganz Besonderes machen. Erlaubst du es mir?«

Fabio fragt so süß, dass ich ohne weiteres Nachdenken nicke. Dann packt er ein paar Sachen zusammen und verabschiedet sich. Ich sehe ihm an, dass es ihm nicht leichtfällt und er bis zum letzten Moment zu hoffen scheint, dass ich ihn vom Gehen abhalte. Aber ich drücke ihm lediglich einen Kuss auf die Wange und schließe dann schnell die Tür hinter ihm. Dann bin ich mit der Wohnung allein – und mit den vielen Erinnerungen. Um davon nicht erschlagen zu werden, versuche ich ein paar Szenen, die sich mir heute in der Stadt eingeprägt haben, auf einem Block zu skizzieren. Aber zum ersten Mal seit Tagen geht mir das Zeichnen nicht mehr so leicht von der Hand. Resigniert packe ich die Zeichnungen weg und starre stattdessen auf mein Handy, das mich leider immer noch anschweigt.

Als Fabio mich dann einige Stunden später, am Abend, abholt, trägt er einen schicken, dunkelblauen Anzug. Ich selbst wusste ja nicht wirklich, was mich heute Abend erwarten würde und habe mich deshalb für ein Missoni-Kleid in Pastell-Tönen entschieden, das man eigentlich immer tragen kann. Ein Hoch auf die Rückkehr zu meinem Kleiderschrank – und ich dachte schon, ich würde all meine Schätze nie wiedersehen. Da ich an Fabios Outfit sehen kann, dass er anscheinend Pläne für ein elegantes Vorhaben hat, schlüpfe ich schnell noch in meine hohen, silbernen Louboutin-Pumps. Meine Füße reagieren im ersten Moment etwas irritiert, immerhin haben sie drei Wochen lang lediglich in Gummistiefeln und Turnschuhen verbracht. Ich ignoriere das leichte Drücken an allen Seiten und klemme mir meine dazu passende Clutch unter den Arm. Fabio schaut mich lange an und küsst mich dann zurückhaltend auf die Wange. Anscheinend hat er mittlerweile verstanden, dass er das mit uns jetzt langsam angehen muss.

»Amore, du siehst unglaublich aus«, haucht er in seinem italienischen Sing-Sang, und ich würde lügen, wenn ich sagen würde, dass mir seine Worte nicht gefallen. Ich genieße seinen bewundernden Blick und folge ihm dann. Wir steigen in den Fahrstuhl ein, und während Fabio sogar hier noch schnell irgendetwas in sein Handy eintippt, betrachte ich uns schweigend im Spiegel, während wir in die Tiefgarage fahren. Wir sehen fantastisch aus, das muss ich mir selbst eingestehen. Wie ein Promi-Paar aus der Zeitung. Fabios dunkle Locken, meine Kurven, die nach der unfreiwilligen Trauer-Diät der letzten Wochen genau so sind, wie ich sie mir immer gewünscht hatte. Seine goldene Rolex glänzt an seinem Handgelenk, und ich trage seit Langem mal wieder meine wertvollen Diamant-Ohrringe, die Fabio mir zu unserem ersten gemeinsamen Weihnachten geschenkt hat. A Million Dollar. Wir beide.

Fabio hatte uns oft so genannt, obwohl mir der Ausdruck ein wenig abgehoben vorkam – aber manchmal hat er eben doch gut gepasst. Ich fühle mich ein wenig wie in einem Traum, in dem alles passt, und in dem man trotzdem umso genauer wahrnimmt, dass das alles nicht ganz real ist. Real sein kann. Weil alles zu einfach, zu perfekt ist.

Die Fahrstuhl-Tür öffnet sich, und wir laufen in die Tiefgarage. Fabio drückt auf seinen Autoschlüssel, woraufhin der schwarze Porsche mit einem fiependen Geräusch antwortet. Ich lasse mich in den beigen Ledersitz fallen, den ich so gut kenne, und für einen Moment lang scheint es, als hätte es nie ein anderes Leben als dieses hier gegeben. Obwohl trotzdem immer wieder der Name »Fritz« in meinem Kopf aufblitzt.

Wir fahren durch die Stadt, die in ihren schönsten Farben in der Abendsonne glitzert, und ich schaue zufrieden aus dem Autofenster. Als wenn ich all die Eindrücke, all das Berlin, in mich aufsaugen wollte. Fabio legt seine Hand auf meinen Nacken, und das fühlt sich so vertraut an, dass ich es geschehen lasse.

»Amore«, sagt er, und dieser leichte Singsang in seiner Stimme hat die gleiche betörende Wirkung auf mich wie in dem Moment, als ich sie zum ersten Mal gehört habe. »Ich bin unendlich glücklich, dass du wieder da bist. Lass uns alles vergessen, was war. Alles, alles, alles. Jetzt zählen nur noch wir. Du und ich.«

Ich vermeide eine Antwort und spüre doch, dass mein Widerstand mehr und mehr schmilzt. Andererseits versuche ich mich daran zu erinnern, dass Fabio schon immer gut darin war, mich mit Worten zu beeinflussen. Aber wird er auch Wort halten? Wird er sich wirklich ändern? Kann ich ihm vertrauen? Meine Gedanken wandern wieder automatisch zu Fritz, diesem Fels in der Brandung der letzten Wochen. Diesem Menschen, bei dem ich das Gefühl habe, dass er mich nie belügen würde, wie Fabio es eben nun einmal getan hat.

Ich schaue verstohlen auf mein Handy, und die Tatsache, dass mir Fritz immer noch nicht geantwortet hat, sitzt in meinem Herzen wie ein fieser kleiner Stachel. Vielleicht habe ich auch zu viel in die Geschichte mit Fritz hineinprojiziert … Am Ende habe ich mir das alles eingebildet? War ich für Fritz vielleicht nur ein Urlaubsflirt? Eine willkommene Abwechslung in seinem gleichförmigen Alltag? Ich kann es mir eigentlich nicht vorstellen, so ein Verhalten passt überhaupt nicht zu dem Mann, den ich auf Rügen wiedergetroffen und neu kennengelernt habe. Aber diese Funkstille zwischen uns begreife ich nicht. Warum schreibt er nicht zurück? Eine kurze Nachricht wenigstens? Ein paar Worte, etwas, an dem ich mich festhalten kann? Wobei es mich eben auch belastet, dass Sonja vorhin meinte, dass er vielleicht doch glauben könnte, dass ICH das alles nicht so meine. Und irgendwie ist das ja nicht von der Hand zu weisen, immerhin sitze ich hier mit Fabio in seinem Auto, als wäre nichts geschehen. Draußen ziehen das Brandenburger Tor und die Goldelse an uns vorbei. Hinter der Siegessäule verfärbt sich der Himmel in ein dramatisches Rot. Was für ein perfektes Bild. Am liebsten würde ich es malen.

»Wohin fahren wir denn?«, frage ich Fabio, der sich in diesem Moment ganz auf die Straße zu konzentrieren scheint.

»Ist eine Überraschung«, sagt er schlicht und lächelt in sich hinein. Als plötzlich sein Telefon laut klingelt, zucken wir beide zusammen. Zwar sehe ich es nur von der Seite, aber für einen Moment denke ich, dass der Name »Moni« auf dem Display blinkt. Ich schaue Fabio fragend an, aber er drückt den Anruf schnell weg.

»Wer war das denn?«, frage ich misstrauisch.

»Ach, das Büro, ich habe eine neue Sekretärin«, erklärt Fabio schnell, »die kennt die Spielregeln noch nicht. Ich möchte jetzt nicht gestört werden …«

Seine Erklärung klingt überzeugend – und trotzdem, irgendwie habe ich auf einmal ein mulmiges Gefühl. Andererseits: Warum sollte Moni Fabio anrufen? Das *muss* ich mir eingebildet haben. Sicher habe ich mich nur verlesen. Ich beschließe, diesen Gedanken zu verwerfen und nicht wegen jeder Kleinigkeit völlig paranoid zu werden.

Fabio lenkt den Wagen über den Kurfürstendamm und fährt dann in die Parkgarage vom sogenannten Bikini-Haus. Ich habe nun eine Ahnung, wohin er mich führen wird. Im zehnten Stock des Hauses, in der Monkey Bar, sind wir uns vor etwas mehr als zwei Jahren auf einem Fashion-Event zum ersten Mal begegnet. Ich war von der Agentur aus eingeladen und stand mit Moni gerade an der Bar, als mich der mir damals noch unbekannte Fabio von hinten anrempelte. Nachdem er sich in seinem italienischen Akzent – den er an- und ausschalten kann wie andere Leute ihren Fernseher – ausgiebig entschuldigt hatte und uns auf einen Drink einlud, war es praktisch schon um mich geschehen.

Das mit Fabio war Liebe auf den ersten Blick. Er sah unheimlich gut aus und bezirzte mich von der ersten Sekunde an mit seinem einzigartigen Charme. Ich hatte praktisch keine Chance. Selbst Moni, die sonst, was Männer anging, mehr als kritisch war, schien an diesem Abend durchaus angetan von ihm. Zu meiner Überraschung hatte Fabio es aber auf mich abgesehen – was nicht unbedingt selbstverständlich war, denn Moni konnte man durchaus als Männermagnet bezeichnen mit ihren großen, blauen Augen und den feinen Gesichtszügen. Außerdem ist sie viel selbstbewusster als ich und kann besser flirten. Aber Fabio wollte mich und lief von Anfang an auf Hochtouren, um mich für sich einzunehmen. Am Tag nach unserem Kennenlernen schickte er mir Rosen ins Büro, dann Pralinen, dann noch mehr Rosen, er lud mich in die besten Lokale ein und umgarnte mich mit Worten, Komplimenten und Geschenken – und eine Woche später waren wir ein Paar. Bei dem Gedanken an unsere erste Begegnung und diese vielen ersten aufregenden Monate, in denen wir es selten aus dem Bett schafften, muss ich lächeln. Und irgendwie rührt es mich doch, dass er mich jetzt ausgerechnet an diesen Ort zurückführt.

Als wir Hand in Hand – Fabio hatte einfach nach meiner Hand gegriffen, und ich hatte es geschehen lassen – die Monkey Bar betreten, fällt mir sofort auf, dass sie ungewöhnlich leer ist. Um nicht zu sagen: komplett leer, bis auf ein paar Kellner und eben uns. Und die Monkey Bar ist durchaus geräumig und normalerweise immer gut gefüllt.

»Huch, hier ist ja gar nichts los heute«, platze ich heraus, während wir an einem Tisch am Fenster Platz nehmen, auf dem hohe, schlichte Kerzenleuchter stehen.

»Amore, das hat einen Grund: Wir haben die ganze Bar für uns«, ruft Fabio stolz, während er die Arme ausbreitet, wie ein Adler kurz vor dem Abflug, »ich habe den ganzen Laden einfach gemietet!«

Ich schaue ihn überrascht an. Tatsächlich, er hat es geschafft: Ich bin baff. Das hat er doch nicht wirklich getan? Das muss ein Vermögen gekostet haben! Aber wirklich wohl fühle ich mich dabei nicht, und ich schaue mich unangenehm berührt um. Was wohl die Kellner von uns denken? Eigentlich wäre ich gar nicht so unglücklich gewesen, wenn um uns herum noch ein paar Menschen sitzen würden … das wäre irgendwie weniger gezwungen gewesen. Und überhaupt: Warum muss er immer so grenzenlos übertreiben?

»Aber das ist noch nicht alles«, erklärt er weiter, und ich bekomme förmlich Angst – vor dem, was mein Mann hier noch alles für mich auf die Beine gestellt hat. »Ich habe den Chef von unserem Lieblingsitaliener engagiert. Weißt du, der in der Ackerstraße ...« Den letzten Satz hätte er sich natürlich sparen können, ich weiß sofort, von welchem Lieblingsitaliener er spricht. Der, bei dem er um meine Hand angehalten hatte.

Ich blicke ihn mit offenem Mund an. Er sieht so zufrieden aus, dass ich es nicht übers Herz bringe, ihm zu sagen, dass er mit dieser Aktion viel zu dick aufgetragen hat. Wir wollten es doch langsam angehen ... Also seufze ich nur innerlich und komme mir schrecklich abgehoben und gleichzeitig undankbar vor. Da ich es jetzt aber auch nicht mehr ändern kann, versuche ich nicht weiter darüber nachzudenken, wie unangenehm ich die Situation eigentlich finde. Stattdessen nehme ich einen kräftigen Schluck von dem Cocktail, den der Kellner uns in der Zwischenzeit gebracht hat. Ich schaue aus dem riesigen Panoramafenster, von dem aus man einen hervorragenden Blick über ganz Berlin hat. Und obwohl alles so schön sein könnte, fühle ich mich plötzlich nicht nur völlig fehl am Platze, sondern geradezu einsam. Da hilft auch der Cocktail nicht, jedenfalls nicht nur ein Schluck. Oder zwei. Oder mehr.

»Gefällt's dir nicht?«, fragt Fabio in diesem Moment irritiert, weil ihm anscheinend jetzt doch aufgefallen ist, dass ich mich nicht so sehr über die Überraschung freue, wie er es sich ausgemalt hat.

»Nein, nein«, versuche ich meine Gefühle herunterzuspielen, »es ist nur ...« Ich ringe nach Worten. Schließlich will ich Fabio nicht verletzen, aber ich will auch nicht mehr ständig das tun, was er von mir erwartet. »Ging das nicht alles eine Nummer kleiner?«, frage ich ihn mit gedämpfter Stimme. »Es wäre total in Ordnung gewesen, wenn wir einfach in ein kleines normales Restaurant gegangen wären. Oder uns mit einer Flasche Wein an die Spree gesetzt hätten.« Verstehen Sie mich nicht falsch: So schön ich es eben noch gefunden habe, mich wie »A Million Dollar« zu fühlen – jetzt würde mir eine Vier-Euro-Weinflasche vom Fischerfest in Gager viel besser schmecken. Das alles hier ist mir nur noch zu viel des Guten.

Fabio schaut mich an, als wenn ich plötzlich eine für ihn unverständliche Sprache sprechen würde. »Eine Flasche Wein an der Spree? Seit wann magst du denn so etwas?«

»Auf Rügen habe ich ständig einfach nur am Wasser gesessen, und es war total schön so«, erwidere ich trotzig. »Ich habe sogar wieder angefangen zu malen.« In diesem Moment wird mir klar, dass ich meine Zeichnung von Berta dem Kahnweib in der Kliesow'schen Ferienwohnung vergessen habe. Und die anderen Bilder auch. Auf einmal ist mir zum Heulen zumute.

»Malen kannst du auch hier«, wirft Fabio ein und macht eine leicht abwertende Handbewegung, »Ich verstehe nicht, warum du so negativ sein musst. So warst du doch früher nie.«

»Ich bin doch gar nicht negativ«, höre ich mich selbst zu meiner Verteidigung sagen und verstumme dann. Es geht mir einfach darum, dass ich nicht ständig nur das machen will, was Fabio für richtig hält. Oder dass er große Aktionen plant und ich ihm dafür dankbar sein soll. Aber mir fehlen die Worte, ihm das zu erklären. Auf einmal habe ich das Gefühl, das in meinem Hals ein dicker Kloß steckt, und es mir einfach nicht gelingt, ihn herunterzuschlucken. Ich schaue auf den Boden und merke, wie ich plötzlich mit aller Macht die Tränen zurückhalten muss.

Eine der Vorspeisen, die inzwischen an unseren Tisch gebracht wird, ist dann auch noch ein sehr edles Fisch Carpaccio, das Fabio schon wieder wegwinken will: »Meine Frau mag keinen Fisch, no, bringen Sie sofort etwas anderes!« Doch ich greife schon nach dem

Teller und widerspreche ihm: »Inzwischen esse ich ihn ganz gerne, vielen Dank!« Die Kellnerin sieht mich verwirrt an und Fabio ein wenig ängstlich, während Fabio mir nur einen fassungslosen Blick zuwirft: »Aber Amore, seit wann ... wieso? Du hasst Fisch! Wir lassen dir was anderes kommen.«

Ich antworte ihm nicht und esse einfach weiter, aber ich spüre, wie ein wenig Wut in mir aufkeimt, weil er schon wieder alles bestimmen will. Und ein wenig Traurigkeit, weil der Fisch zwar okay ist, aber nicht halb so gut schmeckt wie der in Zicker. Trotzdem esse ich ihn auf, einfach nur, um Fabio zu beweisen, dass sich etwas geändert hat. Was Fabio mit ungläubigem Schweigen beobachtet.

Als der italienische Chef kurze Zeit später an unseren Tisch kommt, wahrscheinlich, um sich für das »Malheur« mit dem Fisch zu entschuldigen, grüße ich ihn nur ganz kurz angebunden und verschwinde dann auf die Toilette. Dort nehme ich mein Telefon zur Hand, und noch einmal checke ich meine Nachrichten, um ganz sicherzugehen, dass ich nicht doch eine SMS von Fritz verpasst habe. Aber da ist nichts. Es ist, als hätte es das alles, uns, nie gegeben.

Ich setze mich auf den kleinen Hocker neben den Waschbecken und scrolle ziellos durch die Fotogalerie in meinem Handy, die paar Fotos, die ich in den letzten Tagen hin und wieder gemacht habe. Der rote Baron, das Kahnweib-Haus und der kleine Strandabschnitt bei der Kirche. Alles kommt mir auf einmal so weit weg vor. Auf einem Foto, das Sonja auf dem Fischerfest gemacht hat und das sie mir vorhin erst geschickt hat, sieht man eine kleine Ecke von Fritz – das ist mein einziges Foto von ihm. Ich erkenne seine blonden Wuschelhaare sofort. Mein Herz wird so schwer, dass es mir wie ein Wunder vorkommt, dass es nicht aus meiner Brust herausplumpst. Ich sitze einen Moment lang ziemlich ratlos da. Dann tupfe ich mir vorsichtig etwas kaltes Wasser unter meine Augen und gehe wieder zurück zu Fabio. Ich nehme noch einen großen Schluck vom Cocktail und versuche einfach, das Beste aus der ganzen Situation zu machen. Was aber nicht ganz klappt: Den ganzen Abend fühle ich mich wie in einem Traum. Einem schönen, romantischen Traum, in dem ich mich aber einfach nicht lebendig fühle, sondern fehl am Platz. Und die vielen Cocktails machen es auch nicht besser.

Als ich am nächsten Morgen aufwache, muss ich erst einmal kurz überlegen, wo ich bin. An dem Fenster hängen elegante, graue Vorhänge. Woher kenne ich die nur? Ich reibe mir verwirrt die Augen. Erst einmal kann ich mich an gar nichts erinnern, so wenig erscheint mir das alles hier vertraut – bis ich begreife, dass es die Vorhänge sind, die ich damals in einem wunderschönen Einrichtungsladen in Mailand mit Fabio ausgesucht habe. Es sind die Vorhänge, auf die ich im letzten Jahr eigentlich fast jeden Morgen geschaut habe. Schuld an meiner Verwirrtheit ist eindeutig der Kater, den ich jetzt ein wenig versetzt, aber umso stärker spüre. Mein Kopf dröhnt, als hätte ihn jemand in einen Schraubstock eingespannt. Ich fasse mir mit schmerzverzerrtem Gesicht an die Stirn, und meine Laune wird nicht besser, als ich im Bett neben mir den schlafenden Fabio entdecke. Wirklich, Anne? Schon wieder?

Erst in diesem Moment, als sich der dunkle Lockenkopf neben mir bewegt, verstehe ich, was der Grund für mein abruptes Aufwachen war – mein Telefon vibriert knallend auf der Glasplatte des Nachttisches neben mir. Ich werfe einen Blick auf das Display und sehe, dass Sonja die Verursacherin der morgendlichen Störung ist – es ist übrigens gerade mal sechs Uhr, wie mir das Display verrät. Kurz überlege ich, ob ich den Anruf erst einmal ignorieren sollte, um sie dann später, wenn es mir ein wenig besser geht, zurückzurufen. Aber das Handy klingelt und vibriert einfach weiter. Also nehme ich den Anruf an, es hat ja doch keinen Sinn.

»Hallo?«, melde ich mich, und meine Stimme kratzt wie ein Reibeisen.

»Anne!«, ruft meine Schwester aufgeregt, und ihr verzweifelter Ton lässt mich sofort steil im Bett sitzen. »Ich versuche schon ewig, dich zu erreichen. Du musst sofort kommen, Papa ist im Krankenhaus!«

Inzwischen ist auch Fabio neben mir aufgewacht und schaut mich fragend an, während ich kurz mit meiner Schwester spreche und die wichtigsten Informationen bekomme. Als ich kurz darauf das Gespräch mit meiner Schwester beende, breche ich sofort in Tränen aus. »Mein Vater ist im Krankenhaus«, schluchze ich und bin in diesem Moment unendlich dankbar dafür, jetzt nicht allein sein zu müssen. »Ich muss sofort nach Hause.«

Für einen Moment sitze ich einfach nur weinend auf dem Bett und bin froh, dass Fabio mich in den Arm nimmt. Alles stürzt über mir zusammen – mein starker, immer gesunder Vater im Krankenhaus? Ich sitze geschockt von der Nachricht, völlig unbeweglich geradezu, im Bett und fühle mich unfähig, irgendetwas zu tun.

»Weißt du was«, ruft Fabio plötzlich entschlossen. »Ich rufe jetzt gleich Dr. Hornstein an! Du weißt schon, der, den wir in Kitz mal kennengelernt haben, der ist eine echte Koryphäe als Arzt und wird sich auskennen. Und dann kannst du erst einmal hierbleiben, dich beruhigen und ich kümmere mich von hier aus um alles.«

Ich erstarre bei seinen Worten. Ja, er meint das alles gut – aber das ist so typisch von Fabio. Alles von Weitem regeln, am besten mit irgendwelchen Experten, und Hauptsache, er kann alles managen, ohne dass ich dabei nur einen Finger rühre. Das Einzige, was ich tun soll, ist ihn als Helden zu verehren. Aber das geht nicht. Das geht jetzt schon gar nicht, und es geht auch überhaupt nicht mehr. Die alte Anne hätte sich vielleicht dazu bringen lassen, dass wir noch etwas abwarten – aber die neue Anne tut das, was sie für richtig hält. Und was das ist, ist in diesem Moment wohl eindeutig klar!

»Nein«, höre ich mich sagen und kann im ersten Moment gar nicht glauben, dass ich es bin, die so entschlossen spricht. »Meine Schwester hat mich darum gebeten, dass ich komme, und dann tue ich das auch. Schließlich geht es hier um meine Familie, und ich muss da jetzt sofort hin! Kommst du?«

Fabio blickt mich noch erstaunt an, während ich schon aufspringe und meine Klamotten zusammensuche.

»Amore, wäre es nicht besser, wenn du allein fahren würdest …? Es ist doch deine Familie. Und ich habe heute einige wichtige Meetings …«

Irgendwie kann ich es gar nicht glauben, dass Fabio mich damit allein lassen will … und gleichzeitig wundert es mich überhaupt nicht.

»Wenn du hierbleiben willst, dann bleib doch«, sage ich noch in seine Richtung und verschwinde ins Bad, um meine morgendliche Routine stark verkürzt zu absolvieren. Als ich das nächste Mal ins Schlafzimmer schaue, ist er wenigstens schon angezogen, guckt mich aber immer noch verwirrt an. »Also, was ist jetzt?«, frage ich ihn noch einmal. Erst dann kommt auch Fabio in die Gänge und macht sich fertig. Wobei er mehrmals so schnauft, als würde ihm das Ganze extrem schwerfallen.

Weniger als zwanzig Minuten, nachdem uns Sonjas Anruf aus dem Schlaf gerissen hat, sitzen wir schon im Auto und fahren auf der Autobahn in Richtung Nord-Osten. In der Hand halte ich einen warmen Kaffeebecher, den ich noch schnell in unserer Küche gefüllt hatte, wobei ich das Gefühl habe, sowieso so wach zu sein, dass ich eigentlich kein zusätzliches Koffein brauche. Allerdings hilft der Kaffee, den Kater und die langsam nachlassenden Kopfschmerzen zu vertreiben.

Fabio rast mit 250 Sachen über die relativ leere Autobahn, und ich beobachte still, wie die Felder und Wiesen an uns vorbeiziehen. Die Sorge um meinen Vater hängt über uns wie eine düstere Gewitterwolke, und mir ist nicht danach, auch nur irgendeine Art von Unterhaltung mit Fabio zu starten. Ich bin immer noch wütend darüber, dass er nicht gleich begriffen hat, dass wir jetzt zu meiner Familie müssen. Ich zerbreche mir den Kopf, wie es meinem Papa jetzt wohl geht. Sonja hatte nicht besonders viel Zeit und konnte daher nur sehr kurz angebunden erklären, was los ist. Aber das eine Wort, das sie gesagt hat, hämmert in meinem Kopf wie eine ganze Armada von Bauarbeitern: Herzinfarkt. Mein Vater hatte einen Herzinfarkt. Ich habe keine Ahnung, wie schlimm dieser war. Und ich habe keine Ahnung, ob er bei Bewusstsein ist oder nicht. All diese Fragen tauchen erst jetzt plötzlich auf. Die Sorge und Unwissenheit machen mich fast krank. Um einfach irgendetwas zu machen, drücke ich aufs Radio – und erstarre fast, als mir plötzlich ein allzu bekanntes Lied entgegenschallt:

»And I love you,
I want you,
I wanna talk to you,
I wanna be with you.«

Wieder »I can't help myself« – ist gerade irgendein Kelly-Family-Revival im Gange, von dem ich noch nichts mitbekommen habe?

Sofort rollen die alten Erinnerungen an, und mir liegt die alte Geschichte vom Ferienlager schon auf der Zunge, da stellt Fabio das Radio aus und meint abfällig: »Mamma mia, was ist das denn für eine Schnulze? Um diese Uhrzeit spielen sie wirklich nur Lieder, die keiner hören will!«

Von wegen, denke ich mir, aber mir fehlt gerade die Kraft, das auch zu sagen. Stattdessen denke ich an Fritz, der nach einem solchen Anruf sicher keine Sekunde gezögert hätte, mich ins Auto gesetzt hätte und ohne jede Diskussion einfach losgefahren wäre. Der sich sogar im Ferienlager schon für mich eingesetzt hatte, als es nur um ein Lied ging, das ich geliebt habe und über das sich alle anderen nur lustig gemacht hatten. Ich seufze, und in meinem Kopf geht das Lied einfach weiter:

»I got to face the fact
Life without you is hazy.«

Jetzt brechen auf einmal alle Wunden gleichzeitig auf. Verzweifelt lasse ich meinen Tränen freien Lauf, und so ist mein Schniefen und Schluchzen das einzige Geräusch, das das Schweigen zwischen mir und Fabio hin und wieder unterbricht. Nachdem ich zwischen Bernau und Eberswalde mehrmals geräuschvoll die Nase hochgezogen habe, unterbricht Fabio als Erster die Stille zwischen uns mit Worten: »Amore, im Handschuhfach müssten Taschentücher liegen.«

Natürlich, Fabio mag solche Geräusche an mir nicht. Er tätschelt mir immerhin zärtlich die linke Hand, aber ich weiß nicht, ob diese Geste nicht auch ein wenig abwertend zu verstehen ist. So, wie man sein Hündchen tätschelt, wenn es etwas zu viel winselt. Aber wissen Sie was? Im Moment fehlt mir die Kraft, um einen Streit deswegen zu beginnen, und ich beuge mich einfach leicht nach vorne und öffne das Fach. Auch wenn es nicht besonders groß ist, muss ich etwas kramen, um die Tempo-Packung zu finden. Ich ziehe mir sofort ein Taschentuch heraus und schnaube mehrmals geräuschvoll die Nase. Eine Angewohnheit, die Fabio immer verrückt gemacht hat, und von der ich jetzt denke, dass ich sie ruhig mal ein wenig ausleben sollte, denn ich habe andere Probleme, als Fabio zu gefallen. Aber in Anbetracht der Umstände verkneift er sich jetzt wohl einen kritischen Kommentar. Dann lege ich die Packung in meinen Schoß und schließe das Handschuhfach wieder.

Dabei fällt mir auf, dass ein Stück Papier herausgefallen ist, als ich nach den Taschentüchern gekramt habe. Ich will es schon wieder zurücklegen, als mir auf dem Kopfbogen der Schriftzug »Cartier« ins Auge fällt. Die Frage, was Fabio wohl in dem teuren Schmuckgeschäft gekauft hat, schießt mir durch den Kopf. Vielleicht handelt es sich bei der Rechnung auch um ein altes Schriftstück für irgendeinen Schmuck, den er mir mal geschenkt hat. Ich komme nicht dazu, den Gedanken zu Ende zu denken, denn in diesem Moment klingelt mein Telefon erneut. Sonja. Ich beantworte schnell Sonjas Anruf und schiebe die Rechnung zurück in das Handschuhfach. Meine Schwester ist beruhigt, als sie hört, dass wir bereits auf dem Weg zu ihnen sind und dank Fabios rasantem Fahrstil in weniger als zwei Stunden im Krankenhaus sein sollten.

• •

Liebeskummer-Status:

Ich habe jetzt gerade andere Sorgen!

• •

16.

Anne und Leben und Tod

Als wir im Krankenhaus ankommen und gleich zur Intensivstation eilen, entdecke ich dort sofort meine Schwester, die auf einem der Stühle in dem langen Gang sitzt. Ich laufe auf sie zu, und wir fallen uns schluchzend in die Arme. Jetzt, wo wir uns gegenüberstehen, sprudeln die Worte geradezu aus Sonja heraus: »Sie mussten Papa inzwischen zweimal reanimieren, dabei war er frühmorgens nur mit einem Drücken in der Brust wachgeworden. Mama ist drinnen und spricht mit den Ärzten. Jetzt wird ihm wohl so ein Stent gelegt. Aber er lebt. Er lebt, Anne, zum Glück!«

Ich kann ihre vielen Informationen im ersten Moment gar nicht richtig verdauen. Die Angst lähmt mein Hirn geradezu, und ich falle erschöpft auf einen Stuhl. Wie unwichtig alles andere plötzlich scheint, hier, im Angesicht von Leben und Tod. »Wie konnte das passieren?«, presse ich schließlich heraus. »Papa war doch immer so fit. Viel Sport, nie geraucht …«

»Es ist der Stress mit der Firma, da bin ich mir sicher. Das war einfach alles zu viel für ihn …«

Suchend drehe ich mich nach Fabio um und entdecke, dass er am anderen Ende des Ganges stehen geblieben ist. Er tippt schon wieder etwas in sein Handy ein, und es irritiert mich zutiefst, dass er ausgerechnet in diesem Moment nicht an meiner Seite steht. Ich schaue ihn demonstrativ vorwurfsvoll an, und als er meinen Blick schließlich bemerkt, packt er sein Handy schnell weg und kommt zu uns. Dann klopft er Sonja leicht auf die Schulter und murmelt etwas, das wie »Tut mir leid« klingt, um sich dann gleich wieder umzudrehen und sein Handy erneut aus der Tasche zu ziehen. Zum Glück scheint meine Schwester sein merkwürdiges Verhalten nicht weiter zu bemerken, und in diesem Moment kommt sowieso meine Mutter aus einem der Zimmer heraus. Sonja und ich laufen ihr entgegen. Als ich unsere Mutter von Nahem sehe, erschrecke ich mich kurz. Sie scheint, seitdem ich sie zum letzten Mal gesehen habe, um Jahre gealtert. Unter ihren Augen liegen tiefe blaugraue Ringe, und auf ihrer Stirn haben sich Falten in die Haut gefressen. Außerdem läuft sie etwas gebückt, und ich habe sofort das Bedürfnis, sie zu stützen.

»Ach Anne, zum Glück bist du jetzt auch da«, sagt sie und drückt mir einen schwachen Kuss auf die Wange. Ich lege meinen Arm um sie, und wir laufen so zu den Stühlen zurück. Kurz bevor ich mich neben meine Mutter setze, begrüßt Fabio sie und flüstert mir dann ins Ohr, dass er gleich wieder da sei. Bevor ich auch nur ein Wort erwidern kann, ist er auch schon verschwunden. Ich schenke seinem seltsamen Verhalten keine weitere Beachtung mehr und konzentriere mich nun ganz auf den Bericht meiner Mutter, die von ihrem Gespräch mit dem Arzt immer noch völlig verwirrt scheint. Sie wiederholt stockend die medizinischen Terminologien, die wir alle nur zur Hälfte verstehen, während Sonja und ich sie von rechts und links umschließen wie eine unzertrennbare Einheit.

»Anne, kannst du mir bitte etwas zu trinken holen?«, sagt meine Mutter schließlich zu mir, und ich stehe widerwillig auf. Ich würde viel lieber warten, ob wir nicht bald zu meinem Vater ins Zimmer können. Aber ich füge mich natürlich dem Wunsch meiner Mutter und mache mich auf den Weg in die Cafeteria. Dort stoße ich immerhin wieder auf Fabio, der mit einer Coladose in der Hand am Fenster steht. Wie immer sein Handy am Ohr. Als er mich entdeckt, legt er schnell auf und guckt ... irgendwie schuldbewusst. Ich gehe wütend auf ihn zu: »Warum bist du überhaupt mitgekommen? Telefonieren kannst du zu Hause doch wohl besser«, schmettere ich ihm wütend entgegen. Ich finde sein Verhalten völlig daneben. Er tut so, als ginge ihn das alles hier nichts an.

»Aber Amore, es ist doch dein Vater. Und deine Familie ...«, rechtfertigt er sich halbherzig.

»Ich dachte, wir sind ein Ehepaar? Und dass meine Familie auch deine ist!«

Er zuckt leicht mit den Schultern und macht Anstalten, mich jetzt zu umarmen. Ich wehre seinen Annäherungsversuch ab. »Lass mich.«

»Amore, versteh mich doch ... Krankenhäuser, der Tod. Das ist einfach nicht mein Ding. Meine Güte, schau dich doch mal um, wie deprimierend das hier ist.«

Ich blicke ihn wütend an. »Sag mal, spinnst du jetzt völlig?«, platzt es aus mir heraus. »Es tut mir wirklich schrecklich leid, dass mein Vater fast gestorben ist und dir damit den Tag versaut hat. Sag mal, merkst du noch was, du Egomane?«

»Amore, so war das doch nicht gemeint«, lenkt er sofort ein, »ich bin für dich da, ich warte hier auf dich. Wann immer du mich brauchst.« Und greift wieder nach seinem Smartphone.

Ich spare mir die weitere Erklärung, dass ich ihn an meiner Seite brauche und nicht colatrinkend in der Cafeteria. Stattdessen werfe ich ihm nur nochmal einen verständnislosen Blick zu, den er noch nicht einmal bemerkt. Dann ziehe ich eine Wasserflasche aus dem Automaten und laufe schnell zurück in Richtung Intensivstation. Vor lauter Wut über Fabios Verhalten verpasse ich jedoch irgendwie die richtige Abbiegung und stehe auf einmal auf einer völlig anderen Station. Was ich zuerst nur daran erkenne, dass die Stuhlpolster eine andere Farbe haben. Schnell laufe ich ein paar Schritte zurück und halte nach einem Hinweisschild Ausschau. Dummerweise kann ich weder einen Arzt noch eine Krankenschwester entdecken, die ich fragen könnte. Es ist der reinste Albtraum, so völlig verlassen fühle ich mich in diesen menschenleeren Fluren, die ich gerade immer wieder hin und her laufe, auf der Suche nach irgendeinem Hinweis, wie ich wieder zurückkomme.

Und das alles macht mich immer wütender. Die Wut, die sowieso schon in mir kocht, richtet sich jetzt gegen mich selbst. Ich bin zu blöd, mich in einem Krankenhaus zu orientieren. Das darf ja wohl nicht wahr sein! Also laufe ich den Gang wieder zurück und komme nun an riesigen Fenstern vorbei, die einen Blick auf den grünen Krankenhaus-Hof und den Sund dahinter erlauben. Suchend drehe ich mich einmal um die eigene Achse und komme mir vor wie in einem Irrgarten. Mann, Anne, das gibt's doch gar nicht! Mir steigen sogar die Tränen in die Augen, und als ich am Ende des Durchganges endlich Leute stehen sehe, laufe ich schnellen Schrittes auf diese Personen zu – so muss sich Robinson gefühlt haben, als er zum ersten Mal wieder in menschliche Gesichter gesehen hat. Einer der beiden trägt einen weißen Kittel, und ich frage ihn schnell, wie ich zur Intensivstation zurückkomme. Er erklärt mir den Weg, und gerade als ich schon zurücklaufen will, höre ich auf einmal meinen Namen, direkt hinter mir. Ich drehe mich überrascht um und kann nicht glauben, wer da vor mir steht. Sofort breche ich in Tränen aus und werfe mich in seine Arme: »Fritz, Fritz, was machst du denn hier?«, schluchze ich.

Fritz wartet einen Moment lang ab, bis ich mich ein wenig beruhigt habe und hält mich einfach nur in seinen Armen, während ich laut schluchze. Ich verstehe immer noch nicht, was er hier macht, aber seine Gegenwart beschert mir für einen kurzen Moment lang das sichere Gefühl, dass alles gut werden wird. Er löst sich langsam von mir und schaut mich fragend an:

»Anne, was ist denn los? Was machst du hier?«

»Mein Vater, er hatte einen Herzinfarkt«, schluchze ich und merke schon wieder, wie mir noch weitere Tränen in die Augen schießen. Dabei würde ich mich jetzt lieber mal einen Moment lang zusammenreißen, um vor Fritz nicht schon wieder auszusehen wie ein fleischgewordenes Fiasko. Ein einziges Déjà-vu unserer ersten Begegnung, nur dass ich dieses Mal immerhin kein Brautkleid trage.

»Ach du Scheiße«, platzt Fritz heraus, »und wie geht es ihm?«

»Ich weiß es nicht, ich muss zurück zur Intensivstation. Aber ich habe mich verlaufen und konnte sie nicht mehr finden ... Dabei muss ich doch dringend zurück!«

»Ich komm mit«, beschließt Fritz kurzerhand, und gemeinsam laufen wir den Weg entlang, den der Arzt mir kurz zuvor erklärt hat. Währenddessen erklärt Fritz mir kurz, dass er im Krankenhaus ist, um irgendwelche Gutachten für seine Arbeitstauglichkeit zu erhalten, die er bei der Versicherung einreichen muss – davon hatte er mir ja auch auf dem Bootsausflug erzählt. Was für ein glücklicher Zufall! Ihn zu sehen gibt mir sofort ein Gefühl von Sicherheit. Wir reden nicht viel, während wir die vielen Gänge entlanglaufen, nur eine Frage muss ich stellen: »Warum hast du mir auf meine Nachricht nicht geantwortet?« Erst einmal antwortet Fritz gar nichts, dann meint er: »Du warst einfach weg. Wie hätte ich wissen sollen, dass diese Nachricht wirklich bedeutet, dass du wiederkommst? Ich wusste einfach nicht, was ich antworten soll.« Und ich kann seine Antwort sogar verstehen, schließlich war ich in den letzten Tagen selbst verwirrt genug.

Wir gehen um zwei weitere Ecken, und da entdecke ich am Ende des Flurs endlich Sonja, die immer noch bei den Stühlen wartet. »Anne, wo warst du denn so lange?« Sie bemerkt Fritz und schaut uns beide verdutzt an. »Fritz, wie kommst du denn hierher?«

»Wir haben uns eben zufällig…«, beginnt er zu erzählen, aber meine Schwester lässt ihn nicht ausreden – sie hat wichtige Neuigkeiten:

»Anne, Mama ist schon bei Papa, wir dürfen jetzt auch endlich zu ihm.«

Ich lasse Fritz' Hand los und folge meiner Schwester. Im Augenwinkel sehe ich, wie Fabio plötzlich den Flur entlanggelaufen kommt. Ausgerechnet jetzt. Aber ich habe keine Kraft, mir über eine potenzielle Fritz-Fabio-Begegnung auch noch Sorgen zu machen – jetzt geht erst mal Papa vor. Ich werfe Fritz noch einen dankbaren Blick zu, und dann betreten Sonja und ich rasch das Krankenzimmer.

Mein Vater sieht wirklich elendig aus, wie er da an all diesen Schläuchen hängt. Das Piepen der Maschinen, in denen die Schläuche und Kabel enden, erfüllt auf unheimliche Weise den Raum. Aber ich zwinge mich trotzdem zu einem aufmunternden, ja geradezu fröhlichen Lächeln. »Hallo, Papa«, sage ich, setze mich auf eine Seite des Bettes und greife nach seiner Hand, »was machst du denn für Sachen?«

Sonja stellt sich auf die andere Seite des Bettes, und wir tauschen heimlich einen bangen Blick, der mir verrät, dass auch sie den Anblick unseres Vaters besorgniserregend findet.

Mein Papa lächelt müde, und ich erwarte schon irgendeinen lustigen Spruch von ihm, so wie er immer alles mit einem lustigen Spruch weglacht, aber in diesem Moment scheint sogar er mit den Worten zu ringen. Oder er ist schlichtweg zu schwach, um etwas zu sagen.

»Klaus, ich habe mit den Ärzten gesprochen, du wirst heute noch operiert«, meldet sich meine Mutter. Sie scheint sich inzwischen etwas gefangen zu haben und ist fast wieder ganz die pragmatische Frau, die ich kenne.

Mein Papa nickt schwach. Ich drücke seine Hand noch ein wenig mehr, so blass habe ich ihn wirklich noch nie gesehen. Ganz in sich zusammengefallen wirkt er. »Meine Mädchen«, sagt er und schaut mich und Sonja stolz an. Was natürlich postwendend dazu führt, dass mir wieder die Tränen in die Augen steigen.

»Wir sind für dich da, Papa, was auch immer du brauchst, wir sind da«, sagt Sonja, und als ich sehe, wie ihr ebenfalls eine Träne die Wange hinunterläuft, erschrecke ich mich geradezu. Ich kann mich nicht daran erinnern, meine taffe Schwester jemals weinen gesehen zu haben.

»Der Arzt hat gesagt, dass du unheimliches Glück im Unglück hattest. Vor allem, weil du so schnell ins Krankenhaus gebracht wurdest«, führt meine Mutter ihren Bericht vom Arztgespräch weiter. »Er hat aber auch gesagt, dass dein Herzinfarkt ein sehr schwerer Fall war. Du wirst ein paar Wochen in die Reha gehen müssen ...«

»Mama, nun mach ihm doch keine Angst«, weist Sonja unsere Mutter zurecht und spricht damit genau das aus, was auch ich in diesem Moment denke.

»Ich mache ihm keine Angst, aber ich sage ihm seit Wochen, dass er besser auf sich achtgeben muss. Den Mund habe ich mir fusselig geredet! Aber er wollte mir ja nicht glauben«, ihre Stimme erstickt an dieser Stelle, und ihr eben noch so glaubwürdig vorgetragener stoischer Pragmatismus weicht einem Gesichtsausdruck, der zwischen Angst und Wut schwankt. Und dann kommen auch ihr die Tränen. Mittlerweile heulen also drei Glawes in diesem Krankenzimmer. Mein armer Vater, er muss sich vorkommen wie bei seiner eigenen Beerdigung. Dabei sollten wir ihm doch lieber Zuversicht und Kraft geben.

»Sabine«, sagt er mit schwacher Stimme. »Du hast ja recht. Ich verspreche, dass ich mich bessern werde. Und wenn ich mit all dem Kram hier durch bin, fahren wir endlich in den Urlaub, den du dir schon so lange wünschst. Und Sonja und Anne«, er schaut langsam von mir zu meiner Schwester, »macht euch keine Sorgen. Ich bin doch zäh. Natürlich komm ich wieder auf die Beine.«

Na toll. Jetzt ist es mein kranker Vater, der uns alle aufbauen muss. Aber vielleicht ist es ja sogar das, was ihm Kraft gibt. Ich drücke ihm vorsichtig einen Kuss auf die Wange und bleibe noch einen Moment lang auf dem Bett neben ihm sitzen. »Alles wird gut Papa«, flüstere ich und streiche ihm mit der Hand über seine dünnen Haare. »Ich hab dich lieb.«

Als Sonja und ich eine ganze Weile später wieder auf den Flur zurückkehren, ist weder von Fabio noch von Fritz etwas zu sehen. Wir lassen uns auf die Stühle fallen und schauen einander nachdenklich an. »Sag mal«, grinst meine Schwester plötzlich. »Wie witzig war das eigentlich, als hier plötzlich Fritz und Fabio auf dem Flur herumgestanden sind...«

»Na ja, ich weiß nicht, ob ich das witzig finden soll«, antworte ich mit hochgezogenen Augenbrauen. Dann seufze ich schwer. Meine Schwester sieht mich mit schlechtem Gewissen in den Augen an. Sie wollte wohl nur die Stimmung etwas aufheitern.

»Was für ein Chaos«, seufze ich, und verberge kurz mein Gesicht in den Händen. Wie konnte es nur zu all dem kommen?

»Was wirst du jetzt machen?«, fragt Sonja, während sie ihr plötzlich vibrierendes Telefon aus der Tasche zieht.

»Wenn ich das nur wüsste …«

Sonja beantwortet den Anruf, und ich lausche kurz, wie sie erst mit Emilia und dann mit Lukas spricht. Sie beruhigt die beiden und versichert, dass sie bald zu Hause sein wird. Danach wechselt sie ein paar Worte mit Christian, in denen es um Fragen zur Organisation der Kinder zu gehen scheint: Wer wen wann wohin fährt und solche Sachen. Offenbar hat Christian ein paar wichtige Termine und weiß nicht, wie er das alles ohne Sonja regeln soll.

Ich steige aus dem Gespräch aus und nehme mein eigenes Telefon zur Hand. Auf meinem Display blinkt eine neue Nachricht. Als ich sehe, wer sie geschickt hat, beginnt mein Herz zu klopfen: »Anne, ich hoffe, dass es Deinem Vater bald wieder besser geht. Liebe Grüße, Fritz.«

Ich lese mir die kurze Nachricht gefühlt eine Million Mal durch, aber egal, wie lange ich die Worte anstarre, sie ergeben keinen rechten Sinn für mich. Im Gegenteil: ich bin geradezu enttäuscht davon, wie sachlich und kühl Fritz mir schreibt. Langsam lasse ich das Handy in meinen Schoß sinken. Ich hatte mir so lange eine Antwort von ihm gewünscht, und jetzt kommen diese paar trockenen Worte. Fast kommen mir schon wieder die Tränen. Zwar konnte ich verstehen, dass er in den letzten Tagen zu unsicher war, um zu antworten, aber warum dann jetzt diese paar unterkühlten Worte?

Erst nachdem ich eine ganze Weile darüber nachgedacht habe, wird mir klar, wie das Ganze hier wohl auf ihn gewirkt haben muss – und schlechtes Gewissen kommt in mir auf. Erst verschwinde ich nach unserer gemeinsamen Nacht Hals über Kopf, und das nächste Mal, dass er mich – wohlgemerkt zufällig – trifft, habe ich Fabio im Schlepptau. Wahrscheinlich denkt Fritz, dass ich sang- und klanglos zu meinem Ehemann und in mein altes Leben zurückgekehrt bin.

Und ganz falsch liegt er damit ja nicht. In nur zwei Tagen bin ich total komfortabel und ohne große Widerstände in das zurück-geschlittert, was ich eigentlich so fest entschlossen hinter mir las-sen wollte. Ist es, weil ich Fabio wirklich so liebe? Oder weil es der leichtere Weg ist? Oder liegt es daran, dass ich einfach nicht loslas-sen kann? Meine Gedanken werden von Sonja unterbrochen, die sich jetzt erst einmal von mir verabschiedet. »Anne, ich muss zu-rück zu den Kindern, es lässt sich nicht anders organisieren. Kann ich dich allein lassen?«

»Klar«, nicke ich, »ich bin ja hier nun wirklich nicht der größte Sorgenfall …«

»Na ja«, sagt sie grinsend. »Einen Herzinfarkt hattest du nicht, das stimmt. Noch nicht. Denn wenn du weiter so ein Harakiri mit deinem Herzen betreibst, weiß ich nicht, wie lange das noch gut geht … Ruf mich an, wenn etwas ist. Weißt du was, ich rufe dich nachher an. Kopf hoch!«

Wir umarmen uns, und als just in der Sekunde unsere Mut-ter das Krankenzimmer unseres Vaters verlässt, geht Sonja schnell auf sie zu und läuft dann, nachdem sie kurz mit ihr gesprochen hat, Richtung Ausgang. Meine Mutter kommt zu mir gelaufen und setzt sich neben mich auf den Stuhl. Sie seufzt erleichtert. »So, Papa ist jetzt erst einmal eingeschlafen.«

»Super, das wird ihm guttun.«

»Ja, er muss sich ausruhen. Für die OP wird er seine Kräfte brau-chen.«

Ich schaue sie von der Seite an, sehe ihr erschöpftes Gesicht und ihre vor Erschöpfung zittrigen Hände, und erst in dem Moment begreife ich im ganzen Ausmaß, wie schlimm das alles für sie sein muss. In gewisser Weise wahrscheinlich noch viel schlimmer als für uns Töchter. Meine Eltern sind seit fast vierzig Jahren ein unzertrennbares Team. Ich kann mir ihre Angst, meinen Vater zu verlieren, nicht einmal vorstellen. Das bringt mich zum Grübeln. »Mama«, beginne ich zögerlich und schaue meine Mutter ernst an. »Woher wusstest du, dass Papa der Richtige ist?«

Meine Mutter guckt mich überrascht an. »Wie kommst du denn jetzt darauf?«

»Ich weiß nicht«, stammle ich. »Es ist nur…ihr seid so eine feste Einheit. Nichts kann euch trennen, ihr steht hundertprozentig für einander ein…«

»Natürlich. Dein Vater ist meine große Liebe«, ihr Ton drückt aus, dass das für sie eine Tatsache ist. Ein Fakt. Und keine Gefühlsduselei. Einen Moment lang schweigen wir beide. Dann spricht sie weiter. »Aber um auf deine Frage zurückzukommen: Ich wusste nicht, dass Papa der Richtige ist. Aber ich habe fest daran geglaubt. Im Leben gibt es eine Menge Höhen und Tiefen. Und ich wusste, dass ich all diese Dinge mit Klaus erleben wollte. Ich wusste einfach, dass er für mich da sein würde und dass ich für ihn da sein will.«

Ich greife nach ihrer Hand und lasse meinen Kopf langsam auf ihre Schulter sinken. »Ach Mama, ich wünschte, die Dinge wären immer so klar.«

Meine Mutter dreht sich zu mir und drückt mir einen Kuss auf die Stirn. »Anne, die Dinge sind so klar. Du musst deinem Bauchgefühl trauen. Und wenn das auch nicht eindeutig ist, dann musst du einfach überlegen, wer dich glücklich macht. Und mit Glück meine ich keine aufregenden Momente der Verknalltheit oder teure

Aufmerksamkeiten. Das geht alles vorbei. Mit Glück meine ich, dass man wirklich gerne mit jemandem zusammen ist. Und dass man in der Beziehung ganz bei sich ist. Dass der andere einen so sein lässt, wie man ist, weil es das ist, was er liebt. Dein Vater und ich, wir sind sehr verschieden. Aber bei den Dingen, die mir wichtig sind, wirklich wichtig, hat er immer Himmel und Hölle in Bewegung gesetzt, damit ich der Mensch sein kann, der ich sein möchte. So war das immer, und so wird das immer sein. Und ich mache das Gleiche für ihn.«

Ich höre ihr aufmerksam zu und versuche zu begreifen, was ihre Worte für mich bedeuten. Denn ich weiß, dass sie eine Menge bedeuten.

»So«, sagt sie auf einmal und springt vom Stuhl auf, »jetzt fahren wir erst einmal nach Hause. Ich mache uns Frühstück und packe dann ein paar Sachen für Papa zusammen, bevor ich wieder herfahre.«

Ich drücke noch einmal ihre Hand. »Fahr du mal, Mama, ich muss noch etwas klären. Sei mir nicht böse, das ist wichtig. Ich komme dann so schnell wie möglich zu dir nach Hause.«

Meine Mutter sieht mich ernst an – sie ahnt wohl, dass bei mir wichtige Entscheidungen anstehen, deshalb nickt sie nur und umarmt mich noch einmal fest.

Wir verabschieden uns erst einmal, und während meine Mutter mit zügigen Schritten in Richtung Ausgang läuft, mache ich mich auf die Suche nach Fabio. Es dauert lange, bis ihn finde. Ich entdecke ihn schließlich auf dem Hof, wo er an einer der Säulen gelehnt mit dem Rücken zu mir steht. Wie immer klebt an seinem Ohr das Telefon. Langsam laufe ich auf ihn zu, und als ich näher komme, beginnen Wortfetzen seines Gesprächs zu mir herüberzuwehen.

»Moni, ich habe nie gesagt, dass ich das tun würde. Du wusstest von Anfang an, woran du bist. Und du kannst doch nicht einfach so etwas fordern, sie ist doch deine beste Freundin!«

Ich bleibe wie vom Donner gerührt stehen und starre völlig entgeistert auf Fabios Rücken. Moni? Geht es hier wirklich um meine Moni? Mir fällt der seltsame Anruf gestern im Auto ein, als ich dachte, auf dem Display den Namen meiner besten Freundin entdeckt zu haben. Also doch! Worüber sprechen die beiden denn? Fabio, der mich immer noch nicht bemerkt hat, lauscht einen Moment in seinen Hörer und spricht dann weiter. »Hör' auf damit! Du weißt, dass ich Anne liebe. Sie ist meine Frau. Und ich werde alles dafür tun, dass das auch so bleibt.«

Ich will jetzt nicht weiter hier stehen und stumm ertragen, was ich da höre. Also mache ich ein paar große, entschlossene Schritte auf Fabio zu und tippe ihn auf die Schulter. Fabio zuckt zusammen, dreht sich rasend schnell um und schaut mir entsetzt ins Gesicht. »Anne! Ich... ich muss jetzt auflegen«, sagt er daraufhin panisch und drückt gleich den entsprechenden Knopf an seinem Handy. Er lässt es sofort in die Hosentasche gleiten und setzt dann dazu an, mich zu umarmen. »Amore, da bist du ja. Wie geht es deinem Papa?«, fragt er betont liebevoll, und in diesem Schreckzustand lasse ich seine Umarmung kurz zu, bevor ich mich dann umso entschlossener von ihm löse. »Moni?«, frage ich ihn vorwurfsvoll. »Moni?«, rufe ich noch einmal, während er mich weiterhin anschaut wie ein Kind, das mit der Hand im Nutellaglas erwischt wurde. Meine Stimme nimmt jetzt einen viel schrilleren Ton an, als ich beabsichtigt habe. Nein, ich will keine Szene machen, nicht hier vor dem Krankenhaus. Aber mal ganz im Ernst, Moni? Vor Wut balle ich die Fäuste. Ich bin hier sicher nicht diejenige, die sich rechtfertigen muss.

Fabio schaut mich unsicher an und setzt dann zu seiner Erklärung an. »Amore, Moment, lass mich das erklären. Das ist nicht so, wie du denkst.«

Hat man jemals ein größeres Klischee gehört?

»Als du weg warst, habe ich ein paarmal mit ihr telefoniert…«

»Telefoniert?«

»Wir haben uns getroffen. Zum Kaffee, nicht mehr. Ich war so verzweifelt, weil du mir nicht geantwortet hast. Ich wollte dir irgendwie nah sein.«

»Und deswegen hast du dich mit meiner besten Freundin getroffen?« Während ich das sage, spüre ich, dass ich diesen Titel in Bezug auf Moni dringend überdenken muss. Wie konnte sie nur? Hinter meinem Rücken? Ohne mir auch nur einmal zu schreiben? Hatte sie es wohlmöglich die ganze Zeit auf meinen Mann abgesehen? Mir fiel es auf einmal wie Schuppen von den Augen. All die Male, bei denen sie Fabio verteidigt hatte. Die Blicke, die sie ihm zuwarf und von denen ich dachte, sie wären einfach nur sehr freundschaftlich. Ja, über die ich mich freute, denn wer möchte nicht, dass die beste Freundin und der Freund gut miteinander auskommen. Und nicht zuletzt unser letztes Treffen, als sie so seltsam distanziert und abwesend wirkte.

»Wir haben uns getroffen, aber ich schwöre dir, da lief nichts. Anne, ich würde dich nie betrügen.«

Der Cartier-Armreif an Monis Arm, schießt es mir durch den Kopf. Und die Rechnung in Fabios Handschuhfach. Ich muss mich an die Säule lehnen, mir wird auf einmal geradezu schwarz vor Augen. »Du hast ihr diesen Cartier-Armreif geschenkt«, sage ich, und es ist definitiv eine Feststellung und keine Frage. Es ist eine Resignation. Das kann hier alles nicht gerade passieren, denke ich gleichzeitig. Wie viel denn noch?

Fabio weicht meinem Blick aus. Dann greift er nach meiner Hand, aber ich ziehe sie schnell zurück und verberge sie hinter meinem Rücken. »Ich wollte ihr einfach für ihre Hilfe danken. Für die vielen Nächte, in denen sie sich meinen Liebeskummer angehört hat. Den ich hatte, weil du einfach abgehauen bist.«

»Jetzt sind aus den Telefonaten und dem Kaffee schon Nächte geworden«, stelle ich fest und lache sarkastisch. Moni, meine beste Freundin, hatte wohl die ganze Zeit, in der ich in Zicker war, gewusst, dass ich verschwunden war. Und hatte sich in der ganzen Zeit nur um Fabio gekümmert.

»Nächtliche Telefonate«, antwortet Fabio allen Ernstes. »Ich sage die Wahrheit! Ich habe kein Interesse an Moni, sie hat sich da in etwas hineingesteigert. Zwischen uns lief nie etwas. Das musst du mir glauben! Nur weil ich ihr diesen kleinen Armreif zum Geburtstag geschenkt habe, kannst du doch nicht denken …!«

Fabio guckt mich plötzlich erschrocken an, weil er mir ungewollt etwas verraten hat – Moni hatte schon vor etwa sechs Wochen Geburtstag. Das Ganze, was auch immer es war, ging also schon länger.

»Ich glaube dir überhaupt nichts mehr!«, rufe ich wütend. Ich komme mir so unfassbar lächerlich vor. Die ganze Zeit habe ich mit mir gehadert, ob es vielleicht wirklich noch eine Zukunft für mich und Fabio gibt. Während ich, am Boden zerstört und völlig verzweifelt, tagelang im Bett gelegen habe, bändelte er bereits mit der nächsten an. Und nicht mit irgendeiner Frau, sondern mit meiner besten Freundin! Selbst für Fabio war das ein neuer Tiefpunkt. Ein historischer Tiefstand geradezu.

»Wenigstens bin ich nicht einfach davongelaufen und habe dich nicht mit der nächstbesten Person betrogen, so wie du mich offenbar mit diesem Angler!«, ruft Fabio auf einmal.

Ich schaue ihn verdutzt an, bevor ich mich wieder fange. Wie kommt Fabio darauf? »Na klar, war ja klar, dass du dich jetzt versuchst herauszureden. Das war ja schon immer deine Taktik. So lange alles kleinreden und Gegenvorwürfe machen, bis die dumme Anne es glaubt und sich selbst schuldig fühlt.«

»Hast du mit ihm geschlafen oder nicht?«

Ich frage mich in diesem Moment, über was Fabio und Fritz gesprochen haben. Denn, dass sie gesprochen haben, ist jetzt wohl eindeutig klar. Und ich weiß, dass Fritz im Leben nicht verraten würde, was wir miteinander hatten. Aber natürlich ist Fabio auch nicht doof. Vielleicht waren es die Blicke gewesen, die Fritz mir zugeworfen hatte, vielleicht die Art, wie ich ihn angeschaut hatte – irgendetwas musste ihm gezeigt haben, dass mehr zwischen uns gewesen ist. Auch wenn ich mich keinen Deut dafür schlecht fühle, was zwischen mir und Fritz passiert ist. Im Gegenteil, der Gedanken an Fritz wärmt mein Herz wie ein Heizstrahler, vor allem jetzt. Mit Fritz ist alles echt, war es von Anfang an. Ihm kann ich vertrauen. Er ist so etwas wie mein bester Freund geworden. Und noch viel mehr.

»Anne!«, ruft Fabio umso wütender, weil ich ihm nicht antworte, sondern nur still nachdenke. Er kneift seine Augen zusammen, wie er es nur dann tut, wenn er unter größtem Stress steht. »Jetzt hör auf mit dem Unsinn. Du willst doch nicht wirklich dein Leben auf dieser Insel der Hinterwäldler verbringen?«

»Was soll das denn heißen?«

»Ich sage dir jetzt, was ich auch deinem Angler gesagt habe: Du wirst nie mit ihm glücklich werden, denn er kann dir nicht das bieten, was du brauchst.«

Auf einmal fällt es mir wie Schuppen von den Augen. Deswegen hat mir Fritz vorhin eine solch abgehackte Nachricht geschrieben.

Deswegen war er so schnell verschwunden. »Was hast du zu Fritz gesagt?«, frage ich eisig.

● ●

Liebeskummer-Status:

Wenn schon alles zerbrochen ist, was zerbrechen kann,
hört's dann endlich auf wehzutun?

● ●

17.

Anne und Anne

Fabio macht eine ausladende Handbewegung. »Nur, dass du am Ende bei mir bleiben wirst und er keine Chance hat. Was sollst du denn mit einem Angler?«

Ich schaue ihn ungläubig an. »Fabio, selbst wenn es Fritz nicht gäbe, ich würde trotzdem nicht zu dir zurückkommen. Verstehst du das denn nicht?« In meinem Kopf überschlagen sich die Gedanken. Aber für mich steht fest: Ich muss mit Fritz reden. Ihm sagen, dass Fabio nur Stuss erzählt hat. Oh Gott, Fritz muss denken, dass ich die blödeste Kuh auf der Welt bin. Der Gedanke, dass er noch einmal glauben könnte, dass sein Herz so gebrochen wurde wie damals bei Janine, quält mich bis zur Unerträglichkeit.

»Und ein für alle Mal: Fritz ist ein Fischer und kein Angler!«, brülle ich wütend, »tu doch nicht so, als ob du den Unterschied nicht kennst. Ich weiß genau, dass dein Deutsch perfekt ist. Perfekt! Ich falle da nicht mehr drauf rein. Ich falle überhaupt nicht mehr auf dich rein, Fabio. Das mit uns ist vorbei. Und wir werden nie wieder etwas sein, außer einer Erinnerung. Verstehst du nicht?« Dann setze ich zum Todesstoß an: »Ich liebe dich nicht mehr! Ich werde dich nie wieder lieben! Du hast alles kaputtgemacht mit deinen Lügen und Manipulationen.«

Fabio schaut mich mit einer Mischung aus Wut und Entsetzen an. Aber er schweigt.

»Und eins will ich dir noch sagen«, fahre ich in meiner Befreiungsrede fort. »Es liegt nicht an deinen Frauengeschichten, von denen ich mir sicher bin, dass es sie gab und von denen Moni wahrscheinlich nur die Spitze des Eisbergs ist. Es liegt daran, dass du nie wirklich wissen wolltest, wer ich eigentlich bin. Du wolltest immer nur, dass ich mich wie ein Chamäleon an deine Welt anpasse.«

»Du hast das Leben in meiner Welt immer sehr genossen, soweit ich mich erinnere«, wirft Fabio ein, und ich kann jetzt hören, wie verletzt er ist.

»Das habe ich auch. Aber es war nie meine Welt. Und das hat dich nie wirklich interessiert. Jede Initiative, die von mir ausging, alles, was ich wichtig fand, hast du zur Seite gewischt, wenn es dir nicht in den Kram passte. Ich weiß gar nicht, ob du mich überhaupt richtig kennst. Du wolltest doch immer nur, dass alles so funktioniert, wie du es dir vorstellst!«

Ich atme tief und geräuschvoll ein und aus. Es tut gut, all diese Dinge endlich einmal loszuwerden. Wahrscheinlich hätte ich das schon längst einmal auf den Tisch packen sollen und ja, in gewisser Weise ist das Ende unserer Beziehung damit auch meine Schuld. Schließlich habe ich meine eigenen Bedürfnisse viel zu lange zurückgestellt, habe mich selbst viel zu lange zurückgestellt. Und das Schlimmste ist, ich habe das nicht einmal vor mir selbst zugegeben. Ich habe von Fabio erwartet, dass er Gedanken liest – auch diese Erkenntnis habe ich gerade. Mir laufen inzwischen die Tränen die Wangen herunter, und im ersten Moment weiß ich nicht, ob es die Wut ist oder die pure Erschöpfung von all dem, was hier gerade um mich herum passiert, die mir die Tränen in die Augen treibt.

Ich schlucke schwer und putze mir die Nase. Dann versuche ich, mich einen kurzen Moment lang ausschließlich auf meinen

Atem zu konzentrieren. Und siehe da, es funktioniert. Plötzlich breitet sich Ruhe in mir aus. Dann wird mir klar, dass die Vergangenheit gar nicht mehr so wichtig ist – schmerzhaft, ja, aber sie ist nicht das Entscheidende. »Fabio, wir hatten viele schöne Zeiten, früher«, höre ich mich selbst auf einmal sagen. »Aber du spürst doch selbst, dass das hier nicht das Richtige ist.« Mit einem Mal bin ich mir ganz sicher: Das ist wirklich nicht das Richtige. Und er ist nicht der Richtige. Ich muss an die Worte meiner Mutter von eben zurückdenken, und auf einmal ist mir klar, dass ich mit Fabio nie der Mensch sein werde, der ich sein möchte. Und dass ich Vertrauen und Ehrlichkeit brauche – Dinge, die ich bei Fabio nie bekommen werde. Aber die so sehr Teil von Fritz sind.

Er schaut mich unfassbar traurig an, und ich wünschte, ich könnte uns beiden den Schmerz nehmen, den diese Trennung mit sich bringt. Stattdessen umarme ich ihn lange. Ich will mein neues Leben nicht auf Wut und Hass aufbauen. Und vor allem will ich nicht das Gefühl haben, die letzten Jahre völlig verschwendet zu haben. Es ist völlig egal, was mit Moni war. Es ist alles völlig egal, ich will jetzt nur noch nach vorne schauen – und das ist wichtig, nicht die Vergangenheit. Er sinkt förmlich in meine Arme, aber ich schiebe ihn vorsichtig wieder weg, als er sich zu viel davon zu versprechen scheint.

»Ich muss jetzt zu meiner Mutter«, sage ich schließlich und löse mich entschlossen ganz aus Fabios Armen. »Ich komme so bald wie möglich nach Berlin zurück, dann klären wir alles Weitere in Ruhe.«

»Du meinst, unsere Scheidung?«

»Ja, Fabio, das meine ich.«

Als ich im Mini sitze und ihn über die Prenzlauer Allee lenke, kommt es mir fast vor wie ein Déjà-vu. Na ja, eigentlich ist es das auch. Auch wenn ich dieses Mal kein Hochzeitskleid trage (nach der ganzen Sache mit Fabio habe ich mir sowieso geschworen, NIE wieder zu heiraten), sondern ein buntes Sommerkleid. Es ist Ende Mai, und eine Hitzewelle sorgt dafür, dass scheinbar die ganze Stadt versucht, in ihren Autos zum See oder Meer zu fliehen. Ich schaue in den Rückspiegel und sehe eine lange Schlange hinter mir, die zum Glück dieses Mal nichts damit zu tun hat, dass ich den Motor die ganze Zeit abwürge. An der nächsten Ampel muss ich halten und schaue kurz auf mein Handy. Einen Moment lang überlege ich, ob ich Fritz Bescheid sagen soll, dass ich bereits auf dem Weg zu ihm bin, dann entscheide ich mich aber doch dagegen. Nein, ich werde ihn überraschen, so wie bei unserer ersten Begegnung. Immerhin glaubt er mir sicherlich bis heute nicht, dass ich wirklich nach Zicker zurückkommen werde. Seine sporadischen Nachrichten in den letzten Wochen waren Fritz-typisch immer kurz und bündig (im Gegensatz zu meinen langen und euphorischen SMS, in denen ich ihm tausend Sachen erzählt habe, über mich, über die Pläne fürs Kahnweib-Haus und manchmal sogar über Pläne für uns beide), und irgendwann beschlich mich das Gefühl, dass er sie nur aus Höflichkeit schreibt und nicht, weil er wirklich glaubt, dass wir eine Zukunft haben. Ich kann ihm diese Zweifel aber auch nicht übel nehmen, nach all dem Hin und Her der letzten Wochen. Aber ich habe diese Zeit gebraucht, ich habe sie vor allem gebraucht, um mit mir selbst klarzukommen. Schließlich wollte nicht wieder wie automatisiert in die nächste Beziehung schlittern.

Für ein paar Wochen gab es nur Anne und Anne, sozusagen. Bei dem Gedanken muss ich grinsen, und die Erinnerungen an all die Nächte in meiner vorübergehenden Berlin-Wohnung, allein mit einem Weinchen auf dem Balkon, bestätigen mich in dieser Entscheidung. Aber abgesehen davon wollte ich in Berlin nicht nur Schutt und Asche hinterlassen, weswegen es mir auch total wichtig war, mich mit Moni auszusprechen. Das Gespräch war schwierig, für uns beide. Freundinnen sind wir jetzt zwar nicht mehr, aber das wäre nach diesem Vertrauensbruch auch unmöglich. Aber immerhin habe ich einen kleinen Einblick bekommen, wie es ihr ging. Ich wusste nicht, dass sie von Anfang an, von der ersten Begegnung an, in Fabio verliebt war – und auch, wenn ich dafür nichts kann: Die Tatsache, dass mir nie etwas aufgefallen ist, spricht doch dafür, dass ich Moni zumindest in den letzten zwei Jahren genauso wenig eine gute Freundin war wie sie mir.

Trotz dieses schmerzhaften und doch nötigen Gesprächs mit Moni und der Zeit, die ich mir selbst geschenkt hatte, fand ich noch Zeit für Treffen mit alten Freunden, die ich ja auch meist viel zu lange wegen Fabio vernachlässigt hatte. Am Anfang war ich immer sehr vorsichtig, wenn ich von den Geschehnissen der letzten Wochen und meinen neuen Plänen erzählt habe – aber mir kam fast nur Begeisterung entgegen. Viele Freunde sagten mir relativ unverblümt, dass sie Fabio nie besonders gemocht hatten – und dass sie das Projekt »Kahnweib-Haus« super fanden.

»Anne«, meinte eine Freundin, mit der ich schon studiert hatte, strahlend, »das ist genau das, was du brauchst! Genau deins!« Natürlich sagten auch viele, dass sie mich sehr vermissen würden – aber wenn auch nur die Hälfte der Leute, die es mir versprochen hatten, wirklich nach Zicker kam, um mich dort zu besuchen, wären die Pensionen des Orts bis in die nächsten Jahre ausgebucht.

Dann war da noch ein Anruf, über den ich mich sehr gefreut habe: Steffi hat sich gemeldet. Ganz vorsichtig, ganz kleinlaut hatte sie sich bei mir entschuldigt für ihr Verhalten auf dem Fischerfest. Sie gestand mir, wie sehr sie darunter gelitten hatte, in den letzten Jahren immer wieder dem überglücklichen Heiko zu begegnen und dass – auch das erzählte sie mir – es sie natürlich getroffen habe, wie verliebt Fritz mich angesehen habe. Und dass sie manchmal einfach wegwollte, weg von Heiko, weg vom Haifisch, weg von ihrem alten Leben. Also schlug ich ihr vor, doch auch einen Neuanfang zu wagen – in Berlin zum Beispiel, der Stadt, die ja scheinbar irgendwie auch immer ihr Traum gewesen war. Und Steffi schien tatsächlich ernsthaft darüber nachzudenken, das war ihr anzumerken.

Auch wenn mich viele Geschichten von früher noch wurmen – Steffi und ich müssen keine besten Freundinnen werden, um uns heute zu vertragen. Vielleicht war es auch das überwältigende Gefühl, selbst einen Neuanfang starten zu können, das bei mir den Wunsch ausgelöst hat, auch andere dazu zu ermutigen. Und wie hatte Sonja so schön gesagt: Verbrannte Erde ist nicht gut fürs Karma.

Und dann war da natürlich noch Fabio. Auch nach unserer Verabschiedung im Krankenhaus unternahm er noch mehrere Versuche, mich zurückzuerobern, mit Blumen, Geschenken und noch viel mehr. Als er endlich verstand, dass es kein Zurück mehr geben würde, ging er (zumindest seinen Nachrichten an mich zufolge) durch einige Phasen der Wut und Trauer, bis er mir schließlich endlich wieder in die Augen sehen konnte. Obwohl ich nichts von ihm verlangt habe, bot er mir eine mehr als großzügige Abfindung an, weil ich, wie er sagte, »immer einen entscheidenden Anteil an seinem geschäftlichen Erfolg hatte« – auch wenn ich mir nicht ganz sicher bin, was er damit gemeint hat. Vielleicht die Tatsache, dass ich ihm bis zum Schluss nie sein Telefon aus der Hand gerissen habe, denke ich grinsend. Jedenfalls habe ich diese Abfindung tatsächlich angenommen, schon allein, weil Fabio sonst ehrlich gekränkt gewesen wäre.

Das Gleiche galt auch für den sauteuren Verlobungsring. Ich hatte mehrfach versucht, ihn Fabio zurückzugeben, aber er wollte ihn nicht haben. Irgendwann meinte er einfach nur: »Amo... Anne. Das ist dein Verlobungsring, den habe ich für dich gekauft. Den kann ich nicht zurücknehmen! Mach damit, was du willst, aber er gehört dir. Vielleicht kannst du ihn für etwas Wichtiges einsetzen.« Dagegen konnte ich nichts mehr einwenden – und eine Idee, wie ich ihn verwenden würde, hatte ich dann auch schon. Die Ehe werden wir übrigens annullieren lassen (da Fabio mir nichts über seine Tochter erzählt hatte, ließ sich das leicht als Begründung anführen), was Fabio und mir die Möglichkeit geben wird, noch mal richtig neu anzufangen – auch wenn mir im Moment gar nicht nach heiraten ist.

Meinen Job in der Agentur habe ich zur Zufriedenheit aller Beteiligten beendet (wer hätte es gedacht, Frau Schreck hat mich am Ende doch wirklich mal für meine »tolle Arbeit« gelobt!), und damit bin ich nun endlich frei für ein neues Leben. Frei. Frei. Frei!

Natürlich in Zicker, auch wenn das selbstverständlich ein bisschen von einem gewissen Fischer abhängt. Der Gedanke an Fritz und sein Gesicht, wenn er mich sehen würde, löst augenblicklich ein fast unerträgliches Kribbeln in meinem Bauch aus. Am liebsten wäre ich sofort zu ihm gerast, aber natürlich wollte ich vorher noch meinen Vater besuchen, der mittlerweile aus dem Krankenhaus heraus ist und daheim auf die bald beginnende Reha wartet.

Oh, da fällt mir ein, das Beste habe ich ganz vergessen zu erwähnen: Ich habe mich mit Felix von Bernstorff, auf Fabios großzügige Vermittlung hin, geeinigt, dass ich das Kahnweib-Haus von ihm erwerben werde – zur Freude von ganz Zicker. Felix war übrigens relativ leicht zu überzeugen, und das lag nicht zuletzt an den Leuten von Zicker und Umgebung selbst: Denn nicht nur die Plakate, die die ganze Gegend gepflastert hatten (und die auch Felix bei seinem nächsten Besuch in dem Ort nicht übersehen konnte), sondern auch die über viertausend Unterschriften, die in den vorgeschriebenen zwei Wochen gesammelt worden waren, hatten eine entscheidende Rolle gespielt. Dazu noch Frau Knuth, die beharrlich immer wieder bei Felix anrief und ihm eine ganze Menge Paragrafen herunterleierte, um ihm zu erklären, was er alles beim Bau eines Schpa nicht dürfe. Und natürlich Herr Behnke, der eine Flut von Artikeln gegen Felix's Pläne lancierte (geschrieben meist von mir – und er bot mir an, doch als freie Journalistin mitzuarbeiten. So stehe ich also auch die nächsten Monate nicht ganz ohne Einkommen da). Am Ende sah Felix wohl ein, dass Zicker ihm nicht wohl gesonnen war und ihm nur Steine in den Weg legen würde. Ich glaube, er war regelrecht froh, als er das Projekt fallenließ.

Blieb da nur der neue Investor, um nicht zu sagen, die Investorin: nämlich ich. Natürlich hatten meine eigenen Ersparnisse nicht gereicht, aber zusammen mit Fabios Abfindung und dem Erlös aus dem Verkauf des Verlobungsringes (denn behalten wollte ich ihn nicht – und Fabio hatte sich ja gewünscht, dass ich damit etwas Vernünftiges mache) konnte ich eine ordentliche Anzahlung leisten. Dazu würde hoffentlich bald eine Finanzierung aus einem Fond für Künstlerprojekte des Landes kommen (wie ich Ihnen ja mal erzählt hatte: Ich habe mal PR für einige Ministerien gemacht und hatte da noch ein paar Kontakte – und solche Projekte wurden gerne gefördert!) und ein Kredit, den ich schon beantragt hatte. Gleich morgen würde ich die ersten Gespräche mit einem Architekten vor Ort führen – ich kann Ihnen gar nicht sagen, wie sehr ich mich schon darauf freue!

Dass Fabio mich am Ende voll und ganz unterstützt und vor allem bei den Finanzen beraten hat, werde ich ihm nie vergessen. Ich kann bis zu diesem Moment noch nicht glauben, dass er am Ende so fair und hilfsbereit mir gegenüber war. Außerdem hatte er ehrliches Interesse an dem Projekt um das Kahnweib-Haus und schien zum ersten Mal eine meiner Ideen wirklich zu unterstützen, was mir viel bedeutet hat. Und ein bisschen beruhigt es mich auch, dass ich mich doch nicht komplett in diesem Menschen getäuscht habe, mit dem ich immerhin einmal mein ganzes Leben geteilt habe. Manchmal habe ich mich gefragt, ob Moni an diesen ganzen Entwicklungen nicht ganz unschuldig ist (und ihm ein bisschen ins Gewissen geredet hat), aber aus reinem Selbstschutz bin ich dieser Ahnung nie nachgegangen. Sollen die beiden machen, was sie wollen, wir sind jetzt alle frei. Frei, unseren Herzen zu folgen und dieses vermaledeite Einhorn doch noch einzufangen. Nicht, um es in einen Käfig zu stecken, sondern um es zu streicheln und ihm ein gutes Zuhause zu geben. Damit es uns hoffentlich nie mehr verlässt.

Und so brause ich aus Berlin heraus und nehme Kurs auf Zicker!

Es dämmert bereits, als ich in Zicker ankomme. Der Besuch zwischendurch bei meinen Eltern hat doch deutlich länger gedauert, als ich geplant hatte. Aber meinen Vater wieder einigermaßen fit und meine Eltern glücklich zu sehen war die Zeit mehr als wert. Die beiden konnten gar nicht glauben, was sie gehört haben, als ich ihnen die ganze Geschichte von Fabio und Fritz (natürlich nicht in allen

Details, es sind ja immer noch meine Eltern) erzählt habe. Ehrlich gesagt hatte ich es auch ein wenig aufgeschoben, ihnen alles zu erzählen, vor allem, weil ich erst abwarten wollte, bis es meinem Vater wirklich besser geht. Ich sah die Zufriedenheit in ihren Augen, darüber, dass ihre kleine Tochter hoffentlich wieder ganz in ihre Nähe ziehen würde. Aber vor allem schienen meine Eltern beruhigt, dass ich endlich etwas gefunden habe, jemanden gefunden habe, der mich wirklich glücklich macht. Vielleicht schien sie meine Sicherheit, die ich plötzlich bei all meinen neuen Plänen empfand, an ihre eigene Geschichte zu erinnern – auf jeden Fall hatte ich das erste Mal das Gefühl, dass sie nicht dachten, ach, lassen wir die Kleine doch die nächste Idee ausprobieren. Sondern dass sie voll und ganz von mir überzeugt sind, und auch das tut mir gut.

Dann stupste Mama bei meinem Besuch auch noch Papa in die Rippe und meinte: »Sobald du aus der Reha raus bist, machen wir ein paar Tage Urlaub in Zicker, ja? Wie in alten Zeiten!« Papa strahlte nur dazu und nickte zufrieden – er hatte fest versprochen, sich langsam aus seiner Firma zurückzuziehen und die Rohre seinen Nachfolgern zu überlassen. Dass er das dann mit einem baldigen Urlaub in seinem liebsten Ferienort verbinden konnte, machte ihn einfach nur glücklich.

Und nicht nur meine Eltern, auch Sonja plant schon den nächsten Urlaub. Allerdings nicht mit den Kleinen – sondern mit Andreas. Denn die Geschichte mit Andreas wurde nach ihrer Rückkehr aus Zicker wirklich ernst, und die beiden gehen inzwischen auch an der Schule ganz offen damit um, dass sie ein Paar sind. Bald steht bei ihnen der erste Liebesurlaub an – natürlich in Zicker! Ich freue mich schon wahnsinnig, dass ich bald meine ganze Familie, vielleicht sogar gleichzeitig, in Zicker haben werde. Und dass ich diesen Andreas mal persönlich kennenlernen kann!

Der Mini holpert inzwischen über das Zicker'sche Kopfsteinpflaster, und ich genieße es, endlich wieder hier zu sein. Und wirklich: Sogar jetzt noch sieht man an vielen Häusern das Plakat hängen und natürlich Berta, die mir entgegenstrahlt. Ihre Haltung wirkt weniger kämpferisch als vielmehr triumphierend – immerhin haben wir diese Schlacht zusammen gewonnen. Mir läuft regelrecht ein Schauer über den Rücken, so sehr freue ich mich, dass ich jetzt für das Kahnweib-Haus zuständig bin. Ich werde mein Bestes geben! Nichts anderes hat Bertas Erbe verdient!

Aus reiner Sentimentalität parke ich den Wagen schließlich nicht direkt vor Fritz' Haus, sondern an der kleinen Strandstelle gegenüber der Kirche. Ich schließe die Türen ab und laufe ein paar Schritte Richtung Meer. Was für eine Reise, denke ich bei mir. Was für ein Trip! Ich kann kaum glauben, dass ich nun endlich angekommen bin.

Dann gehe ich langsam auf Fritz' Haus zu. Und wer sitzt da im Garten und putzt sich das Fell? Nein, nicht Fritz, natürlich der Baron! Groß geworden ist er in den letzten Wochen, auch wenn er immer noch nicht ganz erwachsen ist. Das merke ich besonders daran, dass er mir fröhlich wie ein Kätzchen entgegenhüpft, als er mich erkennt. Ich hebe ihn hoch, vergrabe das Gesicht in seinem Fell und freue mich, dass er sofort zu schnurren beginnt.

Mit ihm auf dem Arm gehe ich nun weiter auf das Haus zu und klingele einfach an der Tür, auch wenn mir das denkbar unspektakulär scheint. Aber unspektakulär passt ganz gut zu diesem neuen »Ich«, das ich gerne aufrechterhalten würde. Weniger Drama, weniger Chaos. Das muss ja noch lange nicht Langeweile heißen – ganz im Gegenteil, denn hier in Zicker habe ich mich noch keine Minute gelangweilt. Die Tür bleibt verschlossen, und ich laufe langsam um das Haus herum. Ich sehe Licht in der kleinen Garage und stoße vorsichtig die Tür auf. Zu meiner Überraschung entdecke ich darin Fritz' Mutter, die sich gerade an einer Getränkekiste zu schaffen macht. Als sie mich sieht, kann sie ihre Überraschung und Freude kaum verbergen. »Anne!«, ruft sie aus und kommt mit offenen Armen auf mich zugelaufen. »Das glaube ich jetzt nicht. Du bist wirklich zurückgekommen!«

Ich muss etwas über ihre Begrüßung schmunzeln und umarme sie dann herzlich. Der Baron maunzt leicht genervt bei all diesem Umarmen – er springt auf den Boden und läuft wieder nach draußen. Für ihn ist das hier auch sein Zuhause, geht es mir glücklich durch den Kopf. »Natürlich bin ich zurückgekommen. Dein Sohn ist das Beste, was mir je passiert ist.«

Sie schaut mich glücklich an, und als ich hinter ihr in der Ecke der Garage eine Staffelei entdecke, kann ich nicht anders, als drauf zuzulaufen. »Er hat es nicht vergessen«, murmle ich und fahre verliebt mit der Hand über das helle Holz. Die Staffelei, die er mir damals auf dem Parkplatz vom Tik-Tak-Kaufhaus versprochen hat: Er hat sie wirklich für mich geschreinert. Und das, obwohl er nicht wusste, ob ich jemals zurückkommen würde. Ich drehe mich schnell zu Christa um: »Wo ist Fritz denn?«, frage ich drängend. Ich kann es jetzt nicht mehr erwarten, ihn endlich zu sehen. Ihn in meine Arme zu schließen. Und den ersten Abend unseres neuen Lebens mit ihm zu verbringen.

Christa zeigt mit dem Finger in Richtung Steg. »Ich nehme an, der sitzt auf seinem Boot. Wie jeden Abend. Seitdem du weg bist, ist er ein noch schlimmerer Einsiedlerkrebs geworden, als er es sowieso schon war. Ach Anne«, seufzt sie und drückt mich gleich noch einmal an ihren großen Busen. »Ich bin so froh, dass du da bist.«

Ich nicke und eile dann schnellen Schrittes Richtung Wasser. Mit jedem Schritt verwandelt sich mein Gehen eher in ein Laufen, bis ich schließlich geradezu renne. Als ich an dem kleinen Steg ankomme, bin ich völlig aus der Puste, und mein schönes Sommerkleid klebt leicht an meinem Rücken. Aber natürlich ist mir das jetzt egal, mir ist alles egal. Ich will nur noch zu Fritz!

Der Kahn schaukelt in regelmäßigen Bewegungen und stößt dabei an den Gummiring zwischen Holzsteg und Boot, wobei er ein seltsam schleifendes Geräusch macht. Ich denke an das erste Wiedersehen zwischen Fritz und mir damals nach meiner Flucht aus Berlin zurück. Wie anders jetzt meine Ankunft hier ist. Jetzt gibt es keine Tränen mehr, nur Vorfreude. Dann atme ich tief durch und rufe in Richtung Boot den Satz, den ich damals zu Fritz sagte und an den ich mich bis heute erinnern kann: »Hallo, entschuldigen Sie, können Sie mir helfen?« Ich bin mir nicht sicher, ob er es verstehen wird, aber sofort, als ich diesen Satz ausgesprochen habe, taucht zumindest auf meinem Gesicht ein breites Grinsen auf. Gespannt schaue ich Richtung Kahn und warte auf irgendeine Reaktion. Vergeblich.

Vielleicht ist Fritz eingepennt, denke ich mir und gehe ein paar Schritte weiter auf das Boot zu. Vorsichtig lehne ich mich nach vorne und versuche zu entdecken, ob sich Fritz überhaupt auf dem Kahn befindet. Dabei mache ich einen kleinen Ausfallschritt und hänge nun fast komplett über dem Wasser. Ich schwebe sozusagen mit der Nase direkt über dem Schriftzug des Bootes. »Berta«. Unwillkürlich denke ich wieder an das Kahnweib und all die Abenteuer, die sie auf der See erlebt hat. An all die Schicksalsschläge, aber vor allem an den Mut und die Visionen, die sie hatte. Als ich zum ersten Mal ihre Geschichte gehört habe, fühlte ich mich ganz klein und schwach. Ich hatte das Gefühl, nichts in meinem Leben würde funktionieren, und ich würde nie die Stärke einer Berta Looks haben. Und jetzt bin ich mehr oder weniger die Besitzerin ihres Hauses, und es liegt in meiner Hand, ihr die Ehre zu erweisen, die ihr gebührt. Bei dem Gedanken spüre ich Stolz, aber auch Dankbarkeit, denn am Ende des Tages wäre das alles ohne die vielen schrecklichen Enttäuschungen davor nicht möglich gewesen. Durch die ganze Geschichte wurde zwar ein Traum von mir zerstört, aber ein anderer, ganz neuer wurde verwirklicht. An dem noch so viel anderes hängen könnte. Und für einen Moment sehe ich in einer Vision sogar zwei Fritz-Anne-Kinder den Strand entlanglaufen. Ach Anne, denke ich mir, das geht jetzt wirklich zu schnell. Und trotzdem wird mir ganz warm, als ich darüber nachdenke.

Ich bin so in Gedanken vertieft, dass ich gar nicht merke, wie sich eine Gestalt von hinten nähert. Als jemand plötzlich meinen Namen ruft, erschrecke ich mich so sehr, dass ich das Gleichgewicht verliere und mit einem schrillen Schrei in den Bodden falle.

Trotz der vergleichsweise warmen Abendluft ist das Wasser eiskalt, und ich fange aufgeregt an zu rudern. Ich tauche für einen kurzen Moment unter und öffne panisch die Augen. Neben mir bebt auf einmal das Wasser, und als ich plötzlich Fritz' Gesicht vor mir sehe, bekommt die ganze Situation etwas völlig Surreales. Wir schauen uns einen Moment lang unter Wasser an (und dieser Moment wird wohl für immer zu den romantischsten Momenten meines Lebens gehören!), bevor wir beide mit einer schnellen Bewegung auftauchen. Fritz zieht mich in seine Arme, und seine Nähe lässt mich sofort weniger zittern. Ich huste leicht und spucke geräuschvoll Wasser aus. Das ist natürlich alles andere als romantisch, und darum müssen wir beide unwillkürlich lachen.

»Boah, so habe ich mir das nicht vorgestellt«, rufe ich unter Husten, und als Fritz mir antwortet, dass ich gar nicht so rudern brauche, weil man hier im flachen Wasser auch einfach stehen kann, können wir uns beide vor Lachen nicht mehr halten.

Als wir uns etwas beruhigt haben, nehme ich Fritz' Hand und schaue ihn einfach nur an.

»Na, Anne Glawe«, sagt er schließlich und berührt mit der anderen Hand zärtlich meine Wange. »Spektakulärer Auftritt, was? So wie man dich kennt …«

»Dabei wollte ich doch endlich etwas unspektakulärer leben …«

»Ach, was, das passt doch gar nicht zu dir … Anne, Anne, immer für eine Überraschung gut …«

»Weißt du noch, was du damals zu mir gesagt hast, als wir uns wiedergetroffen haben?«, frage ich Fritz plötzlich und schaue ihn ganz ernst an.

Fritz schüttelt nur den Kopf.

»Du hast gefragt: ›Wat willst du denn überhaupt hier?‹«, sage ich lachend.

»Oh, ich war am Anfang wohl nicht sonderlich nett zu dir«, antwortet Fritz und schaut mich verlegen an.

»Nicht wirklich. Aber du warst halt ehrlich. Wie dem auch sei, damals hatte ich keine Ahnung, wat ik hier wollte …«

»Oh, die Dame hat Platt gelernt …«

»Na ja«, grinse ich, »ich war irgendwie auf der Suche nach dem Glück. Aber ich dachte, das Glück sei mir für immer entwischt.«

»Und wat willst du dieses Mal?«, Fritz schaut mich aus seinen Bernstein-farbenen Augen an, und ich bekomme ganz weiche Knie.

Ich schlinge meine Arme um ihn und gehe mit meinem Gesicht so nah an seines heran, dass sich unsere Nasenspitzen berühren. »Ich will dich, Fritz Junior. Und zwar für immer.«

Und dann küssen wir uns. Ich spüre weder die Kälte des Wassers noch mein an mir klebendes Kleid. Gerade fühle ich nur Fritz und das Glück, endlich wieder bei ihm zu sein. Und ich weiß, dass ich all die Höhen und Tiefen des Lebens nur mit ihm erleben will. Und dass das Glück wohl immer dann kommt, wenn man es am wenigsten erwartet. So ist es eben mit den Einhörnern: Man kann sie nicht auf Teufel komm raus suchen, man kann sie nicht festhalten, aber manchmal findet man sie einfach so. Aus reinem Zufall am frühen Morgen, direkt am Strand, in der Gestalt eines Fischers, der gerade vom Fischen zurückkehrt.

*   Ende oder ... besser gesagt: der Anfang ...   *

Anmerkungen und Danksagung

Die beschriebenen Personen entspringen alle meiner Fantasie. Ich habe mich aber, was ihre Charaktere und vor allem die Orte angeht, sehr von dem tatsächlichen Mönchgut inspirieren lassen. Ich verbringe hier seit meinem zehnten Lebensjahr jeden Sommer (und auch manchen Winter), und das Mönchgut ist mein zweites Zuhause geworden. Die Zickerschen Berge, der Blick über den Bodden und der breite weiße Ostseestrand in Thiessow, das sind für mich nicht einfach nur Orte, sondern geliebte Erinnerungen.

Das Dorf »Zicker« gibt es so nicht – es ist von den beschriebenen Orten und Landschaften her eine Kombination aus Groß Zicker und Thiessow (Bodden und Ostsee). Für das Kahnweib-Haus habe ich mich vom Pfarrwitwenhaus in Groß Zicker inspirieren lassen, ich kann einen Besuch in dem dortigen kleinen Museum und dem malerischen Dorf allgemein nur empfehlen, Sie werden es lieben!

Die Geschichte vom Kahnweib gibt es allerdings wirklich. Ich habe sie für mein Buch etwas abgewandelt, aber wenn Sie die wahre Geschichte vom Kahnweib lesen wollen, empfehle ich Ihnen das gleichnamige Buch von Gerhard Dallmann (erschienen bei der Husum Druck- und Verlagsgesellschaft) – es ist wirklich eine ganz beeindruckende Geschichte von einer beeindruckenden Frau, die für jedermann eine Inspiration sein wird.

Ich danke meinen Eltern dafür, dass sie in den Neunzigerjahren ein Haus auf dem Mönchgut gekauft haben und mir und mittlerweile meinen Kindern so unbeschwerte Sommer an einem der schönsten Orte der Welt ermöglichen.

Ich danke meinem Mann für seine Liebe und Freundschaft, die der wohl wichtigste Grund dafür sind, dass auch ich daran glaube, dass es die Glücks-Einhörner gibt.